中国网络文学双年选（2020—2021）·男频卷

吉云飞　邵燕君　主编

北京大学网络文学研究论坛　编选

编委

吉云飞　邵燕君　蔡翔宇　雷　宁

谭　天　庹银泽　王玉玉

漓江出版社

·桂林·

目录
contents

序言：机制类型补完　男性向朝内转

吉云飞

　　若以1996年金庸客栈的建立为源头[①]，在经过25年的成长后，中国网络文学终于长成，在2021年前后进入成熟期。告别成长期的标志是，网络文学在物质层面的生产机制和文本层面的类型套路上都已大体完备，且将长期处在一个高度稳定的状态，会少有快速激烈的变动。未来尚不可知，何以有此断语？根本在于无论是文学制度还是内容题材，都出现了与此前核心模式完全相反的运作逻辑，并在这两年中与原有模式达成动态平衡——因相反，故相成。在完成对相反之物的消化后，就内在理路而言，网络文学或许还会面临其他领域（如虚拟现实技术）的"降维式"打击，但不会再有发自内部的根本性冲击。

　　免费阅读之于付费阅读、"现实原则"之于"快乐原则"和现实题材之于幻想题材的相反相成，突显出网络文学进入成熟阶段的两大外在表象。一是对全体目标读者和上下游产业链的完整覆盖。不管性别、年龄、阶层、趣味，对于所有分众，总有一类网文对准了你的欲望；无论影视、动漫、音频、游戏，对于任何媒介，网文行业都已然与之相融相通。二是主潮从发现和发明转向了完成与完善。时至今日，作者和读者关注的中心问题已不再是打开新的想象空间，去创造新类型与新套路，而是将想象力落地，把展现出的潜能一一实现。成熟意味着不能停留在未来可期，而是要给人们拿出你的"果实"。

[①]　详见邵燕君、吉云飞：《为什么说中国网络文学的起始点是金庸客栈》，《文艺报》，2020年11月6日。

一、免费阅读补全最后一环

2018 年引爆的免费阅读冲击波，于今已尘埃落定，可以确认和审理它在网络文学整体格局中的位置和意义。最初的普遍担忧并未成真，免费阅读没有真正动摇更谈不上取代付费阅读。行业龙头阅文集团的平均月付费读者数虽自 2018 年的 1080 万降至 2019 年的 980 万，但在 2020 年又回升至 1020 万，始终稳定在千万上下[①]。和网文一路同行的那批年轻付费读者，只有小部分被引流到了免费阅读。在免费阅读平台上运用得最彻底的人工智能推荐，虽带来一些新变（如在付费阅读平台中，判定新书价值的关键指标随之变为更智能化的读者"追更率"），但也没有导致网络文学推荐体系和传播方式的重大变革。免费阅读显示出的最不可替代的意义，因作用在底层，至今仍少有人在意，那就是收编和吸纳了数以亿计的盗版用户和新用户[②]，并将之变为作者创作的目标读者。

盗版用户虽然占据网络文学读者的绝大多数，但因无法为网站和作者创造直接的商业价值，从未被视为创作的目标。作者从不专门为这部分人的欲望写作，他们只能在付费读者所供养出的类型和套路中拣选可以入口的部分，以此作为"代餐"。甚至没有选择，只能在他人的欲望中寻找和自己的需求稀薄的相通之处。看广告就可以免费阅读的模式，虽然因为有了一层中介（作者分享的是广告收入，而非付费收入），不如付费阅读中读者和作者的关系那样直接和亲密，但终归是建立起了这一最广大同时又长期被忽略不计的读者群与作者群之间的联系。同时，免费阅读借鉴拼多多等平台而来的"下沉模式"，也帮助网络文学进一步"破圈"，吸引了大量此前不看网文的中老年读者。

有人为这沉默的多数写作了。于是，他们的欲望得以被赋形。其中最典型

---

① 数据来自阅文集团历年发布的财报。
② 据 Quest Mobile 发布的《2020 中国移动互联网年度大报告·下》显示，2020 年 12 月，免费阅读 APP 行业用户规模 1.44 亿，较上年同期的 1.18 亿，增长了 22%。

的，在女频，是多宝文；在男频，是赘婿文。这两种随免费阅读而勃兴的文类，核心读者是身处三线以下城市、年龄四五十岁的已婚中年男女。初看过去，他们内心的欲望在文学中显形后是使"正人君子"感到陌生乃至震惊的，也似乎是和现代社会的普遍观念格格不入的。多宝文中，"女主角大多意外与男主角发生一夜情，独自生下多胞胎。数年后，多胞胎成长为多个天才儿童，为女主角排忧解难，并在其与男主角重逢后推动两人相爱"①。与之互为镜像的赘婿文，和 2011 年开始连载并因同名电视剧为人所知的小说《赘婿》（愤怒的香蕉，起点中文网）大有不同，没有自家庭一路上行到国与天下②，而是按以下路线展开叙事并自我封闭、永恒循环："1. 男主角妻子家庭遇到某种困难；2. 妻子或妻子的娘家人让男主角去应付；3. 男主角解决困难；4. 妻子或娘家人一边享受成果，一边不相信是男主角凭自己的能力做到的，认为他依旧是个没本事的赘婿。"③

两性之间永恒的性别战争，是多宝文和赘婿文共同的核心焦虑。在多宝文中，父亲是缺席的，在"爸爸去哪儿"之后，可以作为"丧偶式育儿"的母亲真正情感依托并寄以无限希望的就是孩子，无怪乎会有一胞多胎和超出常识的天才儿童的设定。尽管，有时夸张到一胞六七八胎的多宝文，会被对婚姻和生育感到犹疑乃至恐惧的年轻女性嘲讽为"母猪文"，但这真是许多已经为小孩付出无穷心血和代价的母亲无法明言，只好深藏心底的梦想。赘婿文里折射出的中年男性的深深焦虑，则是对家庭的付出得不到认可和被妻子／社会指认为没有能力。这一焦虑在历经种种文学的变形后，最终落到了在传统家庭关系中对男性尊严伤害最深的"赘婿"上。通过对"赘婿"身份的认同和代入，赘婿文的读者认出了烙在自己身上的无法摆脱的耻辱印记——是家庭也是社会中可有可无的多余人，只能通过一次次的"打脸"来换取抚慰并确认自身的存在价值。

---

① 许婷、肖映萱：《由"一夫"至"多宝"：数字人文视角下女频小说的情感位移》，《文艺理论与批评》，2021 年第 4 期。
② 详见吉云飞：《网络文学的"半部名著"——评愤怒的香蕉〈赘婿〉》，《中国当代文学研究》，2019 年第 2 期。
③ 谭天、蔡翔宇：《假升级，真打脸：逃离不了家庭的赘婿》，《文艺理论与批评》，2021 年第 4 期。

和多宝文一样，赘婿文中虽明白地显示出对另一半的不满，但同时潜藏着对家庭的眷恋。多宝文的结局多是男女主重逢且相恋，赘婿文的男主虽被设定为能力无限却永被嫌弃，但他们从不尝试逃离家庭。多宝文和赘婿文里为各自目标读者隐而不说的部分，都被另一边说了出来。两性间有永恒战争，也有永恒依存。岂止是多宝和赘婿文互相发明，以为自己与上一代已截然不同的年轻读者，他们对婚姻、家庭和生育的焦虑、痛苦和渴望，待到真正身入其中并在文学里显现时，与"多宝""赘婿"的差别或许只在反掌。

二、小白文的"不进步"与反套路的套路

免费阅读补全生产机制的同期，作为网络文学基座的小白文也练成了自身的"完全体"。所谓"完全体"，不是没有变化，也不是没有进步空间，恰恰相反，是足以敏锐捕捉社会变动并即时反映在作品中，更是自觉选择在文学品质上"不进步"。最早意识到应该停止进步的大神作者是唐家三少。在明确以中小学生为目标读者后，他清醒地认识到，保持现有的水准和风格，虽然老读者会成长并离开他，但也会有源源不断的新读者涌入。家长充满购买力的小读者，才是他创作的最佳目标。在以《斗罗大陆Ⅱ绝世唐门》（2012，起点中文网）开启"斗罗系列"后，唐家三少逐渐不再以付费阅读为主要渠道，而是转换赛道进入出版市场，携醇熟的网文套路成为销量最高的儿童文学作家。

唐家三少是在一个有些特殊且相当成熟的文学市场中实现"不进步"的。在男频核心网站起点中文网，这一代表着小白文最终成熟的标志性事件来得更晚，要待到老鹰吃小鸡的《万族之劫》。从2020年2月6日到2021年1月31日，不到一年的时间里，《万族之劫》更新了830多万字。平均日更超过两万，小说质量还真不差，也特别受读者欢迎，不但获得2020年的年度月票总冠军，还收获了单月九连冠。这不是仅凭一个商业作者的努力和天分就能做到的，更不是网文质量差和读者无品位的证明，而是小白文套路和市场彻底成熟

的表征。

做一个熟练的流水线工人不简单，前提是有一个成熟的工业体系。中国的文化产业最缺的就是完整的工业体系，而网络文学率先建成了。保持近一年的日更两万多字，产出的还是让小白满意、老白也能下口的"干粮"，不但是逼近以码字为生的劳动者的体能极限，更是需要一整套完熟的网络文学工业作为支撑。堪称"小白文之王"的老鹰吃小鸡不是不知道小说还可以写得更好，甚至不是没有能力继续变好，而是选择了"不进步"——虽会调整以迎合读者喜好的变化，但整体是停留在付费读者最广的层次上。对商业作者，我们不能苛责，做到满足读者需求的本分就值得赞赏，只是会更加尊重那少数本也可以如此去做但努力写得更好的作家。

除了自觉的"不进步"，小白文的"完全体"还在于出现了流行套路的反套路，并在这两年蔚然成风。反套路的浮现，始自2014年的《重生之神级败家子》（辰机唐红豆，起点中文网）。彼时，网文界已有大神霸榜、新人难出头的现象。作者以"辰机唐红豆"为笔名，戏仿的就是被称为"中原五白"的五位顶级"白金作家"（辰东、梦入神机、唐家三少、我吃西红柿和天蚕土豆）。反套路的出现是以老套路的稳固和新套路的难产为前提的，同时也是新人作者在竞争日益激烈的网文市场中的一条出头之路。不过，此后数年中，随着网络文学经历新一轮的媒介融合、世代更迭和类型变化，刚刚启动的反套路潮流在大变动中又沉寂下去了，直到2020年才复兴并成为一种方向。

既然说是方向，那就一定与时代情绪的变化有所呼应。2020年起点月票榜的另一位常客，《我师兄实在太稳健了》就一反修仙小说往日的高歌猛进、死中求活，在这个充满不确定性和"内卷"的世界中"苟"住，先求生存再谋发展。与"稳健师兄"几乎同时开始连载的《亏成首富从游戏开始》，不仅体现了时代症候，更暗含穿越时代情绪以触碰时代精神的路径。这是一出美妙的喜剧，用系统文的设定解决了伟大的古人代表阿里斯托芬在他的喜剧《财神》中提出的问题：正义和财富可以兼得吗？主角裴谦在系统（作用等同神灵）的支持下，带着赔钱的目标，从做游戏开始，不计成本创造好产品，用最人性的方式对待员工和用户，结果事与愿违，想回馈社会但成了首富。不管现实中正义和财富能否兼得，反正小说里是实现了。而这也是最新一轮科技进步带给我们的"黄金信仰"：技术革命带来的财富积累是正义的，而非不义的。

反套路的套路仍是套路，只不过从正剧变为喜剧，也用设定的方式为社会掩盖最深的伤疤，助我们做最好的梦，一如今年的现象级作品《视死如归魏君子》（平层，起点中文网）。魏君确认自己死后将转世为天帝，因此视死如归，想要早死早超生。于是，他再也不忍了，要为正义而死，但总是死不了。因为有了这个不怕死的刺头挑头，好人被团结起来了，横行的不义被制服了。多么美好的梦啊。《亏成首富从游戏开始》还只是期望：行正道的人是最有福的，且是在现世而非来世中。《视死如归魏君子》居然想象一位君子可以激发出许多良知，他会一呼百应而非"荷戟独彷徨"，他将使正道"大白于天下"。之所以说是喜剧，正因为设定可以造就裴谦和魏君，但使裴谦成为首富、帮魏君行道天下的社会现实是不存在的，小说只能以诙谐而非严肃的方式在真空中完成，作者也不得不有意逃避人性中复杂和幽暗的一面。

三、"现实原则"下的老白文

小白文与老白文的分界在于是否在"快乐原则"中加入"现实原则"。网络文学从来有注重"现实"的一脉，不过讲求的不是现实题材，也不一定会有现实关怀，核心是"现实原则"。伟大的今人代表弗洛伊德认为，"快乐原则"是支配现代人精神活动的基本法则。"快乐原则"其实是"不快乐原则"，动力来自那些未曾得到满足的愿望——因为不快乐，所以追求快乐。"快乐原则"要求欲望的即刻满足：现在就要！马上就要！无限制地要！用时人的话来说，"快乐就完事了"。但作为社会动物的人，只有在生命初期的幼年阶段，才会由"快乐原则"主导。儿童社会化的过程就是不断被训练，直到学会忍耐痛苦和延迟满足自己的欲望。小白文在享乐的层面，又使人"复归于婴儿"，再次任由那久违了的"快乐原则"主宰自己。就此而言，只要对准的是你的欲望，小白文对每个人都有吸引力。

小白文的局限也很明显。在弗洛伊德看来，人成熟的过程就是从"快乐原则"向"现实原则"交付自我控制权的过程。受到现实条件约束的人必须要"现实"起来，否则就无法生存。在心灵被迫形成对现实世界中真实环境的认识后，从需求到满足间简单粗暴的链接就逐渐不能完成那个"成熟起来了的人"的愿望，迫使他用更曲折也更贴近现实情境的方式来满足自己的需要，否则快感就很可能会被一种愿望受挫的恐惧感中断。这是对小白文的主要不满之处：不现实，随时可能会"出戏"。然而，自我持存也会导向自我毁灭。不能忘记弗洛伊德的另一教诲，"现实原则"是要为"快乐原则"服务的。如果一直延迟满足，就会产生精神疾病。何况，那被许诺的但又不断延迟的满足，也可能是一个谎言。老白文就始终努力在"现实原则"和"快乐原则"间维系着微妙的平衡。因此，对这部分读者而言，加入"现实原则"后的老白文会比小白文更爽。

"现实原则"又是如何走向"快乐原则"的呢？毕竟，现实往往不会直接通向爽。随之而来的通常是闷，是压抑，是求不得，是怨憎会，是爱别离。总之，不会太爽。近来在老白读者中口碑爆棚的美娱文《芝加哥1990》（齐可休，起点中文网），就是一部完成度很高的让真实为爽服务的作品。它首先让小白读者不爽。穿越者宋亚有一半黑人血统，还以小众的街头RAP起家。于是，一开始就被劝退——"黑人不看"。被粉丝爱称为小黑的他，只能偶尔在刺激之下获得片段式的"天启"，还常因对未来的记忆而被误导。于是，不满者也甚众——"跪在真实"。可正是这些让小白不爽的设定和设计，让老白感觉很爽，让他们觉得，在另一个平行世界中，真有一个艺名叫APLUS的华裔黑人巨星。

当然，老白也是为了做梦而来，但他们要这个梦像真的一样——因为真实，所以更爽。此中关窍处就在于，哪部分要真实，哪部分要是梦。答案其实很简单：道路尽可以曲折，前途一定要光明。男频娱乐圈文许诺给读者的所有"爽点"：全球巨星、亿万富豪及由此带来的美人权力，在《芝加哥1990》中都一一实现了。只要保证这一文类与读者的基本契约能够落实，奋斗拼搏中的艰难险阻，只会增添胜利果实的甜美；细节逻辑的绵密扎实，就会让梦幻泡影显得真实不虚。自然，把模仿现实世界的部分写到栩栩如生，也就要作者"下生活"比较足，"写现实"有功力。就此而言，内在要求一种很强的现实质感的老白文，与更广阔的文学传统有着天然的亲密联系。

相当挑剔读者的《芝加哥1990》，保持着小众流行并被"书荒"的老白群体视为"仙草"。这提示我们，伴随读者的成长，"老白文"的土壤业已成熟，并将是网络文学接下来发展的重要方向。然而，《芝加哥1990》始终是在红尘中打滚，欲海里翻腾。主角APLUS只是一个有着基本底线的利益动物，虽也曾在追逐永不能餍足的"人欲"时感到深深的虚无，但还是一直在为底层欲望而努力，从未抓住生命中的向上之机。这提醒我们，"现实原则"虽是高级"爽文"的根基，但真实的爽不等于高级的爽。"快乐原则"也不是以"现实原则"作为补充就抵达完美，它本身也有待于反思和超越。这关乎什么是最高的快乐，或者说，最值得过的生活。

四、现实题材与幻想小说的贴地飞行

现实题材网络文学在经过多年提倡后，存在感已非昔日可比，但影响力主要还是体现在各大推优和评奖榜单上，尚未深入到普通读者的文学生活。尽管如此，现实题材并不能仅被看作官方品位，对耽于幻想以至一定程度上忽视了现实本身的苦难、牺牲和伟大的网络文学，它仍有可能成为一种"对治"，至少是一种提醒：瑰怪雄奇的想象不能离开这片虽浑浊但坚实的大地太远。

就网络文学自身的发展脉络而言，在一路飞升、足迹遍及多元宇宙后，幻想小说也开启了它的贴地飞行之旅。这不但是因为高远的想象需要被社会各层面包括精英和保守的力量广泛接受才能更好地打动人心和扩大影响，也是因为网络文学自身的提升也需要与我们的历史记忆和现实生活更加相关。唯有如此，网络文学方能最终汇入对"文学"的普遍理解和要求中。这一波写现实而不只是拼想象的潮流涌动在各个类型，目前走得最远的是历史文和都市文，特别是在类型内在要求必须处理好现实和幻想关系的都市异能小说里。此类带有实验性和先锋性的作品，在新兴的垂直分类网站中的发展尤为喜人。

在起点中文网等综合性大平台以外，一直存在着以某一类型为主打的小网站。从最早的以军事文为主的铁血网，到以"二次元"为风格的欢乐书客/刺猬猫阅读，此类垂直网站历来是网络文学生产中不可或缺的一环。它们的读者不多但特别忠诚，常是这一类型的"老饕"，在对作品有更高期待值的同时也对作者有更大宽容度。近年来，尽管经营状况不佳，但有毒小说网和小红花阅读等新兴网站仍为男频小众类型的实验提供了一定的空间，让作者可以任性地慢更，而有品鉴能力的读者也会把质量上乘的作品顶到各大榜单前列，使这些小说获得在主流网站不可能拥有的曝光度。

白伯欢自 2017 年 3 月开始连载的《战略级天使》把贴地飞行做到了极致。被誉为"二十年网络原创文学转型之佳作"的《战略级天使》，是在已经关闭的小红花阅读网上与读者见面的，并且更多是以实体出版的形式为人所知。新兴网站、实体出版加上几乎是周更的节奏，都显示出"转折"的分量和难度。《战略级天使》是很难在大网站上生存的，周更会劝退绝大多数读者，也几乎会使小说失掉所有推荐机会。然而，若要让小说在各层面，特别是在语言上达到现实主义力作的标准，保持日更就几乎是不可能完成的任务。何况，难度系数还不仅来自要写好现实，更出自要贴着它轻盈地飞翔。

如何不远离土地又自在翱翔？那就要兼有纯熟的写实技巧和飞扬的想象能力。20 世纪 80 年代以来的"新写实主义"小说，和网络文学中的高度幻想小说就处在两个极端，前者畏惧想象一种更好的生活，往往有在地上爬行的危险；后者则难以呈现生活的质感，常常飞到了外太空并最终迷失自我。尽管，《战略级天使》在写实上并非一流，在想象上也非顶尖，但作者白伯欢在两端的融合上做出了前所未有的突破。写实的能力来自文学传统，想象的力量出自网文积累，而突破点孕育在都市异能小说内部。

都市异能是当代社会中的英雄故事，此类小说中的上品既要有都市生活的身在其中，也要有异能世界的超越梦想。达成这一目标相当困难，要么是都市压倒异能，将之变为"机械降神"的"金手指"，只剩下都市生活；要么是异能吞掉都市，力量体系撑破现实社会结构，化为修仙或玄幻。其实，都市与异能的结合与冲突，是小说中写实和幻想间的永恒矛盾在网络文学中一个具体而微小的例子。《战略级天使》采取的方法是以严肃的社会实验和严格的逻辑推理来对待异能：在架空的现代社会，进化者在近代的某个时间点出现，取代了未被发明的核武器，成为国家的战略级武器。加入异能的变数后，人类世界将向何处去？但重要的不止于一场社会和思想实验，更是在拥有了超自然能力的进化者身上，因更好的至少是更强的"自然"，而显现出的超出常人的"人性"，那在我们之中更美善和更丑恶的东西，最终使我们更好地认识自身的存在，并在这一过程中感到无比愉悦。

五、向精微处开掘，向顶峰处攀登

贴地飞行不是目的地，只是向精微处开掘的路径，经过它是为了走向更光辉的顶点。在这条向上攀登之路上，作为并蒂双花的男频和女频，恰成对照。自亲密关系出发的女孩们，在曲尽两性间幽微的情感后，大规模向外扩张，开启了她们的"叙世诗"，去世界中，到历史里，"在事上磨炼"。一开始就抱有"星辰大海"雄心的男频，则发现失掉充实而有光辉的细节和人物后，再宏大的叙事都只是虚妄。男频的文学世界有如挂在墙上的世界地图，看似无所不包，但比例尺极小，浩瀚广阔又常是空无一物。故而，在多年的致广大后，有野心有实力的作者也都在为尽精微而努力。相比有形的星辰大海和多元宇宙，人的内心是更值得认识和征服的存在。

正在连载的《从红月开始》(黑山老鬼,起点中文网)和《赛博剑仙铁雨》(半麻,有毒小说网)都是此中佼佼者,但最具代表性的还是2021年完结的《绍宋》(榴弹怕水,起点中文网)。中国文化登峰造极的赵宋之世,向来是穿越历史小说的重要舞台。和盛名累累的前辈们相比,《绍宋》没有任何创新之处,它被标举出来只是因为写得更好。不仅是落得更实,集众家之长,更是写出了人在历史中的成长,以及使历史小说有了当代价值和未来意义的"丹心"。这使它超越同侪,不仅是愉悦人心,更有了自古罗马诗人、批评家贺拉斯而来的"寓教于乐"(dulce et utile)的境界。究其本意,所谓"教",就是以文学的"净化"之功,来恢复"心灵的健康",教人畏惧灵魂的衰败更甚肉体的死亡。

在金兵南下、旧京沦丧的宋朝"百年变局"中,一个普通的文科生穿越成仓皇南逃途中的宋高宗赵构。他面临一个虽艰难但似乎又顺乎人情和天命的选择:继续南狩,下半辈子做个偏安皇帝。但偏偏胸中一点血气使他无法顺从历史的走向,不为其他,更不为大局所动,只为心中朴素的不平之气。政治之正,为政之德,恰以这一点血气为基。以此正气为开端,时时涵养,继而壮大,在那民族的痛史中,就经由穿越"新生"了为读者所追慕的"天地英雄气,千秋尚凛然"。《绍宋》的"英雄气",不是"一将功成万骨枯"的帝王将相家史,而是通过祛除恐惧(一如穿越之初主角在明道宫中犹豫再三,终置生死于度外)在内心之中见证正义的力量和美丽。

和《绍宋》一般,2020年完结的《大道朝天》(猫腻,起点中文网)给人一种真正的快乐,而非《芝加哥1990》那般展示享乐的生活(动物的理想生活)。不同的是,《绍宋》中只有不多的几个瞬间使人感到此种超越"快乐原则"的"幸福"(一种神性的生活实践),《大道朝天》有许多,因为它丰富得多。当然有类型的缘故,《绍宋》处理的是罗网重重的历史和政治生活,冲决罗网总要付出大代价。主要还是笔力的高下,一如小说之名,"大道朝天,各走一边",

猫腻将心中的最美最好生活分配给了书中的种种人，并尽可能使之并行而不悖。对老猫来说，这一切无须什么宏大的哲学思考，凭借的是诚朴的美学直觉和雄伟的生命本能。

猫腻并非一个特别有原创性的作家，却是集类型大成者。他未开创过什么流派，也没提出过什么广为流传的世界设定。不过，对于人文世界，如今很容易产生一个误解，那就是某种原创性话语是最重要的。人文与科学的歧途之一就在于此。只要人类的根本处境没有改变，文学之中就不会有真正的新鲜事。关键和艰难的或许不是发现和发明，而是完成与完善，即以一种不同于古人的，根基在当下的，因此当代人（甚至未来人）乐于接受的方式，去抵达那个最好的事物。猫腻擅长的就是"完成—实现"，发挥类型近乎全部的潜能，如《大道朝天》之于修仙小说。小说的脉络是如此清晰，就是一个在网文中被使用了无数遍的套路。它属于"无敌流"修仙小说：一位大能飞升失败，转世重生，一路神挡杀神，抵达顶峰中的顶峰。故事的主线毫无区别，可又是如此不同，以至于和同类相比，简直不是同一种生物。

猫腻实在是特例，或者说和任何伟大文学的作者一样，是个奇迹。他受益于网络文学的积累，但又不在整体的发展规律中，在同代作者向巅峰攀登时，他或许已在顶峰处。我愿改编艾伦·布鲁姆在其名著"爱欲三部曲"第二部《爱的戏剧：莎士比亚与自然》结语处所说的话来形容他：猫腻将以对未来时代中所有那些认真阅读他的人产生的影响，来证明我们身上存在着某种永恒的东西，为了这些永恒的东西，人们必须一遍又一遍地重新回到他的小说。当然，这虽是此刻的真实感觉，但也很可能是一种误认。无论是与不是，既然是未来的事，那就留给未来。

结　语

整体而言，这一轮媒介革命对文学生产的改造已近尾声。相较此前多有论述的媒介融合和世代更迭①，生产机制的补足与类型套路的完熟，及随之而来的作者更自觉地向顶峰处攀登，更是 2020—2021 年间网络文学发展的独特之处，或许也可视为中国网络文学从生到成的路标。自此，网络文学的生产可能会像曾经的印刷出版机制一样进入数十年少变化的状态，并逐渐被视为一种稳固的"常识"；网络文学也将如一切时代的文学，在为所处的社会留下专属的痕迹之时，尝试对永恒之物重新捕捉，并以此在历史之中见证自身的存在价值。

---

① 详见邵燕君、肖映萱、吉云飞：《媒介融合 世代更迭——中国网络文学 2016—2017 年度综述》，《文艺理论与批评》，2017 年第 6 期。

绍　宋

榴弹怕水

　　榴弹怕水，起点中文网大神作家。2015 年，在起点发表都市小说《韩娱之影帝》，以生动鲜活的日常质感取胜。完本后，他将这份质感带入历史文，于 2018 年连载《覆汉》，写出了三国演义式的英雄气，赢得 2019 年起点三国题材历史小说的订阅冠军，并在老白读者中收获好口碑。2019 年 12 月，《绍宋》开始连载，长期稳定在起点历史分类月票榜前三之列，并于 2021 年 6 月跻身男频月票榜第九名。

　　《绍宋》发表于 2019 年 12 月，完结于 2021 年 7 月。小说接续了榴弹怕水前作《覆汉》的英雄气，并将其发扬到更高层次。在英雄气外，《绍宋》也是历史类网文成熟期的产物，史实细节、古代制度、时人思想、风土人情等同类型文的积淀被它吸收、融化到情节之中。《绍宋》不是考据文、风物志、官场斗的"孤峰兀立"，而是一个浑然完整的精彩故事，一片绵延不绝的巍巍山脉。

【标签】历史　穿越

【简介】

　　"绍者，一曰继，二曰导。"《绍宋》讲的就是一个穿越成宋高宗赵构的现代人，如何继承宋朝大统，重新整理朝政，团结群臣一起抗击金人，收复河山，将天下导向一条新路的故事。作为一个无法将历史细节和科技知识倒背如流的"普通人"穿越者，主角既不能在古代"工业强国"，也没有做出超越时代的政治变革，他只是尽最大可能将宋朝上下团结起来，用古代的生产力和见识水平赢得抗金胜利，重振国运。

选文为第一卷第26—30章，是全书第一处高潮。穿越成宋高宗的主角赵玖准备在淮河北岸的下蔡抗击三万金军，太尉刘光世则谎称十万金军来袭，借机坑害同僚，带精锐南下淮河，准备挟兵自重，换取朝廷权位。赵玖拒绝了"大局为重"的妥协，选择在御营大帐以气势胆魄夺人心志，亲手诛杀刘光世，递转危局。短短几章内，作者有条不紊地描写出大战将至时的情势变化，群臣将领、军队士兵、黎民百姓都得到了展现，宛若一部战争电影，作者的笔就是影片里平稳推移的镜头。榴弹怕水在此证明了自己调度情节、渲染气氛的"大神级"能力。"杀刘光世"则为这段"炫技"赋予了超越技法的灵魂。读者读到最后，只觉一股英雄气凛然而出，为之折服。

第 26 章　十万之报

　　且说，腊月中旬，济南府百姓暴动抗金，投降的济南知府刘豫飞马求援，于十六日将军情送到挞懒处。对此，金兀术虽然着急建功立业，可依然保持了基本的军事素养，他在稍做思考后复又分出五千偏师骑兵，乃是要跟着挞懒扫荡济南府后趁势沿梁山泊南下，占据泰山西侧的济州，以做后路接应……此番举止，乃是考虑到泰山以东的沂蒙山区道路险要，要防着这些风起云涌的反金力量从进军路线上轻易遮断他的后路。

　　不过，也就是分兵之后，金兀术当日便急不可耐即刻冒雪南下，准备跟在刘光世身后直扑淮甸。

　　而仅仅是隔了一日，腊月十八这一天，尚在淮河北岸下蔡城跟张俊一起等待消息的赵官家，便得到了一个晴天霹雳般的消息——奉国军节度使、御营使司提举一行事务、京东东路六州军界制置使，也就是刘光世刘太尉便飞马不断来报，说是他麾下布防的六个军州同时遭遇了金军主力猛攻，总数估计不下十万的金军即将南下！

　　行在仅存的几位重臣急得几乎要跳淮河——此时忽然来十万金军，这是要赶尽杀绝吧？

　　便是之前豁出去一切，决心守一守的赵玖，都瞬间绝望了！

　　十万金军，道祖给他开个任意门也守不住啊？必须得请齐天大圣下凡才行，就指望着齐天大圣那根棒子在淮河上替他滚几圈才有可能守住。

　　刘光世谎报军情？

　　没必要啊！

　　须知赵玖一到下蔡就专门给刘光世快马下了军令，一旦金军南侵，确定数量后就可以迅速南下，到淮河沿岸重新集结！

换言之，赵玖是允许刘太尉弄清军情后立即撤退的。

难道真的是被打蒙了，一时慌乱谎报了军情，可放到极限，打个对折，五万总是有的吧？不然何至于六个军州同时遭袭，然后六个军州同时溃败？

实际上，赵玖在恢复冷静后，与张俊彻夜讨论，结合着种种客观条件与刘光世的人品，得出的结论便是——可能还是兀术本部五万人南下了。

但即便是五万也很让人绝望啊？！

且说，赵玖之前和韩世忠，包括杨沂中一起于顺昌府外颍水河堤上弄出来的这个大略计划，虽然仓促，却也不是什么虚妄之论，其中诸如防御的位置、三万人的红线，都是经过切实严肃讨论的。

防御位置且不提，寿春、下蔡是自古以来兵家要冲，便于防守；而三万人的兵力，不仅仅是计算了御营的战力，也是三人结合了南逃的京东两路官员们带来的情报，针对金国东路军的兵马分布得出的一个很有可能的军事预估……

须知，金人野蛮，每到一处便要烧杀劫掠无度，那么按照河北地区的经验，京东两路必然有义军和野心家们并起，金人这一回在京东东路未必能坐稳！

所以，挞懒这个监军副帅首先需要确保金军在齐鲁之地的控制力度，所以自然是不会支持兀术的，而金兀术一旦南下便最多只有他自己的五个万户可以调度。

但是五个万户他能都带来吗？

这厮总得留点兵马确保后路吧？

京东财货那么多，总得分点兵马看守他在京东的缴获吧？

还有沿途攻略刘光世所领的那些城市，总得分兵驻扎吧？

所以讲，三万这个数字是一个具有可操作性，也是确实可能实现的数字！这不是瞎编来的！

但现在少则五万，多则十万是个什么鬼？

难道金兀术只是想吞下泰山南部的京东西路，并没有来寻他赵官家的意思？但也不对啊！因为时间和季节摆在那里，此时能让金军冒雪南下的战略目标，除了躺在淮甸的赵官家也没谁了吧？

总而言之，赵官家也好，张太尉也罢，随行的行在文武也好，完全被刘光世刘太尉的这些军报给弄绝望了，绝望到蒙了的那种……而且这些军报，混合着宗泽重新从东京送来的"北线无战事，东京可归"的系列报告，此时显得格外具有戏剧性、荒诞性，好像还偏偏有点合理性！

"无论如何，官家先过淮河吧！"

思考了许久之后，张俊张太尉扑通一声，成为某人出井以后第二个朝他下跪之人。"既然可能是五万金军主力，那臣委实守不了！更何况，刘正彦行军迟缓，刘光世必然损失惨重，原定兵力布置都不足的！"

赵玖沉默难言，俨然心有不甘……他当然心有不甘！

好不容易鼓起勇气，准备破釜沉舟，准备给自己也给所有人一个交代的，而且为此做了那么多事情，下了那么大决心，搞得好像要成什么大事一般，结果却被对方用如此直截了当的实力碾压给轻松击破……一时间，不用别人嘲讽，赵玖都觉得自己是个笑话。

但这又能如何呢？

打不过就是打不过，可能是在这个时间点上，宋军最出色、最正面、最可信的将领韩世忠都说过，三万以上必然守不住！然后可能是第二个能打的张俊刚刚也对他说，五万金军他实在是撑不住！

事到如今，只能说，赵玖此番作为，纯粹侥幸心理发作，咎由自取了。

"官家且过淮河吧！"

张俊张太尉说话的时候，行在这里的文官明智地保持了沉默，不是他们不想说，而是他们心里明白，这个时候张俊的一句话抵他们十句。

"过淮之后，官家自去扬州稍待，但也请官家务必为臣留够船只，并在淮南事先替臣征集好寿州、濠州丁壮，而臣先在下蔡城为官家尽量挡一挡，真不行了，臣便撤到淮南节节抵抗，务必使官家能有从容余地……"张俊言语越发恳切。

"不能一起渡河，然后在淮河后面守吗？"赵玖听到此处，终于忍不住开口，"我见对面八公山地势险要！"

"不能！"

跪在那里的张俊回答起来堪称斩钉截铁。"官家须知，此时我军根本无法野战，想要守淮，必须要倚靠着下蔡这样的坚城，在淮北设有突出点，使金军不得不分大军于城下，然后方能纵水军之力隔绝长河，再引淮南人力物力往来支援淮北，这才是能坚守的道理所在，也是韩五方略确有可行的所在！否则千里淮河，金军便是费些时日，也能寻机从容而渡！"

赵玖再无话可说……因为这些道理，他这几日早已经耳熟能详，而且他虽然不懂军事，却也能明白张俊这番话是符合所谓基本事理逻辑的。

除此之外，他同时还知道对方接下来要说什么，无外乎金军兵力足够，来得又如此迅猛，那么下蔡城的存在恐怕已经不足以影响金军渡淮了，他们的计划一点崩，全盘崩！

"那就准备渡淮吧！"赵玖强行按住了心中最后一口气，几乎是咬牙切齿一般应下了对方，"寿州士民，能送过去几个是几个！"

闻得官家此言，不知为何，堂中上下文武，俱皆释然之余，却又隐隐带了三分颓丧之意。

毕竟嘛，天下汹汹至此，尽管知道只是臆想，可谁又能不期待这位隐隐有着汉唐英雄气的赵官家真是个汉武唐宗般的人物呢？

真当李伯纪当日病得彻底无能了吗？真当颍口处被官家分流到淮南的大宋精英们是傻子吗？真当天下人都是逆来顺受之辈吗？

但那又如何呢？

第27章　一走了之

诗曰：

车辚辚，马萧萧，行人弓箭各在腰。

爷娘妻子走相送，尘埃不见咸阳桥。

牵衣顿足拦道哭，哭声直上干云霄。

话说，赵玖在心里预想了很久的战争惨象终于第一次赤裸裸地出现在了他的眼前，却很可能是他本人一手造成的。

须知道，寿州横跨淮河，而其中最富饶的下蔡、寿春双子城更是隔河遥遥相对，两城之间靠着码头、水路、市集联结不散，甚至晴日间站在淮河南面的八公山上是能同时看到两城盛景的。

故此，本地淮北士民闻得金人要来，自然不会对往淮南躲避感到什么不理解和不适应。

但是，所以说但是，丁壮是需要留下来守城的，财货却肯定是要带走的，粮食是要上缴的，而最让人崩溃的是军情太紧急了……按照刘光世所言，他所领的泰山南部六个军州全数遭袭，那么最近的徐州北部到淮河边上不过四百里。四百里距离，以金人之前数年内展示出的敢战和不畏苦战，怕是五六日内就能有一支成建制有战斗力的金军先头部队赶到。

当然了，也可能是七八日，但这种情况下谁敢去赌？

尤其现在还是年关！

于是乎，极度缺乏安全感的寿州北部士民，紧张的河上运输，惊弓之鸟般的行在文武与军心不稳外加贪欲发作的张俊部，导致了一场几乎是必然会发生的混乱。而混乱中，这年头大宋军队的无纪律性、行在官员的倨傲与自私、百姓的惶恐与愤怒，又被反过来放大，使得所有人都陷入一种躁动和无序的状态……

一句话，战争尚未到来，其引发的灾难就已经开始了。

"官舍民庐，悉皆焚毁，瓶罐门户之类，无一全者……男女老幼，殊殊日甚一日，颇有城镇无一人得活，尸臭闻于百里。"

且说，腊月廿五日这天傍晚，下蔡城东城门外，两支无甲的乡勇正在公开械斗，其中甚至有伤者被划开肚子，肠子流了一地，却又被冰凉的地面给冻住，俨然不能得活。而城门楼上，眼看着身侧赵官家盯着城下不放，脸色越来越难看，御史中丞张浚在官家询问后开口说了一段话：

"这是什么？"赵玖回头冷冷相询。

"是靖康元年，金人初次南下后，时为太常博士的李若水出使河北，劝金人北返，回来讲述的前线之事。"张浚低头应声道，"官家，这些事情最多只是治安之事，金人铁骑一来，那才是玉石俱焚，屠城焚镇都是寻常举止。虽说官家仁心仁念，又当面见此事，管一管也无妨，可大局迫近之时，官家出面以御前班直整饬此事，反是因小失大。"

赵玖长出了一口气，努力让自己不去看门楼下的事情……他知道张德远的意思，除了对下面这起冲突做解释，这个无疑是他私人的御史中丞的本意还是在劝他这位赵官家尽快渡河，以安人心，这是这几日所有人都在劝的事情。不过赵玖也懒得回应自家这个心腹臣子，因为他并非不准备过河，而是心有不平，想努力拖到最后一刻再走，以安人心。

都是想安人心，但张浚那些人说的安人心乃是要安行在文武以及淮南士大夫的人心，而赵玖所思人心，乃是眼前南渡的寿州百姓的人心，双方思虑似乎并不矛盾，却又截然不同。

只能说，这些日子，因为官家越来越无谓的倔强，即便是此时留在行在的都是官家心腹或老好人、应声虫之类的人物，君臣之间的分歧却也是日渐清晰的。

而片刻之后，就在城门楼上气氛越发凝重，杨沂中忍不住要下去处置之时，可能是知道赵玖就在这附近，张俊张太尉麾下中军大将田师中还是匆匆赶来，就在城门下拿下两支兵勇，并连杀四五人，以作警示，顺便又将那名几乎无救的伤者了断，然后问清缘由方才亲自提头上城来见赵玖。

原来，这两支乡勇中，一支来自顺昌府，因为早些归于张俊部建制，所以负责参与守卫东门外的一个小渡口，但却在守卫过程中勒索了一支本地逃亡士民队伍，还不给安排渡船。结果好巧不巧，被勒索队伍中自有本地乡人，他们有熟人在附近巡逻，便去哭诉……两拨人来到城门外空地上议论，三言两语不合便直接械斗起来。

赵玖闻得此言，一面无奈，一面却是心中越发不爽……他不是不能理解城门楼下发生的事情，不是不能理解这个时代的限制，可是理解归理解，一个来自那个时代的灵魂，还是从感性上对这种军队之间的斗殴感到荒谬和失望。

实际上，这几日煎熬下来，除了一个自淮南主动折返的赵鼎因为在对面八公山组织士民建立中转营地，渐渐展示出了极为老练的官僚手段，让赵官家稍微舒心了一点，全程就没有半点能让他展眉的讯息。

"官家！"

就在天色渐晚，赵玖稍微勉励了一下田师中，准备折返之际，忽然间，张俊张太尉却亲自来到城门楼上求见，而且甫一见面便在几颗血淋淋的首级旁拜倒，言语也颇显沉重。"实在是拖不得了！还请官家现在就收拾一二，今夜务必就从城中内渡出发，往淮南去吧！"

"有消息了？"赵玖努力呼了一口气，试图让自己心绪平复下来。

"是！"张俊严肃作答，"前方军情，刘太尉大部已经到了涡水，此时应该正在渡河，明日、后日便能到此处……"

"来这里干吗？"赵官家一时蹙眉，"不是让他从濠州（凤阳、蚌埠一带）渡河吗？"

"应该是被金人追得紧。"张俊神色也越发凝重起来，"我军哨骑看得清楚，涡水东岸确实有了金军行迹……其实，金人此时才有踪迹，已经有些晚了。"

赵玖当即无言，只能勉力颔首。

就这样，赵官家再无转圜余地，当晚行在文武又与张太尉商量得清楚……官家与行在文武夜间渡淮，先往对面八公山暂时安置；留都统制王渊为水上总管，掌握船只，确保两岸继续通畅；尚未及渡的本地百姓也好，逃亡士民也罢，便是刘光世部到来，也都先入城，然后从有城墙保护的下蔡临淮内渡输送、调拨；而除内渡之外，其余所有城外渡口、船只一并焚毁，以免为金人所用。

赵玖没有参与这些议论，便是当夜渡河也都显得浑浑噩噩。

"官家！"

临上船前，张俊张太尉第二次主动朝赵官家下跪了。"臣有一言。"

"说来。"尽管有各种不如人意，但无论如何，张俊在寿州这一轮表现都守住了一个军人的底线，赵玖实在是难以对他产生什么多余恶念，也很难不认真对待他的发言。

"官家，今敌势方张，宜且南渡，故过淮之后，请官家稍做预备，便再度南行，据江为险，然后练兵政，安人心，候国势定，大举未晚。"渡口之上，狼藉一片，张俊不顾一切叩首以对，言辞恳切。"这是臣的真心话！也只有此时说来官家才不会以为臣是个怯懦之人，还请官家细细思量。"

渡口之上，赵玖定定地看着此人……如果他没记错，这应该是他第一次听到有人冒天下之大不韪公开提出渡江偏安之策，放在以往，莫说他赵玖，便是寻常内心渴望如此的那些主和派、投降派也要站出来先呵斥一番，然后给张俊安一个武人不知道德文章的保护性理由，再论可行性的。

然而，今时今日，此情此局，赵玖反而真的难以驳斥了。

"我知道了。"

实际上，赵玖沉默了半日，却也只能如此说了。

第 28 章　一梦方醒

淮河风起，河中泛起的小浪拍打着边缘薄冰，建炎元年的腊月二十七凌晨，赵官家终于率最后一批行在文武渡淮来到了八公山。

而也就是这一日中午，正在八公山亲自监督为张俊、刘光世修筑撤退时凭险而守的军营时，晴空万里之下，候在临淮山峦上的赵官家亲眼看到了自东北方向往下蔡城拥来的刘光世部溃军！

其势密密麻麻，数都数不清，且旗帜混乱，骑步无序，散落在下蔡城东、淮河以北的平原之上，却又统一向着下蔡城汇集而来，宛如一堆乱糟糟却又闻到蜜水味的蚂蚁。

赵玖坐在八公山上看了半日，心情越发糟糕，却又回头找了一个行家询问："正甫，我虽不懂军务，可这数量是不是有些多了？刘光世部有多少人？"

"回禀官家，"杨沂中小心作答，"刘太尉部兵马以之前来论，虽是诸军最多的一支，却也只有一万二三，此时数量却不下两万，应该是鲁南六军州中皆有本地乡勇弓手之流随行南下……"

"这么说……"赵玖忽然一声嗤笑，"刘太尉虽少有战场表现，可还是有些手段的，临如此险境依然能有这么多乡勇兵马弃家追随？"

杨沂中越发小心了起来，却又压低声音相对："官家，刘太尉的兵马自河北时起便是他们父子几十年养起来的，西军将门多有传承，又善于恩养……"

"我知道你的意思。"赵玖没好气地打断对方，"我哪里有半分问罪之意？真要问罪，我不也是狼狈逃了吗？十万也好，五万也罢，金军势大，刘光世算不上罪过。"

杨沂中旋即不语。

倒是赵玖，看了半日，复又看到那些士卒在城门前拥堵不堪，反而转身下令，让汪伯彦拟了道旨意，着赵鼎寻王渊过河去下蔡城中安抚刘光世，让刘光世好生整理败兵，可用的留下来和张俊一起固守，实在不可用的则让王渊好生输送回南岸这里安置休整。

旨意传到，河对岸如何反应赵玖已经不知道了，但整个下午他都在八公山上端坐不动，也不知道在想什么，其余人侍立在旁，眼瞅着昔日以富庶广大闻名的下蔡城几乎肉眼可见地恢复了嘈杂感……俨然是溃兵纷纷入城，却又不由松了一口气。

当然了，赵玖也松了一口气，但他依然没有移动的意思。

其余文武心知肚明，也都随侍一旁，并努力眺望，以静待消息。

终于，傍晚时分，眼瞅着光线都要暗淡下来的时候，杨沂中眼尖，忽然以手指向了东北面一个方向，却是说出了一句让所有人感到释然的话来：

"官家且看，金军到了！"

赵玖穿着圆领红袍，端坐在山坡上正中的一把太师椅上，微微抬头相望，夕阳下，果然看到一支装备严正、队形不散的小股骑兵队伍自远方疾驰城下。

而随着这股骑兵奔来，城外零散溃兵几乎是瞬间炸散，如无头苍蝇般四处散开，甚至有人不顾金军相距极远，直接跳入淮水之中……

赵玖远远瞥见这一幕，瞬间为之瞠目结舌。

要知道，这个天气，除非是生在淮水边的好汉子，但凡跳下去便是自杀一般的结局，而这些大宋军人，明明身上还没遭遇生死危机，却个个丧胆如此。

而且，某种意义上来说，他们敢在冬天跳淮河，那便是连死都不怕的吧？而如果连死都不怕，却又为何要被惊吓到跳淮河？

更荒唐的是，这股只有五六百人的金军骑兵根本理都不理那些吓破胆的溃兵，却是放肆直冲密布旗帜、架满弓弩的下蔡城东门，俨然试图夺取足足有数万兵马屯驻的下蔡大城……好在八公山上都能够隔淮望见，河对岸的下蔡城上自然也已经窥见，所以一阵慌乱中拉起护城河吊桥之后，下蔡城上又有无数箭矢飞下，总算是逼退了这股金军。

而金军被逼退后，又似乎是有些气恼，竟然反过身四散起来，去肆意砍杀那些来不及入内的刘光世部溃军以作发泄。

这一场"交战"下来，赵玖看得心中真是无比憋屈……明明都是冷兵器部队，却硬生生如有了代差一般，当日蒋先生最糟糕的部队对上日军也不过如此吧？

然而更让人无奈的是，周围文武，个个都是从河北、东京逃来的，却并无多少意外，俨然都适应了一般！

"官家且去休息一下吧！"

天色暗下，金军自行离去，俨然是要去附近空荡集镇寻落脚之处，而昏暗之中，眼见到官家端坐不动、神色不渝、状态奇差，吕好问犹豫了一下，到底是履行了一个宰执的职责。"张、刘两位太尉合流，兵马充足，又有下蔡坚城，淮上交通也在我们手中，淮南物资也能供给……金军主力未到之前，下蔡必然能守。"

赵玖强笑一声，也没推辞，终于要起身离开，然而他刚一起身，却又闻得河对岸一阵扰攘之声暴起，竟然隔河传来！

众人齐齐回头去看，却因为天色已经暗下，难见具体情形，只是隐约觉得像是下蔡城内某个方向出了乱子，也是越发觉得不解和紧张。

而赵玖几乎是本能地看向了杨沂中。

"应该是刘太尉部初来，不服张太尉部约束，又因为晚间宿营、伙食之类，起了相争之意。"杨沂中稍一思索，便给出了一个可信度极强的结论，"这是军伍中的常事，何况刘太尉那里已经殊无军纪……"

众人感慨了几句，好像还是觉得这是很自然的事情，便再无言语，继续各自散去，就在山上山下寻营中干净去处休息了。

而不知道为什么，可能是一日夜所见所闻都超出了自己的过往见识，而自己偏偏只能如木偶一般浑浑噩噩，从头应声到尾，积累了太多情绪的赵官家这一日直接在山上宿营后，居然很快便坠入梦乡。

第29章 一梦方醒（续）

秋风飒飒，日暖斜阳，下午时分，淮西亳州的某处古典园林里正光影交错、气爽温煦。

然而，如此美景却因为是工作日的下午，所以并无多少人能感同身受。实际上，这座以道家文化为主打的风景园林中，居然只有区区一名买票进入的背包游客而已，却还在长椅上以书遮面，仰头坐在那里打着瞌睡。

"哗啦……啪嗒！"

忽然间，随着秋风猛地一紧，一本薄薄的《中国历代政治得失》直接从那名年轻男性游客的脸上滑落于地，并被风力顺势卷走到数步以外。此人随即清醒，却本能地去看自己长椅上的背包，而等到他确认东西没丢后，方才去寻自己的书。

但就在这时，一名拖着大扫帚的年老道士却不知从何处冒了出来，俯身帮忙将地上书本捡起，并顺势拖着大扫帚坐到了长椅上，然后随手翻看起了此书……秋风阵阵，蓝衣木簪，苍颜白发，倒是让刚刚睡醒的年轻男性心中一惊。

不过，等到这年轻人认真打量，瞥见了对方发簪后下方道袍领口处 XL 的标志，却又放下心来，继而心中暗自失笑，嘲弄自己多疑。

原来，此处乃是亳州涡阳，号称老子故里的所在，此处园林更是倚靠着老子庙所建，遇到道士也是寻常之事了。

"这年头确实少见认真看书的年轻人了。"大略翻看了几页后，可能是看不清或干脆看不懂的缘故，老道士很快便操着满口的淮西口音将书本隔着背包递还了过来。"其实为政嘛，自古以来都是相通的，懂大略就行，具体的东西反而没用，你这书看对了。"

"多谢……嗯……道长。"年轻人随手接回书本，却因为称呼问题一时卡顿。

"火车上装样子的，不咋看。"

"还挺谦虚。"老道士听到答复后越发来了谈兴，"小伙子哪儿人？多大？咋有兴趣来咱们老子庙？"

"本地人，二十一。"年轻人随口言道，普通话中也渐渐带了点淮西本地味道，"大学毕业刚工作，回家来办点事，晚上火车再走，知道这边安静，就干脆来这边耗着。"

"二十一好啊！"老道士一声感慨，"年轻！你不知道，咱们涡阳是老子故里，老子庙源远流长，可惜本地人来得少，年轻人来得更少，难得你……"

话音未落，那年轻人便先忍不住失笑起来："道长，我是本地人，你这话忽悠外地人就是了，忽悠我干吗？谁不知道老子故里是隔壁鹿邑，咱们这个是假的。"

老道士闻言尴尬不已，甚至直接涨红了脸，却又连连摆手不语。

而年轻人大概也是无聊，也没有放过对方的意思，反而追问不停："道长啥意思？咱们这儿是真的，鹿邑的是假的？人家那边的老子庙可是从汉代到唐代再到宋代，一层叠一层，文物古迹层出不穷，门前的铁柱子都有一千年的历史……"

"咱也没说鹿邑是假的。"老道士抱着大扫帚尴尬答道，"但咱们涡阳也未必就不是真的，两个地方离得那么近，古时候鹿邑从来都是属于亳州的，涡阳又是新建不过百年的县，何必分那么清呢？"

年轻人这才恍然再笑："这倒是个道理，都是涡河边上嘛，指不定老子活着的时候还是一家。"

"就是嘛！"老道士终于松了口气，"而且老子故里也可以是指那李耳的出生地，鹿邑那里是历代祭祀地，咱们这里未必就不是他老家。"

年轻人连连敷衍颔首，心中却是不屑，说白了，老子生在哪儿鬼才在乎，而老子故里之争争的分明是旅游资源和地方文化自信，老道士这么扯，就算是有几分狡辩道理，可两地政府肯定不认啊！握有大量真正文物古迹的鹿邑政府更不认啊！

而且，这道士也不是个什么正经道士，说不得就是个 cosplay 的清洁工，而且是个偷懒打诨的清洁工。不然呢？一个道士，张口老子，闭口李耳，半点尊敬也没有？然后大风天在园林里拎着把扫帚，装模作样，糊弄谁呢？

不过，似乎是看出了年轻人的敷衍之意，老道士复又喋喋不休："年轻人不要不信，咱们涡阳也是有真正的文物古迹的，那流星园里的九龙井是专家考证的春秋古物，仅此一口，不信你去瞅瞅。"

年轻人连连摇头，干脆起身拎起背包欲走。作为本地人，他什么不知道？所谓九龙井，人家鹿邑那边也有一口，但说实话，别说涡阳这边的了，就是鹿邑那边的，鬼才知道跟道祖有没有关系。

"年轻人稍等下！"老道见状更加着急，干脆起身拄着扫帚说了实话，"那边九龙井里掉了条狗，腿都伤了，咱使扫帚也够不上来。照理说井宽得很，也就一人深，可咱年纪大了下去就上不来，得麻烦年轻人帮帮忙。"

年轻男子一时无语："道长早说嘛！"

"这不是怕你不答应吗？"老道士也觉得尴尬，却是直接抱着扫帚带路了。"现在年轻人都不好说话。而且这狗咱本不想管的，但是它家人跟咱熟，经常请咱吃饭，现在它家里人都不在，咱总不好意思把人家狗扔在井底下眼睁睁不管……"

絮絮叨叨的言语中，二人一前一后，到底是朝着那春秋古迹，所谓流星园中九龙井而去。而等到了地方，果然见到有一座保护严密的古井，上修凉亭，还挂着"天下第一亭"的匾额，但老道却引着年轻人往一旁的副井而去了。

说是副井，不过是为了凑齐老子出生时九龙井典故而强行打造的八座新井，并非古迹，而是水泥打造，水泥封底，两米方圆，不到两米深罢了。与其说是井，倒不如说是个阔口的水泥坑。

且说年轻人跟着老道来到其中一口井前，伸头一看，果然里面有一只小哈巴狗正躺在一人多深的井底不动，只是偶尔蹬腿显示它还活着罢了，而小狗周边赫然还有一堆硬币、铜钱之类的祈福之物。

见此形状，年轻人只是微微蹙眉，便要直接放下背包一跃而下，然而，当他双手撑住井沿时，却不知为何，总觉得心中不愿去帮这个小忙，好像此番下井会死人一般。

看到年轻人如此不知趣，那老道一声叹气，却是忽然怒目：

"救又不救，走又不走，你是在糊弄天下人吗？！"

"区区一条狗，怎么跟天下人扯上了？"年轻人瞬间蹙眉。

"不管如何，既然应了我的言语，便总得讲个诚信吧？"老道挂着扫帚奋力呵斥，"年轻人瞻前顾后，还不讲诚信，将来怎么踏入社会？！"

这年轻人刚要再说自己已经找到工作，是社会人了，那老道却是忽然抬起大扫帚，奋力一推，便将对方轻易推入了井中。

而落井之后，年轻男子赫然只听到了一声狗叫便昏昏然起来。

"官家！官家！！陛下！！！"

狗叫声后的昏昏然中，赵玖隐约又听见人声，却是猛然从冰冷的帐篷中坐起，然后满头大汗，心跳如雨，缓了好一阵方才醒悟刚刚是做了梦，想起了导致眼前这一切之事的滥觞。

"官家醒了便好。"杨沂中见到如此，也是松了一口气。

赵玖回头去看同样面色极差的杨沂中，赶紧勉力安慰："正甫（杨沂中字）勿忧，我只是做了噩梦罢了。"

杨沂中小心翼翼，欲言又止。

"莫非有什么事吗？"赵玖本能相询。

"刘太尉渡河来了。"杨沂中压低声音小心言道。

"什么？"赵官家又被弄糊涂了，"谁？"

"奉国军节度使刘太尉引兵渡河来了。"杨沂中越发小心。

"我是让他把老弱与多余乡勇之流送来，可没让他来啊？"赵玖好像是想起了自己昨日或者今日下午下的一道旨意，却又越发糊涂。"是怕我处置他吗？"

杨沂中面色为难至极。

"说实话！"赵玖彻底不耐了，"到底怎么回事？"

"刘太尉带本部精锐抢了渡船过来的，反倒是将老弱与乡勇俱留在了下蔡。"杨沂中明显也是为难到了极点，"之前傍晚时骚动，便是刘太尉亲自引军抢夺下蔡城内渡渡口缘故。"

"怎么分辨刘光世麾下精锐与老弱？"赵玖茫然之中小心反问，他是知道杨沂中乃张俊部属出身的。

"他部下三千西军本部、两千王夜叉部，还有京东收降的成建制的三千傅庆部，全都完整渡河来了。"杨沂中咬牙言道，"这倒也罢了，就在刚刚，不知道是不是得了刘太尉走时叮嘱，那傅庆部最后一批人走时竟然还放火烧了下蔡内渡，如今下蔡城与城中张太尉部近两万之众已成孤军。臣本是禁卫，不该过问此事，唯独见到对岸火起，方才偷偷下去找西军熟人询问，这才知道内情的！"

赵玖怔了许久，花了好大力气方才想明白杨沂中此番汇报的具体情状，待忽然醒悟，却不顾天寒地冻，直接翻身出帐，飞奔到那处视野极佳的临淮山头，果然见八公山下渡口一路到陨口营寨，已然熙攘无度，不知道来了多少兵马，而对岸下蔡城中某处也果然是火光冲天。

赵官家先是彻底茫然，而后怒火中烧，血涌上头，刚要回头喊人，却不料杨沂中复又从帐中极速追来，并不顾一切跪倒在地，死死拽住了这位官家。

"官家务必忍耐！须知，此时八公山左近只有数千民夫，可用兵马不过呼延通部与几百班直，如何是刘太尉八千精锐的对手？！"

话音未落，远远又有人飞奔而来，却是几名内侍遥遥相呼："官家，陛下！奉国军节度使刘太尉与御营都统制王太尉，还有枢密院汪相公，一起来求见！"

杨沂中闻得此言，不敢再说话，手上却不免越发用力。

而赵玖冷哼一声，奋力甩开对方，在篝火映照之下，其人面色狰狞之余似乎带笑，宛如自嘲："让他们来！都来！宰相、学士、御史，还有营中将领，全都来！"

第 30 章　宁国

"臣奉国军节度使刘光世，拜见官家，不意相别数月今日方重见天颜！臣之前在淮北，为金人追击，又受张俊、王渊排挤，几乎以为此生再难与官家相见了！"

出乎意料，赵官家带着悲愤之意在八公山上的野地里召开的这次深夜御前会议，居然是以刘光世甫一出场便跪地哭诉开始的。

"刘卿……"

火光之下，饶是赵官家之前气涌难平，此时也不禁有些混乱，觉得是不是杨沂中为了偏袒张俊而刻意说了谎，自己误会了这位和韩世忠同龄的西军宿将。

然而，他瞅了瞅跟在刘光世身后、于帷幕边缘处远远下拜的那两个将领，也就是一个叫傅庆的统领，以及他早就有所耳闻，外号王夜叉的王德，却又很难否定杨沂中的回报。

无奈之下，刚刚穿上衣服端坐于太师椅上的赵玖稍做调整，方才勉强压住诸多情绪开口再问："刘卿，金军且不提，你说你被张太尉和王太尉排挤，是怎么一回事？"

"官家！"全副甲胄的刘光世忽然抬头，露出满脸泥污，连容貌都难看清，显得颇为可怜。"好教官家知道，臣昨日在下蔡接到陛下旨意，许臣分兵过淮休整，臣自然是感念不尽，又因我军中士卒被金人大举杀伤，实不堪战，便是待在城中也人心惶惶，反而不利于守城，臣便想着让王太尉（御营都统制王渊）与张太尉（张俊）开个方便，许臣引部分溃散兵马先行夜渡，以安军心……"

赵玖听到这里，想到那吓到跳河的一幕，居然忍不住点了下头，实际上刘光世说到这里，似乎已经能把他偷渡过河的事情说个半圆了。

只是……

"只是为何又起争执，又为何要抢船，又为何要烧渡口？"赵玖蹙额追问不停。

"回禀官家！"刘光世即刻抬头，却是以手指向了同样选择了下跪俯首的御营都统制王渊。"之所以起争执，都是因为王渊不愿臣引兵夜渡！"

"为何不许他夜渡？"赵玖继续皱着眉头，宛如复读机一般开口追问，却是朝着王渊问的。

"回禀官家！"王渊此时抬起头来，赫然是满面烟火、干泥痕迹，比刘光世的脸还要花里胡哨，唯独言语中悲愤难平，不知在压抑什么。"臣……"

"好教官家知道！"就在此时，旁边刘光世忽然插嘴，继续指着王渊落泪诉道，"王太尉有私心！他本应了许多行在显贵，在夜中偷偷为那些显贵输送财货，所以不愿为臣运兵！臣部下愤慨，与王太尉麾下争执，这才酿成祸乱！"

赵玖越发不解，只能继续询问："行在这里哪来的多少显贵，又哪来的什么财货，竟然要运兵船来运？便是有，也该在之前的颍口过淮了，哪有到现在还在淮北的道理？"

"是张俊给的。"刘光世赶紧叩首解释，"官家不知道，张太尉之前在京东、淮东接连剿匪成功……叛匪作乱，军州府库与百姓家产尽数为叛匪所得，而张太尉又从容取之，所以他在下蔡城内暗藏财货无算，此番早想拿出来贿赂行在显贵，以求前途。只是官家来了数日便要走，他根本来不及如此，所以才让王太尉为中人，深夜发财货无数渡淮，交予他旧部杨沂中，以做分派。至于臣不能约束部下，使他们后来见财起意，以至于夺船烧渡，这确实是臣的罪过！"

赵玖面无表情，先是回头看了眼扑通一声跪下的杨沂中，又看了看立在帷帐边缘一言不发的王德、傅庆二人，却最终看向了王渊。

"王卿，你怎么说？你替张伯英运输财货了吗？"

"臣……臣……臣实不知情！"王渊吭哧了半日，却给出了一个匪夷所思的回答，"彼时乱起，臣正在河中运输部队，或者是臣留在下蔡内渡的巡检皇甫佐私自为之也说不定？至于乱起之后，臣切实无能，不能约束船队，又不能扑灭渡口之火，只能狼狈逃回……今日之罪，全在臣无能之上！"

赵玖歪着头想了一下才想明白王渊的意思——刘光世将一切的责任推给了此时不能过河来分辩的张俊以及眼前的王太尉，而王太尉不知为什么，既不敢否定，又不敢担责，便将责任推给了一个下属。

而且不用问，赵玖猜都能猜到那个皇甫佐此时怕也被滞留在了淮北，一时半会过不来的。

想到这里，赵官家冷笑一声，复又扫过匆匆赶来此处的吕好问、张浚等人，然后将目光停在了又一个人身上："汪卿，你是枢相，现在刘、张、王三位太尉互有是非，能断他们的便只有你了，你说此事到底是怎么一回事？"

汪伯彦上前一步，来到帷帐正中，他倒是保持了一个士大夫和宰执的体面，既没有下跪，也没有泪流满面，但也仅仅如此了……他张口欲言，但迎上赵玖那冷冷的笑意后，心中一突，几乎是立即便想将准备好的言辞咽下；可再一转头，目光飘过跪向赵官家的三个武将，落到身后帷帐入口，看到王德与傅庆的身影，却终于还是不敢改口。

就这样，停了许久，实在是不知道该如何说话的汪枢相却只如一个榆木疙瘩一般，立在那里无声无言，端是滑稽。

赵玖越发冷笑，却也并不多言，只是安静相候，好像下定决心要看看对方到底能不能开口似的……不过，可能是早就等待这个时机，就在这个空当里，远处一名小内侍却是趁机引着又一个全副甲胄的武将匆匆擦着王德与傅庆进入帷帐。

来人是韩世忠麾下的副统领呼延通，顺昌府那档子事后，此人就一直引本部留在了赵玖身侧，并被提拔为统领，很显然，这是赵官家又一次类似赤心队的安排，俨然是要借机扩大自己的直属近卫。

而呼延通匆匆到来，直接引来了帷帐中所有人的注意，但此人却并无什么言语，而是直接来到赵玖跟前，并躬身奉上了一封文书。

赵官家迎着火光看了眼文书封漆，便立即严肃起来，然后直接当众打开，便在太师椅上阅览起来……随着这个动作，帷帐中的所有人又都将注意力转移到了这封文书之上，很显然这应该是相隔颇远的韩世忠送来的文字。

不过，不知道是不是错觉，虽然官家只花了片刻工夫便阅览完毕，而且全程保持那种淡淡笑意，可旁边距离颇近的御史中丞张浚却隐约觉得官家看信之时双手竟然微颤不止。

总不能是冻的吧？

要出事了！

实际上，当赵玖放下文书连续长呼了数口白气之后，这是很多人心中本能的反应。

"到此为止吧！"赵玖捏住文书，然后忽然间眯眼对汪伯彦笑道，"汪枢相的意思朕懂，辛苦你了！"

"谢陛下！"汪伯彦虽未下跪，却也老泪纵横。

"王太尉的意思朕也懂。"赵玖复又扭头看向在地上狼狈一时的王渊，"不过你如此维护刘太尉，不惜推罪于自己下属，除了些许公心，莫不是有什么难言之隐？"

王渊尚未说话，刘光世本人和在场的其余人等却是心中一突，因为赵官家这话俨然是把罪责认定到他刘太尉身上了。

"臣……"刘光世张口欲言。

"朕想了下，"赵玖抬手制止了刘光世的辩解，然后宛如自言自语一般若有所思道，"韩世忠曾与朕说过，当日征方腊时他是你王太尉的属下所领，而你王太尉当时是刘太尉亲父麾下所领……换言之，你与韩世忠居然都是刘延庆旧部！而刘延庆与咱们这位刘太尉乃父子，素来以将门传承，善于恩养士卒出名。你这是以刘氏家将自许，所以不愿指认恩主之子，情愿为他担罪，对不对？"

王渊尚未开口，另一边刘光世却连连叩首："官家！臣绝无串通军中大将之意！臣只是……"

"刘太尉好大威风！"赵玖忽然捏着那份文书面色一冷，"你竟然不许朕在自己的行在里说完话吗？！"

刘光世登时心中一惊，却又赶紧俯首不言。

"今夜你们的私心就不多说了，至于你们今夜的公心，无外乎觉得刘太尉棋高一着，木已成舟，如今张太尉和他的兵马在淮北已成困局，而刘太尉和他的精锐却充斥行在。"言至此处，赵玖又不免冷笑起来，"所以为大局考量，不如弃了张太尉从刘太尉，或者干脆是忧惧一个伺候不好，人家刘太尉便要来一次陈桥故事，你们也都成了柴氏遗臣……"

"臣委实惶恐！"刘光世听到这里，再也忍耐不住，便连连叩首。"陛下说他们受臣父子恩，可臣父子却是世受皇恩！臣此番……"

"你若是再敢打断朕说话，朕就当你是想要占这张烂椅子了！"赵玖与刘光世几乎是同时出言，"想说话，就先拎刀上来把朕撺下去！"

而这一次，刘太尉彻底失声伏地。

"汪枢相一言不发，王太尉含污纳垢，朕的禁卫偷偷拽朕的衣服，让朕不要此时发作，吕相公与张中丞屡屡给朕使眼色，劝朕稍缓……大家的公心朕都懂，不就是怕逼急了，人家刘太尉一旦反了，今日这八公山就变成大宋亡国之处了吗？"赵玖到底是把这番话给说完了。"这个心思，今日大家明明都心知肚明，为何要遮遮掩掩？"

话音既落，远处帷帐边缘忽然又一声甲叶声响，却是让所有人紧张到了极致。诡异的沉默之中，风声火光交汇，几乎所有人都想说话，但所有人又都没有那个勇气开口，便是刘光世几次惶急抬头，却也几次都不敢开口。

"王卿！刚才是你吗？"

打破沉默的还是心中微动的赵玖。

"不是臣！"王渊狼狈回应。

"不是喊你。"赵玖忽然提高了音量,"立在帷帐边上的王德王夜叉!听得到吗?朕唤你呢!"

满脸胡子,形状真似个夜叉的王德愕然一时,却还是匆匆向前,来到篝火旁准备俯首行礼。

"上前来!"赵玖招手,"不要行礼,朕有事问你。"

王德越发茫然,但还是老老实实绕过了地上两位太尉,来到了赵玖身侧,并再度俯首。

"认得朕吗?"赵玖就在位中转向王德,并以手指向了自己的鼻尖。

"认得!"王德茫然作答,"臣在河北、南京都见过官家的。"

"不是这意思……"赵玖哑然失笑,"朕是问你,朕是谁?"

王德越发茫然:"官家自然是官家!"

"官家和太尉谁大?"在身后杨沂中和一旁吕好问、张浚等人的粗气之中,赵玖继续笑问不止。

"当然是官家大!"王德张口而对,却又忍不住加了一句,"不过官家,刘太尉真没谋反的心思,就是胆子小些,容易惹祸……"

赵玖点点头,似乎不以为意:"王卿知道朕比太尉大就好。朕再问你一件事,王卿之前驻扎徐州,是撤退前遇到的金军呢,还是撤退后遇到的金军?后面的金军主力又大概有多少数目?是十万呢,还是两三万?"

话到最后,赵玖几乎咬牙切齿,而周围尚立着的几位文武也齐齐目瞪口呆,便是跪着的杨沂中和王渊也都愕然抬头,而不等王德回复,地上的刘光世便忽然连连叩首不止。

赵玖见到这一幕,心中狞笑不止,却又干脆抬手示意:"王卿不必答了,去将傅统领请来。"

满场屏息无声,而王德茫茫然离开那把太师椅牌御座后,却到底是匆匆来到帷帐这里,捉着同样全副甲胄的傅庆至此。傅庆哪里是王德这种粗人可比,或者说此时这帐中恐怕只有王德一个是脑子不清楚的混货,不然他刚才也不会被赵官家那番露骨之语惊到，然后弄响甲叶了。

不过话说回来，这位傅统领被这个混货拽着，反而是万般心思都不用多费了，直接顺水推舟便跟着对方来到御前下拜。

"傅卿是新降之人，所图者无外乎功名利禄，对不对？"对上傅庆，赵玖却又换了一套说辞。

"臣……"

"你也不必答，听着便好！"赵玖就在太师椅中干脆言道，"都说刘太尉父子善于恩养士卒，平心而论，朕是做不到那份上的，但朕这里山穷水尽到如此依然能制住刘太尉，说明朕的本钱还是比他刘家厚一些的。傅卿既然是做买卖，与其把自己卖给他刘氏，何妨卖给朕？他给你的朕也能给，他不能给你的朕还能给！"

"臣万死请言！"刘光世彻底忍耐不住，忽然开口大呼，"官家！臣着实没有异心！"

"朕知道你没有！"赵玖远远相对，"否则朕唤王德来时你便该开口阻止了。"

刘光世瞬间觉得身体软了一半，只伏在地上出言："官家知道臣便可！此番夺了臣的军权，臣绝无二话！"

"麻烦两位卿家，帮我拿住刘太尉两只手。"赵玖不做理会，却又回头看向了傅庆和王德。

王德愕然一时，明显犹豫，而傅庆却迅速蹿出，就在刘光世将要起身之前，在背后用腿顶住此人，然后轻松将此人双手反剪拿下。

刘光世被制住，只能奋力大呼："官家！臣绝非要谋逆！请官家饶过我！"

这下子，轮到王德一时惶恐了，而这位绰号王夜叉的勇将在官家的逼视下，犹豫片刻，到底是走上前去，从傅庆手中接过了刘光世一只早已经软趴趴的手来。

赵玖见到如此，终于起身，却是扭头四下找了一圈，然后竟是从尚跪着的杨沂中身上取下了一把明晃晃的钢刀米。

刘光世越发惊恐，一时涕泗横流，却又在那里说起胡话："官家！好教官家知道！臣此番行止，固然罪重，可却是揣摩着官家心意来的！臣素来知道官家想去江南，又见官家来了可走的旨意，以为是官家有所暗示，这才臆造了十万金军……"

"朕信刘卿。"赵玖拎着刀走来，丝毫不停，"只是朕老早就改主意了，不想去江南了！"

"臣真不知道官家与张韩二人是要真打，臣也真的没有谋逆之意……"刘光世继续辩解，却忽然见到有刀影在头上反光，竟再无法出声。

"官家！"关键时刻，吕好问和张浚对视一眼，无奈齐齐出列。然后吕相公当先匆匆开口："既然事已至此，何妨夺了他军权，从容处置，哪有官家亲自动刀杀堂堂太尉的道理？国家制度何在？"

"官家。"张浚也小心俯首劝道，"臣也以为刘光世当死，可此时情势险恶，亡国之危非是虚妄之语，官家当以大局为重，不要轻易损耗人心。"

赵玖根本没工夫理会这些人，因为他拿刀在满身甲胄的刘光世身后比画了很久，都不知道该怎么下手，无奈何下，这位官家只能扭头询问万事通杨舍人了："正甫，此时该怎么下手？"

杨沂中早已经看傻了，此时骤然被问，却是脱口而出："官家见过杀鸡吗？此时可如杀鸡那般下手……"

这话刚说完，杨沂中便已经后悔。一来，这种事情他实在是不该掺和的；二来，他也是瞬间醒悟，官家何曾见过杀鸡是什么形状？

然而听得此言，赵官家却不再犹豫，只是俯身下来，左手揪住早已惊吓到失态的刘光世的头盔帽缨，右手顺势持刀从对方裸露出来的喉结处奋力一割……那动作熟练得，好像真的杀过鸡一般。

一刀之后，帷帐中再无多余声音。

王德、傅庆松开手来，各自对视一眼，便侍立不语。只有刘光世捂着喉咙在地上扑哧来扑哧去产生的一点杂音，而看他挣扎之状，也真如被割喉的鸡一般。

而赵官家拎着手中染血钢刀看了一阵，待地上之人再无动静，觉得浑身都舒坦了以后，方才弃了钢刀，扭头大声去应自己的宰相和御史中丞：

"朕宁亡国，也要亲手杀此人！"

 ［节选自起点中文网］

【读者评论摘编】

@ScentedDream：被戏称为穿越者之耻的可达鸭，可以说是除了百折不回的北伐决心和少许的识人之明，再也没有任何穿越者的金手指，这排除掉了"穿越光环"的干扰，使得《绍宋》更多地成为一种宋朝彼时彼地的群像演示，穿越者赵玖就像一个总开关，轻轻一拨，庞大沉重的历史倒向了另一种可能。

（发表于微信公众号"书海鱼人"，2021 年 8 月 10 日）

@ 马伯庸：《绍宋》不是那种开宗立派的作品，它更像是一部"宋穿"题材的总结之作。所谓的"总结之作"，是说同一题材的穿越桥段已经发展得极为成熟了，该攀什么科技树、该怎么用历史名人、金手指开多大、现代思维在古代社会会碰到哪些问题等，前人之述备矣。该有这么一部作品把那么多作者的经验沉淀下来，做一次总结性陈述。《绍宋》取舍得宜，面面俱到，比《覆汉》的完成度更高。

（发表于新浪微博，2021 年 2 月 9 日）

@ 锂咕咕：承继《覆汉》的古典英雄主义气质，《绍宋》同样堪称一曲勇气的赞歌。

（发表于微信公众号"书海鱼人"，2021年8月10日）

@若耶溪老道：最近刚看了《中国通史》，翻阅了《宋史》韩、刘、张、岳以及杜充、李纲、宗泽等人的本传，这本小说不像是推演，倒像是茶馆间说书人在史书里寻摘几个章义然后敷衍而成，演义套路很深，人物脸谱化严重，配角除了张荣等寥寥几人，也带着极重的演义痕迹，余无可观。主角大概也唯有嘴炮胜利法，其余只要任用名将，再以自己不惜拆赵氏天下的所谓大无畏精神，即可寻隙苟活，如狗之发狂无畏，便可唬得无识无勇之人退避。探井救狗，倒正合其意气。

（发表于优书网，2020年5月28日）

@linzijian11：本书并非传统的历史网文，我更愿意称它为网文对演义的回归。在这本书里不可期望看到传统历史文一样的考据和推演，更不要说其中的历史逻辑，因此硬核历史文爱好者肯定对本书不屑一顾。本书的历史逻辑确实极其简化，立足点就是大宋是尿包，缺乏血气。因此会发现书中的情节都是围绕这血气来展开的，不管是手刃大臣还是御驾亲征，其出发点都是血气。因此会发现，只要有了血气，大宋就战无不克。所有的历史细节都被磨平，只剩下血气和尿包的二元对立。但也正是这种简化，让小说变得很好看。你不会在《三国演义》中追求对九品官人法的深刻见解，也不会分析东汉末年的外戚宦官轮流登场的内在逻辑，你想看的就只有刘备的仁义、曹操的权谋以及孙权的渣。从这个意义上讲，《绍宋》有演义的三分气韵……最后提示，本文仅适合对故事本身感兴趣的，不适合历史文核心读者。

（发表于优书网，2020年11月26日）

［导引、简介、节选、读者评论摘编：谭天］

一点英雄气，千里快哉风
——评榴弹怕水《绍宋》

谭 天

从阿越的《新宋》起，穿越宋朝的历史文在网文界兴盛已十几年。"宋穿"的种种可能性都被作者们探索过了。这是以整个类型为尺度的探索，宋朝穿越文不断穷尽旧的可能：抄诗拽文、攀科技树、工业革命、朝堂斗争、一统天下……这些套路迅速出现，兴盛，成熟。一个类型在大规模试验下发展到高峰。

对于新作品，诞生在高峰期是一件不幸的事：前人的"肩膀"太高、太宽了，投射下沉重的阴影。《绍宋》想写出新意，只能去挑战"硬骨头"。英雄气，便是这样的"硬骨头"，它并非单靠看两本史书或专著就可以掌握。不过，榴弹怕水恰好精通于此。他笔下的人物既有日常的活泼情趣，又有历史的厚重质感，是一个个鲜活、可感的英雄。这些人的立场、性格与身份各有差异，却被《绍宋》统摄于一派慷慨激昂之中，显得气韵生动，让读者看完小说后心潮澎湃，击节赞叹。

《绍宋》塑造最用力之处，还是主角赵玖，或者说是赵玖"穿"成的宋高宗赵构。他不仅给予了一众英雄施展抱负的舞台，自身也带着一股血气，像英雄胜过皇帝。作者让原本主和的赵构成为这样一个人物，显然是在补偿历史的"意难平"。而安排什么人去穿越成赵构，则是一个更值得思考的问题。

综合来看，赵玖并不属于才能特别出众的穿越者，他抄的诗词不超过中小学课本范围，知晓的科技知识极为有限，对宋朝的名物官制、历史细节也不甚了解，常收获作者"这又是赵玖的无知了"之类的点评。这样一个主人公，恰似万万千千的普通读者，只知道"要抗金"，记住少许义务教育出来的知识，就不得不来到一个时代的转折点，承担天下兴亡的重任。出人意料的是，他居然真的成了英雄，拥有了英雄气。

时势造英雄。赵玖是宏大叙事外的游离个体，来自历史仿佛"已经终结"（这当然是错觉）的后现代社会，却在出乎意料的情境下卷入历史，被赋予了使命，成为一个英雄。是历史在召唤普通人成为英雄，也只有在历史的进程中，普通人才能够成为英雄。

《绍宋》展示出来的，是一个后现代的原子化个体力图成长为历史主体的故事。书中的赵玖是电脑屏幕前"赵玖们"的共同缩影。他们虽是生长于"小时代"的普通人，却被逼进了一个"大时代"，只能"凭一口血气"站出来，再度走入历史的宏大叙事，幻想成为真正的主体，去做开辟新天地的英雄。

这确实是一种振奋人心的文化想象。然而，它的缺点同样暴露无遗。自我感动和自娱自乐，恰恰是英雄气的另一面。

小说接近结尾处，榴弹怕水写了这样一段剧情：天下将定，主角为敲打武将，故意写出一部功臣自误的小说，还决定给每位大将各写一部对应影射之作。作者认为主角是在用心良苦地写小说劝诫大臣，因此将章节取名为《保全》。但读者们并不买账，认为主角的这一做法是"编排功臣"（赵咪咪），"充满了自以为是，充满了自我感化"（为我狂_0085），"宛若儿戏"（Timor 必须 ×）。作为回应，榴弹怕水不得不在新章打补丁圆场，并道歉称"'玩梗'的时候，脑子一抽设置了一个不应该出现的剧情"（《写完新章，来给大家道个歉》）。

单方面的"用心良苦"，是自我感动。"玩梗"而无人能"接梗"，是自娱自乐。自我感动与自娱自乐，组合起一个自恋的孤独者，恰如拉康论述过的典型后现代人形象。赵玖好似用英雄气鼓荡起宏大叙事的"快哉风"，却抹不去内心后现代人原子化的底色。"赵玖们"想做历史主体，却只会以"小时代"之心幻想"大时代"。

既然已经进入历史，"赵玖们"就必须努力认清时代环境，避免对复杂历史进程的刻奇化、娱乐化理解。在此基础上，后现代的个体方可成为真正的历史主体，创造出新的宏大叙事。《绍宋》已带读者做了一场很爽的"大时代"之梦，但如何引导大家从梦境跨越回现实这个真正的"大时代"？以上是《绍宋》的未及之处，也是我们希望榴弹怕水能继续进步的地方。

毫无疑问，《绍宋》是一部慷慨激昂的英雄史诗，是对千年遗恨的代偿，也是在时运变迁之际发出的呼唤，它呼唤着新的历史主体降生。

战略级天使

白伯欢

白伯欢，小红花阅读签约作家。2013 年，以笔名"白贪狼"在起点中文网发布《天国游戏》。这部无限流作品虽文笔青涩，风格稍混乱，全篇质量也起伏不定，但精彩的脑洞和宏大的设定仍为读者所认可，获得了不错的商业成绩。2017 年，加入小红花阅读网（2017 年由新星出版社幻象文库团队创立），启用新笔名连载《战略级天使》。在新兴的小众网站，迅速受到老白读者热捧。在连载《天国游戏》时，白伯欢就展现出非凡的想象力，而《战略级天使》中展现出的人文素养和细节把握能力更为读者激赏。

《战略级天使》自 2017 年 3 月在小红花连载，至今尚未完结。其间，长期占据人气榜之首，尽管受众并不广大，但得到了赤戟、马伯庸等网络原生评论家的肯定，众多推书公众号也给予推荐。白伯欢在创作时除了对网文套路的熟练掌握，也展现了高超的现实主义文学技巧。2018 年 7 月出版的实体书第一卷广受欢迎，足以体现网络文学生态的丰富性，并代表了一种新的转向和尝试。实体书腰封上"二十年网络原创文学转型之佳作"的评价，并不只是商业宣传语。

【标签】都市　异能　现实感

【简介】

青少年进化管理办公室的小公务员曹敬一直以为，他将以一个有点特殊的教育工作者的身份度过余生。然而，在接触自己的业务对象——进化者雷小越的过程中，他却被卷入一连串的谋杀案。重重危机之下，曾被作为进化者中的次品而遭抛弃的他冲破束缚，以应对身边的致命威胁。陈年往事慢慢回归，未来轨迹也被改写。

选文出自小说连载版的第0—1章、第44—45章，实体书章节划分与此不同。作为引子的第0章讲述1974年，泛亚太共和国遭遇百年一遇的洪灾，战略级超能力者"龙王"牺牲自己，在沧江大堤上将洪水消弭，以带有魔幻色彩的现实主义宏大叙事的方式拉开小说序幕。之后是身为教育工作者的曹敬与雷小越的交流，既展现出主角作为普通人的日常生活，又在回忆中揭示其成长经历。第二段选文讲述谋杀案之中，曹敬为追寻凶手而解放了精神感应的超能力，与异能者梅和勇对决的情形。这既是超能力者的争斗，也是不同道路选择之间的博弈。

第〇章

车突然停下，发动机熄火了。

黑暗中，少校在自己的大衣里陡然惊醒，他看看防水手表，荧光数字显示现在是凌晨四点。他悄无声息地拔出手枪，敲了敲隔板。

"没事。"

过了大概一分钟，驾驶员才悄声道："前面的路被水冲没了，卡车开不过去。"

少校犹豫了一下，拉开后车厢的门。

豪雨滂沱。

特制装甲车厢里听不见外面的一点声音，只能感觉到雨点拍打在顶板上的轻微震动。当门一打开，喧嚣的雨夜便闯进了车厢，浓厚的水汽将他环抱起来。少校眯起眼睛，两名穿着明橙色雨衣的士官已经立在雨中，注视着少校和他身后的黑暗。

"还有多长的路？"少校问。

"车子开过去还有十多分钟。"其中一名士官用带着浓重口音的普通话回答道，"人用脚蹚过去要一个多小时哩。"

"能不能……"另一名士官看了看车厢。

少校沉吟了一下，摇头道："把他扛过去。"

"是！"

士官们转身前去传令，少校注视着前方熄火的运兵卡车，他知道一前一后一共有四辆卡车，除了这辆车，每辆卡车上有五十名全副武装的士兵。每一个士兵都通过了重重审查和考验，是他亲手带出来的好兵。而现在，就是将这支精锐力量，用在祖国最需要他们的地方的时候了。

"全体都有！下车！列队！"他听见尖厉的吼叫声从雨幕中传来，然后转过头去。在黑暗中沉浸了许久的眼睛让他能在微光下视物，他发现那人已经醒了。

"你可以再睡一会儿。"少校柔声道，"等到了我叫你。"

无声地摇头。

黑暗中，一对晶莹的眼睛像是宝石一样耀耀发光，反射着后车头灯的黄辉。

"接下来会有些颠簸。"少校接过一名士官递过来的防水毯，披在那人身上。几个士兵跳进车厢，将那人从床上仔细抬起来。

"把他的头也盖上。"少校吩咐道。

轻盈的身体被运了出去，然后两个士兵把呼吸器和储氧钢瓶也扛了出去。

"全体都有！"少校跳下车，雨点打得他粗糙的皮肤都有些疼，"检查装备，跑步——前进！"

已经没有路了，只剩下被水流覆盖的泥泞泽地。齐膝的水深让每一个人都步履维艰。靴子像是被泥水吸住一样，踏下去，然后得费好大劲儿才能拔出来。在这样的路况下步行前进，谁也不知道会踩上什么，或一头没进泥水里的深坑。

"三十分钟一换！"

少校擦掉自己脸上的雨水，焦躁地注视着流淌着泥浆的山坡，祈祷不会有人落进身边的深谷。或者说，不是他身边的这个人。

军用毯下面，一只苍白的小手掀开了毯子的一角，让里面的人露出头来。这仅仅是一个少年，不，或许只能用幼童来称呼，看不出是男是女，头发一丝不剩，圆秃秃的，连眉毛也特别稀疏，简直像是从猎奇怪兽电影里跑出来的畸形小怪物。

他让雨点打在自己的脸上，在如注雨幕中眯开眼，咧嘴笑了。

行军路上，路边不时能看见被水流冲断的树木，弃置在原地的趴窝卡车。随着这支沉默的部队越靠近目的地，周围的军人也越来越多。车开不进去了，只能用人力往上送沙袋、石袋和木桩。鱼群一样的人列不断巡回，像是古代的祭祀仪式。

东方泛起鱼肚白的时候，目的地到了。

少校站在沧江大坝上，脚下有一种空虚感。他知道这只是一种心理上的错觉。脚下千万吨重的水泥大坝不动如山，在洪水的冲击下已经坚持了半个月。

"昨天早上，垮了一截。"一个疲惫的声音在他身后响起，少校认出了对方的军衔，敬了个礼。

两人都没说话，看着堤下翻滚的江水。

"当地有的老乡说是地下走蛟了。"军区政委轻声说，"我们征用了两艘水泥船，开到决口的地方，然后用焊枪，把船底切开，让它们沉下去。"

"堵上了。"

"用了十一个小时。"军区政委说，"堵口的时候冲走了十五个人。下游的冲锋舟部队在救人。"

"希望我们来得及时。"少校抿紧嘴唇。

"再等等。"政委看了一眼被士兵们扛在肩膀上的军用毯，"我们腾出一顶帐篷。真正的洪峰还没到，他还能休息几个小时。"

"我的人也能参与抢险任务。"少校挺起胸膛，"我们将与大堤共生死。"

"不行。"政委说，"如果真的决堤了，我们与大堤共生死，你们保着他出去。有一架直升机在那边桥头待命。哪怕我们全死了，他也得活着出去。"

中午一点，前线总指挥部来电话了。

"第五次洪峰还有三个小时抵达沧江大坝。"政委放下话筒说，"上游测量流量为六万五千立方米每秒，是目前为止的最强波次。"

有人从帐篷里换出那个少年，他神态安详地盘膝坐在潮湿的沙袋上。

少校想给他戴上呼吸器，被他拒绝了。

"这样就很舒服了。"少年说出了第一句话，声调有些怪怪的。

少校蹲下，握着少年的手，轻声说出了他为众人所知的名字："龙王……"

"嗯。"

"这里就交给你了。"

"我知道。"龙王露出笑容，"大爸跟我说过了，养兵千日，用兵一时，我要在这里努力，才对得起叔叔阿姨们这么久的照顾。"

他穿着白色的布袍子，像是一口钟似的套在幼小的身躯上。少校曾经见过他摔下三阶楼梯，断了骨头。

龙王的身体脆弱得不可思议，就像是上天的某种平衡，抑或是天生的不幸，凡人无法触及的伟力与纤薄脆弱的身体融为一体，这极端的不平衡令他在这几年里夙夜不安，总是担心有一天，这枚人类的珍宝将落地粉碎。

而现在，沧江下游上千万人的生命，都压在了这个小人儿的肩膀上。

下午四点二十分，洪峰如约而至。

被称为龙王的孩子已经在大坝上坐了三个小时，这三个小时里，他吸了五次氧。有人远远地认出了他，于是消息野火般地传遍了上下。有正在迁移的灾民在岸边向他磕头，也有人向他哭喊叫骂，被士兵拖走了。龙王一直坐在沙袋上，兴趣盎然地观察着周围的人们，大声把每一个他觉得有趣的人描述给少校：扛着澡盆的中年男人，抱着鸭子的头巾老汉，甚至还有在大雨里穿着白色连衣裙，一直在远处盯着他看的女孩。

他的反常活跃反而让少校愈加不安。

"来了。"政委伸出手，捻了捻空气，像是能分辨出什么，"水要来了。"

少校觉得军区政委已太久没睡觉了，他把手放在龙王的肩膀上，用坚定的动作给他鼓励与信心。二人看向远处席卷而来的黑潮。那不仅仅是浑浊的江水，他想，里面还有无计量的石头、泥沙、树枝、房屋、船与人的碎片……如果连被众人敬畏地称为"龙王"的人都制不住洪水，怎么办？他脑中浮现出这个问题。

当洪峰逼近的时候，所有人都无法呼吸，胃部抽紧。那是一头无可抵御的巨大体量的怪物，纯粹而惊人的液体与固体推动的庞然流量，像是一座山向你势不可挡地压过来。脚下的大堤像是一个纸壳的玩具，甚至不能指望这人类的造物能够多坚持五分钟。

"龙王。"他说话的声音中带了一丝惊悸。

"嗯。"孩子大声应道，伸开自己的双臂，"我现在感觉真好！"

在后方听报告永远也无法体验真正面对洪水的感觉，在来到战场之前，上校印象中的洪水仅仅是沿着河道前进的一波巨浪，但现在他知道了，洪水是一种巨大的感染蔓延，是土地肌体的溃烂。目力所及之处，上游的大片田地、乡镇……都被黄浊的水流所淹没。它是漫溢在山原中的不定形生物，而人们所能够做的，仅仅是小心翼翼地控制与疏导它的动作。

而现在，这头巨兽正在向沧江大坝不急不缓地扑来，他们指望一个孩子给它套上笼头。

"感觉很好吗？"少校伫立在雨中问道，"身体能撑住吗？"

"嗯。"龙王大声说，"我终于能派上用场了！"

在巨浪扑到大坝上，所有人都抓住身边固定物，准备迎接地震冲击的时候，龙王抬起了他的手掌。

于是，洪潮崩溃了。

哪怕是亲眼见证的当事人，少校也很难形容那一刻到底发生了什么。只是巨大的、浑浊的、流动的黄色洪涛，一下子变得低微、弱小了。冲击到堤坝上层，足以将卡车掀翻的巨浪，现在只是轻轻拍打着众人的靴子。

水……消失了，取而代之的是柔和、甜美、润湿的空气。空气中浓重的水汽加重了雨点，但云层中似乎有什么东西在翻涌。少校抬起头的时候，云的阴影与纹路交错晃动出细长柔韧的身影，他知道这只是光线造成的错觉，但眼前所发生的奇迹——大地的溃烂正在以肉眼可见的速度消退，龙王神态凝重地坐在原地，只是伸出自己的手掌，他指向正在挣扎的江水，仿佛在责问驰骋大地、蹂躏山原的原始神灵。在少校和政委的世界里，他们看见大坝下还在疯狂冲击的洪水，巨兽在撕咬水泥的根基，水流的质量正在与虚空中强韧的意志力相抗衡，除水之外的东西，那些石头、钢铁、沙砾……随着水流的消逝，这些事物逐渐停滞、沉默下来。

液体卷动的动量正在迅速消散，这违背物理学常识的迹象让少校脊背发麻，他不禁思索这些消失的能量到底去了哪里。他所受的唯物主义智识训练让他情不自禁地想到了答案：一切反作用力都在由龙王来承担。哪怕龙王能够以最精巧的方式抽去洪水存在的根基，这巨大的伟业对他的身体来说也是一种难以承受的负担。

但他什么也做不了，少校唯一能做的就是相信龙王。他是万中无一的战略性珍贵人才，这代表他的价值更胜过千军万马，能够左右一场战争局势的个体，具备无可替代价值的经过极度罕见进化的超人类。但对他来说，龙王只是一个由他照顾的孩子。

少校转过脸去，龙王的脸上出现了紫色的血管，蛛丝般的毛细血管里渗出血来，表情端庄。

政委的脸色突然变了，他指向前方的山坡，咬牙道："山体滑坡了！你快带他走！！"

少校陡然一惊，连绵的丘陵正在上流江水的冲击下逐渐崩溃，山体正在下陷，连日暴雨令山坡上的土壤松动，当树林也开始滑坡的时候，缠绕纠结的树根带下的是数倍于地面林地的泥土沙石，半片山丘正在滑落，轰然间撞入江水，千万吨的高密度物体带着难以计算的势能，向着数公里外的大坝闯来。

"直升机！"

政委脸色铁青，他缓缓向少校敬了个礼，到了这里，不用再多说什么了。

"不用。"龙王吃力地笑道，"我真的能撑得住。"

"现在不是任性的时候了，我必须带你走！"

"不行。姜叔叔，你没办法强迫我的。"龙王流下了鼻血，用孩子赌气的口吻道，"我这次真的真的真的能搞定。你就多相信我一次吧。"

姜叔叔——姜德少校拔出手枪，却不知该指向谁，他嘶声道："这是命令！你的命比我们所有人都重要！听话！"

一股无形的斥力将少校和政委推开，在龙王的身周出现了肉眼可见的半透明水层。从空气中抽离出来的水流形成了牢不可破的护盾，这里是龙王的主场，当水流出现的时候，踉跄地站起来的姜德少校意识到，他已经不可能阻止下定决心的龙王了。他知道这个孩子的天赋与意志力，知道他能创造怎样巨大的奇迹。

龙王在水层中站起身来，向前缓缓行走。隔着流动的帷幕，少校看见血流正在布满龙王的面颊，他不知道是从哪里来的血。

山崩的冲击——足以将大坝的骨架震散的冲击，连大地都为之颤动。在这天倾般的破坏力面前，少校从未如此清晰地感受到人类的渺小，任何武器和军队，任何人类能够组织起来的力量，都无法正面抵御来白天地的惩戒。

但，这里有人可以。代表了人类个体进化新高峰的超人类。

龙王一步步走向洪涛，而代表千万年沧桑天地的原始力量则开始一步步退却。人类的个体在这一短暂的片刻战胜了山河的力量，在龙王的意志面前，水的本质正在崩溃、重组，自然的法则臣服于新的主人面前，谦卑地退却了。湍流开始旋转、退缩，岩石与树木躺倒在裸露的河床上，水则成为其驾驭者控制下的玩具，向大地的深处流去。

河床中，巨大的裂缝打开了。岩层被水神的巨力撕开，其地下暗流的甬道暴露在天光之下，让地面上的洪流找到了新的出口。少校头晕目眩，脑皮发麻地看着长达数公里的广阔地形被少年纯粹的意志力所重塑，这已经超出了他对特异能力的理解，这也已超出了之前他曾经见证的记录，这代表新人类身上所具备的，远比预期更为广阔而深远的可能性。

当他重新将目光转回龙王的时候，水幕已经变成浅红色，那是血的颜色。被血球包裹住的龙王如同年少的神祇般庄严地盘腿坐在地上，双目低垂，似乎睡着了。洪水中的神灵还在远方咆哮，但被导入地下支流的它已经无力再对大坝造成实质性的破坏。

"医护兵！"

少校高声咆哮。

在第一个进化者出现，并深远地改变了世界局势走向的后六十年，具备奇异人体功能的人物已经在世界各地普遍出现，诞生在社会的各个阶层。然而真正具备无可比拟价值的进化者，依然凤毛麟角，百万中无一。他们被称为"战略级进化者"，被当作国之重器对待，关于他们的情报是地球上每一个国家的最高机密。

1974年，泛亚太共和国战略级进化者"龙王"从名单上被画去了。

沧江大坝抗洪纪念碑上，有一个坐着轮椅，面目模糊的儿童身形，他独立于士兵群的雕塑之外，一个人坐在最前方，神情严肃，目光炯炯地望着远处的滔滔江水。

1976年，内务部少校姜德被调往沧江市。

于是故事从这里开始。

第一章

沧江市每年有六个月是雨季，这座城市像是跟水结了缘，城郊有一座龙王庙，从前里面立的是沧江的老龙王，1974年后多了一座老龙王转世的小龙王。

与此事相映成趣的是，曹敬十七岁时被进化人类审核小组判定为不合格品，二十三岁的时候却成了审核者中的一员。

对孤身一人的单身汉来说，沧江最难熬的是冬天，一般不下雨，但是下雨的时候格外严寒。有的时候曹敬怀疑，如果龙王存在，祂老人家是不是特别擅长折磨人们。

曹敬把电瓶车停在门廊边，抖了抖雨披上的水，然后才走进派出所。

从外表上看，哪怕总是笑着，曹敬也散发出一股生人勿近的气息，身材高瘦，动作柔软，披着厚重的黑色长外套，借办公室主任老马的话来说，"一天到晚跟出殡似的，看着就不吉利"。特别是一头劳改犯似的圆寸，还总是一动不动盯着人看，老有人觉得他刚从监狱里出来。

青少年进化管理办公室的主任老马因为"化缘"功力而在市政系统内部颇有名气，各种饭局逸事为同事们提供了不少谈资，曹敬给片警敬了支烟，讲了个老马的笑话，一路就到了禁闭室。

被江水分割的沧江市，冬天又冷又潮。派出所里的暖气片提供了一些庇护，曹敬的膝关节在寒冻中有些转动不灵的僵直感。

这次传真过来的档案他看过了。雷小越，男，十三岁。初中一年级学生，典型的情绪型事件。曹敬根据自己的经验估算了一下，觉醒症状可能已经出现了两三个月，一般家长只会当作是普通的感冒发烧，毕竟从外部症状上来看，两者很难区分。

他隔着门看了一眼，禁闭室里坐着的男孩看上去十岁不到，穿着校服，卷着袖子的右臂上有几块创可贴，脸上还乌青了一块。

虽然屋子里有地暖，但是这里没有窗子，室内很闷。中控空调有气无力地换着气，曹敬来过这里两次，第一次那个对象精神不太稳定，墙被烧黑了一块，现在还能看见后面重新刷上去的一块白灰，墙上像是长出一个多棱的月亮。

曹敬摸了摸自己的脖子后面，问了一下食堂的位置，得知没人敢进去送饭。

"真的要命，你走进去就知道了。"带路的片警捏着烟，指了指自己粗壮的手臂，"你看，汗毛都竖起来了。"

"还行吧。"曹敬站在门口往里面看了一会儿，"我给他带饭进去。"

几分钟后，曹敬端着一个不锈钢餐盘走进房间。坐下来之后他先看了看手表，现在是十二点三十分，秒针还在转动。他把餐盘推到桌子对面，然后从挎包里拿出塑料袋包着的饭盒。

对于儿童的心理安抚是一个需要耐心与理解力的课题，曹敬在这方面有点心得，在这之前他为此付出了不小的代价。从照片上看，雷小越有着这个年龄段的年轻男孩常有的傻气，现在坐在桌子对面，被拘束在椅子上的男孩正在用愤懑的眼神瞪着他。

曹敬知道，有的进化者单凭眼睛就能杀人。他有些庆幸自己这会儿还是完整一块。

"吃饭吧。"曹敬说，"十二点半，刚好是吃饭的时候。"

说话的时候，他感觉自己的声音有些发闷。

"你是来带我走的人？"声音有点沙哑，对象没有动筷子。

"什么叫带你走？"曹敬夹起自己早上做的炒肉，看到男孩喉结动了一下，"我为什么要带你走？"

"你不是少训所的吗？"

"不是。"曹敬一边吃饭一边摇头，嘴里泛起一些金属般的苦味，手指发麻，"我是教育局来的。青少年进化管理办公室，教职人员。"

并且负责跑腿，曹敬心想。

他扬眉道："你不是还没吃中饭吗？"

"吃过早饭被送来的。"少年用狐疑的眼神瞪着他，伸出手去拿筷子，"这个管理办公室又是干什么的？监视我这种人？"

"保护你们。"曹敬叹了口气，"我们帮助表露出进化征兆的青少年做心理辅导，提供一些简单的自我控制方法，对青少年中的进化者进行登记，为你们的家庭提供一些帮助。这就是我的工作。"

少年皱眉："你？一个正常人？"

"也不能说完全正常。"曹敬耸肩，扯开一点围巾，让对面的少年看见脖子上的抑制器，"不过，是的，你可以在所有方面都把我当作一个正常人看待。"

"你是一个次品？"少年瞪大眼睛。

"这样说很不礼貌。"曹敬把白米饭扒到一边，夹起一块青椒，露出习以为常的微笑，"特别是当着别人的面说。"

"你是什么能力？"少年不理会他说的话，好奇地问，"我还没跟其他超能力者说过话。"

曹敬端起保温杯喝了口水，摇头道："不值一提。"

"告诉我吧。"少年不满地说，"如果你想让我配合工作。"

带着一点侵略性，小狡猾。曹敬借水杯的掩护仔细看了一眼他的神情，并不具备明显恶意。每次遇到危机的时候他总会有一种后颈发痛的感觉，这可能是自己过去能力的残余，或者是生物的本能。这种本能救了他几次，"驯服"新觉醒的少年是一种风险相当高的行为。

从个性上来看，雷小越并不比他之前的对象更难以教化。拜工作所赐，曹敬见识过很多危险狂躁的青少年。几次受伤后，他明白了为什么办公室里所有人都排斥外勤工作。然而外勤特别津贴很高，而曹敬又很想赚钱。

曹敬斟酌了一下，说："我睡着的时候，能接触到别人的梦。"

安静。曹敬注意到窗外的雨声似乎越来越大了。他其实并不讨厌下雨，从很小的时候就这样。雨声不会让他感到焦躁，反而觉得宁静。雨天总让他想起小时候的事，他喜欢雨天。以前兄弟姐妹几个里，他是读书的人，雨天的时候不用出去干活儿，他就读福利院里少少那几本书给他们听。

"会很开心吗？"雷小越问，"你在接触梦的时候。"

"并不会。实际上，给我造成了很大的负担。"曹敬摇头。

"有的能力是无法被主动控制的。很不幸，我就是那种。很长一段时间里我以为我只是很容易做梦的那类人。每天早上醒来的时候都感觉一夜没睡好，像是被卷入一千个梦境造成的沙暴。而且，拜我小时候身处环境所赐，触碰到的梦都是又潮湿又冰冷的梦。"

曹敬把双手合在一起，盯着对面少年的眼睛。窗外的雨声还在持续。

"你明白，这是一种很难忍的煎熬。"

"懂一点点。"少年故作老成地点头。

"如果没有抑制器的话，我可能在十年前就疯了，被绑手绑脚地送进七院。"曹敬低声笑了起来，开了个小玩笑，"七院"是本地精神病院的外号，他伸手点了点自己脖子上的银色圆带，"有人挺讨厌这玩意儿。但对我来说，它是健康的保障。戴上这玩意儿之后，我才能睡一个好觉。"

对面的少年换了个坐姿，略微前倾，曹敬的身体往后压了一下。

"我听说少训所很可怕。"雷小越表情严肃。

曹敬摇了摇头："对我来说，不算可怕。有点像是寄宿制学校，还蛮好玩的。当然，我是在福利院里长大的，所以感觉没什么区别。不过如果你是正常家庭出身，开始那两周可能确实不太习惯，后面就好了。"

"听说他们在搞军事化管理。"

"没有那么夸张。不过我们摊开来说，要管理像你这样具有巨大潜能的人，总不能单凭爱心和温柔。少训所比较强调纪律性，这一点没什么可隐瞒的。"曹敬温和地说，"对于能力特殊的进化者来说，还会有专门人员进行特化训练。不过那是极少数。"

如果他觉醒的是极度罕见的精神能力，曹敬心想，他就能钻透我的脑壳，看见我此刻回忆起来的东西。这样的话，工作就很难做了。无论对本人还是对周围的人来说，与精神相关的进化天赋都是一种不折不扣的灾难。

"比如战略级？"少年眼睛开始发亮。每一次他们都会问这种问题，曹敬心想，每一次他们都会问到战略级的问题。

"比如战略级。"曹敬微笑。

"你见过？"少年随即自问自答，"我感觉你一定见过。你就是干这个的，对吧？你见过战略级吗？真的有传说中那么厉害吗？"

"事关国家安全。"曹敬故作神秘地说，"无可奉告。"

给青少年做心理辅导是个苦差事，而当他们具备各种进化后的异能力的时候，这份职业所要跨越的阻碍又上升到一种全新的领域。当年辅导他的几个老师的心情，曹敬现在都能感同身受。

还没有能够控制好自己能力的进化者，身边会出现各种异象。能量像是从他们身上不断溢出来，对周围环境造成各种影响。对于绝大部分进化者来说，他们的"溢出"最多也只是扰乱手机信号，或者加热一杯水的程度。

但是雷小越所表现出的"能量溢出水平"有些高，从走进室内之后曹敬就感觉到了。人体——特别是训练有素的人——对这方面的征兆很敏感，他的味觉、触觉、听觉都被影响。舌头上的苦味，偶尔出现的嗡嗡声，以及手指尖的麻痹感。这些都是自己正在进入对方"场"的表现，他甚至能够从中感受到对方此刻状态的不稳定。

"战略级，你们学校国庆节的时候也组织过活动，去大坝上看过吧？"曹敬用力搓了搓手指，"我记得我小的时候就组织过。献花圈，折白色的小纸花，排着队一个个放上去。"

"你说的是沧州大坝？"雷小越仰起头盯着电灯泡，光线一闪一闪，"上面有个烈士纪念碑，我们在建军节的时候去看过。听说有个战略级超能力者死在那里，但没人告诉我们到底是怎么回事。"

"你们现在连这个都不教了？"曹敬皱起眉头，"我们那一代的时候，这个事几乎所有人都知道。当然，上课的时候没有说过，但是那时候人人都在传。"

"你讲讲吧。"雷小越眼中闪过热切的光。

曹敬叹了口气，这或许是一个切入口，他组织了一下思路。

"是这样。我的养父，嗯，大概可以这么叫。我的养父给我们讲过很多次这个故事。他说1974年发大洪水的时候，他就在沧州大坝上的抗洪部队里，还亲眼见过龙王。"

"龙王。"

"是的。"曹敬点了点头，"1974年的战略级之一，从这个称号和他干的事来看，应该是和'水'相关的能力吧。简单地说，洪峰到来的时候，他顶住了最大流量的洪峰，并且成功疏导了江水，直到沧江重新平静下来。然后……就死在大坝上了，不知道是当场就死了，还是送到医院后不治身亡。我猜大概是力竭了。"

雷小越似乎有什么话想说。

曹敬看着他。

"那个龙王的雕像，我记得好像是个小孩。"

"是的。"曹敬说。

"跟我现在的年纪差不多。"

"是的。"

曹敬突然觉得室内有点冷，安静持续了一会儿。

"如果你也有那一天，你是有选择的。"曹敬沉吟了一会儿，然后说，"没有人会强迫你去做这种事，在这种事发生的时候，你是有选择权的。龙王当年也是同意了之后才上前线的，没有人会，也没有人能强迫他。只不过，当年时势如此，谁也没有办法。"

"喔。"

他看上去懵懵懂懂的，曹敬想，他还什么都不明白。

我也一样。他想。

作为半个教师，曹敬经常会遇到这种情况。如果这个世界像是故事书上那样，不是黑就是白，那教授孩子们就会轻松很多。但是这个世界太复杂了，就连曹敬自己也有很多事想不明白，就很难教导他们。他不愿意说谎。

"我听说你是因为在学校里伤了人，才被拘押进来。"曹敬打开自己的挎包，取出里面的复印件，开始进入正题，"在这之前，我们并不知道你已经初步觉醒了能力。当然，这种事最近并不少见。你不是第一个因为能力失控而造成附带伤害的进化者，也绝不会是最后一个。"

雷小越的表情表示他并不想谈这件事，但是他做好了准备。

"我是被逼的。"

"没有人怪罪你。"曹敬说，"没必要抵触，我们都曾控制不住，在最开始的时候，这并不是你能够控制的。"

啪的一声，灯泡熄灭了。熔断的钨丝颤抖着垂落下来，室内陷入了黑暗。

第四十四章

曹敬和津岛郁江一人抓住电梯门的一边，两人互相借力，将厚重的金属滑门强行拉开。借着走廊上的灯光，能看见钢丝绳和电缆悬挂在钢架中间，低头时可以看见缓缓上升的电梯。

"电机房在楼顶，我们没有时间去关闭总电源。"曹敬在黑暗的甬道中用电工的视角观察缆线的颜色和标号，然后伸出手拽过其中一根，陈旧的橡胶外皮散发出刺鼻的气味，他一只脚踩在一端，另一端则用手拽住，"把它打断。"

津岛郁江缩起脑袋，握住手枪，凝神瞄准两秒，然后扣动扳机。

巨大的枪声在电梯井里回荡，曹敬听见弹壳一路下坠的叮叮当当声。

"这是主电源线路，备用电源的随行电缆在这里。"他抓住另一根电缆。

在二人脚下，装载着杀手与少年的电梯厢已经中止移动，上不着天下不着地，悬挂在两个楼层之间。

津岛郁江又开一枪，这一次打偏了，让她不得不补开一枪。被子弹打破的电缆中间，绞接成簇的软铜丝变形撕裂，只剩下藕断丝连的绝缘外壳。

电源中断，电梯并不会像恐怖电影里那样一坠到底，承受重量的钢缆还完好无损，还有安全钳能够保持电梯的平稳。医院电梯的规格通常与小区公寓电梯不同，空间更大，载重更高，足以容纳担架推车和轮椅，在安全性上更胜普通电梯。

"现在呢？我们从上面把液氮一股脑儿倒下去？"津岛郁江甩了甩手，刚才被后坐力震得发麻。两人的身后堆着两个蓝色小桶，小桶的底下还装着滑轮。

"那样就一劳永逸了。不过很可惜，并不能这样。我的那个小孩和他在一起。"曹敬蹲在电梯井门口，皱眉凝视着一动不动的电梯。

"那你想要……"津岛郁江戴起手套，把液氮桶推到电梯井旁边。

停止不动的电梯内部，梅和勇正试图摸索着推开电梯的顶盖。长年锻炼的敏锐直觉让他本能地感觉到危险。电梯突然停电绝非偶然，他能猜到曹敬用什么方式切断了电源，而当他推开顶部出入口的时候，一颗散发着热气的弹壳叮当一声滚落进来，落在了地上。

所以，之前的枪声并非幻听。

梅和勇俯身捡起弹壳，在黑暗中用触觉分辨了一下型号。制式手枪弹壳，但从变形的程度上来说，有人在弹头上刻下了痕迹，让它变成了开花弹。

有枪……为什么之前偷袭的时候不用呢？

无论是哪种解释，都令梅和勇感到不快。

一滴水落在他脖子里，针刺一般的痛感。梅和勇反应非常快，立刻合上了电梯顶盖。但更多的"水滴"从缝隙里渗了进来，很慢，但却精准地侵蚀着梅和勇的肌肤。他觉得自己好像是一块磁铁，将这些冰冷的水滴吸引过来。

冷冻……液氮吗？确实是致命的武器，但这还不足够杀死我……梅和勇将雷小越抱进自己怀里，用自己高大的身体保护对方，严酷的寒冷正在不断侵蚀……这不是一个单纯的比热容计算问题，而是温度骤降破坏人体细胞的问题。细胞内液转瞬间急冻成冰，而冰的体积比细胞液更大，尖锐的冰刺将细胞膜撑破，互相碾压……大面积的坏死发生在每一处被液氮触碰的肌肤。

梅和勇轻轻一抹，脖子上就落下一片僵硬蜷曲的皮肉。最骇人的是伤口居然没有血流出，反而能看见晶莹的血晶和白霜覆盖在伤口表面。

这个曹敬，真的不把人质的性命当一回事吗？

"这个世界上不存在无懈可击的进化者。每一个人都有他的死角和弱点。这是我学到的第一课。"有个声音从他头顶传来，"而第二课，就是对工具的运用。人之所以能够区分于野兽，就是因为我们的劳动，我们使用工具的劳动解放了我们的生命，也令我们成为战胜尖牙利齿、厚皮坚鳞的万物灵长。"

梅和勇把手指插入电梯门的缝隙，强行拉开。嘎吱嘎吱的响声中，外面的光透了出来。有人——想要坐电梯的人惊恐地聚在电梯门口，这些都是被枪声和警报惊动的患者和医护人员，围在电梯门口的人群惊恐地看着一个昏睡的小孩被托出来。

然后，一个满身是血和白霜的人从里面爬了出来。

"这是什么呀！"有人惨叫道。

无色的液体细流像是一条蛇，缠绕在梅和勇双腿上。这条透明澄澈、咝咝作响的液氮蛇沿着他的膝盖一路向上，缠绕在杀手的躯干表面。他的外套发白、冻结，裸露在外的皮肤瞬间变成紫黑色，看上去就像是被神明诅咒。热量……超高强度新陈代谢散发出的热量和寒冷互相倾轧，以杀手本人的身体为战场，沸腾的液氮白雾甚至蔓延至数米之外。

梅和勇阔步闯入人群，一只手捞过一个男子，在对方的尖叫声中大口饱饮生命力，然后将残渣往身边一丢。这次是毫无保留的吸吮，猎物几乎在一瞬间丧失了血色，木头般倒在地上。杀手呼出一口焦灼的热气，脸色不正常地红润起来。

哐的一声巨响，有人从顶部开口跳到了电梯里。梅和勇转过头去，看见黑色外套包裹着的曹敬瘦骨嶙峋，正目光炯炯地从电梯里爬出来，手中还握着一柄手枪。这一瞬间，梅和勇感觉到的是同等级猛兽的压迫感。

野兽与野兽之间的徘徊和角斗。

曹敬看了一眼倒在地上的尸体，抿起嘴唇，然后低声咆哮道：

"我的心灵感应，其根基是同理心。我可以感受他人的喜怒哀乐，他人的情绪，他人的思考，甚至作为他人活着。从某种意义上来说，和你有些相似。你是夺取他人的生命；而我则是观察他人的生命，他们生命中的信息，我能够窃取，或者说复制过来，亦步亦趋地平行思考。"

曹敬举起手枪，以标准的射击姿势瞄准。

"但我们之间有一个最大的不同，与我不同，你完全不具备同理心。你看待他人如同猛虎看待羔羊，你的快乐与幸福建筑在对他人的掠夺之上，这是我所无法苟同的。曾经我也试过封闭自己的内心，以他人的不幸为乐，但我的本质令我无法做到这一点，当他人受苦的时候，我也受苦，他人哭泣的时候，我也哭泣，他人愤怒的时候，我也愤怒。"

梅和勇在意图跨前一步突袭曹敬的瞬间，意识到大量液氮流体正包裹着对手。

透明澄澈的液氮伏行于曹敬脚下，从他靴子中间流过，灵活的致命溪流毒蛇般盘绕在心灵感应者身边，蓄势待发。大量的液氮，若他进入对方的攻击圈，会在数秒钟内被完全封冻。这是一个量变引发质变的问题。

在他迟疑的一瞬，曹敬开枪了。

好像被击中的一瞬间，梅和勇才听见枪声，巨大猛烈的冲击力令他翻身倒地。

"不是致命伤。"曹敬调整了一下姿势，后坐力令他双手发麻，这是他第一次真枪实弹地射击。杀手的神经反射速度在他之上，必须抓住对方露出破绽的一瞬开枪，曹敬才有把握击中他。之前，梅和勇虽看似狼狈，却训练有素地保持身体的平衡，随时能够转入闪避或进攻。曹敬一直在观察他的精神状态，就在杀手意识到液氮存在，迟疑的那一瞬，他的身体才处于僵硬状态，只有这一个转瞬即逝的空当。

倒在地上的梅和勇想要爬起身，曹敬瞄准他的头又开了一枪。

眨眼。

黑洞——逐渐停止转动。

眨眼。

曹敬吐出一口气，活动了一下手腕，浑身有一种脱力感。黄铜弹壳在身边滚来滚去，小时候他很喜欢玩这个，老姜有一整盒弹壳藏在床底下，被他偷出来当作伙伴们之间的玩具。他捡起发烫的弹壳，用力握了一下，正义的愤怒在他掌心烙下红色的印痕，他把弹壳塞进自己的口袋里。

在他身后，津岛郁江提着一只小桶扑通一声落到电梯里，姿态如野猫般优美。小半桶液氮咝咝地在桶里沸腾着，等待着主人的召唤。

"死了？"

"失去活动意识了。"曹敬摇了摇头，"死亡的前兆，大脑机能被破坏，再强的再生能力也不可能将脑部神经网络再生，这是医学上的生物全息性也无法做到的。"

"什么是全息细胞……算了，等回去再说。"津岛郁江把地上的雷小越抱起来，感叹道，"就是这个小孩吗？"

"是。就是他。"

"唉……"津岛郁江叹了口气，"你说他家里人都出事了，那以后他要怎么办呢？和我们一样变成孤儿了呀。"

这就是命吧。曹敬没把这句话说出口，他用手背试了试昏迷少年的额头，还有点发热。如果我早点去到他家，会不会……能不能阻止这场灾难的发生呢？不，没有准备和杀手狭路相逢的话，我也会死在那里吧。

"我们能做的事是有限的。"曹敬疲惫地说，与其说是安慰津岛郁江，不如说是说服自己，"吴晓峰的人或许马上就要到了，医院里又死了人，处理善后又是大麻烦……"

在这一瞬间，曹敬庆幸自己还握着手枪。奇异的情感波动卷来，他意识到津岛郁江眼神有异，然后在女孩的瞳孔中看见了怪异的倒影，手指一紧，他在半秒钟内转身扣动扳机。

就在他身后，满身血污的梅和勇重新站了起来。

横飞的子弹打中了他，但只是令他连连趔趄，直到曹敬把一匣子弹打完，梅和勇依然站立着。

几近停转的黑洞重新开始活动，曹敬深深皱眉，他之前确实感觉到杀手的思维停止了，现在看来，莫非只是暂时失去意识？梅和勇的头皮被子弹掀开了一半，露出可怖的白骨，在汩汩流动的血浆与破碎皮肉中，曹敬惊异地看见弹头镶嵌在头骨表面。不可置信，他从未听说过有人的骨头能强硬到子弹都无法击穿。

津岛郁江的反应只比他慢了半拍，高跟靴一脚踢翻了液氮桶，令潮水般的超低温液体向杀手涌去。

一声野兽般的咆哮在走廊中回响，杀气盈野，梅和勇没有选择硬拼，反身撞开身边病房的门，纵身闪入其中。半秒钟后，玻璃窗被打碎，他跳窗了。

"逃走了吗？！"

"不，他没有逃走。"曹敬面色铁青，"他暂时放弃了雷小越，开始转入真正擅长的战斗模式……我们有麻烦了。"

第四十五章

两根手指卡在窗户边缘，这两根手指承载了杀手全身的体重。半秒钟后，他移向下一排窗户，蜘蛛般在医院大楼外壁上爬行。

梅和勇记得以前读过的杂志逸闻，在某家精神病院里有癔病患者相信自己能够飞檐走壁，光凭无知无畏的胆量和贫弱的身体就能够在排水管道、空调外机、窗台和防盗栏杆这些落脚点上敏捷地攀缘，像猴子一样灵活地在高楼大厦的外墙上攀爬，甚至靠这个技能成功地从精神病院里越狱。

在患者被重新逮回精神病院后，院方给他做了详细的身体检查，因为从监控录像来看，很难相信这位患者只是普通人，而非某种潜藏极深的进化者。然而花了几周时间检查后，院方不得不沮丧地声明，此人真的不具备哪怕最简单的进化能力。

梅和勇看过那篇逸闻后嗤之以鼻，在建筑物外壁上迅速攀缘并非多困难的事，哪怕是一个正常人也能够做到。问题在于这种行为所需的巨大胆量和精密观察力，动作稍有失误就可能粉身碎骨。但训练有素的消防队员、特别部队成员……在克服了心理障碍后，以普通人类的体能就足以在建筑立面上行动无碍。

更别提具备高强度体能和训练的进化者杀手。

夜色为他提供了良好的掩护，梅和勇的动作精密、有力、柔软，但任何人都能看出他每一次纵跃中蕴含的暴戾与野性。没有过去，没有记忆，没有完成的人格，其操纵者只给他留下了近似野兽的天性。受伤的野兽是最危险的野兽，险些被子弹掀开脑壳的杀手，现在杀意凛然地寻找出击的时机。

道德评判，梅和勇想，你所展现的愤怒令我摸不着头脑。

"……"

上天和命运赋予我的本性就是猎夺，我的天赋就是夺取他人的生命，我便安之若素地接受命运的安排。哪怕没有人控制我，我也会履行自己的本能。梅和勇忍不住一边想一边露出利齿，想象在唇齿间咬破饱满的果实。

而你呢？

我是猎食者，我比世界上任何人类都更为强壮、长寿，更具破坏力，这是写在我们基因里的既成事实。哪怕在仅仅几百年前，他们会崇拜你与我这样的人，他们会把我们抬到神坛上，向我们磕头，祈求，为我们奉上谷物、牲畜和处女，仅仅是希望我们能够不以他们为食。我们会是王，领主，皇帝，行走在人间的半神，不被任何世俗道德和法律约束的超人类。

而今天，我们却在这里彼此撕咬。你难道不觉得其中出现了什么问题吗？

长达几十万年的人类进化历史，绝大多数时间中，我们都在赤裸裸的丛林主义下生存。而所谓的文明与道德，出现只不过几千年罢了，几千年的时间还不够我们将本性消磨掉，哪怕一点点。我们和非洲草原上的先祖相比，或许脑容量更大了，或许体毛更少了，但作为一种生物，我们和我们的裸猿祖先们并没有本质区别。

"……"

现有的社会规则和道德是历史中的一种偶然现象，在发展出漫长历史与进步文明的同时，现有的人类，我们文明的活着的载体，作为动物的原始性并未被抹消。我们的心理机制，我们的文化现象，我们的情感和欲望，本质上依然是原始部族生活的残余。而现在所谓的进化者，新形态的人类，只不过是再一次启动了生物进化的进程。

我们现有的社会和文明，是建筑在我们这个物种基础之上的；而当新的进化开始启动，现有的社会与文明必将分崩离析。社会规律的基础——人与人的共性大幅降低，在种群内部出现了质变性的阶级分裂，新的秩序会重新倒退回文明的原始形态，在动荡中沸腾的一锅混沌之粥。

所以，为何不顺应历史的潮流，迎接新时代的到来？如果说命运垂青你我，让我们成为进化者，为何不喜悦地接受这个安排？

杀手跃入病房，三张病床，两个陪护。小小的房间里有五个生命聚集在这里。梅和勇阔步前行，房间里存在的不过是五堆逐渐熄灭的余烬，不断高涨的生命力令他更为亢奋。身体上的虚弱与精神上的旺健形成古怪的对比，他取下几袋葡萄糖溶液，撕开袋口一饮而尽，以此抚慰干涸的躯体。

曹敬和他的同伴没有办法阻止自己。梅和勇在昏黄的灯光下露出笑容，现在雷小越成了对方的包裹，恐怕他们现在正在苦恼要怎么办吧。

独身活动的梅和勇，破坏力将数倍于之前。没有雷小越这个包袱，他能够肆意解放自己残虐无道的一面。

"胡说八道！"

曹敬一脚踢翻垃圾桶，铁皮桶沿着走廊滚了好几米，里面的快餐盒和牛奶洒了出来。

"怎么了？"见他突然发怒，抱着少年的津岛郁江不禁皱眉问。

曹敬阴沉着脸没说话。

"我们用了几千年的时间建立社会秩序和道德，寻找个体和种群的平衡。正是因为这种生物种群的自我完善机制，我们才有资格自称为万物灵长。人之所以凌驾于野兽，就是因为我们的先祖找到了个体和种群在组织度上的平衡，狮子与老虎没有成为地球的主宰，蚂蚁也没有成为地球的主宰。由古代部族生活延续至今，不断进步的利他性，同样根基于原始本能的力量，将我们推升至此。"

这就是你运用能力的基础？利他性？

曹敬伸手搭住津岛郁江的肩膀，示意她停下脚步。两人正在向皮肤科室移动，以取得液氮补充。此刻的医院走廊显得十分寂静，应有的医务人员的说话声、病人的呼吸咳嗽与谈话、移动病床的声音和广播……都消失了，能远远地听到医院保安在茫然寻觅的脚步声从很远的地方传来。

曹敬手指收紧，示意她准备好迎接杀手的到来。津岛郁江微微弯腰，机敏地扫视四周，随时做好闪躲的准备。

嘎吱一声，并非津岛郁江猜测的突袭，梅和勇就在十几米外，不急不缓地推开门，直面二人。郁江觉得曹敬的脖子上好像有一根筋耸动了一下，脸上青气一闪而逝。

杀手抓着一个瘦小的小孩，不知从哪里掳来的。他在走廊里正面对峙两人，将小孩的身体平举起来，像是举着一个盾牌。

"利他性？"梅和勇说，"那如果我现在用这个小孩子的性命来威胁你呢？如果你不束手就擒，我就杀了他；如果你投降，我就放他走。你能看见我的想法，你知道我说的是实话。那么，来，展现你的利他性吧。"

津岛郁江把雷小越轻轻放下，握着枪的手在发抖，她没有把握在这个距离能击中梅和勇而不伤到他手中的小孩人质。而且梅和勇之前表现出的强大再生能力令她怀疑子弹到底有没有用。

"利他性。在关联到自身利益的时候，你的利他性就不存在了。"见到曹敬站在原地不动，梅和勇晒笑道，"我未曾见过能舍己为人的个体……哼，或许我见过，而我又忘了吧。特别是进化者。进化者都把自己当作万中无一的珍品，让他们去和别人做生命交换，是不可能的事情。"

曹敬微微扭了扭头，似乎在阅读梅和勇的脑子里到底在想些什么。

杀手不惮把自己的全部战术都摆在台面上，他在试探曹敬和津岛郁江的缺陷和漏洞。梅和勇将要放手屠杀，观察两人在重压下的反应……以此让他们失态，露出破绽。他把这些恶念肆无忌惮地展示在他们面前，以光明正大的恶行压迫这对青年男女。

"构建社会结构的并非利他性，而是强权。强者对弱者命运的主宰，令强权得以在这个世界上通行。构建社会的不是你口中美好的利他性，在人类文明的历史上，构建社会结构的是暴力，是武力的暴力和文明的暴力。刀枪的暴力令人的肉体服从，文明的暴力令人的精神服从。两千多年前，中国的孔丘圣人发明出了文明的暴力，令人在精神上臣服于他推崇的社会秩序的文明暴力。武力上的强权接纳了董仲舒奉上的武器后，用这种精神上的强权统治了两千年自诩中央王朝子民的愚民——你应该比我更理解，什么是精神上的暴力。"

梅和勇把手中人质的脖子逐渐掐紧，把那个小孩的脸转向二人，让他们能够看见小孩的脸逐渐转向青紫色。

"强权。"

杀手演示道。

"强权。"

杀手继续加压。

"强权。"

杀手等待着曹敬做出反应。同时他在揣测津岛郁江的能力到底是什么，他知道曹敬的精神感应，但是这个看上去一脸紧张的女孩子却让他不敢轻举妄动。液氮？她能做到什么地步？枪握在她手里。她的液氮呢？那只桶不在了，她现在只能使用手枪了吗？

曹敬？

幻觉，梅和勇陡然惊觉，他想起之前曹敬曾经短暂地造成的精神暗示，让他产生了视觉上的幻觉。他站在那里一动不动，实在太可疑了。

杀手屏息凝神，感受空气的流动——

在这里！

果然是幻觉！

曹敬从侧面摸过来了！

梅和勇眨眼，摆脱幻象，看见身着海军大衣的青年从侧面一掌击向他的脖子。

"抓住你了！"

露出破绽了！露出破绽了！！小兔崽子，我要把你扒皮拆骨，嚼碎了吞下去——在这种至近距离被我抓住，和我产生身体接触，你会死！只要三秒钟，你会变成一具没有生命存在的干尸，血液干涸、凝固，让你的心脏变成鼓囊囊的橡胶，眼球干瘪下去，像是塑胶的玩具一样，被蜘蛛吸干的昆虫，你的内脏会变成风干的猪饲料，我要你——死！

巨大的恶意和快感席卷全身，梅和勇松开手中的小孩，抓住曹敬的手腕，两人在这一瞬间肌肤相触。

"抓住你了。"

声音不对。曹敬的声音不对。

梅和勇在这一刻做出了一个错误的判断，他扭头看了一眼津岛郁江站的地方。在那里，他看见曹敬握着手枪，瞄准他的头部。

津岛郁江的手掌贴在他的脖子上，另一只手灵蛇一样绕过手臂，轻柔地按在杀手的心脏部位。

"流破！"

梅和勇只觉到万钧铁锤般的冲击直击心脏，然后他听见身体内部传来的某种声音……两秒钟后，他意识到，自己的心脏被撕开了。

血液……

我的心脏……我的心脏……

手脚几乎瞬间失去了力气，他看见津岛郁江伸手按住他的头，一只手放在额头，另一只手放在后脑。触感柔软。

怎么会……

"再见。"女孩吐出两个字。

梅和勇发出不甘的嘶号。

[节选自小红花阅读网，现网站已关闭]

【读者评论摘编】

@赤戟：通过一系列的插叙、倒叙，我们能看到主角在一次次挫折中的成长以及他为了坚定自己的信念付出的努力和代价，你能理解主角的道。作者又通过主角之道，以异能者的精神世界为舞台，对同理心进行了深入阐释，多方面展现，层层递进，最终点燃代表着痛苦与救赎的"泪之火"，水到渠成，如此自然。小说在故事间隙中丰富的细节，隐隐透露出的人文关怀也经常引我深思，给人以厚重感。

（发表于知乎，2018 年 7 月 31 日）

@老阿飞—故园：看名字还以为是个烂俗的轻小说，但实际上是非常有质感，很有腔调的一部半架空的科幻小说，在国内科幻小说里面横向比较也是非常优秀的作品，不像有些小说虽然十好几万字，其实干货只是一个创意罢了。虽然因为实体书的关系，国名甚至角色名都改了有点可惜（该小说最早是发在网络平台的），但是 20 世纪 90 年代的那种现实感还是非常非常强。超能类型的故事以《x 战警》为首的虽然已经很多了，但是这部超能故事，并没有那种大场面的超能对抗，而是非常巧妙的斗智斗勇，各种能力搭配的细节微操很过瘾。期待第二卷。

（发表于豆瓣，2018 年 7 月 12 日）

@一朵小云彩 x：这书实际非常文青，走的是实体发行的路子，极度缺乏普通网文的爽快感。但是瑕不掩瑜，算是水准之上。

（发表于龙的天空论坛，2018 年 5 月 31 日）

@linzijian11：一个曾经厌恶自己的心灵系超能者在各种原因之下过着平淡生活，然而意外卷入一个邪教组织的绑架案，一点点揭开神秘的过往，以及完成心灵上的自我救赎，然而更大的阴谋在等待着他……

探究心灵与人性永远是小说最伟大的主题，作者在严肃地探讨同理心这个概念，同时用心灵系超能者的斗争将这个抽象的主题具象化，不说教不无聊，反而相当精彩，最后的高潮一浪接着一浪，绵绵不绝，当你以为即将结束时再来一个高潮，完全停不下来。此外值得一提的是，闪回和倒叙在文中被肆无忌惮地使用，初看相当迷惑，对顺畅感影响很大，但是逐渐发现这种叙述和主角的内心气质相当吻合，有很深的阅读沉浸感，可以说是文质相彰了。

总评真仙草，然需耐性和阅读水平。

（发表于优书网，2018 年 3 月 14 日）

@细雨如愁：好多人说连载的网站不好，可是要不是排在这个小网站的第一名，这种吃写作水平的非小白文哪里能出头呢。

和这位书友有同感，这样的书扔在起点、17k 之类的网站恐怕连一丝水花都砸不出来，爽白文已经占据了此类网站，更新慢，没有成绩的书在这样的网站只会慢性死亡。这本书依旧是文笔、情节、人物塑造极佳的书，除了更新慢没有毒点，很期待这样的书再多一点，让等更的人可以在其他书中缓解书荒的饥渴。总之还是那个观点，这样的文需要更多人的关注和支持，才能让非爽白文成为网文的主流，改变大众对网文的偏见。

（发表于优书网，2017 年 12 月 24 日）

［导引、简介、节选、读者评论摘编：庹银泽］

"贴地飞行"的可能性
——评白伯欢《战略级天使》

虔银泽

　　和传统爽文相比，《战略级天使》走出了一条新路：在小众阅读网站脱颖而出，获得广泛好评，又以实体出版的方式继续扩大影响力。不仅是在商业层面，更重要的是在网文的类型发展上，小说在都市异能的分类下另辟蹊径，蕴含着一种幻想小说"贴地飞行"的新可能。

　　《战略级天使》显然不属于一般理解中的"爽文"，热血搞笑的情节、穿越重生的套路一概没有，连最容易引起共鸣的"玩梗"也抛到一边。以商业化的标准判断，它理应扑街。但恰是因为抽离了那些被认为讨好读者所必需的"爽点"，小说才能在对现实本身的把握之上创造出新的"爽点"，将现实主义的崇高和细腻收纳进网文的谱系。

　　对于传统爽文，读者的核心关切常常与人物、情节、语言的质地无关，更在乎世界设定是否逻辑自洽，充满想象力。一旦在这方面达成共识，读者的阅读期待便会被调动起来，也促使作者更趋于"靠设定取胜"。都市题材小说虽然以现代社会为底色，但也往往是"占山为王"，虽说是现实，但写的其实是平行世界。当现实被作为一种幻象或者悬置时，《战略级天使》却"反其道而行之"。对于现实质感的追寻，使它成为都市异能小说中的异类。

　　传统爽文着意突出主角的特殊性，以便讨好读者，必须要让其快速成长、青云直上，否则就会闷。曹敬的成长之路却充满波折，甚至在很长一段时间内因被判定为进化者中的次品而"泯然众人"，退回到普通人的生活。作为青少年进化管理办公室的一名小公务员，他既是凡人与进化者之间的"摆渡人"，又是小说世界与现实世界之间相互映照的一面镜子。在他的眼中，进化者并不自外于普通人，两者都是社会的组成部分，谁也不是谁的背景板。能力之外，喜怒哀乐一般无二。既然差异性没有大到超越物种的程度，社会生活的方方面面便可以贴着现实写。当飞扬的想象开始贴地，两个世界之间的共通性也就越来越多。曹敬对进化者世界儿童教育问题的思考，同样具有现实意义。此时，他的特殊性被暂时取消，作为普通人的一面得以呈现，而这在追求刺激的爽文中几乎不可能出现。透过他的眼睛，读者能够观察到进化者世界的社会生活，也会思考现实世界的种种问题。

把握现实是小说的特点，但高仿现实却不是小说的最终目的。贴地并非落地，支撑小说双脚离地腾空而起的，是幻想中的进化者。小说背景在架空的当代社会，而进化者则是在近代的某个时间点出现，取代了未曾被发明的核武器，成为国家之间的战略性威慑。在种种不确定之中，世界发展的方向落到了作者手里，也引起读者的期望。

在幻想层面，小说并非"不食人间烟火"。如何处理进化者与普通人之间的关系，是整个社会所面临的难题。进化者固然强大，但也面临着重重障碍：进化方向的差异、发掘能力的困难、国家机器的制约……即便是最为强大的战略级，也与普通社会有着千丝万缕的联系，受到重重现实因素的制约。被称作"守护圣人"的安德烈，也会因为无法保护自己身边人而放弃抵抗，沦为傀儡。进化者与普通人之间的矛盾客观存在，潜藏着不安的种子。让曹敬深陷危机的梅和勇与相阳，就是潜藏于阴影中的力量，预示着时代的动荡。

但是，在序章中，战略级进化者"龙王"为救灾而牺牲，在网文的谱系之中却是罕见。个人代替了团体，个人的英雄接续着团体的英雄。在可以选择的情况下仍然做出这样的决断，似乎让人不"爽"，但真的不"爽"吗？当思考这些问题的时候，思想便摆脱了沉重的肉身，往更高处去。对人生更深处的探求，是许多老白读者所乐见的。

贴地飞行是新的可能，却也有坠亡的危险。倘若纯写现实，考验的是传统文学的功底，加入战略级这一元素后，却要比前者更难。对于社会历史而言，增减任一变量都会造成难以预料的连锁反应。我们难以想象失去核武器却又出现了进化者的社会，就如同我们难以想象热力学第二定律失效后的世界。在现实与幻想之间保持平衡，无异于走钢丝，对作者的心力是一个巨大的考验。从起点转向小红花，恐怕也有这样的考虑。在起点模式下，多数读者很难接受缓慢的更新速度。即便到现在，也只有一本《赘婿》杀出重围。保持更新节奏不易，订阅成绩未必好看。反倒是在小众平台上，因为老白读者的存在，作者可以被给予更多宽容，被允许进行这样的实验。

有时，读者很难感觉到曹敬精神感应的超能力，因为作者对于同理心的描绘已经达到了具象化的程度。一旦规则被接受，当一只名为卡夫卡的猫出现在曹敬梦中的时候，读者也不会感到讶异。但在网络连载和实体出版双重规则的限制下，这个尚未完成的梦境也可能和作者的文思一道被吞噬，就如同迟迟不能出版的实体书第二卷。

实验未必能够成功，但并不意味着无用。网文早已经过数次迭代，公共设定不断推陈出新，无数的世界正在被开掘，但如果想把冯虚御风的幻想落到实处，恐怕必须要从《战略级天使》所选择的这条路上经过。只向上看及不断膨胀的结果，将是自我爆炸，走向灭亡。如果低魔的世界能够写到丝丝入扣，与现实相接，网文便不会只在空中飘摇。

《战略级天使》的出现，提示我们，"贴地飞行"是网文飞得更高的重要阶梯。

赛博剑仙铁雨

半　麻

　　半麻，有毒小说网作者，本职为游戏策划。2020 年 7 月，将闲置的游戏创意改写为小说《赛博剑仙铁雨》，发表到主打奇幻、科幻等小众类型的有毒小说网。因兼职写作，作者一年仅更新 50 万字，但在老白读者群体中间获得了极佳口碑，并稳居网站幻想分类月票榜前十名。

　　《赛博剑仙铁雨》是近两年科幻类网文中赛博朋克风潮的代表。小说以科技重构佛、道等传统修炼概念，架构起恢宏的未来世界，展现出惊艳的想象力。半麻的叙事风格沉稳克制，将新颖的设定嵌入情节之中，兼顾可读性与冲击感，用笔摇曳出一个惊心动魄、目眩神迷的精彩世界与美妙故事。

【标签】科幻　赛博　朋克　修仙

【简介】

　　确诊肝癌末期的方白鹿被置入冬眠舱，等待人类科技攻克癌症的那一天。被唤醒后，身体痊愈的他却发现自己来到了一个赛博朋克时代，高科技、低生活成了时代的普遍特征。那时候的人类文明经历过一次科技断层，叫"大断电"。"大断电"前人类用科技重现了神话传说中的修仙。其遗留成果被新时代的文明继承，并真正获得了神秘的玄学意义：脑机接口是灵窍，机械改造肉身是道门肉身不坏，意识上传网络是佛门踏入彼岸，野生数据人工智能是精怪，流氓弹窗软件是天魔……而主角方白鹿作为从"大断电"前长眠到现在的"古人"，自身涉及"成仙"的隐秘。他被迫卷入争夺"仙人遗体"的阴谋，在挣扎求生中逐渐探明"大断电"时代断层与"成仙"的真相……

选文分三部分，第一段是小说的第6—9章，借助主角与外门道士的战斗揭示未来科技与修道融合的世界观，体现出绝佳的故事节奏把控力，也是整部小说文风的缩影。第二段是第35—37章的节选，主角第一次进入网络空间，被几百年积攒的垃圾邮件包裹成数据怪物的场景，颇具想象力和隐喻色彩。第三段是第178章，主角方白鹿在女主寿娘意识逝去前进行了最后一次约会，体现出独属于科幻的极致浪漫。

第 6 章　唤起谪仙泉洒面

外门道士就是外门道士。

他无名无姓，也没有道号法号——上次有个刀客四处吹嘘自己黑进了外门道士的数字度牒，上头无论是姓名抑或是道号的栏目都是空空如也。

方白鹿觉得这话有着一定的可信度，因为后来他再也没见过这个刀客，听说是在吉隆坡室外的荒原上被几条野狗剖开颅骨吃光了脑子。

一个做过多次改造的刀客，就这么死在荒原上了？他的植入手术还是方白鹿介绍的。以方白鹿的经验，这倒霉刀客的身体机能足以支撑他不眠不休地在荒原里杀上三天三夜的野狗。

所以方白鹿心里明镜似的：这个刀客是真的摸到了外门道士的一些小秘密，所以也被永远地封了口。哪有野狗连颅内记忆体也吃的？

外门道士把阴灵稀碎的半脸随意一甩，那团模糊的血肉随着狂风起舞，逐渐离石油塔远去。

他摊开手掌伸进暴雨，任由着雨滴冲刷着血水。

方白鹿望着阴灵的残骸被狂风卷进云中，转过头对外门道士敲了敲自己的脸颊：

"脸上还有，最好还是擦干净了。"

外门道士面罩上的血水被风横着刮开，留下几道血痕。

他拉起袖袍，缓慢且细致地擦拭起来。

【没有发现面罩上的血迹吗？或许外门道士并不是依靠肉眼视物……】

有几次外门道士的袍袖已经完全把他的头部遮住，但方白鹿都没有出手攻击。如果他的猜想正确的话，恐怕头部被遮住也不影响外门道士观察四周的情况。

方白鹿看着外门道士用左右袖袍交替又抹了几次面罩，心里有些疑惑。

【外门道士还挺爱护这个面罩的。只是动手杀人的时候怎么那么不小心？】

外门道士松开了道髻的束带，神经管线蛇一般舞动，像是旧世纪神话里的女妖美杜莎。

"方老板真是好手段。偃师俱乐部的预备会员就这么被你一招收拾/破坏了。"外门道士的声音穿过暴雨依旧清晰，只是同时发声多个词语的怪异习惯让他的话听起来有些模糊。

【外门道士没有看见我的辟邪符吗？倒是没想到那阴灵是偃师俱乐部的……】

方白鹿心里一颤。

夜雨越发滂沱，永无止境地由天顶落下。万千雨点打在石油塔的金属外壁与维修架上，发出的声音像是巨人的低吟。

"没有仙师出手，我怕是就麻烦了。"方白鹿挑了挑眉毛，刻意将说话的音量压低。混杂在雨水的敲击声中，他的声音细若蚊虫。这是为了试探外门道士的听觉对声音振幅的敏感度。

但他说的这句话有一半是真的。如果外门道士刚刚没动手，要彻底收拾掉阴灵还要花上不少手脚。

"方老板倒真是体面人，一点也不贪功。"外门道士把双手揣进黑色道服里的袍袖，把头往被阴灵用单分子丝线剖出的大洞点了点，"这丹房加固过，方老板怎么打开的？"

雨点声的干扰、接近十米的声源距离、刻意压低的音量都没有影响外门道士听清方白鹿的话。

【而且连我刻意压低声音都没有发现……还是说根本不在意呢？】方白鹿不禁一勾嘴角：形势开始向他的计划转变了。

"单分子丝线。"方白鹿努努嘴，往外面的半空示意，"不是我弄的，是……你嘴里的'偃师俱乐部的预备会员'。"

"蜘蛛切？"外门道士脑袋微微向后一仰，似乎很是惊讶，"方老板连蜘蛛切都能反制，果然深藏不露。"

蜘蛛切是日本人对单分子丝线的叫法。有趣的是，这明明是智利人鼓捣出来的东西，结果却是日本人起的外号更为人知。

方白鹿双手摊开，耸了耸肩："仙师，强制脱离龟息的反噬也该好了吧。我们还要废话多久？"

外门道士可不是那么唠叨的人。结合方白鹿之前被他掐住脖子再谈话的经历，他肯定是在拖延时间。

加上捏碎个半残的阴灵肉身也花不了多少力气，方白鹿敢断定外门道士是强制脱离了龟息状态，被冗余数据反噬。

但是……方白鹿击败外门道士的计划里，需要外门道士的状态是相对完好的。这也是他陪着外门道士聊天的理由。

外门道士静静立在雨中，漆黑的镜面面罩像是无底的深渊入口。狂卷而来的雨滴打在他的道袍上，随即被弹开，不留一丝痕迹。这是道袍上曲面结构的效果，如果是子弹打在上面怕也是一样。

他双手合拢，欠身向方白鹿行礼："方老板，你比我需要的还聪明些。那些关于'大断电'时代前的事，我还是等把你的脑袋放进培养皿之后再问吧。你的身体留着果然是个麻烦。"

砰！外门道士脚边的两团雨水炸开成圆，合金的维修梯地板向下凹陷——那是他蹬地造成的反冲。

外门道士像出膛的炮弹，又像捕食的猎豹，划过雨幕向方白鹿蹿去。

两人相距不过十米，不到一个眨眼的时间他已经走完了一半的距离。没有经过动态视力强化的方白鹿，甚至都难以在眼睛里捕捉到外门道士的动向。

但方白鹿也不需要。

咚！正冲锋间的外门道士忽然身子一歪，一头撞上了两人身侧的金属外壁，因为冲力而嵌了进去。

方白鹿胸前的口袋钻出一根小小的摇臂，上面旋转着金属的花朵，这是介质平衡扰动装置。

它能通过特定频率的声波，使得内耳蜗的前庭器官紊乱，造成空间适应综合征。

对于常人来说，只会有一小段时间头晕。但对于经过神经系统改造的人，则完全是两码事：他们的神经系统敏感得多。

一个拥有外门道士这样反射速度的人，不可能没有做过神经改造手术。

外门道士从金属凹坑中挣了出来，双手扶着镜面面罩：他还没脱离空间适应综合征带来的眩晕感。

方白鹿把手探进背包，掏出一个小臂粗细的矩形方块。他手一抖，方块在噼啪声中打开各个轮轴，瞬间外展成一把枪械。

这是亚音速沙包枪。它有些像老式的散弹枪，只是枪管与枪身更加扁平粗短。

他将枪托靠在肩上，把准星对准外门道士的躯干中心。

噗！一声低沉发闷的声响，高纤维沙包弹脱膛而出，尾迹在雨水中划开一道拳头粗细的空洞。

沙包弹撞在外门道士的道袍上，好像被一只看不见的手掌捏住似的轻轻弹开。

老式叠氮化铅底火激发出的动能对外门道士毫无影响——冲击力都被他身上道袍的曲面结构化解开了。

而外门道士甚至身子都没摇上一下。

沙包枪一般用于市区的镇暴作战，发射的也不是子弹，而是配装铁沙的沙包。这种沙包只会造成钝性杀害，很难造成致命伤。虽然方白鹿的这把沙包枪有过改装，大幅度提高了初速，但对外门道士造成的杀伤还是寥寥。

方白鹿也没打算靠冲击力来杀伤外门道士。

"呲——"随着像是气球泄气似的声音,无数泡沫从弹开的沙包弹里狂涌而出,包裹上外门道士的躯干!

转瞬间,外门道士脖颈以下就像被积雪掩盖似的,只留下雪面上的一个脑袋。泡沫变得凝固且坚硬,将外门道士和维修架紧紧粘连在一起。

这本来是用来搭建泡沫路障的应急速干材料,经过铁匠的改造可以通过沙包枪发射了。一旦被它固定,就算是一头大象也得老老实实地等上两个小时。

【乌龟已经抓住了,接下来就是怎么敲开龟壳的问题了。】

方白鹿将沙包枪斜扛在肩膀,向外门道士缓缓踱去。

第 7 章　倒倾鲛室泻琼瑰

方白鹿把手背放在眼前瞄了瞄,淡淡的黄光在表皮流动——辟邪符的效果还在。

外门道士的脖颈以下都包裹在塑体泡沫里,头却依然半低着抖动,似乎还被干扰器造成的空间适应综合征困扰。

但方白鹿知道他是装的——干扰器只是为了让自己能有时间空当发射泡沫弹,现在他的前庭紊乱应该早就过去了。

外门道士现在就像只乌龟,他身上的道袍和全封闭面罩都不是好处理的。起码以方白鹿手头的资源来说,得在工作台忙上一段才能破开。

如果你破不开一面盾牌,用更尖锐的矛来破开。

而这柄长矛不必一定是自己的才行。

外门道士的镜面面罩上倒映出方白鹿的身影,两人的距离已经近在咫尺了。

方白鹿举起沙包枪——他知道沙包弹根本伤不了外门道士,但是必须要做个样子。

如果外门道士尚有余力，现在正是动手的时机。

啪嚓！外门道士的右边身子由肩头开始炸起一片塑体泡沫，坚硬如铁的碎片向四周飞去。

他光滑如玉的右手如风似电，中指食指并拢成剑诀，朝方白鹿的脖子刺来！

【来了！】方白鹿的一颗心不由提到了喉咙口——

只见外门道士的右手动作越来越慢，不像是在空气中，倒像是在某种黏腻的液体中划动。

将将就要摸到方白鹿颈动脉的时候，右手停住了。

虽是被重重乌云遮盖的无光之夜，外门道士的手上仍然笼罩着一层温润如玉的光华。这提醒方白鹿这手并非自然的造物，而是来自人类的智慧。

那右手由手腕带动着小臂缓缓转动一百八十度，中指与食指依旧并拢。

随后，缓慢却坚定地向外门道士自己刺去！

【以彼之矛，攻彼之盾。】

"图谋我者，反受其殃。"方白鹿默念了一句之前发动辟邪符时仪轨中的祷文。

方白鹿赌的就是外门道士的义体是新世纪的产物，权限没有辟邪符高。

他赌对了。

外门道士右手的皮肤本来光洁而又滑腻，现在却隐隐亮起丝丝银色的线路，从手背一路延伸进袍袖深处。方白鹿认得出来，这是改造后的微电路系统。

随着右手朝外门道士自己脖颈的靠近，噼啪声在手掌处响起，手指也微微抖振起来。

方白鹿却没有借机攻击，或是帮助外门道士自戕的意思，他不想自己不小心打断辟邪符在外门道士身上造成的效果。如果他没猜错，一次反射会持续到原本的攻击停止为止。

外门道士的镜面面罩闪起一道暗红色的线条，从头顶到下颌处不停地来回扫动着。随着他右手不断地逼近，面罩光芒闪动得也越发激烈。

他在跟辟邪符争抢着义肢的控制权。

啪！外门道士的中指哀鸣一声，向后倒折了一百八十度。

随后中指的每个指关节都扭开脱位，像是没炸好的麻花。掌根处断折的裂口伸出几根亮闪闪的线头，似乎是光导纤维，之前浑然一体几乎看不出指节位置的右手，此刻已面目全非。

方白鹿瞄见裂口处挂着几片皮肤碎片，滑腻中透着一股非自然的质感。

【这材质……是高强度特种陶瓷吗？】方白鹿心里暗暗吃了一惊——这可不是普通的皮肤义体材料，每平方厘米都耗费不菲。

虽然外门道士的中指已经倒折翻起，但他的手腕和小臂依旧带动着剩下的那根食指向着他的颈动脉刺去，而且速度越来越快。

他面罩上本来狂乱闪动的暗红线条，正变得越来越黯淡——在这场争夺肢体控制权的局部战役中，外门道士已经抵挡不住了。

镜面面罩上的红光最后闪动了几下，终于归于沉寂之中。外门道士的残手终于挣脱桎梏，向他自己暴起而去。

按照这个冲势，恐怕不只是颈动脉破裂失血的问题了。怕是整个小臂都会穿颈而过，把颈椎和延髓打得稀碎。

而外门道士的脖子正被塑体用泡沫卡得死死的，就像是固定在断头台里似的，动弹不得。

这一下要是打中，外门道士就要从世界上消失了。

咔嗒、咔嗒、噗——随着一阵零碎的怪声，外门道士左边身子的泡沫塑料里忽地蹿出一道黑影，狠狠撞在正要戳断自己脖子的右手上！

右手受到冲击往上偏了偏，避开了脖颈，只是在他的镜面面罩上掠过。

食指带起的指风凛冽如刀，在面罩上刮出一道两指来宽的裂口。

右手的惯性不减，带着外门道士的整个右胳膊倒拧了九十度。咔！一声花生壳碎裂似的声音——那是他的肩关节脱臼了。

【可恶，就差那么一点……真是个怪物！】

方白鹿心里暗骂一句。

现在他才看清那道黑影原来是外门道士的左臂，或者说是左臂的残骸。

那条左臂就算经过改造，现在也难以用肉眼看清，一条手臂七歪八扭，处处突出断骨，扭曲成了一个极度不自然的形状。

外门道士应该是强行用肌肉把困在塑体泡沫里的左手臂骨拗断，再用肩膀处斜方肌和三角肌的力量把它从中抽出来，像甩鞭子一样撞开了自己的右手。

他现在看起来像是一个没堆好的雪人：

那支本来光滑晶莹如玉石的右手现在已经斑驳残破，因为脱臼笔直地伸向他的背后；从左臂的形状来看，这只手更是一根完好的自由上肢骨也没有了，桡骨和肱骨甚至刺出了体外，血液随着破口一滴滴流出，给淡白色的塑体泡沫上染上一抹赤红。

啪！一道闪电劈穿吉隆坡深渊的夜色。

从电光带来的一瞬间光照里，方白鹿看见了外门道士面罩裂隙里的右眼。

那是一只深翡翠般的眼睛，好似一泓碧绿的幽潭。弯且长的睫毛微微翘起，一道既细且黑的眉毛斜着向上挑着，仿若出鞘之剑。

"哈哈哈哈哈！"笑声从外门道士的面罩裂口里传来。

笑声不像之前那般粗糙且干涩，像是金属摩擦，而是清脆尖锐，像是剖开的冰片。

这才是外门道士的本来声音——外置变声器随着镜面面罩的破损也失效了。

"我本来想鼓鼓掌的，但是我现在两条手这样就先欠下了。"外门道士语调不快不慢平平缓缓，完全没有一点身受重伤的样子，似乎也没有感觉到剧痛，"本来看到那些小玩具，我还以为你复苏的时候还是不免成了弱智呢。"

仿佛破开的不是面罩而是话匣子似的，外门道士开始念叨不停：

"你要是有能力骇入我的义体的话，肯定早就做了。何必要等我来打你？而且我的右手也不受磁力控制喔。"

"唔，那就是一种反击的手段了。啊，有了，运行记录——"外门道士碎裂的面罩上好似盖着一片蜘蛛网，有气无力地闪了几下红光，"右上肢权限被辟邪符覆盖了 2.7 秒？"

"竟然是符咒……方老板啊方老板，你还有多少秘密呢？这么说，蜘蛛切也是这么被你反制的了。"

"这么一看，你本来的计划就是吸引我的注意力，然后借我自己之手来自戮吧？"

"还用这些乱七八糟的破烂固定好了我的位置，让我躲不开自己的攻击……好手段！"

第 8 章　先辈匣中三尺水，曾入吴潭斩龙子

外门道士每说一句，方白鹿就往后退一步。现在两人间又拉开了近十米的距离。

方白鹿没怎么听外门道士的长篇大论，有某种迹象、某些征兆悄悄攥住了他全部的注意力。

空气变得黏稠了，一阵嗡鸣的鼓噪从四周响起。

他的鼻子嗅到了焦煳味，这来源于周遭急速变化的电荷场。

外门道士不再言语，只是静立着，沐浴在无休无止的暴雨中。仿佛已经化作了一座雕像。

【有什么东西在这里……】

方白鹿后颈上的汗毛根根竖起，一股恶寒从尾椎一路蹿上天灵盖。

乒！乒！

短促的撞击声响起，像是有人在拿着两柄匕首互相敲打——随着金铁交鸣，一道流光从外门道士的丹房里飞窜而出，沿着外门道士的身周舞动。

在流光的身后有一道白痕久久不散，像是战斗机飞过留下的尾迹云。

鸟儿振翅般的扑簌声中，那道流光削切、挥斩、割裂着外门道士周围的一切。

塑体泡沫一节节地破裂、碎开，随后在落地前化为齑粉，随风散去。

一个呼吸之间，塑体泡沫全部化作了漫天飞雪，被呼啸的风刮向整个吉隆坡。

而刚刚将外门道士困得动弹不得的牢笼已经不复存在。

那道流光穿过倾泻的雨幕，静静悬停在外门道士身侧。雨点像是在躲避它，呈弧线从流光周围滑过。

五色的光线打在外门道士的身上，把他照射得像是一幅全息招贴画。

流光逐渐黯淡了些，方白鹿看清了它的本来面目。

那是一柄长且细的圆管，约莫有小臂长短，表面光滑无比，各种色彩从中透出。

湛蓝、赤红、藏青、鹅黄、月白以圆管为中心绽出，却又围绕着它不断流动。

种种色彩隐隐勾勒出一柄汉剑：剑身、剑把、剑尖、剑首俱全，却烟雾似的模糊，像是分辨率极低的照片。

飞剑。

这是一柄人造飞剑。

方白鹿轻轻舔了舔大牙旁的空槽，下个瞬间，5cc 的镇静剂与浓缩莫达菲林的混合物由口腔内壁的植入囊打进了他的身体。

这是他用自体催眠设下的一个应急机制：在精神状态出现大幅度起伏时，能够本能激活植入的这个小玩意，用药物来维持思考的稳定性。

这还是他第一次亲眼看见这种人们还原自各类虚构作品中的法器，冲击让他各项体征指标一时大幅度飙升，自动激活了应急机制。

关于人造飞剑的传闻很多。

听说在大断电前，无数的飞剑从各地的工厂中生产、组装、包装、运出，作为儿童玩具、健身道具、竞赛用品，极其少数成为军用武器。

而在知识与道统已经丢失的现在……

飞剑旋转着，舞动着，跳跃着，发出一阵阵失真的人声：

"童梦……玩具公司……感谢您的购买！童……梦玩具公……司感谢您的购……买！"

断断续续的柔美女声轻轻念叨着，似乎还在感谢着某个不知名的消费者。

【童梦玩具公司……】这是一柄玩具级飞剑。

在旧世纪中，这只不过是给孩子们把玩开智的玩具罢了。

但在现在——

方白鹿扫了一眼外门道士空空如也的身周，哑然失笑。

1cm 厚度的塑体泡沫就足以承受 100 发点 22 口径裸铅弹的冲力，并且不产生形变。也就是说，一把老式格洛克手枪在塑体泡沫上连打十来个弹夹，连个坑都不会留下。

刚刚裹着外门道士的那层塑体泡沫该有几十厘米厚了吧？现在连个碎屑也不剩了。

过去的玩具，现在却是最可怕的破坏机器。

随着镇静剂与浓缩莫达菲林在方白鹿体内逐渐起效，之前擂鼓似的心跳放松了下来。之前肾上腺素飙升又下降造成的疲倦感涌上他的心头，但只是让他更加冷静。

"仙师，你的飞剑还没修好吧？"方白鹿挺直身子，似乎那柄无物不斩的飞剑不值一提，"这么乱用，不怕彻底报废？"

断断续续且失真的故障音、飞剑外圈模糊的剑形，这都表现出这柄飞剑的使用状况非常之差。

而且，如果方白鹿没猜错的话……

"未注……册用户！未……注册用户！试……用时间……将要到期。"飞剑在外门身边横转一圈，柔和的女声语气中隐隐带着一丝嗔怪。

【果然。】

新世纪流传的飞剑，除非是带着全新包装出土，不然大部分都只能在试用状态运行。

这种试用状态下的飞剑，如果没有经过破解和软体重置，每一个自然日都只能用上几分钟到几小时不等。

这种破解和重置，叫作"炼化"。

而关于能够炼化人造飞剑的铁匠或者机关士的信息，方白鹿在整个新马来西亚都只听说过一鳞半爪。

试用状态下的飞剑不仅有时间限制，输出功率更是极不稳定。

飞剑出鞘到现在不过一两分钟，试用警报已经响起了，外门道士手里的这把飞剑，恐怕状态是最差的那一档了。

飞剑一个旋转，做了个类似战斗机"桶滚"的机动动作。随即悬停在外门道士头边，与他的眼睛平齐。

五色的光亮轮流闪动，给外门道士的右眼眸交替映上一层又一层的华彩。

他并没有回应方白鹿的话，显然是不想浪费飞剑所剩不多的试用时间。

【辟邪符挡得住吗？】

一丝疑问闪过方白鹿的脑海——

正滴落的雨水倒卷而起，形成半米来高的水幕。水幕闪过五彩的光芒，像是哥特式的教堂玻璃，瑰丽异常。

啪！水幕和雨水一起砸在维修梯上。

方白鹿橡胶雨衣的右边袖子无声地齐肩断开，滑落在地。

五色光华流转一圈，重新回到了外门道士身旁。

一个想法还没结束，飞剑就已经在十米的距离上走了一个来回，还顺便割开了方白鹿的袖子。

【以前的小孩玩的都是这种玩具？】

方白鹿想调侃一番，却笑不出来。

"看来还是我的飞剑更胜一筹，不是吗？"外门道士语气中透露着明明白白的戏谑。自从他的面罩破损以后，他话中的情感不再像之前那样难以辨明。

方白鹿知道这一剑为什么没有直接削掉他的脑袋：外门道士在试验。

试验飞剑和辟邪符两者相比谁的权限更高。

如果飞剑的权限等级比不上辟邪符而被反弹，外门道士最多不过就损失一边衣袖罢了。

"试用……时间还剩三十秒。开……始倒数：三……十、二十九……"

断断续续的声音从飞剑里发出。

"时间有限，就不寒暄了。培养皿里我们再聊，再见，方老板。"外门道士微微欠身——

下个瞬间，飞剑五色光芒勾出的剑尖停在了方白鹿的鼻子前。它是停住了，但带起的雨水随着惯性全部泼在了方白鹿的脸上。

方白鹿还没来得及抹开一脸的雨水，就听见鼻头尖的飞剑传来一阵阵高呼：

"请勿对其他市民使用！请勿对其他市民使用！"

"高危玩法警告：系统锁定中……请用身份代码解锁。"

飞剑周遭的光芒瞬间散去，细长的圆柱体掉到维修梯的地面上，发出咚的一声。

外门道士愣住了，方白鹿也愣住了。

【怎么回事？】

方白鹿俯身拾起掉落在地的飞剑核心，扑通一声坐倒在地上。他把飞剑核心朝外门道士比了比：

"不打了吧？"

方白鹿有些倦了。他不是刀客，不向往肾上腺素飙升的战斗，也不想在生死边缘寻找自己的价值。

刚刚差点被飞剑削开头盖骨，捡回一条命的方白鹿只想好好睡上一觉。

不管为什么飞剑突然变回了一根废铁，方白鹿都把这看成是某种启示和运气。

现在方白鹿杀不掉外门道士，但外门道士手里握着他最大的秘密。

外门道士破不开方白鹿的辟邪符，飞剑还落在了方白鹿手里。

别说外门道士两臂尽废，就算四肢完好，只要方白鹿把飞剑往石油塔边一丢，外门道士怕是要花上几年才能重新把它从吉隆坡找回来。

再破旧的飞剑，在这个时代也是可遇不可求的东西。

"仙师，我觉得我们可以合作。"

外门道士似乎从刚刚的呆愣中缓过神来，咯咯笑了：

"方老板，我手上有你的大秘密，你又把我打成这个样子……我说我们尽弃前嫌你相信吗？"

笑声中带着几分嘲弄和怒意，也不知道是针对方白鹿还是针对他自己。

方白鹿觉得自从面罩被打破以后，外门道士变得越来越有人味了。

"我可以帮你彻底炼化这柄飞剑。"

听到方白鹿的这句话，外门道士的笑声停了。

从刚刚飞剑停在自己鼻尖为止，方白鹿就有个猜想。如果猜想正确的话……帮外门道士炼化这柄飞剑不过是小菜一碟。

一柄彻底炼化过的飞剑，就算只是玩具级，外门道士也应该知道这其中代表的价值。

半晌的沉默过后，外门道士长叹了一口气，怨愤逐渐从他的口气里淡出：

"唉……你想要什么？你知道我是不可能让你对我动什么记忆抹除手术的。"

外门道士并没有质疑方白鹿能否炼化飞剑，看来是已经相信了。

而方白鹿是复苏活死人的秘密，恐怕已经与外门道士绑定共生了，方白鹿自己也知道这点。

但他另有打算。

"我要知道你的真名，还有一些问题的答案。"方白鹿把飞剑的圆柱核心放在手里转动，"这是合作的起码标准吧？"

"你是一个练气士，我是阿罗街最好的中间人。你知道我……我的秘密，我能帮你炼化飞剑。既然我们杀不死对方，就让秘密成为我们合作的基础，不好吗？"

"多一个朋友少一个敌人，对我们都有利。"

方白鹿是认真的。死人或许可以卖掉不少钱，但死掉的练气士可能带来的是灭顶之灾。

而一个作为合作伙伴的练气士？和气生财，岂不美哉。

暴雨不曾停歇。

外门道士走向墙边，斜着身子把脱臼的右肩抵在金属外壁上，狠狠一推——咔！随着一声令人牙酸的声音，他的肩关节重新复位。

他活动了一下右臂，把断得破破烂烂的右手放在眼前望了望，随后宁定地看着方白鹿，目光似是有些复杂：

"好。你说服我了。"

外门道士把完好的食指伸进面罩的缝隙里勾住，把面罩掀了下来。

雨水滴落在外门道士淡金发白的齐耳短发上，沿着光洁饱满的额头滑下。水珠流过两道冲天的剑眉、细长的睫毛，却避开了那对碧绿幽深的眼眸。

有一滴雨点打在高耸的鼻梁上又滚落到微微翘起的鼻尖，最后悄悄经过两片淡红的薄唇，停在有些尖削的下巴上。

外门道士真容，是个看起来二十出头的年轻女性。

他，不，是她微微向方白鹿欠身行礼，翡翠似的眼睛在昏暗中发出幽亮的光。

她轻轻开口，清脆而冷漠，像是冰片折断的声音：

"我是 Yasumoto Nora，安本诺拉。"

"方老板，希望我们合作愉快。"

第9章 丹房之中（上）

方白鹿站在丹房里，寒风裹着雨水从那个四四方方的大洞里涌进来，打得他又紧了紧橡胶雨衣的领子。

外门道士——不，是安本诺拉——的丹房甚至称得上穷极朴素，跟方氏五金店里的杂乱无章完全不同：

量杯、量筒、烧瓶按容量排列，整整齐齐地摆放在实验台上，试管台上插满了练气士行功时服食的调制液体丹剂。天花板上喷涂着一张太极图，中央巨大的观想机垂下几根神经管线，应该是安本诺拉平时行功时拿来辅助通脉用的。地板正中摆了个铁蒲团，它能通过其中横向伸出的波长发射线来稳定练气士的精神状态。

除了这些练气士的修行工具外，整个屋子再无他物。

方白鹿虽不是练气士，但也对这些物事都了如指掌，这些都是安本诺拉通过方氏五金店置办的。但是搬运、组合与安装倒都是安本诺拉自己完成的，所以之前方白鹿也不知道她的丹房位置。

安本诺拉穿过丹房，把破破烂烂的左臂倚靠在实验台上。她从手指开始一根根地把骨头复位，似乎一点和方白鹿搭话的意思也没有。

骨头复位的咯咯怪声与血液滴落地板的声音在丹房里作响，让人牙酸。

"仙……安本，什么是仙人骨？"方白鹿在丹房里找了一圈能坐的地方，最后悻悻靠在实验台旁的墙壁上。

方白鹿本来还是打算称呼安本诺拉为仙师的，但毕竟两人开始了合作关系，拉近一些距离也好。

安本诺拉这个名字倒也有趣。她看起来明明是个白种人，却有个日本的姓，西式的名。

还有那对碧绿的眸子和那头金得发白的短发——没有把头发和眼睛染成黑色的白种人，在新马来西亚乃至整个泛亚洲地区都是非常少见的。

"方老板，来而不往非礼也。"安本诺拉撩开耳边淡金色的短发，面无表情地把小臂上一根断出来的尺骨按回去，"我告诉你我的真名了，你得帮我炼化飞剑之后再问别的吧？"

方白鹿也不答话，从衣袋里掏出飞剑的圆柱核心，轻轻转了转。

他抚过圆柱光洁无痕的表面，最后把食指按在圆柱的一端。

几秒钟过后，柔和失真的女声响了起来：

"无……法识别的指……纹。请输……入密码或……注册新用户。如有问题请致电 0736……"

"重置出厂状态。"方白鹿直接打断了飞剑断断续续的语音。

"请……输入您的……身份识别码。"

方白鹿背出了自己滚瓜烂熟的 18 位号码，这段数字他自从"前世"十八岁成年能进网吧之后就倒背如流——这是他的身份证号。

"声纹验证中……虹膜验证中……指纹验证中……脑波验证中……"

"已通过身份验证，重置出厂状态中……"

开始重置出厂状态之后，飞剑倒是没了之前的磕磕巴巴。

【唔……看来之前状态那么差不是硬件的问题。】

"确认信息。"

"姓名：方白鹿。"

"年龄：783 岁。"

方白鹿一愣，手上的飞剑险些滑脱。他知道自己在白棺中度过了漫长的沉眠岁月，从旧世纪来到新世界，一切也早已面目全非。

但 700 多年的数字出现的时候，他的心灵还是不免受到冲击。

【783 岁？我睡了那么久吗……】

微微的恍惚之中，飞剑还在继续念诵着：

"年龄达标，已解锁未成年人防沉迷系统。"

【……这玩意还有防沉迷系统啊？】方白鹿一下从恍惚中惊醒过来。

他捏了捏鼻尖，怀念感慨中混杂了一丝好笑与滑稽。正感慨间，飞剑热情的声音又响了起来：

"您好，老寿星！童梦玩具有限公司还有可供您祖孙同乐的亲子飞剑系列产品'子母夺魂钩'，您可以——"

"跳过广告！"方白鹿把圆柱横过来狠狠拍了拍，刚刚的怀念感慨顿时烟消云散。

无论哪个时代，广告都会存在。

背后飘来一声轻笑，似乎是安本诺拉。方白鹿干咳一声，只当没有听到。

"注册新用户中……已完成注册。"

"请将飞剑与您连接。"

圆柱的一头无声向一旁滑开，从里面伸出一根细长的神经管线。

方白鹿暗暗放下了悬着的心。之前飞剑悬停在他鼻尖前发出警报时，他就有一些猜想：

他可没听说过飞剑斩人的时候会手软或者发出什么"请勿对其他市民使用"的警告，再加上停止前的那一句"请使用身份识别码解锁"……

以前他就有想过，为什么这些飞剑会在新世纪变成如此可怕的杀人兵器？

传说中的军用级飞剑还好说，但是那些玩具级、运动级、竞赛级飞剑，现在不也是实打实的破坏机器？

总不会旧世界的儿童都在互相厮杀吧？

现在他明白了：新世纪的人们，无法被飞剑所辨别与认知。

换句话说，他们在飞剑的眼里甚至都不是人！

因为飞剑的数据库里都没有他们的身份信息，他们也没有飞剑能够识别的身份识别码与生物特征——"大断电"之后不仅知识与技术发生了失落，全球的国家与势力也大不相同了。

所以对于那些玩具抑或更高级的飞剑来说，它们所斩断的人类与草木无异。

而尝试用身份证号来解锁飞剑，并在飞剑上注册新用户来达到炼化飞剑的效果，就有点赌博的成分。

但幸运的是，他赌对了。不过就算他没能炼化飞剑，安本诺拉也没办法对方白鹿怎么样——他身上的辟邪符可还没失效。

"好了。"方白鹿把飞剑递给安本诺拉，"把它链接到灵窍里就能炼化了。"

安本诺拉把沾满鲜血和白色骨渣子的手在道袍上抹了抹，接过飞剑。她用那对幽潭也似的眼睛盯住方白鹿：

"783 岁……我没有猜错，方老板果然是旧世界的人。"

她咧开嘴角露出白森森的牙齿，一颗尖尖的虎牙格外显眼："你是最早进老房 / 白棺休眠的那拨人之一吧？整个新马来恐怕只有你一个人有泛亚人民共和国的身份识别码 / 公民证了。"

【泛亚人民共和国……】这个名字与方白鹿的记忆有所差异，但也算是意料之外情理之中了。

方白鹿沉默地摸了摸右腹，如果"前世"没有抽中冬眠舱的实验名额，他或许在 25 岁之前就已经死去了。

第 35 章　梦里不知身是客（上）

（前略）

忽地——

一千枚核弹爆散出的光焰与蘑菇云在他脑中搅起风暴，将所有的感官揉成一体。

方白鹿轻嗅太阴星反射的光线，倾听刀与剑锋刃上的冰冷，抚摸暴雨打在吉隆坡间所发出的呢喃。

他的视线穿越无穷天幕，乘着射镜直达人马座星云，最耀眼的南天星座蜿蜒其中，是点缀在宇宙幕布上的一串彩灯。

《庄子·齐物论》中的语句在他的脑灰质上奔行，窃窃私语着那无上之秘——

【天地与我并生，而万物与我为一。】

……

方白鹿的骨骼、肌肉、筋膜被重新塑立，终于，他的思维在数字空间中获得了身体。

他举目远眺：

天穹之上，弥漫的钢铁熔化成暴雨，打落在大地上。

方白鹿沐浴在铁雨里，倾倒在泥土中，接着——

下沉。

他沉入了信息之海中。

那是物质世界的虚拟机，是镜中的现实……

1和0组成的数字海水包裹着他，拥抱着他，带领他继续——

下沉！

气泡从方白鹿的嘴里咕噜噜地冒出，这是他记忆的碎片。

水压挤按着方白鹿，那是纯然的信息：充塞宇内的文字、图片、视频、编码……无穷无尽，无远弗届。

他无所不知，却又一无所知。信息的海水从方白鹿的身体间穿过，却连一个比特字节的信息也不肯驻留。

下沉……

海洋和声吟唱，告诉他：

只有在海的底端，才有着一星半点最纯粹的真实。

方白鹿的脑海深处钻出一个词，向他道明那真实的本质：

那是——【上上善道】。

噗！

就像是穿过了肥皂泡的薄膜，方白鹿到达了"底层"。

他来到了数字空间。

第 36 章　梦里不知身是客（下）

（前略）

终于，世界一点点地转为模糊的视觉信号，在他的周围成型，浮现。

淡绿色的条条网格首先浮现在虚无里。方白鹿漂浮其中，就像是在失重的太空里一样。

翻卷不休的波浪在头顶上滚动，是方白鹿刚刚穿过的信息之海。数字空间向四方无限延展，并不存在"地平线"之类的概念，所以信息之海的边缘甚至超过了视界的极限。

一座座官殿、道观、庙宇、高楼分散在数字空间中，它们是现实世界中组织的视觉具象。

方白鹿轻轻点数着它们：新马来西亚政府、微机道学研究会、感应结社、泛亚军工、佛门……

这些大家伙们位于新马来的分部他还能看得清。

由于他不是通过灵窍进入数字空间，加上地理位置、带宽与信号衰减的限制，新马来以外与小体量的组织便要模糊得多，有些甚至都无法转化成视觉信号。

也有例外：

一座座冰山漂浮在远处，它们体表怪异地蠕动，有如星球般巨大——那是旧世界里财团与公司的数据库。

但这些企业早在"大断电"后就已消散，只留下数字的"死尸"。

据说无论在全球任何一个地方登入数字空间，都能把它们看得清清楚楚——毕竟那堪称整个旧世界的尸体，储存着无穷尽的信息。

方白鹿急忙挪开视线：

光是从遥远的距离直视它们，方白鹿就感到"双眼"刺痛，头晕目眩。

因为光是这些数字死尸体表逸散出的细微信息流，就远远超出了墨家子弟以及方白鹿人脑的处理能力了。

（中略）

方白鹿把自己背得滚瓜烂熟的十八位身份证号码，输入虚拟机中：

滴滴滴！

"脑波验证中……"

"登入成功。"

听觉信号直接传进了方白鹿的大脑。

【好！果然可以。】他不由得心中一喜。

方白鹿披上已经登入好的"雨衣"，就要进入慈悲刀的端口——

"您有新的未读邮件。"

【哈？】

忽然响起的一句话，让方白鹿愣住了。

"您有一条未读信息。"

"您收到一条新通知。"

……

一条又一条的提示在方白鹿脑中响起，连绵不绝中还有着越发急促的趋势。

转瞬间，各种提示像是已经扭曲的交响乐般直撞入他的脑海！

【停……止新消息提醒……】

痛苦之中，方白鹿勉强提起精神，关闭了连绵不绝的提示。

那极度密集而显得可怖的声音终于停下了。

方白鹿重新集中注意力，查看起了通信记录：

这些提醒，都来自方白鹿的泛亚身份证号。

【怎么回事？是我在冬眠的日子里收到的邮件和信息吗？……】

方白鹿醒来后，也曾试图登入自己"前世"的那些邮箱或社交平台账号。

但那些网站与应用，在新世纪中早已踪迹全无，他只好作罢。

现在看来，它们还绑定着方白鹿的泛亚身份证号。

噗！

正疑惑间，一块不知道从哪飘来的小小宣传单，贴上了方白鹿模糊的虚拟胳膊。

又是一条提示以视觉文字的形式跳出：

"未读邮件、通知、消息等读取中——0.00……1％。"

方白鹿碰了碰那张花花绿绿的宣传单，信息渗了进来：

"大奥皇家线上赌场，热辣荷官在线发牌……"

啪！

又是一张小纸片，这次贴在他的心口：

"您愿望单中的《糖果人》正在特卖！请点击……"

醒来后再未曾见过的熟悉名字与语句……

他确信发送这些邮件的公司，早就在"大断电"中消亡了。

可现在……

【这都是旧世纪公司给我发的垃圾邮件？】

他想起一线牵相亲系统，想起飞剑内置的公民身份辨识系统。

在旧世纪的公司散为烟尘后，他们的云服务还在不停地运作。

【难道我的账号收了700多年的垃圾邮件？那岂不是……】

哗啦啦啦！

如同无数飞鸟一齐振翅的声音响起——

一张又一张的宣传单贴上了方白鹿，转瞬间已经将他的躯干盖满。

极远处，那些庞大无匹、蠕动不休的旧世界企业的尸体冰山上竟然分出了块块碎片，向方白鹿飞窜过来。

死去企业的数据库正将那些方白鹿未读的邮件传输过来，以便他读取。

就像是虚空中发生了一场只为方白鹿准备的雪崩，无可计数的纸片、传单、招贴画、便签将他淹没了。

第37章　非礼勿视（上）

（前略）

呲呲呲——

忽然响起像是保鲜膜被撕开的声音。

那本已经合拢的记忆体入口正一点点地扩大，似乎正被什么东西撑开。

他又一次摔进了沙堆中，苍阳子把手松开，仰起硕大的山羊头，呆呆望着天顶上的入口。

慈悲刀觉得似乎有"风"刮起，可数字空间里哪来的空气流动？

某些东西，正试图挤进来。

那是一只"手"，黏稠光滑，混杂着超出视觉光谱的颜色，将入口撕裂到整个天穹的大小。

但慈悲刀并不能确定自己有没有看错。

在"手"出现在视野里的刹那，他看见那只"手"的左眼就已粉碎成沙。

这代表慈悲刀视处理器中的一个，已经因为过载而烧毁。

他只能通过那一瞬间留下的残像，进行隐约的猜测。

苍阳子那硕大的山羊头颅依旧望向洞口，好似已经痴了。

他浑身颤抖，忽然高声吟诵：

"异哉！异哉！嘻嗟兮，吾哀世愚人，不识冥中神！"

苍阳子的鼻孔、眼角、嘴巴、耳穴接连爆散出股股数据乱流。

他恍若不觉，继续发出大段的呓语，形似癫狂：

"今夕得缘见天人！今夕得缘见……"

0与1像喷泉一般从他双眼射出。

他挣扎着，嘶吼着无意义的文字：

"牌发线在官荷感性京葡新门澳——"

啪！

一声轻响，苍阳子就像是被戳破的气球，炸碎成无数的尘埃。

他的电子身躯承受不住可怖的信息量，已然崩坏。

【不能看祂！不能看祂！不能看祂……】

慈悲刀匍匐在地，用臂膀遮住自己的面孔。

他从未见过如此的场景，电子身躯没有泪腺，不然他早已泪流满面。

"方叔……方叔救我……"

第178章　星月夜（下）

方白鹿看着斗室的四壁。

虽然寿娘特地换成了昏暗的灯光，但他依旧发现：

在那些没有被照过投影仪星火的位置上，贴着墙纸的白壁正溢着粉末般的乱码。

掌中的手很轻，甚至让他觉得这些微的重量是个错觉。

"还剩多久？"

他轻声问。

"本来有十几个小时吧。现在？唔……不提这种伤心事了。"

她挑起眉：

"你什么时候发现我存在不了多久的？"

"上次回去，我就想到了。只是没察觉你会疯到这个地步。"

寿娘抽回手，向方白鹿的胸口锤了一拳。但方白鹿，却几乎感觉不到冲击：

"嘿！我也知道你把"心剑"翻出来整些乱七八糟的事，是想干什么——现实多贴近我的拷贝一些，确实能让我的存在维持久一点。"

"但也就是几天的区别而已，何必呢……最后不还是我赢了。青出于蓝而胜于蓝，哈？"

斗室正在湮灭。由下往上，有些像倒卷的飞雪。

方白鹿低下双目——寿娘的双足与绒毛拖鞋，边沿已变得朦胧：

"我来找你，不是跟你说这些的。"

"那……是要在最后的时间里陪陪我吗？"

方白鹿躲开那双灼灼的眼，接着又转了回去：

"我记得，你想去外太空里看看。"

他从怀里拿出磁碟，如其他店里库存的双修模拟器一般，封面是滚动播映的屏幕。

金黄的满月旋转与空中，搅成涡旋，周遭是大小不一的星点；半截柏树如奔流的焰火，遥遥相对。

是凡·高的《星月夜》，在这个时代已没有复制品；来自方白鹿久远泛黄的记忆。

这封面与双修模拟器，早已预存在外识神里。

失焦似的模糊，一路延上寿娘的两腿。方白鹿不去看那些：

"这张盘是我做的。来，一起去吧。"

寿娘望着磁碟上转动的星与月，抬起脸。眼泪滑下嘴角，散碎成数字和斑点：

"我快要走了。"

"来得及。"

下半身化作了尘埃，寿娘随之坠落在地。方白鹿弯下腰，将她捧到面前。

她笑起来，明亮且灿烂：

"这碟子有名字吗？"

"还没。"

"嗯，会有的。"

裂纹漫上她的脖颈。在消失前，寿娘握住了磁碟的另一边。

方白鹿于宇宙的一端，伸出由三个星系团组成的手臂：大量氢气和暗物质纽带是关节、韧带与软骨，连接着独立星系们扮演的肌肉。

指尖是两颗正处壮年的恒星，十五颗行星围绕着它们旋转，构成再寻常不过的天体系统。

他继续伸直手，朝另一端触去：她正在一百三十五亿光年外。

宇宙中，只有他们二人。余下的一切，都是他们的身躯。

若是有其他的观测者在旁，或许竭尽九十九万次一生的时光，也看不见这次触摸的中途。

计算机生成的文明们在历史长河的波涛里陨落，望向星海倒卷。有智慧生物因玄妙的契机诞出，于午夜或极昼中感叹天体们的壮美与微奥。

但无人知晓，这宇宙，本就是为了触不可及的人儿而生，也将因相会而毁灭。

时间是感官的迷局：将自己困在瞬间里，那也可以是永恒。

过了多久呢？

他的胸膛在震颤。那里，有无数恒星在演化末期爆炸为超新星，交相应和，将电磁辐射洒过所处的星系，成了男人搏动的心脏。

为宇宙另一端的女人跳跃。

她的双眼是燃烧的反射星云，蕴含视神经所能辨别，或不能辨别的一切颜色。宇宙网互相交联，那是壮阔华丽的起伏曲线，只是无人能用肉眼窥得全貌的万分之一。

他们对视着，向彼此奔近。

数不清的物种在这次相望中消亡殆尽，留下风化的遗迹与墓碑。在不可计数的年月后，后来者或许会登上那些早已死去的星球，发现自己在冰冷的太空中并非孤单的独子，并为此蹉叹。

但那又如何？

亿万星球的生与死，也只是这次相会的布景罢了。

巨分子云们结合为主序星，成了红巨星，又冷却为白矮星——

如此，相似的循环一次次过去。

终于，他的指腹，触到她的脸。

两颊飞红而滚烫，那是固态行星与气态行星的撞击。动能激发了核聚变，带来高达数千 K 的表面温度。

如果他们想要吐出字句，那么群星将为之重新排列，成为能够读懂的文字。

但没有语言，可以表达此刻心头的涌动。

也不需要。

于是他们伸开十数亿光年长的手臂，彼此拥抱。

复数的黑洞诞生，纠缠，引力波传到宇宙的每个角落。一切有灵，都在这漫长的瞬间里抬起头，仰望或明或暗的天幕。

贴紧交缠的肌肤发出雀跃的氦闪，扫过苍穹。

大地上、汪洋里与向家园外奔逃的恒星际飞船中，那些虚拟出的生命因拥抱的余波而死去，连星球也坠灭。

两人毫不在乎。

他们是赤裸的，却也依旧全副武装：这是由两个迥然不同的性格、肉体与思维间所能达到的最近距离。就算有着抹不去的隔阂，可天地之间，又有哪两个灵魂能够真真正正地水乳交融？

无人可要求更多，这便是缘分的止处。

他们只是拥抱着，体味那极致的悲欢。

久到连他们自己也觉得，人类之所以会出现并萌发情感，不过是为了让他们可以相逢、相识，并能妥善地告别。

久到所有碳基或硅基的生物都已灭绝，这次拥抱于所有长存的载体中消失，不再为他者所记得。

久到宇宙也最终挥别了无止境的膨胀，开始坍缩。

而他们也逐渐变得微小，相拥也愈发紧密。星球在撞击，爆炸的光焰在缩卷且渺茫的世界里闪耀，真空中没有声音。

能够思考的生物早已不见，连光的速度都变得缓慢，而他们依旧存在；直到"存在"的概念都已从承载它的一切语言和文字中抹去，他们依旧存在，且相拥。

只有自我，他们还愿意保留。若没有这个毫无意义的事物，这因缘的纠缠与消失，也没有意义。

现在，他们是孤独的两人了。而这，也再好不过了。

寰宇的末日将要到来，他们度过了人类无法揣度的时间。

两人饱尝宇宙诞生到结束，万物生灭的所有信息。

却又将那些，全都抛到脑后。

无量劫次轮回，人类因哀欢别离流下的泪水足够覆盖千百颗行星的表面，他们还在一起。

要是能更久就好了。可是啊，连时间都在空间的崩塌里成了无。

奇点爆炸，他们闭上眼睛。

烟飞星散，复归沉寂。

没有遗憾，这是未曾有人实践过的诺言。

【直到世界的尽头。】

【直到世界的尽头……】

方白鹿站在虚无里，斗室已因主机的断开而不见。周围只有缓存那单纯的灰色。

手里磁碟依旧：那是张封面覆盖着油彩星月夜的双修模拟器。

他看了它一会。

最终，将磁碟收进胸前的口袋里，下线了。

 ［节选自有毒小说网］

【读者评论摘编】

@赤戟：年度赛博朋克双子星之一，后启示录类型的赛博仙侠文·设定党的仙草级佳作，主角是赛博时代来临前就因为身患绝症被冰封了的旧人类。一觉醒来，"大断电"后科学传承断绝，已是赛博废土版的"修真"世界。

作者的想象力天马行空，将赛博和仙侠进行了深度的融合，塑造了一个栩栩如生的赛博版仙侠世界。整体设定很有意思，情节设计也环环相扣，跌宕起伏，赛博味和修真味都很浓，让我想起了当年天折的废土类赛博仙侠文《废土西游》。

虽然设定缜密有趣，但剧情推进很慢，而且主角作为各大势力觊觎的唐僧肉，自身实力太弱，总是想尽办法脱险后受伤或是损失珍贵消耗品，危险却一波又一波袭来，升级又很慢，所以阅感有些压抑，不够爽快，当然，最大的缺点是更新太慢，两个月写了不到十万字。

（发表于优书网，2021年1月5日）

@天宇96：汪洋恣肆，纵横捭阖的想象力，玄奇瑰丽的赛博奇幻世界。"太上图灵天尊""道士的头巾上闪烁着八卦图""尔时如来放眉心亿兆字节比特，照东方八万佛土网络"。并非科幻，有几分太空歌剧的味道。剧情环环相扣，虽然文笔还有些稚嫩，仍可算是仙草。

（发表于优书网，2020 年 8 月 24 日）

@温吞青年:《赛博剑仙铁雨》太顶了，赛博的时代背景，修真的外壳，本质却是 IT，结合起来又毫无违和感，是那种"哇，还能这样写"的小说。最宝贵的一点是即便如此的世界观下，作者也没有抛出大段大段的设定降低阅读体验，优秀的文笔和时不时的"玩梗"也恰到好处，既能会心一笑又不会感到厌烦。现在网文看得不多，但是每年都能看到如此出色的网文，真是感受到自由带给这个行业的生命力。

（发表于新浪微博，2021 年 2 月 17 日）

@maggio：一个评论说为了赛博而赛博，说对了。其实这种设定更类似于攻壳机动队。搞成修真类型的不太像。脑洞虽然大，写得还行，但个人感觉有点别扭。

（发表于优书网，2020 年 9 月 16 日）

［导引、简介、节选、读者评论摘编：谭天］

赛博道士会梦见克苏鲁吗？
——评半麻《赛博剑仙铁雨》

谭 天

《赛博剑仙铁雨》的文案里开篇声明："本书是赛博流行（Cyber Pop）而非赛博朋克（Cyber Punk）。"

与代表小众、激进、离经叛道的"朋克"相比，"流行"（或者也可以称为波普）有以下几重含义：一是面向大众与商业的写作，而非先锋科幻作家的小众探索；二是书中写的不再是赛博朋克初创时少数人对未来的幻想，而是当下大部分人共有的媒介经验；三是通过展示大众幻想的图景来冲破当代人对互联网的麻木感。

修真，本应是离赛博技术最远的幻想题材。早在古代，修真就意味着超脱世俗的枷锁，成就不朽的"真人"。赛博，却是 Cyber 的音译，是控制论 Cybernetics 一词的简称。以控制论为底层逻辑的电子媒介已经席卷了我们的生活，因此赛博便有了"以电子技术控制一切"的意思。修真求自由，赛博重拘束，它们本是反义词。

然而，"反者道之动"。赛博空间生长出了一类修仙题材的网络小说，还发展得欣欣向荣。科技与修真在这类小说中奇异地结合起来。升级打怪、换地图、下副本，这是叙事结构层面的结合；系统流、直播流、签到流，这是小说设定层面的结合。

诚然，网文将古代的修炼术语运用到修真文，本意只是给升级打怪的套路蒙上一层新"皮肤"。可是当"顺心意""明心见性""破妄"之类的词语反复出现的时候，语言背后的历史文化记忆就会被唤起，使修真文在技术逻辑与超脱逍遥之间若即若离、反复摇摆。这就是修真小说的先天张力，也是修真与赛博之间的张力。《赛博剑仙铁雨》将其挑明、外显，形成赛博修仙的奇观。这奇观也是一个关于网络修真小说的"元故事"。

赛博技术给修真文读者制造了习焉不察的麻木幻境，半麻则用笔将他们唤醒。这些人惊讶地发现，自己钟爱的小说类型其实与修真的意象南辕北辙，他们在看的是一部又一部"赛博剑仙"小说。《赛博剑仙铁雨》里，修炼者们抛弃了真实的躯体，用机械手臂代替人手，用大数据算法代替人脑。技术媒介按前所未有的程度延伸、包裹、主宰了人身。这样的情况下，修真的本义已经彻底消失，"仙"与"真人"反而成了一个又一个彻头彻尾的"假人"，被技术及其蕴含的工具逻辑所控制，不得解脱。

惊醒之后，又该往何处寻仙？真正的"仙"只能到赛博技术控制范围之外去找。由于惯常的"仙"和修真术语已被技术概念绑架，再度出现的"真仙人"不得不以新面目出现。

技术控制不了超出它们处理能力的事物。《赛博剑仙铁雨》里的网络空间还留存着旧时代大企业的数据库。这些企业早已消亡，只留下"星球般巨大"的信息"尸山"。它们超出新时代科技处理数据的能力，因此获得了不被技术处理的自由。主角方白鹿用旧时代的身份证号登录互联网，接收到积攒几百年的垃圾广告邮件，成为一个被无用数据包裹的怪物，其余网络上的人看到他，就会信息过载、处理器损毁。垃圾数据堆出了一个技术无法控制的克苏鲁（即不可名状、不可理解的怪物）式存在。

这只是量的积累，而非质的飞跃。想要跳出技术的控制，还得寻求"向上"的提升。于是，方白鹿根据一封邀请邮件进入了一个"大断电"前的特殊聊天室。通过查阅聊天记录，他发现，聊天室里的成员都是掌握了旧时代顶尖技术、将生命进化到极致的存在，他们在谈论这个世界的未来走向，方白鹿身处的赛博时代正是由这群人"设定"出来的状况。这群人是"世界程序员"，专门给文明编写底层代码。不仅如此，他们的聊天内容越往后越难以被主角理解，甚至超出了语言表达和视觉传递的限度。

如果将拥有垃圾信息外壳、无法被技术观测的主角方白鹿视为克苏鲁，那么连他都无法理解的存在，就是克苏鲁之克苏鲁。一个推论在此似乎已顺理成章：真正克苏鲁的本质是程序员，程序世界里的人永远无法理解这些高维存在。只有写代码的人不会被代码掌控，只有编写程序的人才能超脱程序。因此，真正能跳出技术束缚的主体是程序员。

然而，程序员也有克星，数据"尸山"一动，"bug"此起彼伏，程序员只能疲于奔命，甚至不知如何应对。方白鹿面对"世界程序员"们的聊天记录，心中生出了"滚滚怒火"（《无明火》），拒绝这种被安排好的宿命。"世界程序员"们也对方白鹿这类冰冻沉睡的"蛰龙"（《时间彼方的会议记录（下）》）充满忌惮，不愿将其唤醒。可见，主角确实能对"世界程序员"们产生威胁，他就是那个由数据"尸山"包裹而成的错误化身。对"世界程序员"们来说，主角是不可掌控、难以预测和难以理解的因素，他们编写的程序在他身上会失效，那么，主角也就成了"世界程序员"们心里的克苏鲁。

互为克苏鲁的状况看似诡异，却揭示了一点极为关键的共性：超脱技术控制即不可名状。新时代超凡脱俗、无拘无束的真正仙人，或许只能以克苏鲁的面目重现世间。

毫无疑问，上述探讨已触及我们这个时代的文化症候，用一个好看的故事展现这些内容，是一项艰难的写作尝试。《赛博剑仙铁雨》更新缓慢，连载一年仅有50余万字。这样的速度跟作者铺设的摊子太大、处理的问题太重有关。等到小说字数变多，赛博修仙带来的新奇感消退，作者面临的考验会越来越艰巨。如何能把这个故事保质保量地讲下去，如何就技术与修仙的关系给出进一步探讨，是《赛博剑仙铁雨》要尽力去完成的使命，也是读者对它的盼望。

"万维网中潮汛来，今日方知我是我。"①作者戏仿鲁智深圆寂偈语如是写

---

① 这句话在"本章说"中被读者扩写完整："平生不识赛博，偏爱颠倒因果。这里扯开光纤，那里断开枷锁。噫！万维网中潮汛来，今日方知我是我。"

道。这句话无意中揭示了小说的核心命题：在互联网大潮席卷而来的时候，如何在赛博技术中保持清醒？如何去伪存真，确立超脱性的主体想象呢？

《赛博剑仙铁雨》没有给出答案，但是提出了问题。

芝加哥 1990

齐可休

　　齐可休，阅文集团签约作家，业余创作。2014 年 6 月开始在起点中文网连载《修真门派掌门路》（下称《掌门路》），近百万字后方上架。在上架感言中，作者自述，"一开始是作为读者追书、看书，久而久之，从小白到老白，就经常性地开始书荒了"，由此，动键盘码字。虽是新人新作，但《掌门路》不仅为齐可休在老白群体中博得极高口碑，更开创了"家族修仙／门派经营"这一修仙小说的小小新潮。就在《掌门路》步入中期、成绩转好之时，作者却因自己失去写作方向而选择断更（2017 年 1 月）。尽管如此，在"太监"三年后，仍有读者为小说打赏成"白银大盟"①。

　　2018 年 12 月 11 日，齐可休开始连载《芝加哥 1990》，截至 2021 年 9 月，已超 450 万字。小说不但始终位居起点中文网月票榜前五十名，更长期在多个老白读者聚集的网文论坛中"屠版"，是他们心中的"仙草"。齐可休的写作绵密扎实、气韵生动，长于提供一个塑造得栩栩如生的幻想世界，虽因爽感不足而被部分小白读者批评"跪在真实"，却也被对小说逻辑和故事细节要求更高的老白读者激赏。

---

① 起点粉丝荣誉称号，打赏超过一百万起点币（折合人民币一万元）以上，方可获得。

【标签】都市　娱乐圈文　美娱文

【简介】

《芝加哥1990》是一部典型的娱乐圈文，但又很特别。故事的发生地是在美国，而非习见的中国内地和香港，或者日韩；主角虽有一半中国血统，但更是在芝加哥贫民区长大的街头黑人，名为亚历山大·宋；尽管是穿越，可是前世的记忆却模糊不清，所依靠的只是偶然激发的同时还会带来严重负面效果的"天启"。穿越者宋亚从1990年代的芝加哥起步，从街头RAP开始，逐渐涉足电影、传媒和互联网，最终成为美国商界最有权势的黑人大亨，化身美利坚的"黑法老"。

选文为第1077—1081章。正当宋亚事业蒸蒸日上之时，却被预谋枪击，重伤垂危，乃至众叛亲离。自主角受伤昏迷，到最后苏醒，足足间隔了22章，（第1077—1100章）其间描摹的全部是宋亚身边人的处境、心境和反应。此种使主人公陷入完全丧失行动力的困境并延续时间如此之长的情节，在网文中实属罕见，也着实能见到作者的大胆任性和高超技艺。自然，这段枪击情节引起了不少争议，但出乎意料的是，它同样在读者中广受好评，并成为忠实粉丝将之推举为都市小说经典之作的一大理由。

第 1077 章 梦之安魂曲

一九九七年一月四日，下午，宋亚出门后抬头看了一眼，还行，阴天，但没有下雪的迹象。

心情不错地钻进汽车。

昨晚又和拉希达……

其实现在想想昆西琼斯那张脸也没多令人讨厌，也许这就是爱屋及乌吧，嘿嘿。

"Ole oleoleola……"

他哼了几句歌，然后和琳达交流起新 A+ 唱片和大都会唱片的琐事。

黑色奔驰车队一路开往城外。

"菲姬、米拉都是今年发专，迪昂威尔逊今年也会以 N.O.ID 的艺名发专，还有去大都会的天命真女组合以及……"琳达把基本情况复述了一下，"菲姬找你要主打歌。"

"就那首 *Say so* 吧。"宋亚早已把词曲准备好了，"但不要马上给她，晾一晾，公司先帮她把专辑其他歌准备好。"

菲姬和她的经纪人派金斯利趁换约敲了自己一笔签字费，闹叛乱？呵呵，我当时不得不妥协，事后肯定要给点颜色看的。"你了解菲姬性格的，先观察，等拿捏到感觉她要真正急眼的时候，再允许她来找我，就这样。"

琳达摇头失笑："那米拉呢？连大卫格芬都知道你还为她准备了一首主打歌。"

"也准备好了，呃……"

宋亚想了想："她有点懒，你把关等她先将专辑里的其他曲目练好，最重要的是和摇滚乐队的配合要熟练，今年我们主推她，格芬先生也是这个意思，那么到时肯定少不了各种现场演出机会。”

“OK，迪昂？”

“他自己能顾好自己。”

迪昂威尔逊本身就是高水平制作人，从今年开始，除了担任新A+唱片的制作部门总监，还要兼任执行副总裁，宋亚自用的天启歌曲都不富余，给不了什么歌给他。

“你妹妹艾米丽？”琳达又问天命真女。

“女子组合的歌我写不来。”

这宋亚真没办法，手里没女声节奏布鲁斯组合的天启歌，巧妇难为无米之炊，早知道把以前给布伦达的那些歌留到现在就好了。说起来已经送给前妻的那首 *If I Were a Boy* 还是未来的碧昂丝唱的呢，要不想想办法多组织下组合运动，碰瓷出一首天启来还给碧昂丝？他沉吟。

“布伦达？”琳达正好问到。

“呵呵……”

还拿天启歌送那个惹事精？我又不是贱，不过琳达丈夫是布伦达的经纪人，顾及这一点宋亚才没说什么阴阳怪气的话。

提起布伦达，差点忘记给前妻打电话。“手机给我。”

电话接通：“Mimi……”

“嗯。”玛丽亚凯莉在电话那头冷淡地应了一声。

“我现在闲下来了，要不让人去把小雷加接来我这过一段时间？看你年初还安排了很多活动、商演……”宋亚想雷加了，正好雪琳芬六号走。

“做梦！我儿子不会离开纽约一步！”她怒骂，“我商演活动都在附近，没你想得那么忙，主要工作就是录今年的新专。”

“新专？哦，对了……”

宋亚想起来《泰坦尼克号》的原声带专辑是索尼哥伦比亚唱片负责制作，

于是把这个消息对前妻说了："二点一亿的超级制作，如果有主题曲的话你愿意唱吗？正好放在今年的新专辑里，我现在对那个项目很有影响力。"

"哼哼，我知道，六千万讨好男人嘛。"她阴阳怪气。

"开玩笑注意点啊，你还不知道我是什么人？"提起这个宋亚就不爽。

"你是什么人？！嗯？渣男！"

"好了好了不吵不吵说正事……怎么老打岔呢？我就想接小雷加……"

"我才不会让小雷加去你的女人窝里！哼！追求老娘的现在能从百老汇排到华尔街！地产大亨、球星、歌手、影星，比你有钱的比你专情的比你年轻的比你英俊的随我挑！"

前妻反正就这脾气，突然开始在电话那头嚷嚷个不停，宋亚被吵得脑壳痛，干脆挂断求个清净。

"到了。"

老麦克把车停下。

"吉米，把法考资料准备一下，我们过两天就开始高强度学习……"宋亚讲完最后一通电话，将手机丢还给琳达，推门下车。

"呼！"

风比高地公园更大，气温似乎稍低，他下车深深吸了口提神的冷空气，精神一振。

积雪也没融化，入目一片白茫茫，在远方的天际线和阴沉天空交汇，界限难辨。

"明天不会下雪吧？"

面前就是 A+CN 以及 A+ 唱片未来的总部所在了，一些板房和工程机械集中在地基施工区域，明天州长大人等政客就要过来举行奠基典礼了，他最担心天气，因为典礼现场只弄了个露天的临时大帆布彩篷，仅能勉强遮住演讲台和观礼座位。

"天气预报说不会。"老麦克看向远处忙碌的工人，问，"你防弹衣……"

"在呢。"宋亚拍了下胸口，硬邦邦的，"真希望早点脱下它啊，麦克。"

只有老麦克能听懂，嗯了一声。

其实今天根本不会去施工区，和工人们更没什么交流机会，他主要就是来视察一下奠基典礼的准备情况，毕竟是州长、市长亲自出席，各媒体也会来报道的大事。

一行人走进大彩篷，斯隆女士正站在演讲台上摆弄麦克风方向，A+CN的总裁戈登也在场，正指挥员工布置现场机位。

"Hey，戈登，聊聊？"

"好的。"

打了个招呼走过去，和戈登一起盯着半埋在篷子外面土里的奠基石看，旁边还插着几把铁锹，他亲自要求的。

"丹伯顿那件事干得不错哈。"他边检查奠基石上的企业信息边称赞。

"呵呵，那些虚伪的保守白人……做媒体那么多年，我早看透他们了。"戈登回答。

那种事儿吧，黑人政客其实也不少干，当然宋亚没说这么煞风景的话，将一个土坷垃踢向奠基石，撞得稀碎。

"明天最重要的是那边。"戈登也没多说什么，把他带到观礼座椅前方，前三排的椅子靠背上都贴了明天会到场的政客以及他们家人或者随员的名字。

礼与仪，名与实嘛，西方人也非常讲究这个，位次最好不要出现大失误，比如将芝加哥小戴利弄到后排去坐那就得罪人了。其实更严谨点还有将每个人的照片搁在座位上，由举办方和公关人员仔细讨论调换的做法，因为怕到时候负责引座的工作人员因为不认识宾客本人造成误会。

"我看看。"

斯隆拿出一份到场人员名单，宋亚要过来和座位上贴的纸条一个个对。"州长弗洛克和他的幕僚长伊莱坐这里，嗯……小戴利携妻子和孩子们……几个孩子？这个是当地选区的州议会众议员对吗？"

"明天典礼之前他们的随员也会过来做最后确认。"

看宋亚纠结得不行，斯隆提醒道。

"对哦。"

没感觉出什么问题，这种事斯隆和戈登都是最专业的，宋亚就放下心了。

"APLUS?！哈，你也在！"

外面有个戴着施工安全帽的中年白人男子亲热地喊自己，宋亚扭头一看，噢，是州长大人的那位地产商密友，科兹科。

A+地产花五百万买了老巴恩的地，负责一部分基础设施建设，然后A+CN和A+唱片再出更多的钱买下各自总部需要的地皮，引入建商开工，大致是这么个流程。

由于没有必要再去讨好原巴恩荧光剂工厂所在司法管辖区的建商，这边的一部分建设案就交给了科兹科的建筑公司，算和州长大人的利益交换。

科兹科还从州长大人那提前得到消息下手收购了附近的一些农田，至于他们事后怎么分，宋亚就不想关心了。

"要我说，我们这种制度效率也太低了，市长就该是州长的下属，郡县也一样！你说对吗？"

两人走出篷子，走到僻静处，科兹科突发感慨。

不是，是你飘了还是彼得飘了？宋亚奇怪地看了他一眼，彼得当上州长之前，在伊利诺伊政坛的地位可比小戴利和安德伍德他们低多了……还是个入过狱有黑历史的。

"也许吧。"他回答。

"你看……这边……那边……"

不过科兹科毕竟是位白手起家的实干派，东拉西扯几句后就找手下要来长长的图纸筒，抽出里面的建筑施工图讲解起来："以后的效果图……"

戈登和琳达两位老总也关心地围了过来。

总之无论戈登怎么不喜欢这里，事情已经定下了，他指着A+CN未来总部大楼上那根高高的天线塔开始提意见："我感觉还需要加固，这边风很大，我们的卫星接收锅……"

"嗯？"

宋亚正专注旁听，突然感觉头上有点凉凉的，一看，风衣袖子上已经落了几枚晶莹的雪花。"该死！天气预报不是说……"

老麦克耸肩。

雪花大如鹅毛，还好目前只是零星地在空中飘飘荡荡，在芝加哥的冬天不算什么。

在这个小插曲后，宋亚也懒得再听科兹科在那念叨专业术语，独自走到远处一个小土堆上，举目四顾，天色越发阴沉了，但他心情并没怎么受打击，眺望远处正在施工的地基，心想着按照科兹科那漂亮的效果图，未来这边将有两栋大楼和一系列附属设施拔地而起……

这些都是自己六年，不，七年，一手一脚奋斗出来的啊！

庞大的工地和高楼近在眼前，这种亲眼看到实物，特别是土地和房产的快感好像比股票账户上那些上亿的数字要来得直接、刺激得多。

他不由豪情万丈，张开双臂似乎在拥抱未来的高楼。

"啊……叮叮咚咚，叮叮咚咚……"

爽！这时候天启音乐又来了，似乎又是一首纯交响乐，和 *Baba Yetu* 一样夹杂着人声，但气势更恢宏更有侵略性，自从天启 *Can't Hold U*，后来的都是电影片段，还以为老天爷不给歌了呢哈哈……

大提琴和小提琴声部都非常令人舒服，不过应该不是福音类型的，节奏递进，越来越快，感觉有点汉斯季默给《勇闯夺命岛》制作的电影配乐的味道唉，赞！

"看着吧，我会不负馈赠，一路直抵巅峰的……"

他闭目暗暗发下宏愿。

"兄弟们，这里早就不允许放牧了！"

远处放哨的马沃塔打断了他的思绪，皱眉，睁眼，哦，又是那三个红脖子农牧民，远远骑着马过来，打头的看到自己就在马镫上站直身体，大幅度向这边挥手。

"没事，检查一下就让他们过来吧。"

正好科兹科也在，估计又是为了农田交易的事。

但脑子里的天启音乐好归好，却逐渐快得令人有点受不了了，下一个段落，声音奇大，还多了沉闷的鼓点和刺耳镲声，搅得他心烦意乱。

"Hey！别动我的东西！"

那边的牛仔还和马沃塔吵了起来，他只好扶额先抵抗天启"副产品"——晕眩和脑袋与耳膜的不适感。

"嘭"，第三个段落，一声重重的鼓声后音乐竟然更大，速度更快了。

"喂！差不多可以了啊……"他心想。

"Boss！"

不对，似乎中间夹杂着枪声还有马蹄声？不对不对，马沃塔好像在喊自己，叫声很凄厉。

他抬头，看向那边，才发现三个牛仔骑着马笔直朝自己冲了过来，打头那个一扬手，砰！还真是枪响……

他感觉颈子窝那里好像被蜜蜂蜇了一下，双手和全身瞬间下意识佝偻起来，右手按住那地方，顺便看清了瞬间冲到近处的那张凶恶白人脸，络腮胡子被刮得光青，根本不是上次见过的那个牛仔。

他手里的是 AK 吗？好像和那首天启歌曲 *Tunnel Vision* MV 里红脖子拿的是同款？

"噔噔噔噔……噔噔噔……，噔噔噔噔……噔噔噔……"

"嗬……"

按着颈子的手指里好像有什么东西流出来，世界的运转好像突然慢放，我还在想什么呢？！宋亚转身就跑。

"F××k！"

对方手里的 AK 似乎卡壳了，在背后放声大骂并且不停地拉着枪机。

"麦克！救……"

嘴巴里好像有什么又腥又甜的液体在往外喷。

他看到老麦克朝自己挥手大喊着，并且从后腰掏枪，琳达和斯隆惊恐地搂在一起。

"噔噔噔噔……噔噔噔……，噔噔噔噔……噔噔噔……"

让我干什么？更多更杂乱的枪声和尖叫，恐惧、害怕、不甘，脑子里还回荡着天启音乐……根本听不清。

背后好像突然被火车撞了一下。"啊！"宋亚失去平衡，整个人像跳街舞一样乱颤了几下，然后才往地上扑倒，下巴磕着了，生疼。

"啊啊啊……"他看到自己嘴里的血在眼前的地面甩了条长长的红色轨迹。嘭！嘭！身上腿上又挨了两下？三下？"啊啊呜呜……麦克我不想死……"

求生意志让他伸手抓住地上的雪和土，挣扎着往前爬，涕泪横流，哀号。

"噔噔噔噔……噔噔噔……，噔噔噔噔……噔噔噔……"

"我不想死……"

他听到了老麦克蹲在自己身边开枪的声音，交响乐戛然而止，然后脑子突然就像断线了一样，失去知觉。

"APLUS！亚历山大！亚力！宋！"

迷迷糊糊不知道多久，他再次醒来，自己好像已经在车里了，有些颠簸，老麦克一边开车一边不停回头叫着，神色狰狞。

有一只手在按着自己颈子。

"我……"

他想开口，但做不到，冷极了，牙关打战，浓稠的血堵塞在喉头，身上哪里都痛，无数回忆片段在脑海里像放电影一样不间断闪回。"我不能呼吸了，我不能呼吸了……麦克……"

第 1078 章　急救中心

"Damn！他是不是……"

斯隆一手按一个老麦克简单包扎的伤口，发现刚刚嘴唇还在活动，嘟嘟囔囔不知道说什么的 APLUS 彻底没动静了，想探下鼻息但又不敢松手，只能惶急地提醒老麦克。

老麦克双眼通红地回头看了眼，什么话也没说，几分钟后奔驰发出刺耳的刹车声。"在这等。"他跑下车。

斯隆看见老麦克跑进一所医院大门，心稍微定了些，但立刻又意识到危险还很可能没有解除。现在车里只有自己和 APLUS 了，她开始不停扭头看向前后车窗，外面每一辆经过的车，每一个在医院门口徘徊的行人都令她的紧张加重一分。"呼，呼……"她不得不频繁深呼吸缓解焦虑。

"Come on! Come on! "她又用压抑的声音喊着，也不知道自己是盼着老麦克快点，还是给 APLUS 打气让他挺过去。

"让让！让让！"

终于，老麦克带着一群推着急救病床的医生护士出现，他在打开后座车门前脱下外套，然后将外套迅速丢在 APLUS 脸上，他的胳膊也中了枪，有块经过包扎后的红色血印，他与众人合力将 APLUS 抬上了病床，又一路哗啦啦疾步消失在医院大门里。

"OMG……"

斯隆颓然跌坐在后座地板上，APLUS 太高太壮，横躺着时，自己只能用非常难受的姿势缩在前后座之间，现在终于解脱了，她捂住眼睛缓了缓，然后吸吸鼻子用手胡乱在眼角和鼻翼两侧抹了几把。"镇定，坚强，斯隆……Sh×t！"

正给自己打气，忽然感觉架在后座上的肘部凉飕飕的，睁眼一看，坐垫上已经积了一洼的血，难以想象正常人会流出如此多的量，暗红色的血顺着高级真皮往下，不断滴落在后座地板和自己的衣服、裤管上。

"Sh×t！"

她这才注意到手上也全是血，那么刚才肯定也抹到脸上了，于是取下还算干净的围巾擦，擦着擦着终于没忍住，用围巾蒙着脸抽泣起来。

"咔嗒，咔嗒……"

车外传来很怪异的声音，她露出眼睛，原来是一位依靠助行器行动的白人老太，正慢悠悠挪到车边，好奇地向内张望，两人四目对视。

"洗手间在里面……"

老太的驼背快弯成九十度了，好心却又有点糊涂搞不清状况地抬手指向医院大门。"你看起来很糟糕，Girl……"

"谢，谢谢……"

离开独处环境的她迅速坚强了起来，冲老太挤出个微笑，然后利落下车，关门，也将老麦克没来得及关上的驾驶座门关上，顺便带走了车钥匙和一些车里的敏感物品。

这位金发的精英女性双手环抱在胸前，用围巾和物品尽量遮挡手上身上的血迹，昂起头，踢踢踏踏走进医院。"请问，刚才送来急救的……"

得到答复后她乘坐电梯，到达医院急救室，很快看到了叉着腰等在帘子外的老麦克。"他怎么样？"

"还有心跳。"老麦克摇头，顺手把她拉到一边，防止挡住忙碌进出的医生护士，"其他情况还不知道……"

"真像一场噩梦。"她说。

老麦克没有回答。

忽然，里面的电子仪器响声和医生护士们的交谈都明显尖锐了起来。"除颤！200……Clear！"有人喊道，随后便是沉闷的嘭的一声。

"OMG……"斯隆鼻子又一酸，扶住额头。

"先生，你需要帮助吗？"一位护士发现了老麦克胳膊上的伤。

"走开！"老麦克没心情。

两人支着耳朵，没再听到里面有什么抢救和明显不太妙的专业词汇，急救医生在不停索要血浆和药品。

哗啦！帘子突然又被掀开，一位护士举着吊水瓶和血浆袋，其他人将病床往外推。

"怎么样？"斯隆和老麦克冲向双眼紧闭的APLUS。

"还没脱离危险，我们要送他去外科急救中心。"医生回答，"让让！请让让！"他不停要求前面人别挡路。

两人只好快步跟着病床移动。

"你注意到了吗？"老麦克突然小声问。

"嗯。"

斯隆看了眼时间，不知不觉进入医院已经快二十分钟了，和之前相比，医院里的医生护士，特别是年轻女护士张望过来的频率明显高了不少。

"枪伤医院会报警，但接警的警员数量拦不住无孔不入的记者，甚至不一定有他们来得快。"老麦克说。

病床推进冷冰冰的急救中心大门，两人被拦在门外。

"我打给州长先生。"无论APLUS是生是死，必须在这段时间里做点什么，斯隆取出手机。

"不，刚才那个和州长关系密切的地产商人在。"老麦克制止。

"科兹科？应该不会……"

斯隆想不出彼得弗洛克有什么干掉APLUS的理由，但老麦克已经在疑神疑鬼，不愿冒任何险，她不想花时间在争论上。"那小戴利？"

"可以。"老麦克想了几秒点头。

斯隆迅速拨通号码："戴利夫人？我找市长先生……我是斯隆，APLUS的公关顾问，对，之前在交响乐中心见过的……"

趁她打电话的时间老麦克从怀里取出小收音机，耳机早已戴上了，他切换着各新闻电台的频率。

二十分钟前在市郊发生一起激烈枪战，多人伤亡，本台记者已赶往事发现场……

由于新址周边比较荒凉，目前电台获得的消息都类似，电视台应该更详细，财大气粗的它们有直升机。

"警员们来之前不要再通知任何人。"

老麦克给正聊电话的斯隆交代一句就去护士站，这家医院的护士站没有电视，但后面护士们的休息室里肯定有。

"非工作人员禁止进入！"护士阻止他闯进去，"你受伤了！"

老麦克强行站在门口僵持着，护士们果然在看相关新闻，电视台的直升机画面里除了工地和那个大彩篷，就是不断赶来的警车，以及皑皑白雪上的鲜红血迹。

"本台记者采访到了一位当地居民，据对方称可能跟一起土地交易纠纷有关，事发地点正在进行地产建设，完工后将用于明星 APLUS 旗下的唱片公司和电视台总部……"

他看到这里护士们已经叫来了医院保安和医生。

"我哪也不去。"

老麦克的小眼睛往上翻了翻，坚持找个急救中心外等待区的长椅坐下。

"我们要采取强制措施了！"一位保安威胁。

"就让他在这里吧。"院长赶来了，发话命令医生，"就在这给他处理伤口。"

老麦克伤得不重，医生剪开衬衫袖子，将被子弹擦过的血糊糊的沟形伤口消毒，敷药，然后施以专业包扎。

"我需要给你注射药物，防止伤口感染。"

老麦克拿起注射剂瓶看了眼药品名，点点头，伸出手。

"啊！啊！我就知道是他！就是他！"护士站那边突然有女人发出尖叫，应该是电视台得知 APLUS 中枪的消息了。

"我记得有家医院的距离更近，你其实也可以为 APLUS 多争取几分钟。"

斯隆等医生和安保离开，过来质疑道。

"你不懂，女孩。"老麦克龇着牙活动活动受伤的胳膊，"这次要他死的人一定会做好充分的准备，我们不能哪里近就去哪。"

"原来如此。"斯隆立刻反应过来了。

"你也抓紧时间把自己打理一下吧。"

老麦克指指身上到处是血迹的斯隆，两人都听到了呼呼大作的警笛声，还有直升机的呼啸。"今天会很漫长……"他说。

第 1079 章　未脱离危险

这家医院各方面条件都一般，斯隆毫不费劲溜进病房区，穿行在走廊里，从一个个门口往里看，很快找到了合适的目标。一位脚上打着石膏，正扶墙艰难行走的白人姑娘，身高体形都和自己接近。

"Hi！"她主动打招呼，"请问我可以进来吗？"

"也是车祸？呵呵，进来吧。"对方抬头，看到她身上的血迹后很友好地笑道，"真倒霉，是吗？"

"是的……呃，恕我冒昧，我想换一下衣服，你有换洗的吗？我可以付钱……"

斯隆从口袋里取出个精致的金属纸钞夹，上面夹着厚厚一沓对折的崭新的二十刀。

"哈，不用，如果你不嫌弃的话……"

白人姑娘扫了眼她那一身显然很贵的职业套裙。"我这只有居家的衣服，医生说要尽量穿得舒适，都很旧了。"白人姑娘一蹦一蹦地走回储物柜前，从里面拎出来一个大旅行袋，将里面的衣服倒在病床上。

"没关系，真的很谢谢你。"

斯隆过去，本来想随便挑两件，但面对一堆卡通风卫衣和纯棉运动长裤实在下不去手，难以自抑地拨拨拣拣，最后挑中一件，也是唯一的一件北欧风毛衣，一件碎花衬衫，以及一条蓝色牛仔裤。

"Ah？眼光很不错。"白人姑娘也不知道是真心称赞还是阴阳怪气。

她向对方挤出个笑容，又看到了几套还没拆包装的纯棉内衣裤，拎起自己的衬衫领口往里看了看，也伸手拿了一件夹在腋下，然后打开纸钞夹："我坚持付钱。"

"不用。"

"我坚持。"

"好吧……可以了。"白人姑娘抽出一张二十刀晃了晃示意。

她对着眼前那张绿色米刀愣了愣，又有点想哭。

"你可以在这换，把帘子拉上就行。"白人姑娘说。

"好的，谢谢……呃，电视机可以……"

"你看吧。"

"据可靠消息称，歌星 APLUS 身中多枪，目前生命垂危……在被枪击之前，他曾多次在不同场合提起有人要暗杀他，在互联网上的最后一次发言是指责微软总裁鲍尔默，他称微软涉嫌垄断和不正常竞争，鲍尔默是个出卖灵魂的人……APLUS 目前大概拥有价值一亿五千万到两亿的网景股票……"

斯隆边看新闻边将血迹斑斑的衣服换下，塞进对方提供的购物袋。"很合适。"白人姑娘打量着她，用手比画着鼻翼两侧说，"但需要补补妆。"

她苦笑："我会的，谢谢……那……再见？"

"Bye。"

她出门又去了趟洗手间，刚才换衣服时发现腕表上的血迹忘记清洗了，盯着 APLUS 宋亚的闪闪发光的梵克雅宝表带上随水流消失的血珠，她捂住眼睛，手撑着洗手台，陷入回忆……

她正和琳达与戈登商量明天录制的细节，突然不知在什么方向的枪声响起，戈登就和 A+CN 的黑人工作人员以及琳达瞬间全趴在了地上，只剩自己还傻愣愣地站在原地，她看到有人骑马向土堆上正张开双臂的 APLUS 冲去，更多的枪声响起，APLUS 身体突然激灵了一下，手按住脖子往回跑。

"你疯了?！"琳达爬起来将自己的肩头往下按，"快卧倒！"

她扑倒前看到 APLUS 也一头栽倒在积雪里。"NO！"琳达在耳边痛苦地大叫。

骑马的人冲到近处用手枪补枪，但很快被老麦克带人击退，现场一片混乱。

"把车开过来! 快!"老麦克大吼。

琳达好像晕过去了，她不知哪来的勇气，把压在身上的水桶大妈推开，在保镖将车开到近处停下的时候也冲到了近前，APLUS 背部朝上，嘴里啃着雪和泥，黑色风衣周围到处是斑斑血迹，看起来已经死了。

"OMG！"她无助地捂住嘴，雪还越下越大，和泪水一起迷住了双眼。

"急救包！"

老麦克边在 APLUS 身上摸索边喊，保镖从后备厢取出急救物品，两人简单处理了下就一同将 APLUS 弄上了车。"你下去! 抓到那些牛仔，再去看看马沃塔他们怎么样了!"老麦克又疯了似的对那名保镖吼。

"斯隆，你按住他这里，还有这里。上来，别像个被吓傻了的小女孩！"

她赶紧钻进打开的车后门，按老麦克的指挥做，她看到老麦克一边飙车，一边咬着绷带处理胳膊上的伤口……

不，不是回忆的时候，她深深吸气，取出口袋里的小化妆盒快手快脚补妆，然后对镜抿抿大红唇，小拇指勾去嘴角的多余口红，又利落地将头发拢好，匆匆赶回急救中心门外。

这里已经来了大量警员把守，很多制服警正靠着墙喝咖啡，任便衣重案探员们穿行忙碌，主要工作就是色眯眯地打量年轻护士，她经过时还有人小声吹口哨。

"情况怎么样了？"她走到正和一名便衣探长说话的古德曼、哈姆林面前。

"还没脱离危险。"

古德曼面色凝重地摇头，并和哈姆林不约而同上上下下打量她。

"有事吗？"

她挡住毛衣上的卡通驯鹿。

"没有没有……"

"嘿！那是什么，老家伙！"

这时候探长冲老麦克嚷嚷了起来，从现场赶过来的两名 APLUS 保镖正将一些胶卷交给他，被探长的火眼金睛发现了。"那是现场照片吗？"

老麦克翻了个白眼没理，把胶卷收进口袋，哈姆林用手推住正带人冲过去的探长的胸膛。"他会配合警方的，在得到我们律师确认的前提下。"

那就是不给我们咯？ "吸血鬼！"探长骂骂咧咧也没办法，只好先找保镖录口供。

"斯隆，帮我弄发言稿。"

哈姆林招呼她走到外面窗前，电视台的直升机已经被院方赶走了，正在飞离，楼外医院门口全是警车，还有成群的记者，警员们排成一列单薄的防线，将他们推到道路边，疏浚交通。

"不等医生出来吗？"斯隆问。

"医生说手术要做很久……"哈姆林停顿了下，"很久很久……"

两人讨论了会儿措辞，"斯隆！斯隆！"古德曼又叫她，"你认识他吗？"古德曼指着一位刚被允许进入，神色惊慌的西装白人问道："他说他是 CNA 保险公司的人。"

"是的。"斯隆端详了下对方，点头确认，"你的主管呢？一般都是他过来……"

"他接到电话后就心脏病发了，现在大概也在医院吧。"CNA保险公司的人苦着脸回答。

第1080章 政客百态

"他们要赔多少？"

斯隆看着踱往远处不停讲手机的保险公司员工，问哈姆林。

外面无数记者，里面无数警员，这家公立医院已经顾不上管使用手机的小事了，他们甚至不得不让救护车将病人送往邻近的其他医院。

"看情况，APLUS经常晕倒，又是非裔嘻哈歌手，人身意外等险种赔付金额不算高，但你知道的，CNA还承保了他的很多演出合约，如果因为巴恩案这类投保人的恶性案件导致合同无法履行，就算赔付，金额也不会太高，保险公司可以和我们以及项目损失方先打官司再讲价和解。但如果APLUS这次不幸……"

哈姆林没透露具体数字："光今年和安舒兹的三十二场全球巡演合同，CNA就要赔数千万，还有足球尤物和刀锋战士的宣传任务以及刚和格芬唱片签的天价歌手约……加起来肯定上亿了。"

"他们又不是不知道APLUS有被暗杀的风险，早该全力帮我们排除掉。"斯隆抱怨，"现在知道急出心脏病了？"

"我们一直在说，但别人信不信，做不做得到又是另一回事。"

哈姆林严肃地说："那么多钱要赔，他们也会通过私家侦探和其他渠道独立调查案子的，说不定还寄希望于推卸责任。你看新闻了吗？有些媒体说这次枪战起因是因为我们和当地农民的土地交易纠纷，先开枪的人如果是我们，性质就大不一样了。为了一亿多米刀，别以为他们不敢干……"

与此同时，春田市州长办公室。

"真的是三个白人骑马做的吗？你确定？你亲眼看到的？"

彼得弗洛克正在和惊魂未定的科兹科通电话，得到肯定答复后恼怒地骂了句脏话，随手将桌上的古董青铜炮摆件挥到地上，然后揉着眉心深深叹了口气。

"对 APLUS 用 3K 党的经典处决方式？这会让芝加哥甚至全国非裔再次暴动的……算了，你休息吧，人没事就好。"

放下电话，他问自己的幕僚长和法律顾问："现在我们该怎么办？"

"是不是科兹科对那些牛仔使用了什么手段？导致……"

幕僚长伊莱很了解主公的那位商人密友。

"土地纠纷的话科兹科绝对没法置身事外。"黑人法律顾问提醒。

"我知道，APLUS 不可能也没必要把当地农牧民逼到动枪的份上，我早提醒过科兹科，别再用以前的那些破烂招数……"

彼得不管嘴上说什么，其实内心也不敢确定，他打给已经抵达医院的芝加哥警局局长。

"APLUS 的人这方面口供不太一致，有说那三个牛仔和 APLUS 之前至少见过一次、见过两次的，也有的说今天的三名杀手和之前经常在那放牧的当地牛仔根本不是一拨人。"局长汇报，"但很快就会有结果，现场有一名牛仔枪手死亡，我们的人正拿着照片找当地人比对。"

"拉网式搜索，用所有能动用的警力，一定要抓到逃走的那两名枪手。"彼得说，"还有，在市区也要布置警力，防备非裔闹事，特别是南城。"

"是！州长先生。"

"艾丽西亚。"他又打给妻子，"你到医院了吗？好吧，等到那了解清楚具体情况后马上给我回电……嗯。"

"安德伍德来电。"伊莱递过来手机。

"我听说枪手是骑马的白人……"安德伍德劈头就说。

"你的消息正确。"彼得回答。

安德伍德在电话那头沉默了会儿："因为土地纠纷？"

"这个目前还没有调查结论，但大概率不是。"

"稳住 APLUS 的人，我先让克莱尔回来……"

安德伍德和彼得简明扼要聊了几句，把手机还给自己的幕僚长道格。

"彼得弗洛克明天会去案发地参加奠基典礼，今天 APLUS 去那就是为了视察准备情况……彼得的地产商朋友也在。"

道格提醒。

"现在大家都处于互相猜疑阶段，等情报更多一些再判断吧。"安德伍德不置可否，"查查我的日程安排，看能不能推掉些事务，在二十号的大统领就职典礼前抽出一天时间回芝加哥。"

"我试试，很难。"道格点头，"CNA 董事长已经打过好几次电话找你了。"

"跟他说等我弄清楚情况后会回电的。"安德伍德暂时不想和对方做交易。

"安德伍德先生，请进……"

两人此时正在副统领戈尔的办公室门外，对方下属出来邀请。

戈尔简单询问了下情况后说道："大统领不希望看到就职典礼前出现九二年那种情况，他已经给各危险城市的市长打过招呼，FBI 和……"说到一半，他突然不耐烦地提高音量："骑马？认真的？ Holy sh×t!"最后骂了句脏话。

"芝加哥那边都很确定。"

安德伍德苦笑，白人杀黑人常见，骑着马杀这年头可真是稀奇事了，会令黑人勾起 3K 党肆虐的年头那些悲惨回忆的，处理不好就要出大乱子。"有可能只是当地牛仔激情杀人，3K 党也不至于疯到迎着 APLUS 那么多保镖的枪林弹雨决死突击。"

"APLUS 不是刚和芝加哥交响乐团合作了首不错的福音歌曲吗？我的牧师都赞不绝口。"

戈尔感慨。

"杰西赫尔姆斯还在北卡罗来纳家中休假？"

"不会，不太可能……"

与此同时，纽约，市长办公室，朱利安尼正在看 Fox News，直升机视角俯瞰案发地，芝加哥市警、库克县警和伊利诺伊州警等穿着各种不同制服的警员们正散落在各处寻找线索、拍照，警犬也出动了，背后有醒目 FBI 字样的联邦调查局外勤探员大部队刚刚抵达。

目前警方还没开发布会，情报也很少，Fox News 只做了个简略的短新闻，由一线记者连线介绍了下基本情况。

"还记得你答应过我什么吗？霍华德。"他问电话那头的霍华德斯金格。

"目前还不能确定，我正在过问。"霍华德斯金格回答。

"哇哦……继续努力。"

他语带讥讽地直接挂断电话，心情比驴党的那帮人要轻松许多。"你去警局见布鲁克林区的那两名歌手。"他向一名亲信检察官下令。

"我去？不太合适吧？"检察官迟疑。

"就你亲自去，安抚也好恐吓也好，想办法稳住他们。"

"好吧。"

布鲁克林的一间警署，Jazzy 和达蒙达什被关在一间审讯室里，被警员上门用协助调查毒品案的理由弄进来的两人暴躁地东张西望。"我们有权与律师通话！有人吗？人都死了？！"达蒙达什不停地对门外大喊大叫，发泄情绪。

根本没人理，两人从进门就一直干坐到现在。

又等了许久，门终于被推开，一名白人检察官走了进来。"你好，自我介绍一下。"检察官伸出手。

"没有律师我们不回答任何问题。"达蒙达什拒绝握手。

"APLUS 在芝加哥被枪击了。"检察官单刀直入，"就在你们进来前不久。"

"他死了？"达蒙达什吃惊地和 Jazzy 对视一眼。

"还没有，正在抢救，和 2PAC 那次差不多的情况。"检察官回答。

"我没听说。"Jazzy 警觉地说道。

"因为我们比你们消息灵通一点，这么说吧，我们不希望纽约出事，所以……抱歉，使用了一些不太礼貌的手段，我知道你们在布鲁克林能量很大。"检察官说，"无贬义。"

"你们关不了我们多久，二十四个小时？最多了，而且我马上要联系律师，这是我们的权力！"达蒙达什愤怒地说，"我们付得起保释的钱。"

"不提条件，也许我们可以做个交易。"检察官笑道，"这种机会不多……比如替你们消去一些犯罪记录之类的？"

"我早就不贩毒了，该坐的牢也已经坐完了。"Jazzy 回答。

"是吗？那我们也可以换个做法，真诚帮你们澄清一下，就说你歌里唱的那些匪帮元素仅仅只是艺术加工而已，你是我们的模范市民，布鲁克林区的乖宝宝。"

检察官继续微笑："这样可不可以？ Jazzy ？"

Jazzy 闻言双手在脸上抹了一把，看向身边的达蒙达什。

第 1081 章　调查进展

"这么说吧，你以后有敌人的时候，我总能帮得上忙。"

检察官看 Jazzy 有心理松动的迹象，继续加码。

这个选举已尘埃落定的节点没人想看到出大乱子，最有舆论影响力的内城广播公司和 A+CN、阿美利加音乐网站非常关键。

同在纽约的驴党联邦众议员兰格尔也奉现任大统领之命，找上了萨顿家族和丁金斯等曼哈顿帮。

"我不能接受，我不能接受。"丁金斯对 APLUS 期望极大，人好像老了十岁，喃喃说道，"白人行刑式谋杀？晚上我会在电台说出我知道的。"

"当然没问题。"

兰格尔说："只是让你们不要过度煽动……大家都是黑人，我也很伤心，但在我们的大统领就职典礼之前，这会令我们整个党都非常难堪，是不是等芝加哥那边的调查结果有阶段性进展再决定？"

"四年之后你打算怎么办？"帕西萨顿讥讽这个墙头草。

"戈尔副统领也是这个意思。"兰格尔脸皮很厚，笑道。

"APLUS 是戈尔的捐助人，两次大选一共出了两百万？我们的，你的阿波罗剧院租约，也是用他的钱帮忙顶住纽约市议会象党压力保住的。"皮埃尔萨顿帮父亲阴阳怪气。

"这是个很简单的事，如果 APLUS 活下来，事情的严重性就没那么大，如果他死了，谁又能继承那价值数亿的商业帝国和政商关系呢？玛丽亚凯莉还不满周岁的儿子？还是他那群惹是生非的家人？没有人。"

根本破不了兰格尔的防，他接着说："说不定是那个正在和他同居，准备产下第二个孩子的白种艳星？真可惜了，我们老黑的钱……"

芝加哥，A+CN 总裁办公室，刚送走 FBI 探员的戈登回到办公桌继续润色亲自撰写的晚间新闻稿件，电视机里反复播放着摄制组在现场偶然拍到的画面，当时趴下的摄影师移动了三脚架，但由于慌乱不小心弄倒了，镜头只获得了三秒钟的画面，黑色风衣的 APLUS 扑倒在地，白人牛仔正在马上补枪。

可惜机器在下坠过程中，影像非常模糊，拖影严重，看不清面容，也很难证明已经倒地的就是 APLUS。

"我们刚刚召开了紧急董事会议，戈登，晚上的这条新闻需要修改。"

来自州府、市府和南岸银行的董事代表和米歇尔都走了进来。

"我坚持，我亲眼所见，还有现场画面为证。"戈登很强硬。

"那我们只能不让你上演播台了。"市府董事代表说。

"那行，干脆炒了我，我去其他媒体说出事实。"

"戈登，现在是最需要讲组织性纪律性的时刻，我们党不希望出大乱子，九二年已经死了太多人了。"米歇尔劝道，"相信我们，APLUS 的事情必须水落石出，全城警力都在为这件事忙碌。"

"对了，说起九二年……呵呵，在象党的 BET 捞到了和前任大统领做专题访谈，给骚乱降温的机会对吗？戈登，你不会还是约翰逊的人吧？"州府董事代表也冷冷看着他，表达质疑。

"我谁的人也不是，我是新闻人。"戈登指指这些不速之客，"你们不是多数。"

他当场打电话给持股比例占百分之四十九点多……糟糕，APLUS 接不了电话，他打给斯隆。

"我同意他们，戈登，你也不希望 APLUS 醒来后发现和驴党已经撕破脸了吧？"

斯隆说到"APLUS 醒来"时好像有点哽咽。"一切等他能做决定后再说好吗？"

"唉！他现在情况怎么样？"戈登叹了口气。

"还在手术……"

"好吧。"戈登看了眼窗外昏暗的天空，暂时妥协。

对阿美利加音乐网站用这些手段就没用，而且太慢了，为 APLUS 祈福的帖子已经置顶，跟帖用户除排队形刷祈福话语的，就是传播各种各样的阴谋论，总裁迪莱又在回芝加哥的航班上，联系不上。

"总之芝加哥警方的案情发布会很不好开……"

斯隆打完电话后把艾丽西亚往外送，州长夫人情绪稳定，她冷静分析："目前他们在拉网式搜查，附近农场主每家每户，相信很快就有结果。"

"我知道，那再见？"斯隆回头无奈地看了眼在医院里哭号的苏茜以及怒气冲冲在人群中走来走去发表"演说"的托尼，对艾丽西亚苦笑。

"嗯。"

艾丽西亚和芝加哥警局局长点了点头，被对方亲自送走。

"亚力，我的亚力啊！圣母玛利亚！你怎么能如此对待他，他还那么年轻……"

苏茜姨妈的黑人大妈腔分贝奇高，一把鼻涕一把泪地呼天抢地，康妮和琳达在一旁开解。

"我们要报仇！要报仇麦克！白人干掉了金博士、马尔科姆艾克斯、2PAC……"

托尼则脸红脖子粗地嚷嚷不停，主动忽略了老麦克也是白人的事实，满嘴阴谋论："亚力不是总说意大利人要杀他吗？我们得干掉那个什么汤米摩图拉，现在！马上！"他脑门上青筋直跳。

雪琳芬则和哈莉坐在一旁默默抽泣。

幸好这边的制服警都已经被请离，其他便衣探员都能理解家属的心情，就当背景音了，不耽误继续忙手里的事。

"我不信任那个女人。"老麦克看向艾丽西亚的背影，小声对斯隆说，"我知道你们和APLUS……但她毕竟是彼得弗洛克的妻子。"

斯隆突然被老麦克提起这个，不由也有点脸上发烧："我同意。"她知道艾丽西亚的行业地位和生意都来自库克县前州检察官、现任州长的丈夫彼得弗洛克的权力，关键时刻做选择不难，再说两人毕竟还是夫妻，当年肯定是相爱过的。

"闭嘴，托尼！"

古德曼领着APLUS的私人医生还有芝加哥大学医学院附属医院的枪伤权威刚开完会出来，实在被托尼烦得不行，把他骂得闭了嘴。

"情况怎么样？"一群人围了过去。

"呃……APLUS目前还没脱离危险，但他很幸运，脖子中的那枪是擦伤，不过子弹威力很大，差一点点就打断了颈动脉，大腿一处贯穿伤一处擦伤，以及臀部的也是，也没有伤到动脉。后背的两处手枪弹被防弹衣阻挡缓解了威力，目前不清楚是否造成了内脏受损。"

私人医生回答:"现在主要问题是失血过多,还有一颗子弹卡在臀部,里面仍在进行手术。"

"啊……我的亚力啊……"苏茜姨妈又哀号了起来。

"你们这些白人最好把他救活!"托尼威胁,"他花钱养了你们!全部!"

"不,禁止菲姬他们过来,现在这边太乱了,必须得到我的允许,目前我们不需要你们亲自过来对 APLUS 表达关心。"斯隆堵住一边耳朵讲电话,"我不能透露什么,一切以公开信息为准。"

"麦克。"消音器低头,内疚地抹着泪过来,他今天跟托尼出去嗨了,没有随行。

"搞定托尼,让他别胡言乱语了。"老麦克现在除了斯隆等极少数人谁都不信任,审视了消音器几眼便不再搭理他。

消音器只好委屈地回去劝托尼,好歹把他拉住,托尼气急败坏地坐回老妈身边。"托尼,现在我们家只能全靠你了。"苏茜搂住儿子大哭。

"安静!"哈姆林大喊,"探长有新情况要宣布!"

于是大家安静。

"呃……我们找到了那三位牛仔的家,父子三人,比对过后应该不是今天枪手中的任何一员,但他们也的确失踪了。"

探长说道:"早上出门就没再回来。我们已经派警犬队……"

"一堆废话!"托尼骂道。

"等等……"

探长手里的对讲机传出了下属的最新案情通报:"警犬在案发地一英里左右的农田排水渠里找到了三具尸体,应该就是那父子三人,他们被积雪掩埋,所以我们第一轮拉网搜查没发现。都是枪杀,弹头正送往鉴证部门比对。"

警方新闻发布会终于有东西说了,他松了一口气。

【读者评论摘编】

@嵩山空空道长：这书跟普通的写国内穿越的书有什么区别呢？除了天启，基本上回去干的事有什么不一样呢？也是泡妞，出歌出电影，做生意，用先知投资大公司。但就是这么好看，真实精彩到基本就是另一个时间线上的地球发生过的故事。那其他都市作者是不如老齐的多吗？大部分写的就像一个梦吗？我觉得不尽然，这个时候才能发现老齐安排的时间和地点以及血脉的巧妙构思。在这扯到的政治、黑帮、阶级黑幕，以及各行业的内幕玩法换个国内的地点，哪怕你换个名字估计也是404，所以算是缩手缩脚施展不开，当然，老齐对群像的掌控仍然是起点首屈一指的（小吹不算吹）。

（发表于起点中文网评论区，2021年8月10日）

@我的老婆是辉夜：大家看了《芝加哥1990》和其他的网络小说，觉得最大的区别在哪里？真实！就像真的有一个叫APLUS的歌星在美国。而其他网络小说看起来就有点假了。你绝对不会觉得身边真有那么一个人。这是为什么呢？

老齐是典型的自我型作者，他写的情节绝对不会为读者的想法改变。怎么简单地建立公司，简单地拍部电影，简单的网景股票，简单的收购案，会有那么多人有那么多的想法，群像人物为什么会描写得那么多，章数为什么会写得那么长。

追着看的时候很憋屈，心里想要这个情节赶紧马上结束，然后主角去大杀四方，但等老齐描写了那么长，这段情节结束后，又会说真香！爽感双倍，因为真实感让你觉得身边真的有这么一个大人物在慢慢地成长。

……

我看网络小说有十三年了，从开始的只喜欢爽到爆的小白文，到现在越来越追求情节的逻辑性。但是现在网络小说中充斥着小白文，书荒啊！我越来越不喜欢单薄的人物情节，一看就很假，没有逻辑支撑，就算情节爽到爆，心里总觉得太假，感觉侮辱读者智商。《芝加哥1990》算我唯二在追的小说了。就因为，真实！很多不喜欢的人，等多看几年小说，相信《芝加哥1990》会是你真正喜欢的小说。

（发表于起点中文网评论区，2020年10月10日）

@王钰：我见过的最优秀的重生小说金手指设定……天启……首先就避免了大部分重生者熟知未来，直接计划到几十年后的按部就班式生活，把金手指限制到了一个较为合理的程度，留给主角足够的成长感……总而言之，天启设定能解决重生者熟知未来带来的太过趋同的按部就班，但是又保留重生文的根基，利用未来这一金手指，改变成熟知有限的未来，这已经非常了不起了。作者妙笔下增加的其他功效更是锦上添花，堪称我看重生文以来最优秀的设定。

（发表于知乎，2020年9月8日）

[导引、简介、节选、读者评论摘编：吉云飞]

真实如何为爽服务？
——评齐可休《芝加哥 1990》

吉云飞

《芝加哥 1990》最为读者称道的一点是：真实。

那么，他们就是为着真实而来的吗？是因为这部从 1990 年代的芝加哥开始的娱乐圈文撕破了生活的幻象，批判了资本主义的纸醉金迷和虚伪无情才爱上它的？答案显然是否定的，读者是为了做梦而来。他们所要的真实，是这个梦像真的一样——因为真实，所以更爽。

真实往往不会直接通向爽，通常来说，随之而来的是闷，是压抑，是求不得，是怨憎会，是爱别离。总之，不会太爽。因此，人需要"YY"，需要"YY"小说来治愈真实带来的创伤。《芝加哥 1990》便是"YY"——真实问题，想象解决。当然，在面对险恶的生存斗争之时，小说也可以暂时只直面真实并"揭出病痛"，不在文本内部想象性解决，而是保有它的血淋淋并把问题提给社会；要是足够膨胀，也可以狂妄到试图给出一劳永逸的蓝图，且为新世界"塑造典型"或"制礼作乐"。

不过，无论是以上哪种小说里的"真实"，都是为了在读者那里达成主观的感受效果，而非在科学地趋近事物的客观属性。换言之，要的是"真实感"，为此才追求"真实性"。甚至，被专家嘲笑没有关系，唬得住大众就算成功。可是，在"YY"小说中，真实又是如何爽起来的呢？毕竟，它本身主要是由不爽组成的。

《芝加哥 1990》就让很多小白读者不爽。穿越者宋亚虽有一半的中国血统，但在美国的身份认同显然是黑人，还以相当小众的街头 RAP 起家。于是，一开始就被劝退——"黑人不看"。被粉丝爱称为小黑的他，遭遇过不少挫折，就连外挂也很小，没有对未来的完整记忆，只能偶尔在刺激之下获得片段式的"天启"，还多次因此晕倒，让旁人以为命不久矣。于是，不满者也甚众——"跪在真实"。然而，正是这些让小白读者不爽的部分，让老白读者感觉很爽，让他们觉得，在另外一个平行世界之中，真的有一个艺名叫作 APLUS 的华裔黑人巨星。

让小白不爽和老白很爽的原因是同一个：延迟满足。尽管，他们都是以幻觉来唤起此前带来满足的记忆，或以想象来打开一种新的满足可能。但对小白来说，阅读时总是渴望以最直接的方式获得爽的体验，与之匹配的小白文就以强悍的外挂（还要加之以设定上的偏爱，乃至给配角施以"降智光环"）来跳过寻求满足的几乎全部中间阶段，并以最少变化的形式来重复这一过程。

只不过，和现实中的处境一样，读者或早或迟都会发现，从需求到满足间简单粗暴的链接逐渐不能完成他的愿望——因为心灵总会被迫形成对于现实世界中真实环境的认识。这样的认识一旦形成就如影随形，即使是在想象中，老白也会恐惧并觉得智商受到了侮辱：如此行事得到的不可能是成功，只会是失败和屈辱。这种意识促使他用更曲折的也更贴近现实情境的"YY"来满足自己的需要，否则爽感就很可能会被一种愿望受挫的恐惧感中断。不过，此种被弗洛伊德称之为现实原则的满足机制，始终是在为爽／快乐原则服务的，而非为了替代爽／快乐原则。在"YY"小说中，真实永远不是目的，而只是手段。写得真的根本目的，是为了在做梦的时候，让读者以为梦是真的。

《芝加哥 1990》就是以现实原则支撑的属于中年男人的娱乐文。小说的作者和大部分读者，都是有一定社会经验（或者说经历过社会毒打）的中年人，他们要做的是真切的梦。此中最紧要处就在于，哪部分要真实，哪部分要是梦。答案其实很简单：道路尽可以曲折，前途一定要光明。男频娱乐圈文允诺给读者的主要爽点：权力、财富和后宫，都必须要达成。只要保证这一诺言的实现，奋斗拼搏中的艰难险阻，只会增添胜利果实的甜美；细节逻辑的绵密扎实，就会让梦幻泡影显得真实不虚。在有了写爽文的自觉以后，最考较作者手艺的地方就变成了如何写得真。自然，把模仿现实世界的部分写到栩栩如生，也就要作者"下生活"比较足，"写现实"有功力。就此而言，内在要求一种很强的现实质感的老白文，与更广阔的文学传统天然有亲密联系。

相当挑剔读者的《芝加哥1990》，能长期占据起点中文网月票榜的前五十名，保持着小众流行并被"书荒"的老白群体视为"仙草"。这一事实也提醒我们，伴随着读者的成长，网络文学"精品爽文"的土壤业已成熟，并将是它接下来发展的重要方向。尽管如此，《芝加哥1990》仍远未具有许多粉丝所称的"经典品质"。因为小说的格调的确不高，始终是在红尘中打滚，欲海里翻腾。APLUS只是一个有着基本底线的利益动物，更是"渣男本渣"，虽然也曾在追逐永不能餍足的"人欲"时感到深深的虚无，但还是一直在为底层欲望而努力，并未抓住生命中的向上之机。身为拥有一整片包括各色好莱坞女明星在内的"森林"的美利坚"黑法老"，APLUS的生活自然是普通人梦寐以求的，但那真的是最值得过的生活吗？

嗜欲既深，天机转浅。真实的爽并不等于高级的爽。就像作者自陈，这是一部"小品"。齐可休在《芝加哥1990》中写出了时代的症候，但没有给出足以拯救和超越它的解药。

亏成首富从游戏开始

青衫取醉

青衫取醉，起点中文网大神作家。2017 年开始在起点中文网发表作品，主攻游戏文，于 2019 年转向都市，从电影《西虹市首富》获得灵感，发表《亏成首富从游戏开始》。小说将作者过往积累的游戏文经验与反套路情节结合起来，迅速取得了成功，九次进入起点月票榜前十名。

《亏成首富从游戏开始》连载于 2019 年 8 月，完结于 2021 年 8 月，总字数约 530 万。全书基调轻快愉悦，尤其适合"打工人"们在辛苦之余放松身心，一笑解愁。都市、反套路、搞笑的标签在网文界通常代表着"写不长"或"高开低走"，而青衫取醉却较为完整地撑起了一部五百余万字体量的长篇小说，他在类型写作上做出的技术突破，更值得读者在欢乐之余细细回味。

【标签】 都市　喜剧　系统流　反套路

【简介】

重生的裴谦意外获得了"财富转换系统"。根据系统的规则，他每月会获得一笔本金用来经商，而且必须在不违法、不违背商业常识的前提下经商，盈利或亏损会转换成可提取的现金。但系统随机生成转换比的时候，盈利的兑换比是 100∶1，亏损的兑换比却是 1∶1，这意味着主角赚 100 块才能取出 1 块钱，亏 1 块钱同样能取出 1 块钱，亏损比盈利更划算。于是，裴谦就开始在系统规定的经商规则下努力亏损。出乎意料的是，他每一次自以为亏钱的决策，都会换来巨大的商业成功，裴谦想要亏损的愿望一直没有得到满足，开设的公司一路发展壮大，最后让他成为全国首富。

选文第一部分为小说的第 3 章、第 6 章、第 8 章（有删节）。主角裴谦做出第一个游戏《孤独的沙漠公路》并自以为会亏本，结果在游戏评论人乔梁的解说下，反而成为热销新款。全书的第一段剧情简短而全面地展示了小说的基本模式，即"裴谦做出亏钱决策——被人误解——反而赚钱"的流程。第二段是第 146—149 章，以及第 152 章（有删节）。裴谦收购了一家亏损的游戏公司，试图让亏损继续下去，却没想到自己随口的几句话启发了新员工，使其把口碑不佳的老游戏改造为新"爆款"，详细展示了员工如何"发挥自己的主观能动性"去"扭曲"裴谦决策的全过程。《亏成首富从游戏开始》全书大体就是沿着这两种套路推进情节。

第3章 孤独的沙漠公路

至于目前的游戏行业大环境，倒是基本上和裴谦前世 2009 年的情况比较类似。

比如，目前最火的网络游戏从《山口山》变成了《幻想世界》，《CS》变成了《反恐计划》，《DOTA》变成了《神启》，包装不太一样，但玩法大差不差。

手机游戏倒是有明显提升，这可能是因为硬件发展比前世要快。

比如裴谦前世的卡牌手游受益于智能机普及大潮，是 2012 年才出现的，而平行世界中由于智能机出现更早，所以在 2008 年左右就已经出现类似游戏，现在已经是非常成熟的游戏类型。

"这样的话，情况就很明朗了。"

"我只需要花钱在资源站上采购模板，采购美术资源，把五万块全都花光，然后做出来的游戏没人玩，卖不出去，两周后就相当于全部亏损。"

"完美！"

打定主意，裴谦开始在资源站中搜索自己想要的模板。

"驾驶模拟类基础模板，2 万，附赠一套车辆内外贴图。"

"场景模板，沙漠公路模板，1.5 万，如果需要环境变化动态，需要再加 8000，共计 2.3 万。"

"有点贵，不过我就是想要贵的！"

"还剩一点钱没有花光。"

"电台音乐，100 首中自选 30 首音乐，或者由系统在曲库中随机播放，6000。"

"还剩 1000 块，嗯……买个简单的排行榜功能吧，别的也买不起了。"

稍做考虑之后，裴谦在资源站上疯狂下单，很快把5万块钱给花了个精光。

这些资源说实话不贵。

比如这个驾驶模拟类基础模板，往游戏编辑器里一套，就可以实现驾驶模拟类游戏的基本功能。

油门、刹车、拐弯、碰撞等，一应俱全。

而沙漠公路场景，本身支持在编辑器自由调节路程长度，沙漠的场景会出现一些随机的变化。

加上环境变化模拟功能之后，会有日升日落、风沙等环境变化。

因为都是通用模板，所以很多的独立游戏制作者也都会买来用，所以撞脸那是100%会发生的事情。

一些制作者为了不撞脸，会定制一些美术资源进行替换，当然，那样的话投入就要继续增加。

但是裴谦可不在乎这个。

撞脸？撞呗！反正我是为了亏钱啊，玩家们因为撞脸而不玩这游戏我还求之不得呢！

裴谦开始制作游戏。

虽说是要亏钱，但这游戏至少得通过ESRO的审核，并成功上架。

如果是一个功能有严重缺失的半成品，就无法通过ESRO的审核，系统那边可能会判定裴谦违规。

所以，游戏哪怕再怎么坑爹，基本的功能得做完整。

把基础模板往编辑器里一拖，再把场景模板拖进去。

然后这游戏的大框架就有了，玩家们进入游戏之后，就可以开着车驰骋在沙漠公路上了。

但是，买来的资源也不能浪费。

裴谦又给车辆加上了电台功能，玩家开车之余可以打开电台，随机听点音乐。

都是一些小众音乐或者很传统的经典音乐，那些当红歌曲，也不可能花这点钱就买到。

接下来，就是一个比较关键的问题了。

这游戏的核心玩法到底是什么？

裴谦自己也不知道。

竞速赛？

别闹了，没钱做啊。

就只买得起一个基础模板，就只有一辆车的贴图，就只买得起一张场景。

那些复杂的赛道啊，漂亮的车啊，还有竞速赛的相关玩法程序啊，都买不起啊！

买不起怎么做玩法？

裴谦一拍脑袋，有了。

游戏的核心玩法很简单，就是开车！

从起点开到终点，就通关了！

但光是这样不行，全都是通用资源拼凑起来的，一点玩法创新都没有，估计也很难通过审核。

得做出一点改动，保证游戏能过审；但这种改动还不能太优秀，得保证这游戏能亏钱，没人玩才行！

裴谦想了想，直接把沙漠赛道的场景无限拉长。

拉到全部游戏时长 8 个小时！

没错，玩家需要在这条路上开 8 个小时，才能开到终点，而且这期间沙漠公路还会隔一段时间就拐一次弯。

玩家想只按一个键就通关，那是不可能的。

这样一来，玩法就和市面上的一般驾驶模拟类游戏有了区别，应该就能过审了。

而且，这么坑爹的玩法，还不得被玩家们给骂死？这游戏能挣钱才有鬼了呢!

裴谦很兴奋,感觉自己简直是个天才。

最后再用非常简陋的手法做一个游戏通关界面,显示一行字就行了:"恭喜你,成功浪费了人生中宝贵的 8 个小时!"

就算真有人能通关,也得让他气得再也不玩我公司的游戏才行!

买的排行榜功能也不能浪费了,做一个"浪费时间排行榜",统计一下各个玩家的"通关次数"和"有效游戏时间"。

这个排行榜也没啥用,单纯就是为了把花钱买的功能给安排上去。

三下五除二,很快完成了。

这些功能在编辑器支持的功能中都属于基础中的基础,只需要执行一些简单的拖动、更改参数的操作,差不多是有手就行。

自学编辑器、买资源、制作游戏,全都加在一起,也就两个小时不到。

"这么弱智的游戏,我亏定了!"

裴谦做完了游戏,在自己的电脑上试运行了一下。

然后自己五分钟后就退出游戏,差点没吐了。

进去就是开车,开车,开车,无聊到爆炸!

裴谦很满意,然后立刻发布游戏。

游戏名称:《孤独的沙漠公路》。

游戏简介:在一条沙漠公路上,孤独地开上几个小时,你会获得一些关于人生的思考。

写简介的时候,裴谦很是纠结。

吹自己? 不合适,万一真的吸引来一批标题党,亏少了怎么办?

黑自己? 也不合适,那太明显了,一方面担心被系统判定违规,另一方面也怕激发玩家的逆反心理,你越说这游戏垃圾他越想来玩怎么办。

所以,老老实实地写简介,让玩家一看这个简介就不感兴趣才行!

然后就是定价了。

裴谦给游戏定了1块钱的售价。

他不想定太高，万一定高了，真有几个"二货"脑子一抽给买了，他不是少亏钱了嘛！

定价足够低，就算有那么几十个玩家买了，对裴谦的亏损也没什么影响。

全部搞定之后，裴谦把游戏上传，等待游戏审核通过，并自动上架官方的游戏平台。

这个过程，一般来说在几小时到两三天不等。

官方平台是全自动的推荐效果，同一批新游戏根据数据的变化自动走推荐，除非出现恶意刷榜，否则管理人员是不会干预的。

裴谦完全不担心。

就这么个垃圾游戏，上架之后肯定就无人问津、光速凉凉了，等两周时间一到，五万块到手，岂不是美滋滋！

裴谦关上笔记本电脑，感觉心情舒爽，幸福感油然而生！

第6章　怎么会有几千的下载量啊?!

乔梁人傻了。

这就没了？

这就通关了？

通关就一行字？

你好歹给我做个奖杯啊！做个颁奖台啊！

没有这些美术资源，你给我做个欢呼的音效也行啊！

欢呼的音效能花你多少钱啊，至于这么抠吗?!

八小时通关了你就给我放一个黑屏，还用一句话来嘲讽我！

乔梁感觉自己顶不住了，不管是身体上的还是精神上的。

他是真的入戏了，是真的被这游戏气得想哭！

不过，虽然崩溃，虽然气愤，但乔梁内心还有一点小欣慰，有一点点的……释然？

不是因为他是受虐狂，而是因为他知道，这些都是宝贵的素材啊！

看到 UP 主竟然这么受苦，观众老爷们还不得乖乖地点赞转发？

乔梁又检查了一下，自己游戏全程的八个小时已经被全部录了下来，非常完整。

"你等着，等我睡醒了就安排你！"

乔梁对着游戏恶狠狠地说道，然后把录制的视频保存好，一头倒在床上沉沉睡去。

……

三天后。

裴谦在寝室的床上睡到自然醒，感觉生活很幸福。

这段时间，他已经重新适应了大学生活。

每天睡到自然醒，不用惦记着上班，也没有 KPI 的压力，更不用看上司的臭脸。

总而言之就是一句话，惬意！

当然，如果再富有一些就更好了。

起床第一件事，呼唤系统！

【财富转换系统】

【宿主：裴谦】

【盈余转化比 100∶1，亏损转化比 1∶1】

【下次结算时间：11 天后】

【系统资金：0（↓ 50000）】

【个人财产：367】

看到系统资金这个"0"，裴谦就感觉到一阵暗爽。

舒服！

至于个人资产后面这个可怜的数字，裴谦也没什么办法。

花钱已经够省了，但根本省不下啊！

每个月只有一千块生活费，哪怕顿顿吃食堂，也依旧有些不够。

毕竟这钱也不能全都用来吃饭，日常总得有点其他的开销吧？

裴谦已经有点迫不及待了，就等着11天后进行结算，亏损掉的系统资金全都转化成个人财产，那就爽翻了。

系统资金依旧是0，这是因为游戏平台的分账还没有到公司账户上。

ESRO官方的游戏平台是每周分账一次，都是系统自动进行的，开发者和平台是五五分成，这一点也相当智能。

在分账之前如果想查看自己的收入和游戏的下载量等数据，可以去编辑器后台查询。

刚上架游戏的那两天，裴谦隔三岔五地到编辑器后台去看一眼，发现还真有那么十几个倒霉蛋购买并下载了自己的游戏。

毕竟是一款新游戏，又上了个边边角角的推荐位，保不齐就有那么几个缺心眼的玩家下载来玩，这都是很正常的。

十几次下载，跟平台分成后，到裴谦手上的无非也就是几块钱，无伤大雅。

而且这些玩家果不其然都给了一星差评，这让《孤独的沙漠公路》这款游戏的评分惨不忍睹，后续应该不会有缺心眼的玩家再去下载了。

确定了自己游戏必扑无疑之后，裴谦昨天一天过得很是快活，没有打开编辑器查看。

虽说感觉今天再打开编辑器后台也不会有什么不同，但裴谦还是下意识地打开了。

裴谦的心态很奇特。

别的设计师打开后台查看自己游戏的数据，都是期待着越高越好，恨不得每次刷新都能增加几千几万的下载量。

而裴谦打开后台，倒是希望自己游戏的下载量越低越好，最好是个大零蛋。

"如果我没猜错的话，下载量应该还是两位数……"

"天哪？！"

"发生了什么？！"

裴谦人傻了。

他赫然看到游戏的下载量一栏，竟然已经达到了四位数，而且正在向着五位数不断增长！

"啪。"

裴谦右手一拍额头，差点以为自己眼神出了问题。

"怎么可能有八千多个人下载了我的游戏！"

"而且这眼瞅着要破万啊！"

"距离下次系统结算可还有十天呢！"

裴谦慌了，完全慌了。

事情完全超出了他的预料。

这是一个小学生都能算清楚的数学问题，八千多人下载等于八千多的流水，平台扣一半那就是净赚四千多。

按照 ESRO 的标准，大部分游戏收入缴税也就 5% 左右，而且这种发在 ESRO 官方平台上的独立游戏在税收政策上还有优惠，基本是可以忽略不计的。

也就是说，等这周末平台把这笔钱打到公司账户上，系统资金就会变成4000 多！

这意味着什么？

裴谦赚了 4000 多？

不！

恰恰相反，裴谦亏了 4000 多！

原本裴谦亏掉 5 万的系统资金，自己净赚 5 万的个人财产。

结果现在系统资金赚回来 4000 多，那么净亏损就相当于 4.6 万，裴谦能够转化的钱，也就从 5 万缩水到 4.6 万了！

更可怕的是，这个下载量还在稳步增长之中！

裴谦每刷新一次后台，这个数字就要往上跳一次，有时候是跳几十，有时候是跳上百。

这每一跳，都像是在裴谦的伤口上撒盐！

因为，这边赚多少，他能拿到手的个人财产就缩水多少！

更何况距离下次结算还有十天，如果在这期间内下载量翻个十倍……

咝……

出大事了！

裴谦坐不住了。

"什么意思啊？这官方后台出 bug 了吧？"

"这样的垃圾游戏怎么可能会有几千的下载量，你是不是在搞我啊？"

他还是不敢相信这个事实，赶忙打开官方平台，找到《孤独的沙漠公路》这款游戏的评论区。

让他震惊的是，游戏的评分并没有太大变化，但评论，倒是暴涨了几百条！

"乔老湿观光团！"

"乔老湿观光团 +1。"

"笑死我了，还真有这种反人类的垃圾游戏啊！长见识了！"

"我下载了，我挑战了，我五分钟败退。"

"一块钱，好像也不值得费那个劲退款，吐口痰再走吧，赫……tui！"

"我把这款游戏推荐给了我的朋友，还告诉他一定要坚持到最后，有天大的惊喜和彩蛋。然后现在我朋友要和我绝交，怎么办？"

"楼上的你还是个人？我就非常诚实地告诉我朋友，这游戏最后什么都没有，就是黑屏和一句话，连这句话都一个字不差地告诉他了，结果他以为我在骗他，非要自己去看看。现在他还没打通，已经摔了三个手柄了，我觉得我们两个离绝交也不远了。"

"有谁知道这个制作人的地址吗？没别的意思，我就是想给他寄点土特产什么的。"

"建议大家别玩了，去看看乔老湿的全程游戏实况就好，乔老湿真录了八个小时……"

"呵，告诉你，这游戏确实可以引发一些对人生的思考，但通过视频快进是体会不到的。"

"忽悠，继续忽悠。"

"这是真的，唐僧西天取经是不是要经历九九八十一难？你以为你看个西游记就能跟唐僧一样成佛了？"

裴谦人都看傻了。

这都是什么跟什么啊！

哪来的这么多评论啊！

乔老湿观光团？

难道这是被哪个大 V 翻牌子了？

裴谦一头雾水，打开浏览器，搜索"乔老湿"关键词。

很快，他搜索到了番薯网上乔老湿的个人页面，在上面看到了一条发布于一天前的视频。

《垃圾游戏大吐槽第 64 期：我花了八个小时不停顿地肝通了一款垃圾游戏，然而……》

播放量已经破了 20 万。

裴谦很无语。

他好像找到罪魁祸首了。

第8章 结算了!

但是,应该如何劝退这些玩家呢?

裴谦本身就是个小透明,即使表明自己的身份,说自己是《孤独的沙漠公路》这款游戏的制作人,这个消息又怎么能很快扩散出去呢?

裴谦想了想,还是在官方游戏平台的游戏详情页直接写明比较好。

这样玩家们进来下载游戏的时候,就能直接看到裴谦写的文字,产生绝佳的劝退效果!

想到这里,裴谦立刻打开后台,开始修改游戏简介。

"向大家道歉!"

"对不起,这真是一款非常垃圾、非常垃圾的垃圾游戏!"

"无聊透顶,一点都不值得玩!"

"真别玩了!买了的玩家请抓紧时间退款,谢谢!"

裴谦改好了简介,默默等待。

结果,一个小时过去了,这游戏的每小时下载量完全没有任何降低的迹象!

不仅如此,还有了一些新的留言。

"咦,游戏的简介改了?"

"制作者这是受到什么刺激了吗?"

"看在你的这声对不起的分上,我原谅你了。不过1块钱也不值得退款,流程太麻烦,就当给制作者买根雪糕了。"

"这个设计师可笑死我了,你以为我们不知道这是一款垃圾游戏吗?就是因为它很垃圾我们才玩的啊!"

"感觉这游戏的制作者很有自知之明嘛,看在你这么实诚的分上,打赏个五块钱。"

"我把这游戏当作赠礼送好友了！"

看着这些回复，裴谦差点哭了。

我到底应该在简介里说些什么你们才能退款啊？

现在裴谦意识到，自己之前把游戏的售价定为 1 块钱是个巨大的错误，因为这个价格太便宜了，很多人买了之后都懒得去走程序退款！

但关键是裴谦也不敢定得太高，因为这游戏就是个独立游戏，定个上百块的话，不仅 ESRO 那边审核会很难办，关键是系统肯定也会警告他的！

裴谦绝望了，眼瞅着这游戏的热度居高不下，他感觉自己顶不住了。

……

周一。

"谦儿，今天上午的课，你又翘了？"

马洋已经收拾好了东西，看到躺在床上明明醒了却仿佛一条咸鱼一样瞪着眼睛思考人生的裴谦，有些疑惑地问道。

裴谦摆了摆手，连说话的力气都没了。

"牛啊。"

马洋拿着课本出门了。

毕竟这才大一，大部分学生都是到大二、大三才开始养成翘课以及一觉睡到中午的习惯。

而裴谦毕竟是从十年后穿过来的，知道这些课就算翘了也没什么关系。

毕竟他上的又不是医学、法律这种一翘课就分分钟挂科挂到怀疑人生的专业，作为一个普通的文科专业，哪怕平时完全不去上课，考前突击一下也能及格。

再说了，裴谦现在哪还有心情去上课啊……

每天打开游戏编辑器后台刷新一下，看到不断暴涨的数据，都会让他多一些对于人生的思考。

在床上躺尸了足足半个小时，裴谦才终于鼓起勇气，呼唤系统。

周日结算之后，今天凌晨的时候游戏平台的收入分成应该已经打到公司账户上了。

现在，系统内的系统资金应该也刷新了。

裴谦怀着秋后问斩的心情，看向系统光幕上的那行数字。

【财富转换系统】

【宿主：裴谦】

【盈余转化比100：1，亏损转化比1：1】

【下次结算时间：7天后】

【系统资金：51394.5（↑1394.5）】

【个人财产：367】

"哦……"

裴谦关闭了系统界面，感觉自己快死了。

顶不住了，真的顶不住了！

对于这个数字，其实裴谦有一点点心理准备，毕竟之前通过游戏的累计下载量也能大致算出来会赚多少钱。

从乔老湿的那个视频发出来之后，这款游戏每天的下载量都在暴涨。

乔老湿的那个视频被很多营销号疯狂转载，也有不少人在蹭《孤独的沙漠公路》的热度，甚至引发了一波视频作者的跟风。

热度一起来，传播的风潮一旦形成，再想停下来可就难了。

裴谦眼睁睁地看着这款游戏的日下载量从几十暴涨到几百上千，又暴涨到好几千。

而游戏的下载量暴涨又让它在游戏平台上走了更好的推荐，独立游戏推荐、模拟驾驶类游戏推荐、竞速游戏推荐等，挨个上了一遍。

裴谦每次打开系统后台的时候总能收到系统消息。

"恭喜！您的游戏《孤独的沙漠公路》已获得×××推荐，在此期间内请尽量不要更新版本，以避免未知 bug 对游戏体验造成的影响……"

现在裴谦看到这段话，已经是完全无动于衷。

哀莫大于心死！

还有一周时间，而现在系统资金已经超过了五万块，也就是说等结算的时候，这些赚的钱会按照 100∶1 的比例转换为裴谦的个人财产。

1000 块的话，能够转换……10 块？

裴谦看着上面的数字，感到欲哭无泪。

（后略）

第 146 章　裴总给的尚方宝剑

"都到齐了？来开会吧。"

裴谦径直往会议室走去。

其他人赶忙站起身来，跟在王晓宾的身后往会议室里走。

众人很快纷纷坐下，一个个正襟危坐，表情严肃。

叶之舟不由得感慨。

看看，这就是气场！

以前老刘开会的时候，大家一个个虽然表现得都特别听话，但实际上没人把老刘当回事。

全都是抱着混日子的心态，得过且过，分配下来工作，凑合着做做就完事了。

反正大家都很清楚，在这个环境里边，自己再怎么努力也是没用的。

但是现在，一切都完全不同。

想到裴总作为一个新老板，一句话都没说就已经让所有人发自内心地尊重、认可，这可真是太了不起了。

裴谦在椅子上换了几个位置，感觉屁股坐得有点不舒服。

只能说觞洋游戏就是抠门，从办公椅到会议桌的椅子，都很廉价，坐着一点都不舒服。

"正好跟杜锐杰砍价砍了40万，可以拿来给这些人补一补工资，换一下办公桌椅。"

"等资金宽裕一些了，抽时间得给觞洋游戏来个大整修，也不失为结算前突击花钱的一个好办法。"

不舒服的椅子让裴谦更加坚定了要赶紧布置完任务离开这里的想法。

裴谦看了看劳力士，做出一副他很赶时间的样子。

实际上他今天一天都没啥事，是准备补觉的。

"时间不多，我就简单说几点。"

听到"简单说几点"，众人的腰杆更加挺直了一些，并且做好了长期听讲的准备。

毕竟领导的"简单说几点"，往往一讲就是几个小时。

裴谦环视众人："谁是叶之舟？"

叶之舟猛地一怔。

啥意思这是！

裴总开会第一句先点我名是几个意思？

叶之舟赶紧站起来："裴总，我在！"

裴谦有点不适应，赶紧摆摆手让他坐下："坐下说话。"

他扭头看了看现在的主策划兼数值策划王晓宾："王晓宾，数值策划的工作比较重要，同时担任数值策划和主策划，感觉你会有点分身乏术。"

"从现在开始，叶之舟就是觞洋游戏的主策划了，王晓宾你配合好他工作。"

裴谦一边说着，一边默默观察王晓宾和叶之舟的表情。

叶之舟完全蒙了。

王晓宾则是愣了一下，随即……脸上浮现出一点点笑容？

虽说笑容中带着一点担忧，但确实是发自内心的微笑没错。

嗯？

这剧本不对吧？

裴谦本来以为把刚当上主策划的王晓宾给撸下来，他的表情会是从愕然，到震惊，再到不解，最后到苦苦哀求……

然而都没有，王晓宾竟然还有点高兴？

竟然没有上演宫斗的戏码……

难受。

裴谦又观察了一下其他人的反应，倒是有几个看起来就比较年长的老员工，脸色明显有些不好看。

这很正常，叶之舟刚来没几个月，是顶了黄思博的班做执行策划的，一没能力二没履历，谁能服他？

王晓宾听说自己被撸了，主要是觉得自己难以胜任这个工作，怕搞砸了，所以才有些高兴。

实际上，他也完全不认为叶之舟能胜任主策划的工作，所以笑容中才带着点担忧。

王晓宾是个没什么功利心的人，所以才能如此淡然。

可其他老员工就不同了。

这个小毛孩子凭什么做主策划？为什么不是我？

一个个脸上的表情，不由得有些精彩。

裴谦默默点头，果然，这才对嘛。

内斗！

内斗！

内斗！

裴谦的内心竟有些欢欣鼓舞起来。

不过转念一想，光是这样好像有点没意思。

这些人之前都是同事，低头不见抬头见的老熟人，仅仅是眼红的话，恐怕矛盾不够激烈。

得再刺激他们一下。

裴谦想了想，补充道："叶之舟，每月你有一个无理由开除名额。想开除谁，直接给我发一条信息。"

叶之舟更蒙了。

尚方宝剑啊这是！

而且还不是打小报告，是无理由开除，只要把这个人的名字发给裴总，这人立刻就拍拍屁股走人。

裴谦瞥了一眼刚才脸色铁青的几个老员工，发现他们的脸色更加难看了。

不错，要的就是这个效果。

一个不能服众的主策划上台，又手握权柄，肯定先给之前欺负过自己的老员工小鞋穿，作威作福，甚至以开除同事来立威。

久而久之人心涣散，叶之舟被孤立成了光杆司令，留下一个烂摊子无计可施……

嗯，剧本很不错！

裴谦看了看表，时间紧迫。

虽然看大家的表情都特别有意思，但该走的流程还得抓紧时间继续，毕竟还赶着回去睡午觉。

"接下来，艟洋游戏要执行两步走的策略。"

"第一步，对目前的两款游戏进行改动，砍掉付费点，只能保留一个。至于怎么砍、怎么保留，叶之舟，你自己决定。"

"第二步，所有人各自想一款游戏的策划案，形成设计稿，我来挑选，作为艟洋游戏的新项目。"

"嗯……到六月底为止，你们主要是执行第一步。"

"等七月份，提交你们的策划案，正式上马新项目。"

裴谦的目光扫过全场："还有问题吗？"

叶之舟第一个举起手来。

裴谦直接无视他，点点头："很好，散会。"

裴总站起来，潇洒地走了。

只剩下叶之舟举着手僵在原地。

其他人也是对脸蒙了。

裴总说"简单讲几点"，还真是简单讲几点啊？

加在一起也就十来句话……

叶之舟只想立刻推掉主策划的工作，然而裴总仿佛看穿了他的想法一样，根本不接这个话茬，直接就走了。

这下，叶之舟能够感觉到好几个老员工看向他的目光颇为不善，简直是如芒刺在背。

觞洋游戏里的气氛原本如同一潭死水，然而现在却像是烈火烹油，渐渐沸腾了起来。

……

离开觞洋游戏，裴谦的心情不错。

嗯，这下没问题了！

虽说没有了老刘，但提拔一个刚入行没多久的执行策划做主策划，应该也能跟老刘来个五五开吧。

而且这个两步走的战略，也保证了未来一段时间的持续亏损。

首先是为了防止《风流道士》和《热血战歌》这两款游戏回光返照，把所有付费点砍到只剩一个，保证这两款游戏赚不到钱。

然后就是头脑风暴做游戏，一人写一个策划案。

裴谦还在考虑，到时候是自己挑一个最差的策划案来做呢，还是随机抽一个呢？

简单考虑之后，裴谦还是决定随机抽一个。

毕竟他对自己的眼光已经不信任了。

每次都是奔着垃圾游戏去做的，结果做出来却大受欢迎，这事有点难受。

《孤独的沙漠公路》和《游戏制作人》已经给了他足够多的教训。

所以，裴谦决定到时候直接抽签，抽到哪个算哪个。

当然，如果是那种写得很好的策划案，裴谦还是会重新抽的。

除此之外，裴谦绝对不会再去觞洋游戏，尽可能把自己对这家公司的影响降到最低，让这里完全变成一个无序的黑暗森林，回归最原始的丛林法则。

到时候变成一盘散沙，叶之舟也指挥不动，那就完美了。

这样一来，觞洋游戏这边应该是万无一失……了吧?

第 147 章　你要相信裴总的眼光!

觞洋游戏，办公区。

气氛稍微有点压抑。

大家原本以为换新老板将会是美好明天的开始，都期待着裴总与大家同甘共苦，抛出一个个好点子，大家一起努力制作出令人耳目一新的游戏，横扫各大畅销榜单……

然而这一切都没有发生。

裴总确实露了个面，然而说了十句话左右就走了。

把原本资历最老的王晓宾从主策划的位置上撸了下来，提拔了一个最晚进入公司的新人做主策划，还给了他每个月一个无理由开除名额。

至于对公司未来的规划，就更离谱了。

第一步是砍掉现存两款游戏所有的付费点。

第二步是所有人各自写一份设计稿。

除此之外，裴总没有任何的意见或者建议，至于裴总亲自出马？更是不可能的事。

从裴总给了叶之舟尚方宝剑这一点来看，他有可能很长一段时间都不会来这里了，叶之舟就是他的代言人。

感觉原本快要起死回生、揭棺而起的觞洋游戏，瞬间又被按回了棺材里，而且裴总还在棺盖上多钉了几根钉子。

这气氛能不压抑吗！

当然，大家也都清楚，有腾达做靠山，觞洋游戏在短期内应该不至于倒闭，大家的饭碗算是保住了。

只不过这饭碗能保住多长时间，这可真不好说。

王晓宾有点担心地看了看叶之舟所在的工位，看到叶之舟正在低头敲着手机，不知道在跟谁聊天。

总不能这就用掉了自己第一个无理由开除名额吧？

王晓宾还是挺担心的。

现在叶之舟是主策划，得由他来发号施令，给大家安排工作任务，这是主策划的职责。

叶之舟不发话，其他人就只能坐在工位上磨洋工。

王晓宾非常不确定叶之舟到底能不能胜任这份工作，但事已至此，也只能是静观其变了。

叶之舟正在给马一群发信息。

"马哥，有个事情我不知道该怎么跟你说……"

对面马一群很快回复了："说吧，有哥在，有什么难事，咱哥俩一起扛。"

马一群在腾达那边没有被分配到任何工作，连给新版本做剧情文案都没他的份，所以一天天闲得慌，消息都是秒回。

叶之舟犹豫了一下，打字道："裴总来开了个会，把我提拔成觞洋游戏的主策划了……"

马一群："？？？"

一连发了十几个问号。

隔着屏幕都能感受到马一群的蒙圈。

这什么意思啊？

马一群彻底不懂这个世界了。

想当初，他跟黄思博一起在觞洋游戏打杂，难兄难弟。

结果一眨眼，黄思博跳槽到了腾达游戏，一步登天，从执行策划直接变成了主策划。

后来，他跟叶之舟一起在觞洋游戏打杂，难兄难弟。

结果一眨眼，觞洋游戏被裴总收购了，叶之舟也是一步登天，变成了主策划！

就只有马一群，现在还每天学习裴总的设计理念，到现在为止都没有任何拿得出手，可以稍微说一说的成绩。

马一群陷入了深深的自我怀疑。

为什么连续两次，都是执行策划被直接提拔成了主策划？

难不成……我是锦鲤？

跟我难兄难弟过的，都能当上主策划？？

那我这锦鲤本鲤，怎么就一点好事都遇不上呢？

见到马一群许久没有回复，叶之舟又打字说道："马哥，我现在压力巨大啊。我没当过主策划，你能不能跟裴总说说，换个人啊？"

马一群鼻子差点被气歪了。

你这小子，得了便宜还卖乖，蹬鼻子上脸啊！

给你主策划当你都不想要？你怕不是来故意气我的！

"再见。"马一群当时就想关闭聊天窗口。

叶之舟赶忙回道："别，马哥！我是真的觉得自己不太行。我这才入行多久啊，什么都不懂，怎么当主策划？"

"裴总把这么重的担子交在我手里，万一搞砸了，那可怎么办？"

马一群看着叶之舟发来的信息，心想，原来这小子是在担心自己辜负裴总的期望。

嗯，孺子可教。

马一群想了想，觉得自己作为一个过来人，一个揣摩裴总揣摩了几个月的人，应该给自己的这位小兄弟传授一点过来人的经验。

"不用担心，放手去做就是了。"

"你知不知道黄思博？就是你来之前就已经辞职的那位，我们两个也是好哥们。"

"他当时也是执行策划，做的工作跟你一样一样的。"

"后来，他去了腾达游戏，也是直接就被裴总提拔成了执行主策！"

"你猜怎么着？《海上堡垒》，那就是我兄弟黄思博做出来的。"

"所以，你完全不用担心。你可以不相信自己，但是你不能不相信裴总的眼光！"

"到现在为止，裴总提拔了很多人。刚开始，大家都不理解裴总的用意，但很快就发现，裴总独具慧眼，这些人身上都有其他人所看不到的闪光点！"

"所以，你根本不用担心，既然裴总说你行，那你就一定行！"

看着马一群发来的信息，叶之舟陷入沉思。

原来如此，这种破格提拔并不是第一次，早有先例？

而且，还都是成功的例子？

那，裴总是看到了我身上的某个闪光点？

我怎么不知道……

但，确实像马一群说的，裴总不可能无缘无故地提拔我，还给我这么大的权力。

叶之舟想来想去，突然自信了起来。

既然裴总给了我这么大的权力，那就是暗示我放手去干，我要是怂了，岂不是丝毫没有腾达人的风范，也辜负了裴总的信任？

我现在也是一名光荣的腾达员工了啊！

想到这里，叶之舟豁然开朗。

"谢谢马哥点拨！"

叶之舟打开文档，充满信心地敲起键盘。

入职这几个月，叶之舟私下里做得最多的事情，就是吐槽这两款游戏。

这是理所当然的，如果说这种垃圾游戏是在给玩家喂屎，那叶之舟就相当于天天把屎拿在手上玩，这能不恶心吗！

在叶之舟，或者说在觞洋游戏绝大多数人的眼中，这两款游戏都是槽点满满，随便玩个五分钟就能挑出一大堆毛病。

但是没人去改。

因为大家都是混日子，老刘不给任务，没人愿意给自己增加工作量。

至于老刘为什么不改，那也很简单，因为巨大的营收压力在这摆着。

那时候，游戏的收入仅仅能够勉强承担公司运营的成本，哪来的钱再去买美术资源，大改游戏玩法？

好点子多得是，可关键是把好点子改动到游戏中，不只需要时间，还需要钱！

现在，叶之舟上边没了老刘也没了杜总，当然可以做一些他认为有意义的事情了。

第148章　从未有人解答过的难题！

这两款游戏已经很老了，积累的问题很多，甚至有些无从改起。

好在裴总提供了一个很好的切入点：付费点！

几乎把所有的付费点全都砍掉，只保留一个。

这是一个相当艰巨的任务，因为保守估计，这两款游戏中存在的付费点至少也得有几十个。

大到充值消费活动，小到一些日常道具的购买，还有各个养成系统中的付费点……

可以说，凡是能加付费点的地方，全都加上了。

要砍掉这些付费点，可不是简单粗暴地把商城入口给关掉就完事了。

因为这些付费点关系着整个游戏的数值系统。

要保证充值500块的能暴打充100块的，充值100块的能暴打充30块的，就需要对游戏内的充值数值做到很好的规划，让每个不同的充值额度都能获得相应的提升。

而这些提升跟游戏内的战力系统又是挂钩的，战力系统又影响着游戏生态，就像是自然界中有食草动物，有食肉动物。

所以这归根到底是个数值问题。

这也是为什么国内的数值策划地位这么高，仅次于主策划。就是因为数值，往往直接决定着氪金游戏的体验。

改动付费点，就等于大改数值系统，意味着原本通过充值来区分的游戏生态和玩家阶层，需要用其他方式来区分了。

换一种区分方式，万一出点问题导致游戏的数值系统崩盘，那就真的是神仙难救了。

就像之前《热血战歌》骂声一片，收入暴跌，主要原因就是老刘把那把刀卖得太贵了，一个简单的数值问题，带来了极为恶劣的影响。

叶之舟想了许久，总感觉有些力有未逮。

点子是有一些，但他不确定能不能真正落实。

于是，他把文档打印出来，找到王晓宾一起商量。

王晓宾是资深的数值策划，听到叶之舟的想法，也不由得皱眉。

这种改动，可不是说着玩的。

如果是在以前，别说是老刘或者王晓宾，任何一个经验丰富的老策划，都会觉得这么改不行，会直接把叶之舟的建议给驳回。

但现在，叶之舟是主策划了，没人能驳回他的建议了……

而且，砍掉全部付费点这个事情，是裴总提出来的！

既然如此，那就得想尽一切办法完成，有条件要上，没有条件创造条件也要上！

王晓宾惆怅道："总觉得这是个相当不靠谱的做法，但既然是裴总提出来的，那肯定是有深意。我努力去完成吧。"

仅仅是砍掉全部付费点这一项改动，就等于把游戏的大部分内容给回炉重做。

这跟《海上堡垒》这种FPS游戏不同。

《海上堡垒》即使有火麒麟，整体而言它也是一个竞技类游戏，相对平衡，再有钱的土豪，也不可能打两个同操作水平的敌人。

但《热血战歌》就属于典型的氪金游戏，土豪别说一打二了，一打二十都是小意思，这就是一种绝对的不平衡。

《热血战歌》整个的游戏内容，全都是建立在这种不平衡之上的。

如果砍掉所有付费点，总要有一个区分玩家战力的指标。不能是钱，那就只能是时间或者运气。

把游戏改成单纯拼时间的游戏？那很可能变成工作室和肝帝的天下。

当然，搞成点卡游戏也不是不行，但跟《热血战歌》原本的设计可以说是格格不入，真搞成点卡游戏，跟从头做个新游戏也没什么区别了，显然不现实，也不符合裴总要求。

把游戏改成拼运气的游戏？那就变成了欧皇的天下。

这么改，很可能还不如以前，依旧不平衡，而且大部分玩家的游戏体验依旧得不到改善。

叶之舟和王晓宾两个人简直是想破了头。

这是一个在国内游戏圈，暂时没人能给出答案的难题。

当然，也没人愿意去解答这道题，毕竟砍付费点，那是在跟钱过不去，就算某个主策划脑子抽了要这么改，他的老板也绝对会大耳刮子把他扇醒。

氪金游戏活得不错，而且还那么赚钱，谁会吃饱了撑的去想什么替代方案？

但叶之舟和王晓宾越是琢磨，越觉得这事很有意义。

如果能够给出一个妥善的解决方案，哪怕只是一个不成熟的解决方案，这也是国内独一份！

果然，裴总随随便便的一句话，也都蕴藏着如此的玄机！

叶之舟提出了几个方案，但全都被王晓宾从数值的角度给一一否决。

但叶之舟也并没有气馁。

终于，他一拍脑门。

"王哥，我又有个新点子。"

"让所有人都有机会'扮演'土豪，你觉得能行吗？"

王晓宾愣了一下："扮演土豪？怎么扮演？"

叶之舟很兴奋，在纸上边写边说："其实咱们刚才一直在纠结的问题，不就是游戏体验的问题嘛。"

"咱们游戏的游戏体验，可以简单分成三种。"

"第一种是土豪。他们充钱最多，战力最高，享受的是战场中一打十的快感。"

"第二种是组织者。他们时间多，很活跃，负责管理公会，拉拢人员，享受的是指挥别人的快感。"

"第三种是普通玩家。他们没办法一打十，也不是管理者，但一方面，这些人可以向前两者逐渐转化，另一方面，他们也可以跟在土豪后边喝汤，国战打赢了，他们也能获得'阳光普照'的奖励。"

"现在这三种体验的区分，是用'钱'和'时间'这两个因素来的。"

"'时间'这个因素不用变动，那么组织者和普通玩家的身份不用变。唯独就是土豪玩家的体验，要改变，因为咱们把付费点都砍掉了，土豪想花钱也没地方花了。"

"那么，我们在国战中，直接选定一些玩家获得高战力，体验土豪玩家的感觉，不就行了吗？"

王晓宾还是有些蒙圈。

叶之舟继续说道："我们砍掉付费点，那么总体而言，玩家们的战力会维持在一个差不多的水平，运气好、时间多的玩家，会比其他普通玩家战力高一些，但也不会高得太多。"

"但在国战中，我们会随机抽取一些玩家来扮演土豪，这些玩家直接就获得原本土豪才能拥有的强大战力。"

"为了保证每个玩家都有机会被抽到，我们给每个玩家单独做一个'天选系统'，都是从 0% 的概率开始累积，系统随机抽取。"

"没被抽到，下次被抽到的概率就会增加；被抽到一次，概率清零，从头开始。"

"而具体增加的概率，取决于活跃度、对游戏的贡献度等多种因素，我们可以用这个作为鼓励玩家上线、参加活动的一个因素。"

"这样一来，我们既保证了原本的生态，又让大部分玩家都能轮流享受到原本只有土豪才能享受到的快乐，而且还完成了裴总的要求，干掉了绝大多数的付费点！"

"一举三得！"

王晓宾陷入沉思。

叶之舟的这个构想，从理论上来说是可以实现的。

只不过，很冒险，也很离经叛道、惊世骇俗！

但，要完成裴总的要求，砍掉多余的付费点又不让整个游戏的数值系统和生态环境彻底崩盘，好像这也不失为一种解决办法。

王晓宾点点头："行，那试试吧。我出个数值模型，你把一些规则的细节给详细考虑一下。哦，或者我们先开个会，把这个想法给大家简单说一下。"

叶之舟点点头，在脑海中快速整理刚才的想法之后，他站起身来。

"各位，去会议室开个会，说一下咱们游戏的改动。"

不知为何，叶之舟感觉自己此时信心十足。

好像一下子，就适应了主策划的身份！

第 149 章　随便他们

出租屋里。

午睡刚醒的裴谦在床上翻了个身，抓过手机来看了一眼，发现有一条未读信息。

"裴总，冒昧打扰。遇到了一个设定上的问题想要请教一下，从目前讨论的结果来说，砍掉游戏的付费点必然导致土豪玩家不满，请问这一点应该如何解决？"

裴谦揉着惺忪的睡眼，嘀咕着："这谁啊？"

仔细一看，是叶之舟，也就是自己刚刚提拔上来的那个舸洋游戏的主策划。

裴谦给了他尚方宝剑，允许他打小报告直接辞退员工，自然也要加个好友，否则联系起来不方便。

结果叶之舟没说辞退其他人的事，反而是问了个游戏设计上的问题。

裴谦又把问题过了一遍。

问：砍掉游戏付费点会导致已经充钱的玩家不满，应该如何解决？

这其实挺好理解的，《热血战歌》是一款氪金游戏，人家土豪在这游戏里成千上万地砸钱，好不容易战力碾压其他人了。结果"嘎嘣"一下，游戏付费点砍掉了，以后没法再体验这种随便砍人的快感了，那还不得嚷嚷着退款退游啊？

当然，退款是不可能退款的。

冤有头债有主，杜锐杰收的钱，你们找杜锐杰去要。

要是退游的话……

那可太好了，一言为定！

裴总还真就看不上你们这些强行送钱的人。

还是那句话，想给腾达送钱？门都没有！

要么，你们这群土豪就老老实实地给我转型成免费玩家。

要么，你们就别玩这游戏了。

嗯，完美！

裴谦抓起手机，迷糊着打字："随便他们。"

然后把手机往枕边一扔，继续睡了。

……

觞洋游戏这边，会议室里，众人全都眼巴巴地等着裴总的消息。

叶之舟坐在会议桌的上首位置，盯着手机屏幕等着裴总的回复，内心有些忐忑。

裴总没有立刻回，大概是工作繁忙。

毕竟觞洋游戏只是裴总诸多产业中的一个，而且还不那么亲，优先级多半是要靠后的。

至于其他人，反应各异。

有些人听了叶之舟的改动方案，觉得有点意思，充满了干劲；有些人仍旧对叶之舟不服气，但也不敢表现出来。

毕竟设计组资历最老的王晓宾打算配合叶之舟，其他人就算想闹幺蛾子，也没什么号召力；更何况叶之舟还能跟裴总直接通信，这就是最大的威慑。

甚至有人怀疑，叶之舟故意在会议上问裴总这个问题，就是在立威！

他是在暗示所有人，我可以直接联系到裴总，你们一个个的都给我安分点。

所以，会议室的气氛，倒还算是严肃，新官上任的叶之舟也还能压得住场子。

"叮。"

提示音响了，叶之舟赶忙看向裴总发来的回复。

只有简单的四个字："随便他们。"

就……这样？

叶之舟有些发愣。

坐在旁边的王晓宾凑了过来，关切地问道："裴总回复了吗？"

叶之舟把手机屏幕往王晓宾那边一转："就四个字。"

"王哥，你看这……"

叶之舟有些迷茫。

按理说，裴总交代下来的事情，肯定是要不折不扣地执行。

但完全不管这些土豪玩家，那不是自寻死路吗？

在《热血战歌》这种国战游戏里面，土豪玩家的充值金额，甚至占到所有充值金额的 80% 以上，抛弃土豪玩家，等于是自己放弃了八成收入。

这可不是什么壮士断腕，这是自杀！

也正因为这个原因，大家在会议上讨论许久，才始终无法找到一个两全其美的解决办法。

砍付费点，必然影响土豪玩家利益，而土豪玩家不高兴了，游戏收入就要暴跌。

也就是说，不管怎么分析，裴总的做法都只会导致游戏收入的暴跌，让已经顶不住的两款游戏加快凉凉。

实在没招了，叶之舟才下定决心请教裴总。

结果裴总就回了这四个字。

最终的解决方案竟然是……不解决了？

让这些土豪玩家自生自灭去？

这是何等……有魄力啊！

王晓宾原本眉头紧锁，随即却慢慢地舒展开。

"裴总果然是大气魄，佩服！"

"这四个字里，可是隐藏着大智慧！"

王晓宾由衷感慨。

叶之舟有些"不明觉厉"。

果然，家有一老，如有一宝。

这种很深奥的事情，还是得由王晓宾这种经验丰富的资深设计师来解读才可以！

王晓宾清了清嗓，对众人说道："这个问题不用再讨论了。裴总刚才已经给出了解决方案，'随便他们'！"

"也就是说，我们根本不需要管这种改动对土豪的影响。"

"新版本上线之后，旧服务器的土豪们，数据不会变动，依旧拥有目前的战力。但之后所有的充值入口就都堵死了，他们无法再通过大额充值获得战力的提升。"

"而新服务器的玩家们，将站在同一起跑线上，按照我们新版本的规划来。"

众人面面相觑。

就这？

这不还是没解决问题吗？

土豪不玩了，不充值了，怎么办？

王晓宾释然地笑了笑："裴总已经帮我们解答了这个问题。"

"砍付费点确实会影响土豪玩家的利益，这是必然的。我们努力地想要找到一个解决方案，可这种事情根本就不会有解决方案！"

"这就像是一次彻底的革命，打土豪分田地，还需要考虑土豪的感受吗？没这个必要。"

"裴总的意思很明确了，让他们自生自灭！"

"我们纠结很久的事情，裴总一出手，就这么快刀斩乱麻地解决了，这就是水平的差距啊！"

众人恍然。

就像是一个复杂的绳结被一刀斩断一样，这个看起来无解的问题，竟然也被裴总这么轻松地解决了！

只不过说来容易，可做起来却很难。

谁能有如此魄力，直接砍掉自己80%的收入来源？

裴总就能！

想到这里，众人不由得对裴总更加敬佩了。

有舍有得，毫不犹豫。

果然，这才是真正的大师境界！

叶之舟也很感慨，他敲了敲桌子："好，最后一个问题也解决了。我们……正式开工吧！"

"一定要把裴总的思路贯彻到底，让这两款游戏能够起死回生！"

第152章　裴总的壮士断腕！

王晓宾一愣："开新服？"

开这事不麻烦，唯一的问题就是，有没有玩家来玩。

《热血战歌》已经是每况愈下，没钱做宣传、做推广，也没在任何榜单，已经没有新玩家流入。

现在还在玩的，都是很久之前一直坚持下来的老玩家，可以说是风雨无阻、不离不弃。

这些人在老服都有号，都已经在老号身上花了大量的钱和时间，即使开个新服，又有谁来玩？

不过王晓宾还是抬手摆了个ok的手势："没问题，很快就好。"

反正游戏都快凉了，开不开新服也没区别。

叶之舟第一时间到新服创建了个小号，然后默默等着。

没过几分钟，新服的世界频道突然就热闹了起来！

"竟然真的开新服了！"

"啊啊啊没有抢到沙发好难受！"

"有公会吗？"

"同志们看这里！我们公会和谐发展，团结热血，土豪带队，战无不胜！专门扶摔倒的老爷爷、老奶奶。欢迎你的加入，和我们一起扶老奶奶过马路！"

"楼上的，广告词复制粘贴的吧？现在没有土豪了，怎么带队啊。"

"怎么没有土豪？我们会的土豪说了，加公会，每人每天的所有体力药水全包了！"

"天哪！快加我！"

世界频道一条接一条，叶之舟甚至都快看不过来了。

"我们游戏……竟然还有这么多人玩呢？"

叶之舟都蒙了，他只是看世界频道里喊着要求开新服的玩家比较多，所以随便开了个新服试试水。

万万没想到，竟然还真有这么多人跑新服来玩了！

他们图啥？老号不要了吗？

叶之舟感觉这事有点蹊跷，这种热度，很久没见过了啊！

以前《热血战歌》也经常开新服，毕竟滚服是类似氪金游戏的常用营销手段之一。

但是没有任何一次的热度能和今天新服的相提并论！

叶之舟一边练级，一边考虑着找个大公会卧底一下，第一时间搜集玩家们对新版本的意见。

结果玩着玩着突然卡了，屏幕上一直显示"读取资源中"，画面也卡成了马赛克。

不过这种卡顿很快就好了，游戏再度恢复了顺畅。

叶之舟刚想问怎么回事，就听见王晓宾在那边喊道："我的天啊，瞬时玩家太多导致服务器负载过高？新服竟然爆满了？"

叶之舟赶忙打开后台查看。

原本运营的那一大堆老服，热度全都暴跌，基本上没什么人了，而新开的这个服务器热度却是瞬间暴涨，人满为患！

新来的玩家都已经进不去了，只能在外边排队。

叶之舟震惊了，因为从他来觞洋游戏开始，就从没见到过服务器排队的情况！

现在他明白了，让新服爆满的这些玩家，都是从老服跑来的！

玩家原本是分散在几十个服务器里的，所以每个服务器都显得冷冷清清。

但现在，还活跃的玩家一股脑地往新服扎堆，全都抱团在一起，自然热闹多了。

叶之舟赶忙说道："王哥，快，再开新服！"

王晓宾的鼠标快速操作着："马上搞定，现在最新的服务器满了之后就会自动开下一个新服。"

他又嘀咕了一句："真是邪门了哎，玩家们对新服的热情竟然这么高？难不成我们的改动真的有效果了？立竿见影啊。"

（中略）

叶之舟有些不可思议地看着论坛的帖子和玩家们的聊天群，思考这一切到底是如何发生的。

"难不成……这就是置之死地而后生？"

叶之舟有些明白了。

原本的《热血战歌》已经是一潭死水，老刘和杜锐杰两个人为了营收，榨干了最后一滴血，游戏已经病入膏肓。

玩家和设计组、土豪玩家和普通玩家之间的矛盾已经到了极度激化，无法调和的状态。

因为氪金太重，普通玩家大批流失，游戏内的活动组织不起来，土豪就算氪了金也没人陪他玩，越发觉得自己花钱花得不值。

于是，普通玩家跑了，土豪也跑了，只剩下少数的老玩家还在苦苦坚持着，游戏不断地走下坡路。

但现在，除了保留了最基础的体力药水，其余所有付费点全部砍掉。

这个看似不起眼的改动，却让游戏环境起到了翻天覆地的变化！

对普通玩家来说，游戏不氪了，玩得起了。

原本充值才能拿到的好东西全都白送了。

自己在新服也有机会在国战里体验土豪一穿十的快感了。

这简直就是终极大酬宾，当然是毫不犹豫地去玩新服！

确实有不少土豪退游了，但就像裴谦说的，随便他们！

更何况，也不是所有土豪都跑了，还是留下了一部分。

这样一来，虽然收入暴跌了七八成，但仅剩的这些玩家却都彻底忘记了之前的不愉快，又重燃了对游戏的热情！

叶之舟彻底懂了。

"果然，裴总早就已经看出《热血战歌》的问题，知道单纯地推出新玩法或者更换美术资源都已经无济于事，所以才要砍掉付费点！"

"这是……壮士断腕啊！"

"砍掉营收，挽救口碑，这是唯一能救《热血战歌》的方法！"

原本看似根本无法解决的问题，被裴总简单的一个操作，就立刻看到了转机！

叶之舟心中不由得对裴总更加敬佩。

当然，他心里清楚，这只是第一步而已。

这个操作虽然挽救了游戏的口碑，但代价也是巨大的：这游戏，不挣钱了！

没了土豪的大额充值，收入至少暴跌八成。

原本《热血战歌》的月收入就只有三四十万了，这样一搞，月收入还能不能剩下八万都不好说。

而且，以后也不能开任何新的付费点，否则玩家口碑立刻反噬，那就是彻底凉凉，裴总难救！

叶之舟感觉，现在就像是清仓大甩卖，人气确实上来了，可一直这么烧钱下去不盈利，也不是个办法啊！

"算了，还是不考虑这些了。"

"我都能想到的问题，裴总会想不到？"

"这些一定都在裴总的计划之内，只要老老实实按照裴总的要求来做就好了。"

叶之舟突然对自己、对觞洋游戏的前景，产生了前所未有的自信！

［节选自起点中文网］

【读者评论摘编】

@拂衣客：主角重生到十年前的平行世界，获得财富转换系统一枚，准备用系统资金进行创业。只要创业合理亏本，亏损部分能等额转化为自由支配资金，但如果赚钱了，就只能获取百分之一的收益。

于是主角开始努力亏钱……租最大的办公楼！买最好的硬件！雇最混的员工！开最高的工资！用最贵的素材！游戏内容一定要跟市场需求反着来！

满心期待自己血本无归的主角并不知道，他的命运早已注定……

作者你真是个人才！

（发表于优书网，2019 年 5 月 31 日）

@默无言：这书真的是有一种魔性的魅力，算是把一本正经地胡说八道这种能力发挥到极致，可仔细想想还真的是有些歪道理，摆烂想法和现实成功产生的反差意外地搞笑，几十章看下来真的是欢乐得不行。笑过之后细细回想起来，一款真正优秀的游戏不正是这样设计不落俗套，不计成本投入又有良心的吗？不成功才奇怪吧。而一家优秀的公司不也正是要有最强大的硬件设施、优越的待遇和各有所长且跳出庸俗的优秀员工吗？如果说搞笑是这本书一个吸引人开始看的理由，那误打误撞给出的完美发展方针就是这本书出成绩的保障。

（发表于优书网，2019 年 9 月 22 日）

@linzijian11：一个专让你开公司亏钱的系统，和一个无论怎么作死最后总是赚钱的主角，这本身就是一个非常有戏剧冲突的设定。最开始可能作者只是想模仿《西虹市首富》写一个网文版，这个出发点让这本书保持了幽默的基调。弄巧成拙是一个古老的喜剧手法，而一本正经地弄拙成巧更为爆笑。

从更高的角度来说，喜剧的内核是悲剧。本书和一般的搞笑文不同的地方在于，它的搞笑后面隐藏了太多苦涩。很多人说本书没有逻辑，没有合理性。但正是如此，我们的生活已经太真实，太具有合理性。我们怀着对自己爱好的向往进入一个行业，然后迅速被"赚钱"的合理要求打败。看到有一个人不以赚钱为目的，做着自己梦想中的事情，然后还搞笑地成功了，这实在是太令人高兴，又太令人悲伤了，这就像是对你现实生活的一个狠狠的嘲讽……

（发表于优书网，2021 年 1 月 18 日）

@安迪斯晨风：我现在纯粹就是把《亏成首富从游戏开始》当疗伤药用的，上班累成狗的时候，心情 down 到谷底的时候，摸鱼看上几章，在虚幻的童话世界里，得到一点安慰。可能很多女生看恋爱小甜文也是这样的。

（发表于新浪微博，2020 年 10 月 26 日）

@赤戟：总的来说，节奏很快，笑点密集，利用主角和他人思维的反差营造笑点。赚钱圆回来的理由，也基本说得过去，一路看下去轻松欢快不费脑。

（发表于微信公众号"赤戟的书荒救济所"，2020 年 11 月 6 日）

［导引、简介、节选、读者评论摘编：谭天］

反套路的套路
　　——评青衫取醉《亏成首富从游戏开始》

谭　天

　　《亏成首富从游戏开始》（以下简称"《亏成首富》"）讲述了一个反套路的轻松故事。主角裴谦（谐音"赔钱"）获得了"财富转换系统"，可以定期把系统给予的本金（本金无法取出，只能用于经商）拿去做生意，在不违反法律、道德和商业常识的前提下经营，最后按一定比例将盈利或亏损兑换成现金。但系统生成的盈利兑换比是 100∶1，亏损兑换比却是 1∶1，主角赚 100 块能取出 1 块钱，亏 1 块钱同样能取出 1 块钱，亏损比盈利更划算。于是，裴谦走上了一条努力赔钱的经商路。然而，他自认为亏损的决策居然屡屡盈利。直到变成首富，裴谦的赔钱愿望都没有实现过。

　　做出亏钱决策——反而赚钱——再次试图亏钱。《亏成首富》沿着上述的简单剧情结构不断循环，形成一部超过五百万字的长篇小说，并获得了商业成功，这在同题材里实属罕见。《亏成首富》做出了如何的技术突破和类型贡献，是值得关注的地方。

　　《亏成首富》的秘诀在于善用"迪化"。"迪化"是来自日本动画《不死者之王》的"梗"。动画里有一个名为迪米乌哥斯的角色，总把主角的无心之举解释成高明策略，这种行为被网友戏称为"迪化"。具体到《亏成首富》，"迪化"主要按下列步骤实践：裴谦提出亏钱的馊主意，员工将其解读成极有商业眼光的决策，并照自己的理解去执行，推出质量优秀的新产品，获得销量、口碑双丰收。员工的"迪化"变赔钱为赚钱，达成《亏成首富》套路中最关键的反转步骤。

　　作者青衫取醉在完本感言中提到，他刻意"把主角的真实形象和外界看到的形象割裂开来"，营造出反套路的效果。"迪化"就是"割裂"的具体方法，它将裴谦与裴总两个身份区分开。裴总，是员工心中高瞻远瞩的模范老板，是同行眼里白手起家的成功人士。裴谦，则是千方百计想要赔钱而不得的普通人。"迪化"令裴谦成为裴总，读者却能透过裴总看到裴谦。裴总和裴谦互为倒影，各自演绎出一段故事。裴总的故事是一部传统的都市爽文：商业奇才从零开始创业，不断成功终成首富。裴谦的故事是一个小人物的悲剧，他屡战屡败，从来没有真正实现自己的心愿：亏钱。这两段故事重叠在一起，成功者的外衣下包裹着失败者的内核，赋予了《亏成首富》区别于其他同类小说的质感，使它在轻松快乐的背后带上了反转的底色，成为一部有意思的喜剧。

《亏成首富》的反套路，就是以裴谦故事去反裴总故事。但它从未真正"反"成过。如果没有裴总的表面成功，裴谦的失败无法成立。如果没有裴总的"爽"来衬托，裴谦的失败只会让读者弃文。《亏成首富》的反套路流程里，裴总这一脉传统都市爽文的套路不可或缺。

依赖套路的反套路，只是一种新的套路。《亏成首富》这种新套路确实收获了商业成功。它对旧套路"依依不舍"，透漏出自己"底气不足"。《亏成首富》已经引领起新的风潮。然而，反套路的套路终究是以奇取胜，成为风潮后，它还能走多远呢？

大奉打更人

卖报小郎君

    卖报小郎君，阅文集团大神作家。金融工作者，兼职写作。作为"扑街写手"的多年中，曾有不止一个笔名。此笔名下的三部作品（《九州经》《我的姐姐是大明星》《原来我是妖二代》）成绩已小有起色；因小说中曾有反派猥亵女主的"绿帽"情节，在读者中风评不佳，并导致优书网《大奉打更人》热门书评多为批评其"黑历史"的低分评价。依靠《大奉打更人》的优异成绩，卖报小郎君一跃成为 2020 年"起点十二天王"。

    《大奉打更人》于 2020 年 3 月 15 日开始在起点中文网连载，2021 年 8 月 5 日完结，全书 380 万字。小说上架第二个月起一直保持在月票榜前五名，累计获得五次榜首，更成为继《诡秘之主》后起点第二部连载期间均订超过十万的作品，且完本时均订近十五万。本书对《诡秘之主》的力量体系设定进行了仙侠版的改造，结合探案、官场等元素，加之轻松的行文风格、细腻的情感关系描写，给读者提供了新鲜而流畅的阅读体验。

【标签】仙侠　探案　后宫

【简介】

    警校毕业的许七安在异界牢中醒来，发现自己穿越成了马上要被流放的捕快。借助现代的刑侦技巧和化学知识，他化险为夷，并逐渐成为京城的红人。教坊司的花魁、司天监监正的爱徒、两位风情迥异的公主、南疆蛊族的少女、绝世美貌的王妃……各色美人出现在他的生活中，但随着地位的提升与能力的强大，他也面临着大奉内外诸多越发棘手的强敌的威胁。经历重重磨难，许七安最终修成武神，无敌于世，成为大奉与人族的守护者。

选文共分为两部分，来自小说第一卷的第4—5章与最后一卷的第23—25章。第一部分选文是小说开篇的破局过程，塑造了许七安长于破案的形象，并留下了真凶身份的谜题，这是小说前半部分破案情节的常见手法；第二部分选文发生在主角娶妻的大婚之夜，友方的主要角色几乎悉数登场，而重点描写的"鱼塘"内众位女主钩心斗角的"宅斗""修罗场"，则是小说日常向描写段落中常能引起读者兴趣的剧情。

第四章　是时候表演真正的技术了

方甫踏入内堂，就感觉有三道锐利的目光投向自己。

穿绯袍的应该是府尹，绣云雁，嗯，是四品大员……胸口绣银锣的这位大叔，咦，打更人组织的……我去，这姑娘好颜值，太漂亮了吧……嫁人了吗？

再扫了眼胸脯，许七安冷静了许多。

迅速低头，表现出很谦卑的姿态。

陈府尹高坐大椅，面无表情，审问犯人的腔调颇具威严：

"许七安，三日前下狱的时候，你可没说自己有重要线索。你可知隐瞒不报的后果。"

官场老油条，哪怕心里急得要死，开口绝不问线索，而是心理施压。

能来到这里，说明计划已经成功了一半，许七安还算冷静："大人，就在方才，许家二郎来找我了，我问他要了卷宗。"

首先要诚实。

在场三人都知道许新年，并不是他有多出名，而是身为许平志的长子，三位主办自然会有调查。

"这和你说的线索，有何关联？"陈府尹问道。

"草民便是从卷宗里推理出了案件的真相……"

"等等，"陈府尹打断他，身子微微前倾，"从卷宗里？"

这和他想的不一样。

"我已经破案了。"许七安点点头，表示就是如此。

陈府尹压住喊人把这小子送回大牢的念头，脸色严肃："你说说看，不过本官提醒你，信口雌黄的话，两百个板子可以打得你骨肉分离。"

"税银被劫案，其实不是妖物所为，而是人为。"

一句话，惊了三个人。

陈府尹猛一拍桌，怒喝道："胡说八道，来人，拖下去，杖责两百。"

妖物劫走税银，几乎是盖棺定论的事情，是三位主办的共识。

如果之前期待许七安能给出有价值的线索，现在则是彻底失望。

无非是毛头小子狗急跳墙的狂悖之言。

中年男人眼睛微微一亮，挥退了冲进来的衙役："陈大人少安毋躁。"

他目光一转，盯着许七安，灼灼的，带着审视和期待："你说说看。"

这位陈府尹脾气有些暴躁……许七安知道该到自己表现的时候了。"根据城门守卫的口供，我二叔是在卯时二刻进的城，辰时一刻，押送税银的队伍抵达广南街，这时，怪风忽起，马匹受惊冲入河中。"

他尽量让语气变得不卑不亢，显得自己更镇定，从而增加说服力。

陈府尹点点头："这便是我们断定此乃妖物潜藏于河中，伺机抢走税银的理由。"

"不！"许七安大声反驳，"妖风只是障眼法，河中爆炸也是障眼法，其实是为了让你们忽略一个破绽，一个致命的破绽。"

陈府尹急迫追问："什么破绽。"

中年男人摆出了倾听姿态。

黄裙少女咬着蜜饯没嚼，那双灵气四溢的眸子，饶有兴趣地盯着许七安。

卷宗他们翻来覆去看了许多遍，对案发经过了如指掌，却不曾察觉出有什么破绽。

"我二叔押送税银十五万两，敢问几位大人，十五万两白银，重几斤？"

中年男人一脸僵硬，黄裙少女则歪了歪脑袋，半天没正回来。

陈府尹不悦道："有话就说，别卖关子。"

许七安原本是想给出提示，让几位大人自己勘破这个巨大的破绽，但似乎弄巧成拙了。

速算能力有点低啊，你们这群古代人……许七安当即道："是九千三百七十五斤。"

按照这个世界的质量换算公式，一斤十六两，十五万两白银是九千三百七十五斤。

中年男人皱了皱眉，他隐约间把握到了什么。

黄裙少女蹙眉："这能说明什么？"

她嗓音如银铃般清脆。

说明你不太聪明的样子！

许七安道："从城门口到广南街，路程多少？"

中年男人回道："三十里。"

"途中经过几个闹市？"

"……四个。"

"驽马脚程如何？"

"驽马……"中年男人忽然双眼圆瞪，猛地站起身。

他用力瞪大双眼，露出了一种"竟然是这样""原来是这样"的恍然表情。

三天的追踪，搜捕妖物踪迹一无所获，这位经验丰富的打更人已经意识到可能走错方向。

但头脑里没有一个清晰的思路，所以之前被否定后，便没放在心上。

陈府尹头皮有点麻，因为他仍旧没有听出有什么问题，显得他这个府尹特别没有智慧。

陈府尹看了眼黄裙少女，心里平衡了不少。

黄裙少女郁闷道："哪里有问题？"

中年男人有些振奋："时间，时间上不对。"

"广南街距离南城门足有三十里，以驽马的脚力，沿途要经过四个闹市，卯时二刻进城，不可能在辰时一刻抵达广南街。"

他这是受了先入为主的影响，认为这是妖物作祟劫走税银，经过许七安的抽丝剥茧，立刻咀嚼出了问题。

"可是税银确实是在辰时运送到广南街，当时目睹马匹冲入河中的百姓有不少，不可能是假的。"黄裙少女脆生生道。

陈府尹满意地点头，附和："这是何解？"

这……中年男人愣住了，下意识地看向许七安。

"因为押送的根本不是银子。"许七安掷地有声。

"荒谬！"陈府尹反驳道，"且不说你二叔和押运的士卒有没有眼睛，卷宗中有录入当时在场百姓的供述，马匹冲入河里，白花花的银子滚入水中。"

他抖了抖手里的卷宗："这也有假？"

"眼见不一定为实……草民愿意亲自为大人解惑，"他目光落在桌案上，"借纸笔一用。"

陈府尹挥了挥手，示意自便。

许七安拖着镣铐来到桌边，倒水研墨，铺开宣纸，歪歪捏捏地写了起来。

"大人，请按照草民的要求，准备纸上之物。"写完，他把宣纸递给陈府尹。

陈府尹接过宣纸扫了一眼，一头雾水。

"我看看。"黄裙少女过来凑热闹，伸出雪白柔荑接过宣纸。

然后一头雾水。

"……"中年男人李玉春扫了一眼纸张，做出面无表情的样子，不漏痕迹地把宣纸折起的一角压平，然后递给陈府尹。

第五章　解开谜题

一刻钟后，两名衙役把东西带了进来，摆在堂内。

三位大人扫了眼器具，然后转头看向许七安。

陈府尹沉声道："你要的东西都在这里，务必给本官满意的答复。"

他态度有所转变。

一刻钟的时间里，这位正四品的官员绞尽脑汁想了许久，不得不承认，许七安的推断很有道理，但依旧有许多疑团未曾解开，比如税银坠入河中亦是事实。

其中有什么玄机，他参悟不透。

"若是草民助大人破了此案，可否上书圣上，免去我许家的罪责。"

大奉很注重父子传承，子代父过，亦可替父戴罪立功。

"自然。"陈府尹颔首。

许七安点点头，在器具面前蹲下，身前的道具分别是蜡烛、盐、瓷杯、铁丝。

他要做的事情很简单，高中化学知识：提取金属钠。

搁在古代，这东西根本不可能提取出来，两个难点：电、氯化钠的熔点。

但在这个世界，许七安就知道有一个职业可以做到这一点。

司天监术士第六品：炼金术师！

炼金术师在大奉属于家喻户晓的职业，他们的各种发明、创造，早已融入普通人的生活里。

许七安并不确定爆炸的税银一定就是金属钠，这点不重要，重要的是，打开一个思路，来解释税银爆炸的现象。

在断案过程中，大胆地假设，严谨地推理是前期的必备工作。最后才是去验证，去搜集证据。

前世曾经遭遇过一起令他记忆犹新的谋杀案，刑警们通宵达旦，根据线索打开脑洞，做了好几个案件过程的推测，以此为基础，去搜集证据。

然后又悉数推翻，重新推理。

税银也有可能不是金属钠，总之炼金术师能够做到这一点。

这就够了。

为几位大人找回正确的方向，这才是他要做的。

方向对了，就可以顺藤摸瓜地去排查，不难找出幕后黑手。

若是还在妖物作乱这个思维里挣扎，案子永远都破不了，哪怕将来案子破了，他也已经被朝廷：送你离开，千里之外！

他用水融化粗盐，搅拌之后，将生宣覆在杯口，将盐水徐徐倒入。

过滤之后，再将瓷杯架在蜡烛上炙烤，用竹签不停搅拌。

不多时，杯里的盐水蒸干，里面析出的晶体就是氯化钠。

本质就是把盐进一步提纯。

陈府尹、中年男人、颜值超高的黄裙少女，三人站在边上围观，专心致志地看着。

许七安抬起头，朝黄裙少女咧嘴一笑："大人是司天监的弟子吧。"

他注意到腰间那个风水盘了，这玩意，除了司天监的弟子，没人会用。

黄裙少女"嗯"了一声，笑嘻嘻道："家师便是司天监监正。"

精致明媚的鹅蛋脸，宛如剥壳的鸡蛋，白皙无瑕。

监正的弟子……胸什么的就无所谓了……许七安语气温柔："麻烦姐姐为我熔化这些结晶。"

氯化钠的熔点大概是八百摄氏度。

黄裙少女瘪了瘪小嘴："控火是炼金术师才有的能力，我只是个风水师。"

"不过我师父送了我件法器。"她话锋一转，摘下腰间的风水盘，青葱玉指再拨弄几下，气机输入，"火"字亮起。

"退后！"

许七安立刻后退，下一刻，明亮到刺目的火舌喷吐，淹没瓷杯。

"停！"许七安马上喊停，接着迅速把两根铁丝插入瓷杯，问道，"通电……不，是雷法！注意控制电压……嗯，这个步骤很难，或许会失败很多次。"

她转动风水盘，青葱玉指点亮"雷"字，虚空中闪过几道电弧，触在铁丝上。

"滋滋……"熔化的氯化钠发生剧烈的化学反应。

"停！"

许七安屏住呼吸，凑到杯口去看，一坨银亮色的金属块成型，边缘是尚未转化的部分晶体和杂质。

竟然一次性就成功了，电压刚刚好……许七安惊喜。

电解法制取金属钠，电压大概在6—15伏，他做好了反复失败的心理准备。

没想到欧皇附体，一次就成了。

陈府尹和中年人迫不及待地凑过头来看，杯子里，是一坨银色的金属块，乍一看去，竟与白银颇为相似。

陈府尹瞳孔一缩，内心极为震撼。

李玉春用力握紧了拳头，愣愣地看着银色金属块，脑海里仿佛有闪电劈过，劈开了所有迷雾。

"几位大人请看。"许七安把金属钠倒出来，用宣纸包住，在手里掂了掂。

"这东西比银子轻很多很多，但外观却极其相似，如果有人用这个东西冒充银子，是否可以以假乱真呢？几位大人也可以掂量掂量。"

他把金属钠交给陈府尹，此时，金属钠色泽逐渐转为暗淡，与银子几乎是一模一样了。

中年人接过，掂了掂，他双眼闪闪发亮，连声道："果然轻了很多，倘若运送的是这东西，那便合情合理了。采薇姑娘，你试试。"

黄裙少女接过，掂量掂量，然后眼神古怪地盯着许七安："你，你是炼金术师？"

不，我不是，我只是化学的搬运工。

读书人思路到底比较活跃，陈府尹惊喜过后，忽然摇了摇头，沉声道："不，不对，就算银子被替换成了这样。那爆炸怎么回事，若非河里藏着妖物，假银子入水怎么会爆炸。"

许七安没有回答，伸手拿了金属钠，走到书桌边，丢进了洗笔缸里。

炽烈的火光亮起，浓烟滚滚。

"轰！"

金属钠在水里剧烈反应，洗笔缸崩裂出细密的裂缝。

"这，这……"陈府尹惊呆了。

"这假银子遇到水会爆炸，这便能解释为何银子落水后，会发生那般激烈的爆炸。"许七安解释道。

中年男人喃喃道："从一开始，我们就被误导了，幕后主使通过爆炸和妖风，让我们以为是妖物作祟，将查案的重点放在了追踪和搜捕。"

"难怪钦天监的望气术也观测不到妖物。"

许七安补充道："税银落水后，士卒只寻回一千多两白银，如果没猜错的话，这些银子都是铺在最上层掩人耳目的。"

严丝合缝，所有异常都对上了。

"许七安！"中年男人眼神充满了赞许，"好，你很好。"

眉头忽然一皱，在许七安歪斜的领口凝固，李玉春借着拍肩膀的动作，帮他把领口拉扯整齐。

许七安受宠若惊，这位大人竟如此赏识自己。

陈府尹皱眉道："既然银子是假的，那真银子何去了？"

黄裙少女闻言，亦露出凝重之色："税银出库入京，层层转手，要问罪的话，大批的官员得入狱，追回银子的难度，不啻大海捞针。而且此事已经超出我们的职权范围，得禀告陛下。"

陈府尹点点头，他就是这个意思。

中年男人有不同看法，声音低沉："税银一路押送入京，层层转手，若是假的，早就被发现了。唯一的可能，是最近才调包的。"

陈府尹眼睛一亮，这极大地缩小了调查范围。

"来人，备轿，快备轿，本官要出行。"陈府尹急切地奔出内堂。

中年男人紧随其后。

许七安忙喊道："府尹大人，可不要忘了对草民的承诺。"

第二十三章　开团手和补刀手

太阳渐渐往西移，许七安穿着驸马官服，带着几名家仆，与二叔等待于府门处，迎接参加酒宴的宾客。

很快，他看见一群熟人，长乐县衙的朱县令、李典史、王捕头等人。

许七安脑海里瞬间闪过初来大奉的时光，王捕头和李典史是他的勾栏听曲启蒙人，那段时间，老王和老李天天掉一钱银子……

"下官朱明，拜见许银锣。"

朱县令疾步上前，躬身作揖。

王捕头等人拘谨地行礼。

许七安笑容满面地迎上去：

"怎么还在长乐县衙待着？老朱，朝廷养士百年，为的就是让你们为社稷鞠躬尽瘁，不可懈怠啊。"

朱县令心花怒放，压住内心的喜悦，作揖道：

"许银锣教训的是。"

闲聊了几句，朱县令领着王捕头等人，跟在许家家仆身后进了府。

老朱步伐都快飘起来了，他在长乐县兢兢业业熬了多年，始终看不到升迁的希望，许银锣方才的一席话，是有意成全他。

迎接完长乐县众人，没多久，许七安迎来第二批客人，一辆宽大奢华的马车停在街边，车夫搬来小凳，车厢里先后下来三人——王思慕和王府两位公子。

"爹身体有恙，不便出行，让我们兄妹三人前往祝贺许银锣大婚。"王思慕朝叔侄俩施了一礼。

"弟妹生分了，叫大哥就好，里边请。"许七安热情地引着王思慕往里走，笑容满面。

"回头给弟妹安排一个特殊的席位，莫要拒绝。"

王思慕面带微笑，心里却莫名地一沉，觉得许银锣的笑容透着几分让人不安的诡谲。

他刚让家仆带着王思慕和她的两位兄长入府，扭头，就看见二叔迎上了第三批客人。

那是武林盟的门主和帮主们，其中轻纱蒙面、裙裾飞扬的萧月奴最亮眼，即使不看容貌，气质和身段便已是拔尖。

他们收到请柬后，提前几日就赶来京城，一直住在京城的驿站里。

这些门主帮主，现在都有官职在身，虽说是无权的虚职，但有了明面上的官位，到任何地方都能便宜行事，能入住驿站。

"寇前辈没有来？"

许七安虽然早有预料，但依旧摆出不悦之色。

"寇前辈闭关了，托我等前来祝贺许银锣。"萧月奴柔声道。

许七安看她一眼，颔首道：

"诸位里边请！"

他没再多说，让家仆领着武林盟众人入府，因为他看见司天监的宋卿和褚采薇，以及背对着许府这边，以小距离传送代替步行的杨千幻。

毕竟背对众生是格调，但如果倒退着走路，那就成了滑稽，毫无形象可言。

"宋师兄，杨师兄，采薇，你们来啦！"

许七安脸上堆着笑容，热情四溢地迎上去。

褚采薇目光频频往里看，娇声道：

"开席了吗？"

宋卿笑道：

"采薇师妹从昨晚一直饿到现在。"

绝了，和丽娜、铃音一模一样，你们仨是合计好的？许七安笑道：

"等日落，等日落。"

宋卿沉声道：

"许公子大婚，为何不让我送礼？"

你送的东西我敢收吗？要么是稀奇古怪的炼金产物，要么是真人版娃娃……许七安满脑子都是对宋卿的吐槽，笑道：

"以咱们的交情，宋师兄就不用见外了。"

终于轮到杨千幻了，他清了清嗓子，吟诵道：

"手邀明月摘星辰，世间……"

话音未落，许七安就给他打断：

"宋师兄，采薇师妹，进去吧进去吧！钟师姐在里头等你们了，咦？这不是杨师兄吗，怎么还杵那儿呢。"

狗贼，新仇旧恨，今日跟你算个清楚，你给我等着……杨千幻暗暗发誓，清光一闪一闪，跟着宋卿和褚采薇进府。

送走了监正的弟子们，许七安望向长街尽头，脸色僵了一下，缓缓吐息，迎了上去。

"妙真，圣子，欢迎欢迎。"

李妙真背着剑，穿着道衣，面无表情。

圣子笑容满面地迎上，先一迭声地道喜，然后扭头训斥李妙真：

"师妹，你这副臭脸摆给谁看呢，许银锣大婚难道不是天大的喜事？许银锣和临安殿下难道不是天造地设的一对？许银锣刚救了你的命，你还摆臭脸，真是一点都不懂事。"

李妙真看了许七安一眼，笑道：

"恭喜许银锣抱得公主归！"

她很少有皮笑肉不笑的模样。

李灵素一本正经道：

"回头闹洞房的时候，师妹可要手下留情啊。"

我料得没错，李灵素和杨千幻果然憋着坏主意……许七安心里冷笑一声，送师兄妹进府。

客人一批批地到来，夜幕缓缓笼罩。

华灯初上之际，他终于看见了魏渊的马车缓缓驶来，驾车的是气质阴柔的南宫，姜律中、张开泰等金锣骑马跟在两侧，再往后，则是银锣铜锣。

许七安吸了一口气，主动迎上去。

南宫倩柔把马车停在街边，见他过来，自觉地让开位置。

现在惹不起这个人了。

许七安放好凳子，打开车门，引着魏渊下车，笑道：

"魏公，卑职等您许久了。"

魏渊基本不参加红白喜事，但许七安的婚事，他是一定要来的。

魏渊下车之后，扭头看了一眼身后的车厢。

车厢里，探出一张清冷如画的脸，她一身男装，不施粉黛，但这无损她的美丽，反而增添了几分中性的魅力。

自古美貌女子着男装，皆有一股动人风情。

许七安脸色缓缓僵住："陛下？"

他心说你贵为九五之尊，不在皇宫待着，来参加什么婚礼？

这不合礼数啊！

怀庆淡淡道：

"临安是朕宠爱的妹妹，她大婚当日，朕过来讨杯喜酒，许银锣似乎不愿？"

终究是来了，躲不过啊……许七安强颜欢笑：

"欢迎之至！"

魏渊拍了拍他肩膀，语调缓慢："席间，本座要坐在陛下附近。"

许七安先是点头，旋即问道：

"这是为何？"

魏渊笑容温和，无声地说了两个字，大袖飘飘地往府内走去。

看戏！

……许七安忽然不想送他入府了，便让二叔代劳。

又过片刻，金莲道长带着天地会成员姗姗来迟。

楚元缜见到许七安的第一句话：

"我要和一号二号坐在一起。"

你也是来看戏的吗……许七安心里破口大骂，脸上保持优雅而不失礼貌的微笑，送天地会成员入内。

接着是赵守带着云鹿书院四位大儒抵达。

许七安审视着杨恭，会心一笑：

"恭喜老师，晋升超凡。"

…………

许府有四座院，三座厅，根据地位、官职等不同，安排在不同的位置。

比如许氏族人，安排在内院和外院之间的大厅里，而长乐县，以及官职不高的官员则安排在外院。

六品以上，安排在内院的东院，打更人的铜锣银锣，则安排在西院，与武林盟众人毗邻。

至于许七安的亲友，坐在核心的内厅。

内厅有五桌。

一桌是魏渊、南宫倩柔、姜律中等金锣，宋廷风朱广孝因为和许七安交情深厚，破例与金锣们同坐。

至于李玉春，为了他身心健康，许七安给打发到西院和众银锣铜锣同坐。

一桌是许家人，二叔、婶婶、姬白晴、许元霜姐弟、许玲月姐妹。

一桌坐着云鹿书院四位大儒、赵守、许二郎，还有宋卿和杨千幻。

一桌坐着金莲道长、阿苏罗、恒远大师、楚元缜、苗有方、李灵素、丽娜的哥哥莫桑。

值得一提，打完仗后，莫桑被朝廷授予官职，不愿意回南疆了，目前在禁军中当差。

最后一桌厉害了，怀庆、钟璃、李妙真、慕南栀、丽娜、褚采薇、王思慕。

王思慕左顾右盼，觉得自己和这些女子格格不入。

李灵素心里笑疯了，心说许宁宴这个狗贼，居然把我和这些女子安排在一起，他是嫌自己死得不够快啊。

他原以为许宁宴会把他和杨兄打发到僻静角落里，他都准备好厚着脸皮往"主场"钻了。

圣子怎么会放过这么好的机会呢，人生最快意的事，就是在"仇敌"的婚礼上，与他的红颜知己们坐在一起，然后煽风点火。

厅内气氛有些古怪。

许二郎传音质问：

"大哥，你把思慕安排在大嫂们身边作甚？"

"总需要一个机灵的在边上和稀泥嘛。"许七安如此回复。

"义父，我怎么觉得气氛有些不对。"

南宫倩柔扫一眼那桌的女人们，又扫一眼其他桌，他发现李灵素、楚元缜、许二郎、苗有方等人，时不时会偷瞄一下那桌，眼里藏着暗戳戳的期待。

魏渊笑了笑。

"二弟，这些姑娘是怎么回事？"

姬白晴眼光毒辣，只看那桌女子面无表情的模样，就知道情况不对劲。

嗯，也不是都面无表情，南疆的小姑娘和黄裙子姑娘，她们就吃得大刀阔斧，满嘴流油。

另外，她疑惑于慕南栀怎么也坐过去了。

这位小茹的结义姐姐不应该坐在他们这一桌吗？

许二叔想了想，传音回复：

"这个，这个……"

"她们中有几个和宁宴走得挺近，嗯，包括陛下。"

姬白晴恍然大悟。

云鹿书院的大儒们最正常，该喝喝，该吃吃。

"咦，还有两个位置空着。"

李灵素看了眼李妙真身边的两个空位，笑道："宁宴，这俩位置是谁的？"

许七安作为新郎，此时正陪坐在魏渊身边，闻言，回答道：

"哦，那是国师的，她估摸着快来了。"

正说着，一道金光从天而降，飘入内厅，化作洛玉衡的模样。

清丽绝美，宛如天仙。

怀庆、李妙真、许玲月、钟璃等人，轻轻扫一眼陆地神仙，没有说话。

李灵素脸上笑容不可避免地扩大，比新郎还要热情，忙起身，嘴角裂到耳根，道：

"国师，来，来坐！"

洛玉衡入座后，瞅了一眼许七安，没说话。

李灵素见人到齐了，清了清嗓子。

另一桌的杨千幻收到了进攻的号角，大声感慨：

"宁宴少年风流，一表人才，如今娶了临安，不知道多少怨妇要暗中垂泪，伤心欲绝，可怜哪，可怜！"

开团手杨千幻说完，补刀手李灵素放下酒杯，反驳道：

"杨兄这是哪里的话？

"宁宴对临安殿下一往情深，用情专一，其他女子哭就哭呗，与宁宴有什么关系？都是些想攀高枝的庸脂俗粉。"

第二十四章　杀招

李灵素和杨千幻的双簧，就如滚油里倒开水，又如同大火中浇冰块。

场面一下子寂静下来，气氛陷入僵凝，但心里的情绪却炸锅了。

天地会这边。

来了来了，圣子和杨千幻蓄谋已久，果然没让我失望啊，不过这般煽风点火真的好吗？许宁宴可是一品武夫，不怕他秋后算账？楚元缜精神一振，腰背肌肉紧绷，竟有种当年春闱考试时的激动感。

不是楚状元八卦，委实是那桌的女人个个都是天之骄子，身份不同凡响。

看她们钩心斗角，明争暗斗，精彩程度不啻围观一品高手战斗。

另外，许宁宴自己就是蔫儿坏的，天地会成员本来人人都是正直严肃的侠义之士，结果被他或明或暗地引导，人均都有不堪回首的糗事。

现在看他身陷囹圄，楚元缜喜闻乐见。

恒远大师眉头紧锁，为许大人此时的境遇感到担忧。

许大人能有什么错呢，许大人只是年少风流了呢，错的是杨千幻和李灵素。

阿苏罗显然没见过如此有趣的"剧情"，一边兴致勃勃地围观，一边觉得有时候遁入空门也有好处，至少没那么多的麻烦。

为了一个"色"字，让自己如此窘迫，实在难以理解。

色，只会影响他的出拳速度。

金莲道长"呲溜呲溜"地喝着小酒，面带微笑，怡然自得。

身为心腹的苗有方低头吃菜，假装自己和莫桑同出一族。

这种时候，就怕被许银锣拉出来挡刀，谁挡谁死。

这两个人存心要与宁宴为难……姬白晴皱皱眉头，看出李灵素和杨千幻在欺负自己儿子，顿时有些不高兴。

大哥这是自作孽不可活……许二郎和老师们遥遥碰杯，小小地幸灾乐祸了一下。

在场的人里，除了婶婶、丽娜兄妹、铃音、白姬、褚采薇，这几个由于特殊原因，反应迟钝，其他人都在暗戳戳地等待许宁宴的应对，等待那桌女子的反应。

值得一提的是，许铃音坐在婶婶的腿上，半张脸埋在餐盘里。

她这一桌，酒菜无限供应，吃完就上，吃完就上，这让褚采薇和丽娜极为羡慕，并且打算把桌上的菜吃得差不多了，就去那一桌蹭。

"啪！"

响亮的拍桌声里，白袍小将慕南栀策马而出，怒视李灵素，训斥道：

"你敢诋毁国师是庸脂俗粉？李灵素，我看你是不想活了。"

除了许七安外，谁都没想到率先发起攻势的居然是一个姿色平平无奇的妇人。

厉害了……几桌的宾客纷纷看向慕南栀，啧啧惊叹。

在座的，谁不知道国师是许宁宴的双修道侣，这位妇人的一番话，是把国师架在火堆上烤。

堂堂人宗道首，一品陆地神仙，双修道侣竟娶了其他女子，她若是不表态，颜面何存？

她若是借机大闹一场，破坏婚礼，这桌子的女子里，大半都要开心死。

果然姐妹内卷才是最可怕的，这桌子的人里，只有南栀敢得罪国师了……许七安心里嘀咕。

洛玉衡冷冰冰地瞅她一眼，道：

"这位是？"

"这是我慕姨，婶婶的结义姐姐。"说时迟那时快，许七安迅速抢答，为花神的身份盖棺定论。

洛玉衡"哦"了一声，素手端起酒杯，淡淡道：

"慕姨瞧着特别亲切朴实，本座敬你一杯。"

"亲切朴实"咬得特别重。

慕南栀深吸一口气，看一眼许家众人，突然笑了起来：

"不用客气，乖侄女。"

堂堂花神，前任王妃，她是要体面的，在"社死"和摘手串（手串遮掩了她原本的容貌）之间权衡之后，选择忍下这一回合。

没能激国师发作……李妙真等人一阵失望。

她们都想把彼此当枪使，但她们都不愿意当那杆枪。

喝了几个回合后，李妙真用力咳嗽一声，吸引众人注意，语气平静地说道：

"许银锣今日大婚，可喜可贺，妙真为你备了一份薄礼。"

大可不必……许七安本能地警惕。

李妙真低头，摘下腰间的香囊，轻轻打开，一股青烟从里面袅娜浮出，在众人的注视下，于厅内化作一名黑发白裙、倾国倾城的妩媚女子。

她艳而不俗，媚而不妖，浑身上下都透着让人沉醉的气息，惊艳了在场的男人。

"这是我的姐姐，苏苏，自幼陪我一起长大。奈何姐姐红颜薄命，化作孤魂野鬼。"

李妙真说到这里的时候，沉浸在自己世界里的许铃音抬起头，舔了舔流油的嘴，看向苏苏的目光一阵期待。

简单解释了一下苏苏的身份后，李妙真说道：

"她与许银锣相识于微末，共同患难，许下过海誓山盟，许银锣答应纳她为妾。可惜，相识于微末，能共患难，却未必能共富贵。

"许银锣平步青云，扶摇直上后，便再没找过她，苏苏成日以泪洗面，郁郁寡欢。妙真作为妹妹，岂能容忍，今日借着大婚，特意问许银锣一问，可还记得当初的承诺？"

既然大家都不愿意当枪，那就制造枪。

苏苏配合着做出拭泪动作，嘤嘤哭泣：

"你这个负心汉，当初在云州时，口口声声说不嫌弃人家……"

不愧是飞燕女侠，直来直往……魏渊、云鹿书院大儒等人默契地端起杯喝了一口。

很下酒。

李灵素悲愤地看着许七安：

"苏苏也是我姐姐，你，你竟对我姐姐下手？还始乱终弃？"

杨千幻缓缓起身，背对众人，大喝一声：

"许宁宴，想不到你是这样的人。"

我差点都把小妾给忘了！许七安心里嘀咕，他就知道，这些家伙肯定要作妖的，心里的怨气肯定要发泄，绝不是板着脸坐着喝酒而已。

哪有这么便宜的事。

许七安一点都不慌，正要应对，便听那一桌的许玲月，开口说道：

"李道长言重了，不知道的还以为我大哥要娶苏苏姑娘为妻呢。世人皆知大哥一诺千金重，既然答应了，就一定会做到。回头等大婚结束，娘，你做主，找个花轿抬苏苏姑娘过门便是。

"娶妻纳妾，总要分清主次。"

李妙真一愣，忽然有种"我太小题大做""我无理取闹"的错觉。

不，不是错觉，是这个许玲月阴阳怪气的话术引导产生的效果——大婚当日，你一个做妾的多什么事？蹬鼻子上脸，你是要做妾还是要当娘？

这，这，似乎说得有些道理，许宁宴这个妹妹，竟如此牙尖嘴利？杨千幻绞尽脑汁地苦思对策无果，有些焦急。

李灵素略做沉吟，无奈叹口气，妙真的这个计策，顶多就是让狗贼许宁宴的风流之名再添一笔，可问题是，人家就是这种货色啊。

关键是，一个鬼魂能有什么威胁？

连肉身都没有……

看看国师、王妃，还有陛下几个，完全没反应好吗。

许七安赞赏地看一眼许玲月，心说不愧是自称最心疼哥哥的妹子。

他旋即看了一眼王思慕，不行啊，这位弟妹全程看戏，完全没有站出来挡刀的想法，我得推她一把。

许七安清了清嗓子，笑道：

"新娘子不方便出来见客，所以我让思慕代替临安入席，思慕既是临安弟妹，又是闺中密友，代表临安完全没有问题。二郎，你说对吧。"

王思慕蒙了，没有一点点防备。

二郎，二郎，你大哥要害我……她求助地看一眼许新年。

大哥就是这样蔫儿坏，我也没办法……许新年回了她一个眼神。

生母姬白晴心里一动，笑道：

"既是代表新娘子，那便与二郎一起，逐个敬诸位一杯吧。

"小茹，我说得对吧。"

许宁宴作为新郎官，还没到与客人敬酒的时候，通常来说，得等到大家吃个半饱，醉意微醺时敬。

婶婶一点都没有儿子儿媳被"暗算"的认识，立刻点头：

"大嫂说得有理。"

许二郎叹了口气。

他是知娘莫若子，但在王思慕看来，这是未来婆婆在暗示她，替大哥许七安分担压力，甚至里面还有考校她的想法——看她能不能驾驭住这些莺莺燕燕，以及作妖起哄的客人。

前者代表国师、钟璃等与大哥有暧昧关系，或已是生米煮成熟饭的女子。后者代表杨千幻和李灵素。

稳住局面，向来是大妇应有的能力。

王思慕看了一眼同桌的女子们，心里凛然。

未来婆婆对她寄予厚望啊。

有了许二郎和王思慕的牺牲，一轮酒敬下来，一炷香时间过去了，彻底摆脱刚才刀光剑影的气氛。

对新郎官来说，每熬过一分钟，距离胜利就近一分钟。

这时，怀庆笑容矜持含蓄，道：

"朕也为许银锣备了一份礼。"

热闹的气氛微微一静，众人不自觉地停下高谈阔论，保持肃静。

一来是怀庆的身份，九五之尊，她开口说话，臣子们自当保持安静。

二来，熟悉的人都知道这位女帝心机深沉，手段高超，她的"礼物"，可比李妙真的有趣多了。

李灵素和杨千幻暗暗搓手。

"陛下，不用这么客气！"

许七安微微摇头，希望善解人意的怀庆能懂他的意思，高抬贵手。

怀庆一点都不懂，笑容矜持：

"许银锣才不要客气！"

说着，招来厅外候着的宫女，吩咐了一句。

宫女应声退去，俄顷，她领着一群人进来。

一群身穿纱裙，妖艳魅惑的……狐女。

总共十八位狐女，妍态各异，或妩媚或清纯或冷艳或孤傲，姿容都是上上之选。

尤其是领头的黑裙女子，瓜子脸、狐媚眼，妖娆动人，即使厅内已是美女如云，她仍能不掩光芒。

怀庆笑道：

"南疆万妖国知许银锣大婚，特献上十八位狐女，以示诚意，万妖国与大奉世代为盟，守望相助。"

夜姬嫣然道：

"许郎，奴家想死你了。"

这是早有奸情的?！几桌客人神色古怪。

慕南栀脸色一黑。

洛玉衡俏脸如罩寒霜。

钟璃抬起头，没什么表情地审视着狐女。

李妙真咬牙切齿。

苏苏秀眉紧蹙。

褚采薇握着猪蹄，瞠目结舌。

向来心疼哥哥的许玲月，气质也变得危险起来。

就连婶婶和姬白晴，也觉得侄儿／儿子风流得有些过分了。

许元槐看了一眼姐姐，迟钝如他，也感觉到气氛有些不对。

南宫倩柔看了看瞠目结舌的许七安，心情爽了。

勾栏听曲不好吗？教坊司花魁不漂亮吗？偏要招惹这些乱七八糟的女人……还是说你喜欢勾栏，要把自己变成勾栏？宋廷风和朱广孝是很为兄弟着急的，奈何位卑言轻，只能看热闹了。

这么多狐女，我还没尝试过创造妖族……宋卿眼睛一亮。

还是娶一个媳妇好……许二叔看了眼婶婶，心里又补充一句：

还得娶笨一些的。

临安殿下今晚得气炸了……王思慕想到了自己的闺蜜。

大哥，我也帮不了你了……许二郎低头喝酒，不能让自己笑出来。

君子当色而不淫，回头用宁宴的例子警示书院学子，写入教材，当作反面……云鹿书院的大儒们暗暗下决定。

魏渊、赵守、金莲道长、阿苏罗、楚元缜，这几个人同时举杯，喝了一口。

下酒！

第二十五章　互相伤害

厅内气氛怪异，像是在酝酿某种情绪，等待达到临界点，然后爆发。

杨千幻的目光从兜帽底下扫过众人，尤其注意争奇斗艳的那一桌，他算是看出来了，李灵素所料没差，这些女子或多或少都想破坏婚礼。

但碍于种种原因，难以直接破坏。

所以要"矫揉造作"一番，各出奇招，出一口恶气，总之就是不能让许宁宴和临安殿下好受。

杨千幻又看向许七安，见他一副头大如斗的模样，杨师兄爽了……

此事传扬出去，姓许的好色如命的风评绝对少不了，有了这个污点，他就能逮着这个使劲黑许宁宴。

许七安确实头大，现在是他和鱼塘里的鱼儿斗智斗勇。

鱼儿们心怀鬼胎，既是盟友又是敌人，而他和鱼儿们，既是敌人，又要稳住鱼儿的心态。

怀庆这一招就很用心险恶，她直接引爆鱼儿的心态，刺激她们发狂。

比如花神摘掉手串，大闹一场，控诉他风流好色，薄情寡义；比如李妙真拂袖而去，冷嘲热讽；比如国师拔剑砍他；或者临安听闻消息，跑出来一哭二闹三上吊，逼他赶走狐女……

用心险恶啊。

同时，许七安有些狐疑地盯着夜姬观察，这可不像是她的风格。

九尾天狐先前有提过要给他送礼，许七安一边拉开袋子，一边摆手拒绝说：不要不要。

态度很明确——把几只姬留在南疆就好，他抽空会光顾。

九尾天狐当时没有表态，许七安就当她默认，岂料在这里憋大招。

送十八个狐女，你这是败坏我名声啊，让人觉得我好色到身边的所有雌性都不放过……这事儿传出去，我骑小母马都成丧心病狂了……许七安一边转动念头，一边环顾众人，试图找一个帮忙和稀泥的盟友。

玲月看起来很生气，指望不上了；生母毕竟"初来乍到"，不宜摆谱；苗有方在装死，而且战斗力太弱，当炮灰的资格都没有。

婶婶身份和地位都够了，只是毫无战力可言。

钟璃审视着夜姬，披散的头发里，眉头渐渐锁起。

"见过许银锣！"

除夜姬之外，十七位狐女盈盈施礼，笑吟吟道：

"奴婢们以后就是许银锣的人了。"

漂亮女子都是互有敌意的，看到狐女们搔首弄姿，别说慕南栀等人，就连王思慕、许元霜、婶婶这些局外人都心生不喜了。

许七安顺势道：

"诸位姑娘能来参加许某大婚，万分感谢，喝完了喜酒，我便送你们回南疆。

"国主恩情，难以消受。"

夜姬掩嘴轻笑：

"许郎又假正经了，这些都是你在南疆的侍妾，怎么，到了中原，便不要了？"

许七安惊了！

此言一出，厅内的男人眼神变得古怪暧昧起来。

许七安虽然不是皇帝，但这后宫规模，可比皇帝要庞大多了。

我算是明白李灵素为何这么仇视大哥了。

许二郎心说。

慕南栀轻轻按住了手串，心里突然就有一股要和负心汉同归于尽的冲动。

她能容忍洛玉衡，既是无奈，还有就是对方好歹是陆地神仙，有资格和自己并列。

至于婺临安，她现在满肚子怒气和怨气，恨不得挠花许宁宴的脸呢。

还想在府上养这些妖艳贱货？

老娘没脾气的吗！

洛玉衡的心态和"好姐妹"差不多，能忍一个花神，就不愿意忍第二个临安了，何况是这些货色。

其他鱼儿的想法大同小异。

许七安作为经验丰富的鱼塘主，看到李灵素嘴角笑容不受控制地扩大时，当然也立刻嗅到了其中的危机。

他刚要说话，揭穿夜姬的身份，便听钟璃小声说：

"你是浮香？不对，你被谁控制了？"

厅内众人听见钟璃的话，都是一愣，齐刷刷地望向钟璃，然后，又齐刷刷看向夜姬。

浮香？

这个女人是浮香？那个许宁宴的姘头？

她不是早就死了吗？而且，浮香也不长这样啊，更不是妖族啊。

夜姬就是浮香这件事，知情者少之又少。

被控制了？

这又是什么意思，谁控制了浮香，为什么要控制浮香？

念头纷呈间，钟璃突然惨叫一声，摔在褚采薇怀里，凄凄惨惨戚戚地叫道："我的眼睛，我的眼睛瞎了……"

褚采薇大吃一惊，连忙撩起师姐的秀发，发现她只是双眼通红，热泪滚滚，虽然受了刺激，但没有瞎。

即使有许宁宴在身边，师姐还是会时不时倒一个小霉。褚采薇一阵怜悯，然后朝众人摆摆手，表示钟璃没事。

幸好只是一缕神念，不然钟师姐你就香消玉殒了……果然是你这个臭狐狸，回头老子把你的这缕念头困在浮香身子里，让你知道被顶撞的滋味……许七安其实猜到了。

真正的浮香不会让他这般为难。

性格古灵精怪的御姐九尾天狐，才会这么干。

许七安抓住机会，连忙一本正经，脸色严肃地抱拳，道：

"原来是国主，国主万里迢迢来京城参加许某的婚礼，甚是感激。"

行完礼，装模作样地苦笑道：

"至于这些狐女就不必了，国主莫要陛下捉弄我。今夜可是有什么要事与我商议？嗯，待酒席结束，我们再商议正事，现在且坐下来喝杯喜酒。"

他一副公事公办的模样，并暗指九尾天狐联合怀庆"陷害"他。

九尾天狐"啧啧"道：

"无趣！"

众人看了几眼怀庆。

慕南栀脸色稍好，洛玉衡也不板着脸了。

许玲月觉得大哥又是好哥哥了。

李妙真和苏苏低头喝酒，还算满意。

反而是浮香的问题，暂时没有人问，只是记在了心里。

李灵素和杨千幻就不开心了，心说又让这厮逃过一劫。

危机暂且解除，但刚才的"惊怒"情绪还没这么容易散去，许玲月笑道：

"瞧着大哥的样子，似是不知道狐族的姐姐们要来，陛下何故戏弄我大哥？"

她看似质问，其实是用一副调侃玩笑的语气说的。

虚虚实实，让人摸不清她的真实态度。

难得许玲月开团了，性子直来直往的李妙真冷笑道：

"陛下与临安公主姐妹情深，当然是为了试探许银锣是不是三心二意之徒。"

怀庆淡淡道：

"许银锣的人品，朕是信得过的，朕怕的是一些包藏祸心的女子故意接近许银锣。比如易容乔装啊，或以志同道合的朋友身份接近，又或者以装柔弱扮可怜，等等。

"临安天真率性，可斗不过这些女子。"

这是在骂谁呢！鱼儿们勃然大怒。

钟璃也不太高兴了，因为她觉得"装柔弱扮可怜"是在暗指她。

慕南栀笑道：

"陛下有心，宁宴啊，慕姨觉得，你若是没娶临安公主的话，与陛下一定是天造地设的一对。"

这话一出口，厅内不知道多少人脸色变了。

花神这一个直球，把怀庆都打得愣了愣。

花神继续说道：

"对了，陛下荣登大宝，如今朝局稳定，四海升平，也该考虑婚事了。此地少年俊杰云集，陛下可有心仪之人？不妨挑一个。"

说完，她又一脸惶恐，诚恳认错：

"民妇酒后失言，冒犯了陛下，陛下恕罪。"

洛玉衡淡淡道：

"充入教坊司！"

怀庆点头：

"可！"

李妙真和苏苏，还有刚刚入座的夜姬，三人默契地点头。

慕南栀脸色微变，清楚自己貌美如花，艳冠天下，很容易被针对。

许七安干巴巴地打圆场："国师，玩笑话过头了。"

洛玉衡低头喝酒。

王思慕全程不敢说话，害怕殃及池鱼，她倒不是怕唇枪舌剑，王大小姐冷嘲热讽起来，那也是很能打的。

只是没必要。

这才有点豪门的样子嘛……许二郎嘴角一挑，想起了当初伯母住进来，大哥幸灾乐祸地对他说过的话。

精彩！精彩！

金莲道长、赵守、魏渊等人冷静吃菜，冷静喝酒，听得津津有味。

许平志咳嗽了一声，道：

"宁宴，时辰差不多了。"

许七安心领神会，立刻起身，笑道：

"诸位，失陪失陪！"

带上苗有方和许二郎，人均一壶酒，出去敬酒去了。

（后略）

[节选自起点中文网]

【读者评论摘编】

@赤戟：今年的标志性的朝堂捉妖文，轻松搞笑仙侠类破案文·车速飞快的爽文，高武悬疑，"玩梗"很强，开篇就节奏紧凑，刚穿越异界的男主，被叔父押送的税银被劫一案牵连，打入大牢，发现三日后流放边陲。但警校毕业的主角毕竟不凡，积极展开自救，只凭堂弟口述的宗卷，就发现盲点，成功找出嫌犯为自己脱罪。之后以破案为主线，徐徐展开，渐入佳境。整体气氛欢乐的同时，文字和故事塑造也不差，插科打诨，车速超快，江湖人称：卖鲍小郎君……最大的争议还是作者前作的绿帽剧情，导致很多书友一朝被蛇咬十年怕井绳。总的来说，热度很高，争议极大。

（发表于微信公众号"赤戟的书荒救济所"，2018年4月1日）

@寒灰自暖：《大奉》的成功在于没有明显短板，任何部分都中庸得恰到好处。无论是主角做事动机、力量体系、战斗描绘和生活日常，都写得颇有趣味，不需要系统的介入即把这些安排得井井有条，逻辑严密。作为网文的文字，既不繁复得看着很累，又不过分简单显得太白，这种把控力才有最广泛的受众。

仙侠、历史与破案的混搭，让熟悉的东西迸发出新的活力，既能比较轻松地接受这个设定，又能从中拓展新的局面。《大奉》的每个案件并不特别复杂，但真正能大火的推理类作品，例如东野圭吾的作品、"柯南"及"唐探"，案件及推理过程也并不是最重要的因素。破案只是一个皮，单纯的智力游戏其实是很枯燥的，受众并不那么广。案件背后的东西，要么是案件本身的情色、暴力与血腥，要么是犯人的身世、故事及人物关系等，要么就是主角能够装×。《大奉》深谙其中三昧，从第一个案子"钠换银"就明确了自己的定位，借各个案子把故事串起来了。其中或许存在着科学上的硬伤，但虚幻的世界里因为这些细枝末节，未能领悟作品全貌就与作者争辩的，只能说是一叶障目，不见森林。

（发表于优书网，2021 年 7 月 12 日）

@liaoyanzhen：目前看来属于日式后宫文，"都是我的翅膀"的感觉，女主全收全要，可能会影响一些玻璃心的观感，我个人看小说这么多年，有女主、没女主、多女主的看多了，对感情戏不太看重就是了。武力体系来说算是融合了多个小说的成熟体系的一个缝合怪吧，佛家、道家、儒家、巫术、炼金术师、武功，还有蛊术，暂时还没有战斗力崩坏，算是还行吧。通过一个个案件来推动主线发展，喜欢看悬疑破案片的人应该能 get 到这个爽点，还有就是大家喜闻乐见的装 × 环节写得很好，还有一个装 × 反面教材杨千幻，这个人物我特喜欢，搞笑担当。总体来说 10 分肯定达不到，但是肯定是能在及格线之上，可以看可以追的一本书。

（发表于优书网，2020 年 8 月 19 日）

@博博的记录者：地书（一种神器，可以使主角与其他人远程沟通。笔者注）套路的是《诡秘之主》里的灰雾之上的聚会，男主的诗歌金手指套路的是《庆余年》里的主角，修道皇帝套路的是《大明王朝 1566》里的修道皇帝，套路的地方实在太多了，但依然好看。

（发表于新浪微博，2020 年 8 月 18 日）

@鸦：剧情和朝堂上的斗争，说实话比较稚嫩，能看出来有明代党政的影子，皇帝是以修道但是依旧控制朝堂的嘉靖为背景捏的，不过很明显手段不如历史上的嘉靖。整个朝堂布局比较浅显，党争还是限于贪官是贪官，主角的阵营（太监的锦衣卫打更人）比较单纯地要还天下一个正义光明，比较脸谱化，黑白都比较分明，塑造得比较单纯。看得出来作者是临时抱佛脚搞的设定，而且以前没有写过历史文。

（发表于龙的天空论坛，2020 年 8 月 20 日）

@西园寺花火：而且卖报的在打斗方面描写的短板也越发明显。前面还能靠着计谋、布局、探案的悬疑感和插科打诨之类来尽量弱化打斗的篇幅，到了这里，主角和他的对手都是打起来就惊天动地的修为，作者只能要么几十章没个打斗；要么打起来虽然极力想描写，但也是虚写居多，很多类似的描写车辘辘反复用，缺少那种酣畅淋漓的感觉；要么就是描写几句就草草收尾，典型的比如北境渡劫战，十几天一带而过，打了个寂寞，缺乏那种面对强敌的压迫感。这方面只能说是卖报的笔力未逮。

同样的笔力不足也体现在了角色，尤其是配角上。三四百万字的篇幅，大多数配角却从头到尾给人的感觉没有变过，缺乏成长。角色塑造有是有，但这种塑造的印象基本停留在了初登场没多久，毫无变化。女性角色和主角的情感描写同样如此，虽然书里三番两次戏称几个戏份较多的女角色是主角鱼塘里的鱼，但照我看，这里面真正能称得上有过情感描写的只有临安，浮香和王妃算半个，国师顶多算日久生情，剩下的连柏拉图都算不太上。

当然了，还是那句话，卖报的自己定位就是爽文，写得轻松些，大家看得也都高兴。真要写得动情了，笔力是一方面，看起来也要走心得多，未必能像现在这么受追捧。

（发表于知乎，2020 年 6 月 19 日）

[导引、简介、节选、读者评论摘编：蔡翔宇]

成功但不成熟的"变奏曲"
——评卖报小郎君《大奉打更人》

蔡翔宇

纵观近年来的男频网文,《诡秘之主》(爱潜水的乌贼,2018—2020,以下简称《诡秘》)是绕不开的作品,它极大拓宽了男频网文设定的可能性,可称开一代风气。在它之后,起点中文网商业成绩最令人瞩目的作品,正是吸收其精髓并大胆改造的《大奉打更人》(以下简称《大奉》)。此书以并不突出的更新字数,稳定保持在月票榜的高位,完本时均订超十四万,为全站历史最高。细究起来,它其实并没有做出太大的突破,只是沿着《诡秘》开拓的道路,将已有的套路拆分重组,调协轻重,便以"变奏曲"的身份获得了读者的欢迎。

《诡秘》在设定上最大的贡献在于,一改此前男频网文常见的一维升级模式,将非凡体系设计为更加复杂也更精细的二维结构:22条途径,各有10级序列,每升一序列则获得新的能力,并强化此前的能力,序列0即为神明;其中又有8组相近途径可以在低序列内部互相转化,给非凡者改换能力结构的可能。《大奉》继承了这一设计,对它加以东方化的改造,名称也换为修仙小说中的常见词汇:修行者分九品至一品,超品为"神";有武、儒、佛、道、术、巫、蛊等不同路径,其中部分有数量不等的内部分支,如道门分天、地、人三宗,蛊族有七个不同能力的部落。在本书开始连载时,《诡秘》已接近尾声,读者接受这套复杂修行体系不再有障碍,反而会生出好奇:之后,会是什么呢?

在人物塑造方面,二者的成功亦有相似之处:或多或少灼人的豪言壮语和家国情怀,还有群像和偶尔耀眼的小人物。后者在《大奉》中体现为格外生动也格外罕见的有趣日常,这是《大奉》独到之处,一些配角不再负担沉重的使命或崇高的理想，也不必反映时代的问题，他们单纯地有趣，这让作品的调子变得更加轻快活泼。

想在起点看有意思的、活生生的日常，实在是一件难得的事情，所以《回到过去变成猫》（陈词懒调，2013—2014）、《生活系游戏》（吨吨吨吨吨，2018—2020）才像别一处清流，吸引着读者。而真的是男作者写的、有趣味的、带着情味的日常，在《大奉》之前，甚至很难提得出名字。小说前期，只看许七安在京城里巡逻、破案、勾栏听曲、和女孩儿约会的情节就十足轻快；虽然没有父母，但回去和婶婶斗嘴，看叔叔妻管严，取笑书生堂弟，哄着大小两个妹妹开心，却比一般的家更有家的味道，更有过小日子的温馨，这在"起点孤儿院"（读者调侃起点的男主往往是父母双亡的孤儿）确属罕有。这个日常有趣到读者可以在推几章主线剧情以后催着想看日常，而不会骂那是水字数；鲜活到主角骑着到处溜达的小母马，都被爱着群像的读者们开着玩笑投成了本书角色榜第一名，粉丝值近主角两倍。

在此之外，《大奉》加入了类嘉靖时期的朝堂背景、衙门体系内的探案、神器"地书"组成的天地会，取代《诡秘》中遥远的欧陆战争、英伦侦探、塔罗代号的"塔罗会"。《诡秘》中备受赞誉的元素被妥善移植到东方世界中，《大奉》因此成为更"接地气"的"新作品"。

对情感关系的处理则是另一脉的"变奏"。开后宫是男频网文早期常见的设计，虽然近年来越发稀少，但仍有广泛的受众基础。作者对后宫稍加改造，变为"海王"的"鱼塘"，前中期多出了一些"多线程撩妹"的"渣男"操作，将"收女主"的时间拖到了作品的后期，重在暧昧而非确定的关系，在增添了几分时代气息、规避风险之外，还提供了暧昧期二人调情、众女主暗中争风吃醋、偶尔"翻车"的"修罗场"之类剧情的空间，尤其是其中类似宅斗的情节，在加入了"看戏"的视角后，成为男频罕见的"景观"。这些情感、日常向的情节，正是作者在之前作品中久经磨炼的长项，加之行文中不时"开车"，让主线之外的章节变得同样颇有看头，甚至别有一番风味，在一些读者心中，吸引力还胜过作者并不擅长，但男频文必须要写的武斗情节。当然，作者塑造出了一群活灵活现的配角，让每个女主都有特色，动人心，主角也就不能再轻负了"鱼塘"里的女子，否则便是一种破灭，这是改写必须付出的代价。

以上种种改写的综合下，卖报小郎君谱写了一首广为流传的"变奏曲"。它没有什么独创性，也经不起细琢磨，但它轻松、随意，还有些好玩，就像短视频平台中一阵阵的刷屏神曲，成为令人瞩目的"吞金兽"。同样是连载期间破十万均订的热门作品，《诡秘》和《大奉》展现出的是网文两个不同的面向，折射出的是两个分歧颇多但同样巨大的群体，而后者作为并无太多创新的"跟风作"，其实更能代表大多数网文读者的趣味。在部分老白读者哀叹《诡秘》后没有好网文的时候，他们忘记了《诡秘》刚刚上架时被视为冒险的小众精品，这样口碑成绩双丰收的开创性作品，才是现在网文界的例外，在相对成熟稳定的市场中，"变奏"是更高性价比的稳妥选择。

不过，成也萧何，败也萧何，"变奏"的风险虽低，仍然不能轻视。"鱼塘"里的女子更生动，也就不能再如后宫中众多物化的"女主"一般被随意处置。大婚之夜热火朝天的喜闹剧后，作者在行文中暗示：宴罢，许七安在与正妻圆房前，先去与九尾狐偷情。在"本章说"中读者们的强烈负面评价下，转天的正文将其解释为只是吃了点豆腐，但读者并不买账；加之作者更新的态度越发敷衍，读者互动的热情无可挽回地下跌了：此前每章"本章说"数量在 2000 条上下，偶尔能冲击 4000 条，此后十几章就降到 1000 条左右，直到结局都没有恢复到全盛期的水平。

烂尾似乎是玄幻热门作品的宿命，这首"变奏曲"也没能逃脱失控的结局。大婚后主角携九尾狐出海，本是与此前他修为被封时带王妃游历的翻版，但近乎无敌的修为让途中的故事流于玄幻小白文过时的烂套，一些老毛病也就显得格外刺眼，成了作者不走心的力证，其中一些是副业写书难以避免的问题：说着"先更再改"却仍错字连篇、越发单薄的更新字数、战力崩坏的回合制战斗描写……当本就不求完美的作品遭遇严苛的审视，破绽百出是必然的结果。

最后，我想借用读者评论的两句话给《大奉》一个定位：一开始，"套路的地方实在太多了，但依然好看"（@博博的记录者，见读者评论摘编），后来，"只能说是卖报的笔力未逮"（@西园寺花火，同前）。

从红月开始

黑山老鬼

黑山老鬼，起点中文网大神作家。2014 年开始在起点发表小说，除新作《从红月开始》之外，其余五部均为仙侠题材。2015—2019 年间，黑山老鬼凭借《掠天记》（2015）、《大劫主》（2017）两部代表作人气攀升，成为起点新晋大神，作品虽不脱修仙爽文基本套路，但因情节上常有神来之笔而被称为"仙侠脑洞第一人"。作为黑山老鬼的转型尝试，2020 年 11 月起连载的科幻小说《从红月开始》尽管存在文字表现力不足、叙事节奏略显拖沓等短板，但仍凭借新颖的世界设定与主人公形象、出其不意的故事展开与扎实的情节推进赢得读者的喜爱，取得了出乎意料的好成绩，长期在起点畅销榜和月票榜排名前五，也使黑山老鬼一跃成为起点全站人气最高的作者之一。

《从红月开始》延续了黑山老鬼将悬疑推理元素融入创作的一贯风格，并因而获得 2020 阅文原创 IP 盛典"年度冒险悬疑作品"的称号。主人公的身世之谜与红月降临后世界的真相随着故事的发展而层层揭开，理性与疯狂、人性与神性的对冲则在表层叙事之下暗潮汹涌，这一主题也暗合于近两年科幻、灵异类网络文学作品的新趋向。

【标签】科幻　冒险　悬疑

【简介】

红月突然降临人间，百分之七十的人类变成疯子游荡于荒野，精神污染、精神怪物与异能者的出现打破了人类社会的既有结构，在一个个高墙城中，新的秩序以月蚀研究院为中心建立起来。围绕着终将来到人间的、具有绝对力量的、能够主宰人类命运的"神"，各方势力开始了种种研究与实验，造神者与试图僭代神权者纷纷粉墨登场。在处理精神污染事件的过程中，青港城特殊污染清理部代号单兵的异能者陆辛，逐渐揭开自己的身世之谜，找回失去的记忆，确定自己的立场与道路。作为"逃走的实验室"事件中的关键人物，陆辛拥有别人看不到的"家人"，也拥有旁人难以理解的强大力量。无论他是被神污染的人类，还是被人性污染的神，陆辛都处于旋涡的中心，他的抉择，或许也将影响世界的未来。

选段主要内容为陆辛与其他异能者阻止陈勋主导的黑台桌组织的造神行动。陆辛与陈勋的对话颇能体现二人观念上的分歧，是充实陆辛人物形象的关键情节。

第三百四十四章　终于找到他了

"嘭""嘭""嘭"。

十分钟前，在陆辛连续三次，将小十九压在了墙角里时，实验室也在跟着晃动。

试管，以及水池里的绿色液体，还有操作员桌子上的巧克力，都跟着微微颤动。好像这座地下室，如今正在经历一场轻微的地震，就连白炽灯，灯光也出现了片刻的明灭不定。

"那是什么？"

正戴了白手套，调试烧瓶里的药剂的赵士明，微微皱眉，停下了手里的动作。

距离他不远处，陈勋正轻轻扯下了脸上戴着的口罩。

他将一个轻轻蠕动着的，拥有着一种异样美感的大脑，轻轻端起，放在了赵士明的身边。

欣赏着这颗大脑的同时，他脸上露出了微笑："那是暴君的力量。"

赵士明微微一怔，僵硬地转过了身："是被你们盗走的暴君吗？"

"是，不过是残缺体。"

陈勋一边说，一边摘下了手套，道："当然，同样可怕。"

赵士明看了一眼水池，上面的红色电子表，显示着他们这次实验的进展：97%。

他沉默了一会，道："时间够吗？"

"我会争取到足够的时间。"

陈勋这时候已经走到一边，将白大褂脱了下来，整齐地挂在了衣架上。

然后他从旁边的一个杂物箱子里，拿出了自己的精美手表、一副金框的眼镜，慢慢戴在了自己的手上、脸上，甚至还对着镜子，整理了一下自己的衣服，轻轻抿了一下头发。

这时候的他，看起来便不再像是一个研究员。

而是一个衣着考究，虽然上了些年纪，但气质还是很好的青年才俊。

赵士明看着他的举动，脸色却露出了些许的凝重。

过了一会，他忽然放下了试管，转头看着陈勋道："值得吗？"

陈勋转头，笑道："赵博士，到了这时候再问我这个问题，不觉得有些小瞧了我吗？"

赵士明脸上没有笑容，只是道："那我想问，你做这些，是为了什么？"

陈勋沉默了一会，笑道："当然是为了给我的老师，交上一份满意的成绩单！"

赵士明深深呼了口气。

他忽然把右手的手套摘了下来，郑重地向陈勋递过了手掌。

陈勋怔了一下，才缓缓抬头，道："到了这时候，耽误这点时间，值得吗？"

赵士明点头："值得。"

陈勋不再说话，而是伸手，与赵士明握在了一起。

"合作愉快！"

赵士明松开了自己的手掌，重新戴上手套，继续开始自己的实验。

陈勋则将旁边桌子上的一个秒表拿起来，转身走向了实验室的门口。整个实验室里，还是每个人都在低头做着自己的事情，仿佛没有人留意到，他这时候准备去做什么。

只有年迈的老保洁员，抬头向陈勋看了过来，嘴唇微颤，眼角滑落了几颗浑浊的泪水。

陈勋向她笑笑，点了点头。

然后他站在实验室门口，向里面的人轻轻鞠了一躬，转身离开。

"谢谢你们所有人的努力。"

……

陆辛牵着妹妹的手，走进了这栋荒凉的大厦。

周围黑洞洞的，只有外面街道稀稀拉拉的灯，飘进了一点微弱的光芒。

但在眼睛适应了这大厦里的黑暗之后，他还是能够看得出来，这栋大厦的一楼很宽阔。

以前应该是一个广阔的大厅，现在地上到处都是厚重的灰尘，还有凌乱的木架子、纸张、玻璃碎片等。看起来似乎与其他的废弃大厦，没有什么不同，只是黑暗里，像是蠕动着什么。

陆辛只是略略驻足，便继续向前走去，甚至手电都没有取出来。

黑暗里的东西，仿佛对他产生了某种畏惧感，随着他的前进，开始缩向更深的黑暗。

"嚓""嚓""嚓"。

在这死寂一片的大厦里，只有陆辛轻微的脚步声响起。

他微微侧头，倾听着什么，然后信步向前走去，一点一点靠近自己的目的地。

在他走过了一条荒凉的走廊，准备找路进入地下的时候，他忽然停住了脚步。

微微侧头，看向了走廊右侧，一个完全没有灯光的地方。

瞳孔微微缩起，像是已经看到了什么人。

"啪！"

也就在这时，忽然有打火机的声音响起，然后点燃了一根蜡烛。

借着烛光，能够看到，那里是一个不知荒废了多久的酒吧，前面是一张蒙满了灰尘的曲形吧台，后面的架子上，则满满都是或蒙着厚厚灰尘，或已经碎了一半的酒瓶子。

一个戴着金框眼镜的男人，正在点燃一根一根的蜡烛，光芒渐渐充斥了酒吧。

"嘎嘣……"

身边忽然传来了细碎的声音。

妹妹正死死地咬着牙，盯着那个吧台后面的男人。

她的眼神，像是痛恨，又像是有些迷茫。

抬手捶了一下自己的小脑袋，然后她更加凶狠地看向了那个吧台后面的人。

但她没有试图告诉陆辛，自己现在在想什么。

陆辛也没有询问，只是牵着妹妹的手，慢慢地向吧台走了过去。

这时候，心情微微放松。

总算找到了，陈勋，当初孤儿院时的亲人。

……

吧台里面，男人已经点燃了十几根蜡烛，把周围照得像是开了灯一样明亮，然后他顺手拿出了一块手帕，轻轻擦着周围厚厚的灰尘，一块手帕，几下就已经变成乌漆墨黑的。

陆辛来到吧台前，在一张还立着的高脚凳旁边站下，拍了一下上面的灰，坐了下来。

"来了？"

戴着金边眼镜的男人笑着看了他一眼，像是招呼老朋友一样。

他从吧台下面的柜子里，拿出了一套密封的杯盏，又拿出了一瓶里面有着大半瓶金黄液体的威士忌，倒了四杯酒，一杯拿到自己的面前，另外三杯，却同时推到了陆辛的面前。

这个动作，就好像他正在招待的，不是一个客人，而是三个客人。

陆辛看了看三个杯子，没有开口，只是眉头微微皱着。

他没有兴趣玩这种先礼后兵的游戏，只是在考虑，自己究竟该怎么做更好看。

"还记得我吗？"

戴着金边眼镜的人，或者说陈勋，笑着拿起了杯子。

但他没有饮下，只是深深地吸了口气，脸上露出了些愉悦的神情。

"有一点印象，也是刚刚才想起来的。"陆辛老老实实地回答，眼睛看着他，"但我知道，你也是我们孤儿院的人。"

"你对我的印象少，也很正常。"陈勋笑着道，"毕竟那个时候，我负责的是其他的事，与你们的接触不多，整个孤儿院里，也只有少数的几个见过我……更何况，事情过去了那么多年，而且你还变成了这个样子。"

陆辛沉默了一会，微微抬头，眼神深得像一口井。

他硬邦邦地询问："那个女孩……是怎么回事？"

"你忘了吗？"

陈勋端着手里的杯子，笑道："她的代号是十九。"

陆辛的瞳孔，微微收缩了一下。

陈勋杯子已经凑到了嘴边，但他始终没有喝下去，好一会，才轻轻摇了下头，自嘲似的笑道："以前我最喜欢享受这样的东西，但是后来，为了保护头脑的理智，还有做手术的时候手不会颤，已经戒了好多年了。现在再闻到，气味还是那样芳香，勇气却少了些……"

微一沉吟，他还是下定了决心，便要一口灌下去。

但是陆辛却忽然拉住了他的手腕，轻声道："你们对她做了什么？"

陈勋的动作停住，看着陆辛抓住自己的手掌。

微微一怔之后，他另一只手将酒杯放下，手揣进了兜里。陆辛没有半点阻止的意思，只是任由他这么做，似乎一点也不关心，他掏出来的，究竟会是手枪，又或是别的什么东西。

陈勋掏出来的，只是一块破旧的秒表。

上面的指针在缓慢地走动着，定的时间，是十分钟。

"这是一件寄生物品，序列号是 2-31，愿望倒计时。"

陈勋将这块秒表放在了旁边的桌子上，看着陆辛的眼睛，轻声道：

"在启动这块秒表的时候，许下一个愿望，那么在这个秒表归零时，这个愿望就会实现……

"听起来很有意思是吗？

"其实这只是一个假象，序列 2 的寄生物品，还没有改变现实的能力。

"它能改变的只有自己。

"……

"不过，一些特殊的情况下，还是很有用的。"

他笑了笑，继续解释：

"比如，我许下的愿望，是让自己失去一切的记忆，或是心脏骤然停止，或是精神力直接爆发，摧毁我的大脑……

"你中途对我做什么，或是摧毁这块秒表，都会导致这个局面，立刻发生。

"所以，我会用这十分钟时间，跟你好好地聊上一聊……

"……"

陆辛看了一眼那个秒表，脸色静静的。

陈勋则是笑了起来，道："说吧，你想问的究竟是什么？"

陆辛面无表情地看着他，像是在仔细地思索着，然后他慢慢地开口：

"你对那个小女孩……小十九，究竟做了什么？"

"……"

"我只是让她活着而已。"

陈勋抬头看向了陆辛，眼神这时候显得很坦然。

一边说，他一边直视着陆辛的眼睛："这比起你来，不是好了很多吗？"

眼角微皱，似乎有些笑意：

"刚才你面对她的时候，是不是感觉特别地熟悉？

"毕竟，你已经不是第一次杀掉她了啊……

"我很好奇，当初你把整个实验室的人都残忍地杀掉时，心情也是这么……

"难过吗？"

第三百四十五章　我们是盗火之人

陆辛静静地坐在了高脚凳上，手掌握着陈勋的胳膊。

吧台上的蜡烛，却忽然开始摇晃了起来，不仅是蜡烛，吧台上的四个酒杯里，金黄色的液体，也在轻轻摇晃，吧台后面的酒架子上，那些或破碎或空置的酒瓶，碰出了清脆的声音。

因为陈勋的话，更多的记忆开始涌入陆辛的脑海。

越来越多的事情，开始变得清楚。

他忽然想到了小时候自己所在的孤儿院的样子。

那是一栋三层小楼，空间很大，周围有着高高的墙壁，墙壁上面还有铁丝网。

他记得几十个小孩子，都生活在孤儿院里，读书，玩耍，听大人讲文明时代的事情，也记得那时候墙外似乎经常传来乱糟糟的吵闹声、枪击声、哭喊声，以及爆炸轰鸣声。

但孤儿院却非常安全，那种混乱从来没有出现在孤儿院里。

他记得那位总是和颜悦色、善良亲和的老院长。

也记得除了老院长，孤儿院也经常会出现一些"授课老师"。

他们有的年轻，有的年长，有的总给人一种冷冰冰的感觉。

他还记得和孤儿院里的小孩子玩闹，打架，翻老院长的电脑隐藏文件夹。

也记得他们一起帮挨了欺负的小十九去"找场子"，抢秋千。

这样的画面开始稳定地出现在他的脑海，仿佛拨去了层层的迷雾。

但忽然之间，这迷雾变成了血红色。

所有阳光明媚的画面，都像老照片一样，从边沿开始，染上了血红色的边。

而且这种触目惊心的血红色，还从周围，向整个照片蔓延。

将所有的回忆，都染上一层血色。

他看到了血淋淋的走廊，看到了一地的扭曲尸体。

看到了小十九临死之前，那恐惧的眼神。

……

嗡……

空气里似乎有什么声音在响起，异样地刺耳，让人大脑疼痛。

鼻血顺着陆辛的嘴角，慢慢流了下来。

陈勋静静地看着陆辛，小心地试着挣脱了一下自己的手臂，还好陆辛没有死死地抓着他，他挣脱了出来，轻轻活动了一下，然后从另一个口袋里，取出了一块崭新的手帕，递给陆辛。

陆辛接过手帕，擦了一下鼻血，看着洁白手帕上的殷红，微微发怔。

"哥哥，不要理他，他在骗你……"

妹妹握着两只小拳头，用力向陆辛喊着，表情狰狞，而且……害怕。

被烛光照出来的影子，投射在了这片酒吧里，影子里面，也像是有某种目光在看着他。

"呵呵，杀了他啊，这样的人还不赶紧杀掉？"

"你等了这么久，不就是为了杀掉他？"

"……"

这些声音冲进了陆辛的脑海，震得他耳膜微微发麻，心情烦躁。

"我……我究竟是谁？"

但他还是保持着平静，脸上的表情反而显得更少了一些。

"你是一个严重污染者。"

陈勋观察着陆辛的反应，没有试图拖延或是隐瞒的意思。

他轻声道：

"在我们发现你时，你已经受到了很严重的污染，在别人看来，你已经没有希望被治好，但运气很好，或说不好，我们还是治好了你……只是那时候，我们认为治好了。

"而在后续的实验里，你显露出了极大的潜力。

"我们一度认为，你就是最好的选择……"

说到这里，他沉默了一会，脸上似乎出现了些苦笑："直到，你毁了一切！"

……

"你们……"

陆辛开口，又停下，耳膜不停地轰鸣。

妹妹已经抱住了他的胳膊，央求着他：

"哥哥，杀了这个人吧？

"你不恨他吗？你不应该把他做成玩具吗？

"你不想在他活着的时候把他做成玩具吗？"

影子里，父亲那一双血红色的眼睛更是浮现了出来，森森然盯着陆辛。

"你还等什么？

"你只会拖延时间，你为什么还不杀了他？

"……"

陆辛低头看向了自己的手，发现手腕上，已经青筋毕露，像是有蛇在里面爬。

他用了很大力量，才控制住了这种抽搐与失控的感觉。

然后抬头看向陈勋，竭力让声音显得平稳："你们当初做这些……又是为了什么？"

"……"

陈勋轻轻吁了口气，用一种疑惑的眼神，看着似乎平静的陆辛。

手指无意识地转动着酒杯，金黄色的酒液，小幅度地摇晃着。

过了半晌，他才轻声道：

"你终于问这个问题了。

"当年我们一度试图让你明白，可是当时，你太小了。"

他轻轻说着，抬起头，眼睛坦诚地看着陆辛，道：

"我们试图搞明白，并掌握这些力量。

"红月亮出现在天上时，我们就已经知道，有些人类无法拒绝的变故出现了。

"我们发现了一种，一直伴随着我们，但我们却没发现的力量。

"这种力量，可以轻易地摧毁我们的文明、秩序，摧毁我们引以为傲的一切。

"当时，有太多的人，在这种力量面前投降，心甘情愿地接受一切。

"就像是遇到了猫的老鼠，甚至都忘记了反抗……

"……

"但总有人是不甘心的，便如我们。"

他微微一顿，抬头看向了陆辛，声音里似乎有着某种骄傲：

"你可以理解为，我们就是想要盗火种的人！

"无论我们面对的是什么，我们都相信，总有一天，我们可以了解它，并彻底控制它……

"人，生来就是为了控制力量，不是吗？"

陈勋说着，脸上露出了笑容，道：

"从我们学会使用工具开始，就诞生了文明。

"我们的文明史，就是一个学会控制的过程。

"远古时的雷电地震狂风，对于人类来说就是灭顶之灾，但我们渐渐了解，并学会了控制，于是现代文明降临了。红月亮的出现，同样也是灭顶之灾，我们也一定可以控制。

"就像这黑暗……"

他忽然抬头，指向了这个酒吧。

酒吧大部分，都淹没在黑暗里，静悄悄的，没有一点动静。

"面对黑暗，我们不会指望等待太阳升起。"陈勋看着陆辛的眼睛，轻声开口，"我们会试图点燃蜡烛，并照亮它。"

……

"嗡""嗡""嗡"。

一道一道的冲击，像是潮水一般，挤压着陆辛的脑海。

陈勋的话他有的听到了，有的没有听到，就连他的眼前，陈勋那张脸，也是时而近，时而遥远，像是一副被人拿在手里，不停揉搓，拉开的画，真实的世界有种不真实的荒诞。

妹妹这时候紧紧抱住了他的手臂，满脸都是泪水。

父亲更是像从影子里走了出来，他高大的身影，正在自己周围，焦躁地走来走去。

"杀光，所有人全都杀光……"

"他就是疯子，他们所有人都是疯子……"

"他把所有人都当成玩具，那我们也把他当成玩具！"

"要让他后悔到，永远记得这种痛苦……"

"要让他明白，做出了这种事的代价……"

"……"

"你们先不要说话好吗？"陆辛忍不住了，他慢慢转过了头，向身边的父亲与妹妹说道。

父亲与妹妹都停了下来，只是脸色阴森地看着他。

陆辛苦恼地握起了拳头，在自己的太阳穴上顶了顶，又重重地捶了一下。

他似乎试图借此让自己混乱的脑海变得安静下来。

然后他抬起头，眼睛里是满满的血丝，死死地盯着陈勋。

"那你们就可以……"他用力保持着声音的平稳，"就可以，把人随随便便地，切……切开吗？"

"……"

吧台上的蜡烛，忽然熄灭了几支。

陈勋已经安静了下来，在他看到陆辛向着身边说话的时候，就已经闭上了嘴。

他只是平静地看着陆辛，盯着他有些游移的眼神，也看着他黑白分明的眼睛里缓缓浮出来的血丝，他通过陆辛用拳头顶太阳穴的动作，感觉到了这时候他内心是多么地烦躁。

沉默了好一会，他才轻轻托了一下眼镜，然后慢慢将那几支蜡烛点燃。

"你是想跟我讲什么即使是追求真理，追求再伟大的目标，都要讲底线什么的吗？"

他轻轻地开口，直视着陆辛的眼睛，脸上并没有什么惧色：

"很抱歉！

"我并不打算跟你探讨这么幼稚的问题。

"……"

陆辛猛地抬头，异样的眼神落在了陈勋的脸上。

"杀了他，杀了这样的人……"

"要把他剁成肉酱……"

"绝对，绝对不允许他再对任何人做这样的事情……"

妹妹与父亲都向着陈勋扑了过去，像是恨不得把陈勋当场撕成碎片。

只是他们的手，却始终距离陈勋，还有一段距离。

这时候，陆辛能隐隐听到，大楼的另一侧，隐隐响起了枪击声、重物拍砸的声音，还有一些人的痛呼声。

这让他明白，大概在另一个方位，陈菁他们已经开始试图进入实验室，并且遇到了一些强大的敌人。

同时，他也意识到，这位亲人，如今正在急着做好一件其他的事情。

陆辛十指痉挛，仿佛不受控制般在抖。

第三百四十六章　喝酒对身体不好，戒了吧

这时候的陈勋，也在静静地打量着陆辛，观察着他的每一点细微的反应。

他的表情还是很平静，且自信。

他能感觉到，像是有什么东西，似乎一直想要抓住自己。

这种感觉，就像是眼前有什么东西在晃动，自己却又看不见是什么。

而身体周围，则有一种异常冰冷的、刀锋刮过毛孔的感觉，说不出地难受。

他知道自己不是能力者，便索性不去理会这些，只是静静地看着陆辛。

只是在陆辛面前，他还是想要表现得更冷静一些。

他的对面，坐在了高脚凳上的陆辛，这时候也正垂着头，显得异常沉默。

……

"我还有一些事想问你。"

过了好一会，陆辛才抬起了头来，目光落在了陈勋的脸上。

陈勋慢慢地举起了酒杯，轻轻向陆辛示意，并且瞟了一眼旁边的秒表。

时间在一分一秒地过去。

"他们……"陆辛停顿了一下，道，"他们都去了哪里？"

"我不知道。"

陈勋没有细问，他知道陆辛指的是谁。

他只是坦然回答："只有小十九跟在我身边，还有很多……没救回来。"

说着，他像是有些苦笑，道：

"你当初下手太狠了，给我们造成了无法估量的损失。

"说真的，我从一开始就不看好你这个项目，是老师坚持认为你很有潜力，即使……在你造成了那样的灾难之后，他也坚持自己的看法，他不肯承认你只是一个失败造物的事实！"

项目、潜力、失败、造物……

这些词像是钢针一样，刺入了陆辛的大脑。

他的脑海里，闪过了一幕一幕记忆碎片。

苍白的灯光，冰冷的手术台，戴着口罩的眼神冷漠的人。

还有，浑身剧痛，被情绪淹没，蹲在实验室角落里哭泣的小男孩。

……他忽然想了起来，在当初科技教会的污染炸弹袭击青港时，他听到了一个哭声，脑海里出现了一个哭泣的小男孩的影子，他当时以为这是那个污染源给自己造成的幻象。

现在才明白，原来那是自己的回忆。

……

父亲与妹妹的脸色，已经愤怒到扭曲。

陆辛还是第一次，从他们脸上看到这样单纯的愤怒与恨意。

他甚至已经听不清楚他们在说什么，只能感觉到，他们冲击着自己理智的情绪。

回忆只想起一半来的感觉，说不出地难受。

他脑海里浮现出来的画面越来越多，越来越真实，但却又总是像一部剪辑糟糕的电影，无法准确地讲述出一个故事，这让他非常地痛苦，恨不得直接挖出脑子来看那些回忆。

"你们……"陆辛好一会，才再次开口，每说出一个字，似乎都很艰难，"究竟对我做了什么？"

陈勋微微沉默，像是在考虑这些东西可不可以说。

过了好一会，他才轻声道："只是一些治疗，以及强化类的工作。"

微一沉默，他轻轻摇了摇头，道：

"因为这是老师的项目，所以更多的东西，我不清楚。

"当然，就算我知道，也不能告诉你。

"……"

说完之后，他又瞄了一眼秒表，微微叹了口气。

陆辛心里，瞬间涌出了强大的愤怒感，他有种想将陈勋的脑袋直接捏碎的感觉。

他的余光，甚至看到，父亲和妹妹，像是商量了什么，然后他们慢慢地，向前走来，他们一左一右地站在了自己身边，握住了自己的手臂，似乎想控制着自己，去立刻杀了他。

这时候，陆辛几乎不想反抗，想顺着他们的意思，直接将眼前这个男人剁成肉酱。

只是，在这种愤怒感忽然涌上了脑海时，他忽然意识到了另外一个问题。

于是他猛地一抬头，向着陈勋看了过去："你的老师……"

他声音微微发颤："我们的老院长，还活着？"

他想起了当初看到的003号文件，上面就有一种猜测，怀疑老院长还活着。

但是，当时陆辛潜意识里，只是认为，可能那些人只是不了解孤儿院的详情，所以做出了不合理的猜测，但如今从陈勋的话里，却忽然间捕捉到了什么，然后在他脑海里瞬间放大。

陈勋似乎对自己并不感兴趣，也说自己不是他的项目。

那么，为什么003号文件上面，会说明他一直在关注着青港的事情？

如果自己在他眼里，是早就该放弃的，那又是谁在那件事之后，一直坚持继续？

……

迎着陆辛的目光，陈勋沉默了一会，举着酒杯，慢慢向嘴边凑了过来。

"回答我！"

陆辛看着他，周围的空气像是一下子变得沉重。

陈勋的酒杯凑到了嘴边，顿时停了下来。

仿佛有无形的力量，阻止着他，他用尽了全身的力气，也无法将酒杯凑到嘴边。

于是，他干脆放下了酒杯，平静地看着陆辛，道：

"我并不是来接受你的怒火，也无须向任何人道歉。

"你随时可以取走我的性命，也可以和我交流一些我愿意回答的问题。

"但是，如果你想从我的脸上看到恐惧或是后悔的表情，来满足你那廉价的快感……

"不好意思。

"……"

他向陆辛笑了笑，道："如果再有一次选择的机会，我还是会那样做。"

陆辛的眼睛，红得像是会有鲜血滴出来。

他沉默地看着陈勋，在他与陈勋之间，空气都像是变得凝固了。

蜡烛的火苗，这时候都已经缩到了极点，但偏偏又还留着小小的火豆，没有熄灭。

陆辛确实在陈勋的脸上，看不到任何恐惧或是害怕的神色。

他仿佛已然准备好了，坦然接受即将到来的一切怒火。

……

"喀喀……"

父亲与妹妹的影子，就在陆辛的两侧，他们像是没有限制一样地生长了起来。

他们像是两个巨人，守在了陆辛身边，低着头向陈勋看了过去。

"吼……"

在这一刻，地底深处，那遥遥传来的枪声，与重击摔击的声音，忽然消失了几秒。

旋即，便隐隐有人的惨叫传了过来，这种声音……

哪怕是隔了几层地面，也能够让人感觉到那叫声里的痛苦与恐惧。

整栋大楼，在这时候都剧烈地颤动了几下。

陈勋脸色微微一怔，忽然一把拿起了秒表，死死地盯着上面。

他的脸上，露出了无法掩饰的强烈喜意。

……

陆辛一直看着他，看着他，表情已经扭曲到了极点。

他身上的愤怒与怪诞感，让他看起来，似乎要撕下自己的皮肤，钻出一个恶魔来，这种强烈的情绪波动，让不远处的没皮小狗，都只敢躲在阴影里，畏畏缩缩，不敢靠近他。

但看到了陈勋脸上那不由自主露出来的笑意时，陆辛忽然怔了一下。

旋即，他脸上的表情，开始像潮水一样退去。

平静到了漠然。

只有他的嘴角，缓缓向着两边拉开，露出了一个像是笑容一样的表情。

这个笑容，很平静，也很自然。

"你们先不要吵，好不好？"

他忽然转头，看向了两边的父亲与妹妹，并轻声解释道："我心里都有数的。"

父亲与妹妹猛地抬头看向了他，这一次，没有人说话。

……

陈勋也微微皱了皱眉头。

陆辛向着周围说话的举动，在他预料之内，但他仍然不习惯。

另外，陆辛的笑容，以及这时候表现出来的平静，并不在他的意料范围之内。

"我很好奇，你不惜把自己送到我手上，是为了什么？"

陆辛忽然笑着开口，这一次，他的声音里，已经没有了任何的怒气。

平静得像是老朋友在聊天。

"我已经说过了我们的追求。"

陈勋似乎觉得这个问题没有必要隐瞒，同时，一种内心涌动着的喜悦，让他也有了一种倾诉欲望。

于是，他抬头看向了陆辛，金边眼镜在烛光下微微发亮，轻声开口道：

"那我的目的自然也很明显。

"或许中心城以及月蚀研究院，认为我是在造神，但他们小看了我，也小看了老师。

"我们并不打算造一位需要膜拜的神出来，我要造的……"

他顿了一下：

"只是一件可以控制的工具而已……

"你能想象吗？"

他抬头看向了陆辛，声音有种按捺不住的激动：

"你能想象到，将十三种本源精神力量彻底地利用起来，并让它降临在世间的伟大吗？

"不不不，我描述得不够准确。

"其实这十三种本源精神力量，本来就会降临，以一种神的姿态降临！

"这是一种人类无法阻止的事情……

"但是，我改变了这个过程！"

他笑着道：

"我让神提前降临，但是，又是以一种被控制的方式降临……

"哈哈，我成为这世界上第一个，掌控神的力量的人……"

他本来是一个冷静的人，说话也不紧不慢，条理分明，但在这时候，他感受着遥远的地下世界，传过来的震动声，以及这种震动，给人带来的无形恐慌感，他的表情变得狂热。

以及骄傲。

"以后，世人都会记得我，当然不记得也没有关系……

"总之……"

他握紧了拳头："我是第一个，让神向人类低头的人！"

……

吧台附近，顿时变得非常安静。

无论是一边的妹妹，还是沉默的影子，这时候都像是被这句话影响到了。

他们抬头向着某个方向看去，神色似乎变得异常低沉。

因为这时候的他们，表现与刚才完全不同，以至于，陆辛甚至不知道，刚才自己看到的父亲还有妹妹，是不是假的，幻觉，不然的话，他们为什么因为这种小事，变得如此愤怒呢？

当然，这些都不重要。

陆辛迎着表情狂热的陈勋，忽然轻轻俯身过去，贴在了他的耳畔，轻声道：

"你以为自己在做伟大的事？"

他的脸色变得很神秘：

"那我很想问你一个问题。

"造出了神，你们会变得伟大，那么……

"造出了怪物，这个后果又该由谁来承担呢？"

……

听着陆辛的话，陈勋微微愕然。

他感觉身体略有些不舒服，心头的喜悦，居然在飞快地消散。

他下意识地伸手，抓向了身边的酒杯。

无论是为了庆祝，还是因为自己不必再过得如此节制，都需要这杯酒。

但是陆辛却忽然笑了笑，抬起手来。

忽然陈勋身后的架子上，有两个碎玻璃瓶飞到了他的手里。

他两只手抓住，轻轻一捏，便成了锋利的玻璃碎碴。

然后他两只手落下，玻璃穿透了陈勋的两只手掌，深深钉在了吧台上。

鲜血喷涌而出。

烛光摇晃，玻璃碎碴映着鲜血，颜色迷人。

陆辛用指尖蘸了蘸他的鲜血与酒水混合的液体，放在嘴里，轻轻品了一下，微微皱眉。

然后目光轻柔地看着他，道："喝酒对身体不好，还是戒了吧！"

......

陈勋微微发出了一声闷哼，便沉默了下来。

他强忍了剧痛，没有开口，只是额头冒出了大颗冷汗，抬头向着陆辛看了过去。

陆辛已经拎着自己的背包站了起来，转身向一个方向走去。

"现在，乖乖在这里等着我。"他的声音缓缓飘了回来，非常温柔，"我先去证明给你看，究竟错在了哪里！"

第三百四十七章　神的诞生

"对不起！"

背着背包，走在了这栋大楼里黑漆漆的楼道中，陆辛轻轻说道。

他在为自己刚才没有听妹妹与父亲的话道歉："我现在越来越能够理解你们了，刚才我既有把他杀掉的想法，也有把他活着做成玩具的想法，但最后，还是决定按我的来……"

他顿了顿，温柔地笑着："毕竟老院长说过，教育要找对方法。"

"哥哥最好啦……"

妹妹在旁边的墙壁上飞快移动着，她像是非常兴奋："我喜欢你做的。"

"呵呵呵呵……"

伸手不见五指的黑暗里，仿佛有一个高大的人影，跟在了陆辛身后，带来强烈的压抑感。

他也在笑着，声音却带着种让人毛骨悚然的森然感："我以为你又要犯老毛病了，但是……这次勉勉强强吧，当然还是让人不够满意的，但比起以前来，也算……进步了吧？"

"咦？"

陆辛都不由得露出了诧异的表情。

父亲居然会夸奖自己？

这是因为自己和他的信任程度增加了吗？

……

轻轻说着话时，他任意地走着。

仿佛是闲庭信步，但却一直在接近着楼下那种时不时传来的震动。

无论是搞出了这么大的动静，还是那种精神层面的感知，都隐隐说明，楼下正有一个可怕的东西，它给陆辛带来了一种潜意识里的恐惧感觉……陆辛就是顺着这种恐惧感在寻找它。

不知走了多久，他来到了一个空旷的办公室。

他能够感觉到，那个可怕的东西，就在这间办公室的最下面。

但是，这大厦里没有灯，电梯也坏了，楼道四通八达，他不知道该怎么准确地下去。

于是，他点了下头，道："就在这里吧！"

"呵呵呵……"

父亲怔了一下，才忽然明白了他的意思，然后有些兴奋地笑了起来。

妹妹则忽然有些担心，一下子跳到了陆辛的背上。

"喀喀喀……"

陆辛身处黑暗之中，只有窗外，透进来一点微弱的可以忽视的灯光。

这也就导致，他身边，全都是无尽的黑暗。

而在这时候，黑暗正朝着他脚下凝聚。

然后，一种隐藏在黑暗里的强大力量，忽然凝聚了起来。

脚下的地板开始震颤，整个房间也在轰鸣。

腐朽木地板忽然木屑纷飞，然后就是更下面的水泥层，混杂着的钢筋、管道、隔层等。

阴影向下渗去，一点点腐蚀了整个地面。

“轰隆……”

忽然泥屑崩飞，烟尘大起，陆辛直接落到了下一层。

影子继续腐蚀，他一层层落了下去。

没有电梯，那便做一个临时的。

……

“嘭……”

实验室的大门被人一脚踹开，壁虎第一个冲了进来，他身形灵活，一手拿着把土制的喷子，另一只手，却拿着一柄从夏虫队友身上拿过来的，装满了特制子弹的连发手枪。

这时候枪口还冒着烟，隐隐发红。

“所有人都不许动，谁敢动，就打死谁……”

整个实验室里，本来忙忙碌碌的人，顿时停了下来，一个个有些眼神惊恐地看了过来。

他们刚才就听到了外面的动静，知道有人正在闯进来，所以一边抓紧工作，一边期盼着外面的布置，可以多给他们争取一点时间，但是，中心城的能力者，来得比他们想象中快。

“哗啦啦……”

紧随壁虎身后，七八个人影冲了进来。

走在了最前面的是，手里提着一把冲锋枪的夏虫。

用光了燃料的火焰喷射器，已经被她不知丢在了哪里。

在她身边，则是一身紧身作战服的陈菁。

她的样子看起来也并不好，小腹位置，被割开了一道长长的口子，延伸到了后背。

再后面，医生、手里拿着鞭子的哥特风女士、手帕捂着嘴的精致男人等，也各自现身。

很明显，他们是经过了一场场恶战，才来到了这里。

"……"

看着这些闯进了实验室的人，那些坐在电脑前的工作人员面面相觑。

其中有不少人，脸上露出了不甘心的神色。

（中略）

"赵士明博士，我是1024号特殊污染事件临时指挥夏虫，我们是过来救你的。"

看到了赵士明坐在玻璃室内的样子，夏虫瞳孔微缩。

她的目光扫过了陈菁，自己上前一步，向着赵士明道：

"你可以出来，跟我们回去了。"

玻璃室内，赵士明正捧着那个仪器，手指弹动，细细地操作着，听到夏虫的话时，他忍不住轻轻摇了一下头，道："你们为什么来得这么急……如果能晚一会，稍晚一会，就好了。"

"是黑台桌对你造成了什么伤害吗？"

夏虫再次踏前一步，沉声道："那跟我们回去，城外有医疗队在准备！"

"不是的。"

赵士明依然没有停下手里的操作，口气微微惋惜：

"你们来这么快，我怎么置身事外？

"我怎么向外人解释，其实这一切我都是被逼的呢？

"……

"唰！"

夏虫面无表情，声音却一下子加重："不管你在做什么，都立刻停下。"

赵士明似乎没有听见，操作反而更快。

陈菁不言，忽然抬枪，两颗子弹向着玻璃打了过去。

这时候她用的是普通子弹，面对强化玻璃护具，倒是普通子弹更有用。

"呼""呼"。

两颗子弹，在玻璃上留下了浅浅的白印。

"很抱歉！"

赵士明抬头看了一眼子弹打中玻璃的地方，手指跳动如飞，但声音却显得很平稳，甚至有些感慨的意思：

"但我不能停下来，你们这些不正常的人，是无法理解这种诱惑的……

"没有人可以在这种诱惑面前，停下脚步！

"……"

已经可以确定了，中心城与青港联合小队的队员忽然同时出手。

壁虎抬起连发手枪，飞快退下特殊子弹，装上普通子弹，然后抬枪向前打来。

连续四颗子弹，都打在了同一个位置。

那玻璃上的白色痕迹，越来越深，最后"哗"的一声，出现了蛛网状裂痕。

壁虎再次抬枪，最后一颗子弹飞出枪口。

那位哥特风的女士，在这个时候，则已高高举起了鞭子，卷出一个半圆。

那位站在哥特风女士身后，手里拿着手帕的精致男子，则是轻轻挥手，抖了下手帕。

一道扭曲的力场，随着他的动作，向外急速扩散。

……

"啪……"

同样也是在这时候，赵士明已经将仪器放在了一边，用力推下了一个红色的开关。

轰隆！

整个实验室里，灯光忽然变得明灭不定。

每一个显示着各种数据的电脑屏幕上，数据都在飞升，超过了红色警戒值。

"喀喀……"

位于实验室中间，恰好立于联合小队能力者与赵士明所在的玻璃房中间位置的一个玻璃池子，里面有什么东西猛烈地撞击池壁，厚重的强化玻璃壁上，顿时出现了雪白的裂痕。

有碧绿色的咸湿气味液体，从裂隙里渗了出来，并且瞬间扩大，成为喷溅状态的水柱。

"哈哈……"

玻璃房内的赵士明，发出了一声毫无体面可言，带着种狂意的笑声。

"看到了吗？这就是神！"

"……"

在这个笑声里，壁虎射出的第五颗子弹，已经飞向了那个布满了蛛网一样的白纹中心点。

哥特风女士挥起来的鞭子，已经在空中划出了半个圈，即将抽打空气，发出响亮的脆鸣。

精致男人挥出来的手帕，更是抖出了一圈水纹一样迅速向外扩散的扭曲力场，延至中途。

也就在这时，一条长达两三米的触手，忽然间探出了玻璃水池。

这一瞬间，时间仿佛停止。

那颗子弹，就在距离玻璃房墙壁十厘米的地方，停下。

挥舞出了半个圈的鞭子，一下子定在空中。

飞快扩散过去的波纹，瞬间就倒卷了回去，撞在了精致男人的胸前。

……

所有人惊愕地抬头，然后眼睛忽然开始流血。

第三百四十八章　怪物之城

"哈哈……

"这就是我们创造的，带到了世界上的，第一尊神！"

在赵士明的狂笑声中，联合小队的能力者以及办公室里的实验人员，都看到了那个怪物。

绿色的人形躯体，柔软的、生长着无数触须的头部，位于头部两侧、平行排列的三只眼睛，以及强壮的四肢、锋利的爪子、背后的一对破破烂烂的翅膀……最为明显的，则是位于胸口位置，那一颗高高地鼓了起来，并不停地有力收缩着的，发出一声声强劲回响的心脏。

每一个看到它形象的人，全都感觉到了一种无法形容的痛苦。

仿佛有无数钢针刺入了脑海，身体的血液似乎有了自己的生命，在冲撞血管。

他们感觉眼睛刺痛，鲜血流下。

大脑更像是在承受着一波一波的重击。巨大的噪音，将自己完全淹没。

什么都做不了。

在他们看到了那个从水池里爬出来的怪物时，就感觉双眼刺痛，看不见东西。

大脑被什么东西涌入、搅乱，无法思考。

双耳产生了巨大的轰鸣，也听不见队友的任何声音。

他们只是下意识地低下头来，甚至不知道是不是已经有死亡即将降临……

……或者，是比死亡更可怕的下场！

……

"啊啊啊啊……"

办公室里的实验室人员，本来已经受到了哥特风女士的控制，老老实实地跪成了一排，但是在这个怪物出现时，所有人都不受控制地大叫了起来，东倒西歪，像是一排稻草。

有人眼眶直接充血，疯了一样地跳了起来，拿脑袋去撞墙。

也有人拼命撕扯开自己的衣服，可以看到心口布满了血丝，仿佛有东西在挤出来。

那是他们的心脏受到了共鸣，正在加速地跳动。

他们自己造出来的东西，却连认真看一眼的资格都没有。

（中略）

第三百五十章　你要投降吗？

（中略）

"你就是……神？"

这时候，见中心城的同行和青港的同事，都已经逃离了这片走廊，周围变得安静，他才微微放下心来，然后抬头看向眼前，朝站在自己十米之外的怪物，微微打量了一下。

然后他笑着摇了摇头，道：

"你不是。

"我听人说过，神应该趋向于完美，而你这个样子……

"……"

"你懂什么？"也就在这时，那个"神"并不说话，可是后面，玻璃房里的赵士明，却狠狠大叫了起来。

在陆辛打量这只怪物的时候，他也在打量陆辛，无论从哪个角度来说，能够正面扛下神之躯体强大的精神冲击的对手，都值得他好好观察。身为一个研究者，他很明白这个道理。

这时候的他，因为受到种种影响，正处于理智与疯狂飞快交织的状态。

他的声音缺少正常人的克制感，像是野兽般地吼叫：

"你这种层次的见识与智慧，怎么可能理解什么才叫真正的完美？

"你用人的眼光去看，又怎么能够理解更高层次的生命？

"……"

"他这话其实侮辱的是莫博士，毕竟这个理论是他说的……"

陆辛心里嘀咕了一句，然后转头看向了玻璃屋里的赵士明，低声叹了一句，道：

"我确实无法理解你们的审美观，但我知道，制造这样的玩意儿是违法的。

"甚至……突破了底线！

"陈勋……我的亲人，他做错了事，我会处理，但是你……"

他看向了赵士明，还有周围那些或是死亡，或是疯掉的实验室人员："还有你们，作为他的同伴，同样也要接受法律的制裁！"

他认真地说完了这些话，然后看向了赵士明："所以，你们准备直接投降还是什么？"

他的态度很诚恳：

"必须要提前告诉你们的是，我对处理这种事情的经验还不够丰富，所以，如果一定要使用武力来解决的话，那我很有可能会收不住手，你们在场的所有人，都有可能会……"

"神经病……"

赵士明忽然疯狂地大叫，随着他的声音，那尊"神"，忽然大步向前冲来。

很难想象，它那庞大的身躯，居然会有这么可怕的速度。

地板都被它踩出了一个大洞，锋利的爪子，直接就抓到了陆辛的脖子前面。

但是陆辛在这怪物向他冲过来的一刻，身形猛地向后倒下。

并且以这种绝对无法保持平衡的姿势，向左滑了半个圈，顺势从陈菁丢给自己的那个背包之中，拔出了一把枪，然后他无视地球引力一般跑到了周围的墙壁上，大步奔向前方。

"呼""呼"。

两颗子弹，一前一后，向着玻璃房间飞了过去。

那里，已经有壁虎之前打出来的一个蛛网裂痕，中心点已经非常脆弱。

"呼"。

一颗子弹准确地打中了那个点。

"啪"。

另一颗子弹则精准地穿过了那个洞，直接在赵士明的额头开了花。

陆辛握着枪，身形倒翻，挂在了天花板上。

看着脑袋一歪，撞在了另外一边的玻璃墙壁上的赵士明，他微微皱了皱眉头。

陆辛补上了刚才没说完的话："会死的。"

 ［节选自起点中文网］

【读者评论摘编】

@遍地都是瓯金金：从红月开始让我彻底 get 了克苏鲁：尽管我们牢牢地站在理性的大地上，但已经望见了裂缝里深不见底的黑色。

（发表于新浪微博，2021 年 7 月 18 日）

@马伯庸：《从红月开始》不错！末世异能流，一是节奏控制得很舒服，战斗细节要言不烦，情节推进有条不紊；二是人设不错，主角脑子不正常，但分寸控制得很绝妙，虽然脱线但没超出读者理解的逻辑，不让人生厌，反而很可爱。更难得的是，有温情，比如主角去快乐小镇碰到那群不知自己死了的工作人员，对话极见巧思。这种温情点不用太多，但会奠定一部作品的关键底色。

（发表于新浪微博，2021 年 8 月 23 日）

@波澜不惊西瓜子：从红月开始，写到死去的军人们清除污染源时，格局层次上去了，从普通的恐怖小说提升到高级，在死人森林开着车的单兵被塑造得很有画面感。

（发表于新浪微博，2021年8月8日）

@逆流书斋：一部末世废土小说，精神病人在精神病世界里的欢乐日常……在看之前并不知道它的恐怖画风，看的时候吓了我一跳。但是其中透露出来隐隐的温暖，却让这个故事蒙上了一层暖色。

（发表于推书君，2020年12月3日）

@cououh：高开中走，后期可能还要低走……主要原因在于作者对于角色个性的定位。他写不出一个正常的又有"家人"的超凡心态。渐渐地，在后期已经变成了他的"家人"都失去了存在的必要性。像是动漫里玩过家家一样，打上半天，不死一人。这类题材我认为与《第一序列》《大王饶命》这几本都可以归为一类：剧情后期过家家类型的逻辑缺失，幼儿读物。这几本书从开头的完美到逐渐下滑，在于主角的一次次正义、良知行为……他们太过"救世主"了，乃至已经脱离正常人的概念。然而"英雄"却又需要带有史诗色彩，而这类主角永远都是达成"完美"结局和局部小无敌。……这本写得比《第一序列》好，虽然都有着同样的问题——"舍不得死人"。但是……可以看出作者也在下意识地克制自己总是写出童话故事大圆满结局的这一种缺陷。

（发表于推书君，2021年3月6日）

[导引、简介、节选、读者评论摘编：王玉王]

以秩序对抗深渊
——评黑山老鬼《从红月开始》

王玉王

    2030 年，人类的恶念累积压垮善念，形成名为"深渊"的恐怖精神世界，来自深渊的精神污染透过裂隙渗入现实世界，红月降临，百分之七十的人类变成疯子，旧时代文明崩溃。2060 年，新的秩序在诸高墙城的狭小范围内勉强建立，不可名状的精神污染无时无刻不威胁着高墙城内的人类生存，《从红月开始》(以下简称《红月》)的故事由此展开。

    在这样的时代，身为异能者的主人公陆辛最常挂在嘴边的词却是"秩序"与"逻辑"。陆辛对"秩序"有一种异样的执迷，他喜欢高墙城内井井有条的街道，喜欢按部就班的打工生活，遵守一切法律与规章制度。"逻辑"则是陆辛每每与精神怪物战斗时的制胜法宝，找到精神污染的逻辑，才能从源头彻底解决污染问题。然而一切精神污染都来源于深渊，在那片莫测而混沌的恶念集合体中根本无所谓因果与道理，陆辛所倚仗的"逻辑"也不过是无根飘萍。秩序更是世上的稀缺现象，广阔的荒野上到处都是适者生存的残酷斗争，即使是生活在高墙城中的人也往往更相信力量而非法律，每当陆辛试图采取报警、举报等合法方式解决问题时，常常免不了被敌人甚至同事视作"神经病"，反而是以绝对力量碾压对手时，陆辛看起来才更像个"正常人"。

    并不是因为逻辑无处不在，秩序强大而有效，陆辛才相信逻辑、服从秩序，事实恰恰相反，当所有的常识都可以被轻易打破，当每一种规则都如此脆弱，当人类文明如同一只破破烂烂的小船飘摇于无定之海，在最近处凝视着深渊的陆辛，才迫切地需要逻辑与秩序之锚，将自己固定在属于人的生活里。陆辛相信：

规则是人类智慧的结晶，让人遵守规则，就可以很好地活下去。①

"很好地活下去"，就是作为一个人活下去，保有人性、理性与尊严，维持最简单的尘世幸福。严守秩序，不越雷池一步，听从命令，不擅自做任何决定，这是失去了记忆又深知自己与人殊异的陆辛的自保手段，哪怕他拥有的力量足以让他蔑视任何法律，践踏一切规则，但那是属于"神"的力量，那力量会诱人疯狂，失去自我，毁灭一切。

《红月》的世界观显然受到了近几年开始在网络文学中流行起来的克苏鲁设定的影响。尽管并未直接使用克苏鲁元素，但《红月》共享了克苏鲁设定的基本观念：世界的底色是疯狂，人越是接近于世界的本源与真相，就越趋近于疯狂。在《红月》中，这条向世界本源进发的道路，就是提升精神量级、跨越七个阶梯的成神之路。于是"神性"与"人性"，或者说疯狂与文明，成为一组对立的概念，而陆辛，无论他到底是被神性污染的人，还是被人性污染的神，都注定要走上成神之路，直面神性与人性的交锋。

几乎所有受到克苏鲁设定影响的作品，都共享着"理性"这样一个主题词，理性作为疯狂的对立面，作为人类文明的精神道标而在万古长夜中熠熠生辉。《红月》的独特之处则在于，陆辛选择的"锚点"不是抽象的理性，而是落地的"秩序"。经由这一转变，"理性"本身就变成了一个问题——什么是理性？或者说，什么是好的理性？

在《红月》的世界中，有人崇尚现实，有人追求真理，他们各自的行动都应归属于人类智识活动的范畴，也都或多或少契合于我们关于理性的某种定义。黑台桌组织崇尚现实，他们面对神必将降临的现实，试图抢先造神，彻底控制神的力量，将神变成一件工具。月蚀研究院追求真理，这座有着"一些或穿衣服或不穿衣服的白色雕像"②，风格自由散漫的研究院明显是对雅典学院的戏

① 黑山老鬼：《从红月开始》第六百一十八章《不给人活路的规则》，起点中文网，2021 年 8 月 16 日。
② 黑山老鬼：《从红月开始》第三百六十五章《月蚀研究院》，起点中文网，2021 年 4 月 24 日。

仿，他们中的大部分人除了研究什么也不关心，也无心染指世俗的权力。通过理性探索真理，是他们的信仰和底气。但作者对于这两种理性都怀有质疑的态度，对于黑台桌，如果他们真的成功制造出受控制的神，当然会成为英雄，但如果他们制造出的是怪物呢？他们从未想过该如何为此负责。对于研究院，他们貌似超然，也不过是因为拥有超越世俗权力的力量，为了追求真理，他们可以心安理得地把人当成试验品。归根结底，他们都凌驾于众生之上，试图掌控不属于人的力量，他们的"理性"傲慢而冷漠。黑台桌与研究院越是趋向于"理性"，就越是接近于"神性"，接近于那种非人的狂妄与偏执，最终，"理性"反而成了贪婪与欲望的矫饰，成了强者为尊、弱肉强食的借口。而陆辛所坚持的"秩序"则与之相反，处处标定界限，要求人们尽各司其职的责任，也保护人们享各安其位的权利，秩序保护弱者。当然，秩序不可能包办一切，那个绝不违规、绝不质疑、绝不主动做选择的陆辛绝说不上是一个合理而健全的人。人类还需要铭记，同情他人，学会爱与原谅，这都是陆辛一路走来渐渐懂得的东西，他慢慢获得了作为一个人类的活的自我，不再将死的规定当作唯一的行动准绳，所以才有力量去创造自己的未来。

借由"神性"与"人性"的对立，借由存在感极强的"秩序"，《红月》思考的是理性的边界与限度。毫不犹疑地相信人类可以运用自己的理性理解一切、控制一切、主宰一切的乐观时代已经过去，这也是克苏鲁设定流行的重要背景。当资本暴行假技术之名在大数据的时代无孔不入，当新冠疫情的全球蔓延摧毁了我们对西方民主政治的幻想，当人类活动造成的环境问题日益严峻，人类引以为傲的理性究竟在将我们带向何方？寻求秩序的庇护确实正在成为缺乏安全感的当代人的群体性症候，但在《红月》中，"秩序"带有更强的象征意义，它标明禁区，宣告人之为人的最低限度，防止漂浮于幽暗深渊之上的文明方舟因傲慢而倾覆，在人性寻找到更好的道路之前提供一种"最不坏"的保障——每一个人都有能力遵守的规则，以及每一个遵守规则的人都必然拥有的好好活着的权利，这是《红月》为理性划定的底线。

变成血族是什么体验

神行汉堡

神行汉堡，起点中文网签约作家。"技术宅"式的写作风格：慢热、重视细节，一步步搭建和完善设定，语言翔实富有逻辑性。2018 年 6 月起，在起点中文网连载《重生之大明鹰犬》，成绩不佳，仅百余万字。2019 年 6 月，转而创作都市异能小说《变成血族是什么体验》，突飞猛进，均订过万。2021 年 7 月，新作《我的秘书是狐妖》上传，同为都市异能题材。

《变成血族是什么体验》自 2019 年 6 月 7 日至 2021 年 3 月 24 日在起点中文网连载，约 250 万字。作者塑造了一个沉迷研究的"理工男"主角，获得异能后，不花式利用，反做起实验，围绕自己的能力"科研种田"。小说开局惊艳，一度在老白群体中获得很高评价，被认为"口味独特""真实感强"，成绩一路走高。在连载后期，因更新慢、故事平淡、设定烦冗等问题，未能取得更大突破，只在老白中小众流行。

【标签】都市　异能　技术流

【简介】

程序员向坤一觉醒来发现自己成了传说中的生物"血族"，本就失业的他干脆闭门在家，研究起自身的变化。面对定期饮血的需求、身体素质的大幅强化、"超感"异能的出现，向坤以科学思路不断记录、分析，试图掌控自身变异方向；厨艺、雕刻、纸牌、"算命"，血族昼夜不眠空出的时间使向坤多才多艺、身怀绝技。随着自我研究的进一步展开，新交的朋友，隐匿的同类，变异的真相，崭新生活的面纱在向坤面前徐徐揭开……

选文出自小说第444章至第448章、第509章至第512章。第一段讲述向坤通过情报分析和超感能力成功营救人质，视角调度得当，对绑匪个性与内在矛盾有细致展现，《海上（下）》一章中写庞大的海上幻象与随后的"黑吃黑"内讧则颇有临场感，撑起了情节的阶段性高潮。后一部分发生在小说后期，向坤阅读"良先生"保管的一批核心资料，对变异本质及异能背后的世界观有重要发现与进一步猜测，设定大胆又逻辑清晰，引人叫奇。

【节选】

第四百四十四章　潜入

（前略）

一边走回屋，那身材矮壮、肤色黝黑、之前躺在沙发上睡觉的男子忍不住对两名同伴问道："我听我表哥他们说，今天街上的情况有点不对劲了，邈哥那单生意搞砸了，会不会让人查到这里来？真让大老板的人查过来，我们会死得很惨的……"

他的普通话同样口音非常重，但却并不是桂海口音，而很明显是缅人所特有的口音。

之前在玩游戏、脖子上戴着个佛像玉坠的男人皱眉道："我们都还留在这，你怕个毛啊！不过我警告你，别在外面乱说，包括对你那些狗屁亲戚，不然你会死得更惨。"

这人的口音就是明显的桂海腔了，不过也明显不是老夏录下的通话录音里那个绑匪的声音。

回屋后，两个玩游戏的却不让那矮壮男人睡沙发了，直接踹他一脚让他自己去房间里睡。

当然，那房间并不是向坤现在所藏的这间，这间房里并没有床。

而向坤也知道为什么那矮壮缅人不愿意去房间睡，赖在客厅蹭沙发——他刚刚也看过其他几个房间，有个房间有好几张床，但要么没有床垫且床板都有断的，要么就是跟个烂豆腐似的破床垫，睡上去估计不小心就能被弹簧扎到，且异味严重，明显没怎么打扫，加上没空调没风扇，热得要死，怕是在客厅打地铺都更舒服。

于是那矮壮缅人涎着脸求了几句，但被戴玉坠的男人斥骂了两句，还是只能拉着一个破旧的躺椅，到院子里睡了。

不过矮壮缅人在院子里躺下后，向坤却是听到他嘴里不停嘀咕着一些缅语，虽然听不懂内容，但想来也能猜到是一些"问候语"。

屋里的两人虽然重新拿起了手柄，但注意力也都没在游戏上了，而是低声地交谈起来——这也是玉坠男把缅人赶出去的原因。

"其实吞钦说的……我也有点担心，遝哥这次本来以为是要跟着吴伦大佬做大生意，结果搞砸了，'货'没弄到手直接当场挂掉了，大佬估计也很不满，这会那边大老板死了儿子，正在狂暴中，缅国官方肯定会下力气查，找到这地方……恐怕是迟早的事。"玉坠男有些担心地和同伴说道。

同伴是个留着三七分长发的男人，说话同样也是桂海口音，显然和玉坠男是同乡："不会吧……他们昨晚回来的路线都是遝哥仔细规划过的，警方应该没那么容易查到吧，车都已经拆掉了，查也查不到这来。再说……吴伦大佬既然让遝哥去绑腾里，那肯定是和他老爹不对付吧，虽然没绑成，但死了……可以当撕票了嘛，也是给大佬出气，大佬不会过河拆桥吧？"

"屁啊！你是不是傻！吴伦大佬让遝哥绑腾里，又不是私人恩怨，是要强逼大老板在大赌场的项目上和他合作啊！现在大老板儿子直接被弄死了，你说结果会怎么样？我估摸着现在吴伦没有马上把遝哥卖了，是因为这事本身和他也脱不了干系，一样会被大老板迁怒，所以还在犹豫……但等到情况严重起来，那就不好说了。"玉坠男很是担忧地说道，"你以为遝哥为什么突然临时改变主意要把那傻大个绑回来，找夏家要钱？摆明了是在筹钱准备跑路啊！"

长发男听得愣了半响，显然是被同伴说的理给说服了，怔怔道："那怎么办？遝哥是打算带咱们跑回国内？"

玉坠男叹气："你是真的傻了……国内现在是什么环境？国内的警察是什么手段？找死吗？具体会去哪我也不知道，但肯定是不可能回国内的。我怀疑遝哥也还没有考虑好去处，所以只是让夏家的人准备钱，没说要怎么交赎金。现在我们要考虑的不是那些，而是我们俩……我们自己。"

"你是说……逮哥会把咱们撇下不管，自己跑？"长发男紧张道。

"主动撇下咱们倒不至于，我是担心事情紧急的时候，他们顾不上咱们，毕竟……毕竟他们现在在海上，很难说会遇到什么事。"玉坠男摇头道。

不过两人讨论也没讨论出什么结果来，到了凌晨一点左右，便一人占个沙发，躺倒睡觉。

向坤通过感知判断，确认两人都已睡着后，从房间里无声地走了出来，直接到那玉坠男身边，将一张老夏建立过联系的黑圈涂鸦放到他睡的沙发底下，然后重新回到房间里。

如果现在是白天的话，因为时间紧，任务急，为了尽快救出夏添火并赶在饮血期前回去，向坤说不定要直接蒙着脸来肉体拷问了。

但既然现在是晚上，这些人也肯定要睡觉，那向坤自然还是选择更有效率、更加直接、更加隐蔽的"灵魂拷问"——用老夏的"梦中梦"进行探索。

通过之前三人的聊天，向坤已经得出判断，玉坠男在废品收购站三人中是对绑架案情况了解最多、自我思考也最多的，并且他的决定也对其他两人有最强的影响力。

所以在短时间内只能对一个人进行"梦中梦"影响的时候，向坤自然是选择了他。

之前向坤就已经在那房间内，通过手机和此时在刺桐跟三叔、三婶、警方在一起的老夏进行了沟通，让她晚上找机会尽早休息，并且把他了解到的情况快速而简单地进行了介绍，和老夏对"梦中梦"的策略进行了简单沟通。

每次这种"梦中梦"，向坤和老夏就像要拍个针对人物的"纪录片"一样，都要提前研究一下方案，既要研究怎么通过策略引导"被访者"表现真实自我、隐藏记忆、潜意识真实认知，一边又要考虑用什么样的方法反过来影响"被访者"，让他醒来后做出他们需要的行为。

这个过程中，老夏就像是导演和编剧，而向坤则包圆了包括灯光摄影后期特效在内的所有活计。

在通过发微信没有得到回复来确认老夏已经睡了后，向坤开始感应老夏身边的"情注物"，进入梦境。

而后老夏便在梦中清醒，熟练地按着事先的计划，通过玉坠男沙发下的黑圈涂鸦进入了"梦中梦"，开始"安排"。

在精神科医生、心理咨询师、梦中梦操控师、梦中梦催眠师老夏的熟练操作下，向坤通过玉坠男的回忆和"坦诚"，知道了夏添火被绑架事件的部分前因后果——至少是以玉坠男的角度所知的真相。

孟塔米拉本地的一位缅国大佬吴伦，想跟缅国一位大老板、新兴资本家合作，共同合作一个得到缅国官方赌牌的超大赌场。

但那大老板并不打算和吴伦合作，于是吴伦找到了在国内犯了事而逃到孟塔米拉干些非法买卖的逮哥团伙，让他们去绑架大老板的儿子腾里，以此为要挟，给大老板一些"颜色"，让大老板识相，知道合作才是"双赢"。

没想到的是，逮哥干活的时候，腾里却出了意外，直接当场死亡了。

逮哥可能也意识到接下来会有大麻烦，在手下的提醒下，知道当时在副驾被安全气囊弹晕乎的夏添火是国内来的"有钱人家公子"后，便把他给绑了。

绑完人后，逮哥还亲自带人出去调查了一下夏添火的来头，这才有了后来让夏添火打电话回家索要五百万美元赎金的事。

按照玉坠男的理解，逮哥绑夏添火就是在做跑路的打算，想着筹跑路费了。

而今天凌晨，在打完电话后，逮哥就带人把夏添火转移到海上去了——这其实本来也是既定计划，只是原来的目标已经挂了。

原来的计划中，玉坠男和长发男留在这边，是作为逮哥和陆上的联络点和信息点用。

在知道了具体的情况后，老夏便按着计划和实际得到的信息，在"梦中梦"内对玉坠男进行了引导，加强了他对逮哥马上要跑路的想法。

第四百四十五章　暗中观察

（前略）

玉坠男从沙发上坐起来，表情有些茫然，两手揉了下自己的脸，看了眼对面沙发上熟睡的长发男，还有不知道什么时候搬了躺椅回到屋里睡的矮壮汉子吞钦，过了片刻，他脑子里忽然冒出了刚刚做的梦，然后有些念头就不可抑制地冒出来。

于是他也顾不得现在已是凌晨三点多，起身从电视柜下的一个盒子里拿出一个卫星电话，走到旁边房间里，随手开灯，但拨动了几下开关，发现开关好像坏了。

他也没想太多，反正这房间他熟得很，开不开灯都一样，于是拿着卫星电话开始试图联系逯哥。

他并不知道，这间漆黑的房间中，并不是只有他一个人。

向坤抱着双臂，靠在墙壁上，看着不远处的玉坠男打电话，一点没有紧张担心的样子。

（后略）

第四百四十六章　海上（上）

（前略）

抵达海边后，天已经大亮，向坤没有急着入海，而是先避开当地的人，在附近观察了一会，通过痕迹观察，找了个已经很久没人到过的建筑废墟，将脱下来的衣裤鞋袜和手机现金都装在背包里藏好，然后只穿着条内裤，按着之前观察的路线，选了个没什么人注意到的位置，快速蹿入海中。

随他入海的，只有几十件"超联物"球珠。

早就做好准备的向坤，身体全部潜入水中后就进入了"节氧模式"，而那几十件球珠则像护卫一般快速散开，在水中对他形成了一个"守护圈"，协助他感知和融合周围的海水。

向坤在水中越游越快，就像一颗被发射出去的鱼雷般，很快速度拉到了最高。

在水中潜行，没有带手机，但向坤对方位的判断却依然准确。

他靠着对留在手机、衣物边上的"超联物"的感应，联系环绕周围的"超联物"，判断离岸的距离和运动的方向，然后在脑中构建地图，定位自己的位置，并向之前爱丽丝提供的方位行进。

这段时间，逵哥的船自然有可能继续运动，不在爱丽丝之前定位的位置上了，但只要知道了之前所在的位置，向坤相信自己肯定能够搜寻到。

到了中午，向坤从海中冒了出来，漂浮在水面上。

此时他周围除了无际的海水，看不到任何物体，没有船，没有岛，没有陆，仿佛天海之间，只有他孤零零一人。

向坤当然不是冒出来看景的，虽然他在水中的速度已经是非人级的了，但他还是不太满意，感觉还是不够快。

而现在，他冒出了一个新的想法。

看着头顶满满积聚的云层，向坤迅速地判断了"御电飞行"的条件。

不过他并不是要"御电飞行"，虽然飞行肯定比他现在在水中穿行的速度要快，但"御电飞行"有一个很大的限制，就是要依托于强对流天气下的大气电势梯度。而向坤主动地、提前引发雷暴，提前开始泻能的话，能量爆发太猛，速度太快，区域也太小，没法支持长距离的飞行。

他之前在星城时就思考并且和老夏讨论过了，他在水中，在"节氧模式"下借水势做到的事情，本质上来说，和"御电飞行"其实是一样的。

所以向坤其实一直在找两种能力互相"借鉴"，或者是互相"融合""利用"的方式。

而现在，他就想到了一个方法，准备尝试一下。

……

遘哥站在船头起货机旁，也不顾头顶炎日，皱眉眯眼看着远处，似在思考。

如果腾里没有死，被他们成功绑架的话，按照原本的计划，他们这时候应该已经在泰国了。

但现在，计划已经完全乱了，腾里直接死在了一场小车祸中，他们又临时绑了夏添火，现在的情况是要考虑离开缅国后，要去哪里、怎么保命的问题。

之所以他们不能按原计划潜去泰国，是因为泰国那边安排的接应，是大佬吴伦的关系。

而目前的话，遘哥实在没法肯定，吴伦对他们会是什么态度，会不会把他们直接卖给大老板、缅国官方来脱卸责任，又或者偷偷下黑手把他们都干掉灭口，以免牵累到他身上。

凌晨的时候，留在孟塔米拉的人紧急打来卫星电话，说孟塔米拉局势变得很紧张，警方、吴伦，还有一些其他势力的人都动起来了，并且吴伦的人似乎在找他们，这让遘哥终于下定了决心。

今天一早，他就联系了印尼那边的一条关系，准备把印尼当成他们接下来的落脚点。

正想事的时候，一个留着平头、脸颊有道疤的年轻人走了过来，小声道："遘哥，咱们……真的要去印尼啊？"

如果向坤或老夏此时在这，听到这声音的话，立刻就能认出来，这就是电话录音里那个绑匪的声音。

"不去印尼还能去哪？"遘哥叹了口气说道。

"印尼那边……那些人，能信任吗？"疤脸靠在船舷边上，有些担忧地问道。

"到时候看吧，指望他们讲义气肯定不行的，都是群见利忘义的货，到时候给他们画个饼，让他们看到赚大钱的希望，先稳住再说。"逵哥说道。

他之所以之前一直犹豫，直到接到了孟塔米拉来的卫星电话才做决定，还是因为印尼那边的关系不太牢靠，有太多变数，不到万不得已不会选择。

"那咱们……就通知夏家的人把准备好的钱弄到印尼来？"疤脸问道。

逵哥考虑了几秒，摇头："不，再等等，等到了地稍微安稳点再说，接收赎金，一定要找个稳妥的方式。"

"那……咱们要先回去，接猪皮仔他俩吗？"疤脸又问道。

"当然了，不然把他们扔那吗？"

"但是……"疤脸有些犹豫道，"你说他们会不会已经被吴伦给抓了？"

"你是说吴伦用他们骗咱们过去？"逵哥想了想，说道，"不会，猪皮仔十三岁就跟我了，虽然又懒又贱又滑头，但还是不会当二五仔的。而且他要是心虚的话，讲话的时候我听得出来。不过你的担心也有道理……他们就算自己没有跟吴伦合作，说不定也被人偷偷跟着，回头派人上岸接他们前，别先见面，先看看边上的情况。"

疤脸微松了口气，放下了心，正打算开口说什么的时候，后方二层驾驶室里的船员忽然跑出来，扶着舷杆指着前方大声用缅语喊着什么。

逵哥和疤脸都是下意识顺着那人所指的方向回头看去，然后便看到远处一片将海天连成一体的黑色风暴。

他们这边风和日丽，和那边相比起来，就像两个世界一般。

"卧×！"

逵哥和疤脸都是下意识骂出声，不仅是他们，其他船上的人除了被关在货舱的夏添火，都跑到了甲板上，惊恐地看着那不知道什么时候出现并席卷而来的风暴。

"妈呀！没说这区域有风暴啊！"逵哥赶紧跑到驾驶室，用半缅语半普通话跟一名缅国人大声询问，"能避过去吗？"

"来不及了，得做好准备！"缅人船员大声地回道。

于是整艘船的人都开始狂奔和忙碌起来，做好迎接风暴的准备。

远处的风暴中似乎有非常剧烈的雷暴正在爆发，他们离得尚远都能看到道道电龙隐现交错，十分恐怖。

看着那景象，也让他们愈加惊恐，毕竟他们大部分人包括逯哥在内，都不是真正在海上讨生活的人。

但就在他们做好了准备，想要抗击风暴的时候，前方那片黑色风暴迅速消散，没多久就完全平静，前方的空中和海面都是一样平静，似乎两个"世界"一下子连接在了一起，被这边的风和日丽给同化了。

又仿佛，刚刚把他们快吓尿的恐怖风暴从来没有出现过。

"什么情况？刚刚那……是海市蜃楼吗？"疤脸呆滞地望着前方，不解地说道。

但他们还没来得及松口气，又发现了异常——他们的船不动了！

虽然船的发动机一直还在运行，他们都能清晰地听到声音，但看着旁边的海水，船确确实实不动了！

几秒钟后，发动机的声音也消失，整艘船失去了动力，静静漂浮在水面上。

但怪事没完，站在船舷边上的人们，赫然发现，船身变得纹丝不动，连漂浮的感觉都没有了！

第四百四十七章　海上（下）

没风的时候，海面相对平静一些很正常。

但不论什么时候，哪怕失去动力，船在大海上漂浮，也不可能丝毫不动。

此时船周围的水面，却是根本不动，没有一丝涟漪，周围的水面仿佛化成了冰面一般，完全平整、凝固，而整艘船就像是被嵌入这冰面中的物体，被牢牢固定住。

但当船上的人把视线放远，眺望更远处的海面，却发现出现异常的只有他们这艘船所在的区域。

原本就负责驾驶这艘船的缅人船员，全部都趴在了甲板上，以额触地，嘴里不断地颂念着什么，显然把目前遭遇的事情，归于了人力不可为的领域中——无法反抗，只能祈祷。

"什么情况？这是什么情况？"

"开船啊！船怎么不动了？"

"哪个地方出故障了？"

逯哥、疤脸等人还是想着解决问题，要么趴在舷杆旁观察海面，要么就是去拖那些缅国船员去机舱检查。

疤脸还扔了个扳手下水，但神奇的是，扳手入水后，没有溅起水花，就像是落进了浓稠的泥潭沼泽中，直接被"吞"进了海中。

这一幕，让逯哥等人也都是悚然而惊，背脊发凉，意识到眼前的情况有多诡异。

"逯哥，搞不清楚发动机什么情况，电力也全都断了，咱们的船……现在完全动不了，怎么办？"带着缅国船员去机舱查完的一个高个青年满头大汗地赶回来，对逯哥汇报道。

站在甲板上，一点风都没有。

明明是大下午三四点最热的时候，头顶烈日炎炎，天气很好，气温很高。

甲板上的诸人，却都有种坠入冰窟的感觉。

吸入的空气是热的，但气体进入身体后带来的却是凉意。

这样的情况，船上的人，不论是缅国人还是中国人，别说遇过了，听都没有听说过。

他们所在的这艘船，这片海域，仿佛一下被纳入到了另一个世界。

就在逯哥咬咬牙，准备说点什么给船上的人打打气，让大家动起来的时候，异变再起。

头顶太阳明明依旧高悬，也不见云层遮蔽，但周围的光线却忽然变暗了下来。

紧接着，一个巨大的身影，从水里爬上了船尾。

遠哥仰着头，瞪大眼，嘴巴慢慢地张大，看着那身影一点一点地从驾驶室上方出现。

那是一个身高应该超过五米，长着八只手臂、八个眼睛的"人形"怪物，浑身都像海底那些附着着大量藻类、贝类的岩石，从水底而起，带起了大量海水，甚至还能看到几只被挂着的海鱼在上面蹦跳、挣扎、落下。

巨大的怪物登上船后，从刚刚静止就再没动过分毫的船身，也被那巨大的重量压得微翘起来。

这下子不单是缅国的船员趴在甲板上不敢抬头，就连疤脸在内的其他遠哥手下，也是纷纷跪伏于地，喊叫着他们自己都听不出来的话语。

唯有遠哥，依旧仰头张嘴瞪大眼看着那怪物，一动不动。

但并不是他胆子更大，而是这时候他发现自己的身体完全发不上力，软软地靠在船舷护栏上，根本动不了。

那一点点向他靠近的八臂八眼海怪，慢慢地张大了嘴，虽然嘴里没有锋利的尖牙，没有长舌或其他恐怖事物，只是一片黝黑，不时有血水冒出来，沿着嘴角渗落，滴到甲板上，但在遠哥看来，只看到那张嘴，他就不断地想到自己被吞入其中，慢慢磨成血肉渣滓的过程。

海怪终于到了他的面前，俯下身，巨大的脑袋对着他，八个眼睛中本来乌黑的眼珠忽然一变，变成了八个挣扎着要往外奔出的人脸。

而后海怪张大嘴，向遠哥吞来，嘴里的幽黑之中，传来了一声声似有若无，又好像在哪听过的惨叫声。

一颗颗看不清脸的头颅从海怪那幽深不见底的喉中滚出，和他的脑袋混杂在一起。

……

眼前是蔚蓝的天空，耳畔是海水拍打船身的声音，还有发动机的隐隐轰鸣。

遥哥愣了一下，忽然发现，不知道什么时候，自己居然躺在了甲板上。

他从甲板上坐起，环顾了一圈，已不见那八臂八眼的恐怖海怪，周围的缅国船员有的还趴在地上，有的和他一样仰躺着，而他的手下们同样一个个失魂落魄的模样，或坐或躺，都在甲板上。

不过好歹看起来，没有人失踪，也没有人受伤。

光线似乎也恢复了正常状态，他们仿佛从迷雾或黑暗中穿行出来了一般。

遥哥不知道那八臂八眼海怪是什么时候消失，也不知道从海怪出现到消失，过了多长时间。

不过从太阳的位置来看，应该没有多久。

他检查了一下自己的情况，发现除了浑身都被汗湿，跟刚被从水里捞出来一样，其他倒是并没有受什么伤。

刚刚好像被那海怪嘴里的血水喷到了脸上，但现在仔细检查，并没有沾到任何像血液的污渍。

他支撑着还有些发软的身体站了起来，然后叫上疤脸手下，过去船尾那海怪上船的位置查看。

刚开始时，两人都还有些战战兢兢，忐忑不安，毕竟刚刚那海怪确实非常恐怖。

但没走几步，他们就都发现了不对劲的地方，那海怪起来的时候，身上海水哗啦啦往下落，还有各种藻类、贝类、鱼类，掉了一船都是。

可现在一路走来，甲板上干干净净，别说藻类、鱼类了，就连海水都没有。

"是幻觉，肯定是幻觉，见鬼了！"疤脸喃喃骂道，语气却是轻松了不少。虽然在他的感官中，每个细节都无比真实，他现在都还能清楚地记得那怪物身上发出的恶臭。

遥哥眉头紧皱，仔细地检查着船尾的各个位置。

然后他发现，船尾同样没有留下任何痕迹，那样一个五六米高的庞然怪物从海底爬上船，整个船身都微翘了起来，不可能一点痕迹都不留下。

唯一的可能……那就是幻觉！是假的！

可……那感觉也太真实了，船身翘起也是事实啊，难道连船身的变化都是幻觉？

他又想起了刚刚他们这艘船突然完全静止，发动机和所有设备都停止工作，连周围海水都静止的情况。

莫非……那所有的一切，都是幻觉？

"啪！"逮哥忍不住狠狠给了自己一巴掌。

疤脸被吓了一跳，下意识跟跄着退后了几步，差点撞到舷杆掉下海去。

"刚刚如果是幻觉，也太真实了。"逮哥用舌头舔了下被牙齿磕破的口腔，摇了摇头。

两人又对了一下所看到的八臂八眼海怪，发现除了八臂八眼还有附着着藻类、贝类这些相同之处，两人所看到的海怪也有不少区别，比如逮哥看到的海怪没有牙齿，嘴里幽深黑暗，疤脸看到的海怪却有着一嘴锋利尖牙，嘴里有十几条章鱼触手般的"舌头"。

这一点，让他们更加确信看到的是幻觉。

但如果是幻觉，为什么看到的又都是八臂八眼这个特点？他们想不明白。

回到前方甲板上后，两人发现那几个缅国船员在和逮哥的手下吵闹。

"干吗干吗干吗？！"疤脸大吼着冲过去，一脚将一名矮小黝黑的缅国船员踹倒在地，然后凶狠地瞪着其他两人，"吵什么，想死吗？"

"逮哥，他们吵着要回去，说不干了。"一名手下皱眉说道。

"回去？"逮哥冷着脸，说道，"怎么回去？他们想游回去吗？"

"这船是我们的！我们不干了，要回去！"那被疤脸踹倒在地的缅国船员爬起来后，对逮哥用不标准的普通话大喊道。

另一名缅国船员也跟着用缅语和普通话混杂在一起喊道："那是海神的警

告！我们做的恶事，惹海神生气了！"

"这是海神给我们的机会，我们要回去！"剩下的一名缅国船员也大喊道。

"拿了钱，就得把活干好，回头到了地方，少不了你们的好处。"逵哥掏出了一把左轮把玩着，声音冷漠地说道，"如果现在想回去，就自己游回去！"

其实这些缅国船员才是这船的主人，或者说之前的主人，他们也知道逵哥等人是干什么的，知道此时被绑着关在船舱里的大个子是被绑票的有钱人，他们并不是什么遵纪守法的好渔民，平日里真的有利益，他们对人下手可从不会手软。这次也是拿了逵哥的"买船钱"，才和他们一起行船，刚刚只是被之前的海怪给吓到了而已。

"刚刚那东西，只是幻觉，和那个风暴一样，是海市蜃楼，懂吗？"逵哥把音量提高，晃着手里的左轮，"幻觉杀不了你们，这个能！"

暂时压服了缅国船员后，逵哥和疤脸一前一后走进船舱。

逵哥脑中忽然闪过疤脸在他身后一脸狰狞凶狠的表情，和掏出短刀捅他腰背的动作，心头一跳，猛地转身，抬枪对着疤脸的脑门。

突然被前方的大哥回身拿枪指着脑门，疤脸一脸愣怔，没有恐惧，或者说还没来得及恐惧，只是茫然而不解道："逵哥，怎么？……"

"你……"逵哥也是愣了一下，因为疤脸的表情和他刚刚闪过的那画面完全对不上，手上也没有拿着任何武器。

于是逵哥强行扯动嘴角笑了一下，收起左轮："跟你开个玩笑，你小子，胆子倒是挺大的嘛。"

疤脸也笑道："因为我知道逵哥你不会杀我啊！"

不过接下来，逵哥却是找了借口，让疤脸走到前面，自己则在后方。

他们直接去到了驾驶室，逵哥想看看他们现在所处的位置，然后用卫星电话联系一下印尼那边，确定一些事情。

不过他们才刚进来，另一名高瘦的手下也跟了进来。

"你怎么也过来了，不是让你和阿水先一起看着那些家伙吗？"逵哥皱眉问道。

"逯哥，我觉得……要不咱们干脆回国吧。我之前听说，现在国外的在逃人员，主动回国自首的，都能宽大处理，可能减刑什么的……我犯的都是小罪，回去如果有减刑，顶多蹲个两三年就出来了……我爸年纪大了，我哥前年又伤了腿，我想……啊！——"

高瘦青年话还没说完，已经被逯哥拿着左轮用枪把砸得一头血，左手掐着他的脖子，左轮顶着他的太阳穴，表情扭曲地低吼道："自首？宽大？你犯的是小罪？那是不是还可以顺便把我们其他人给举报了，立个功，直接给你减刑减到零？"

高瘦青年喏喏着不敢说话，逯哥又是狠揍了几下，才在疤脸的劝说下停下了手。

逯哥拿着左轮，喘着气在驾驶室里坐下，他自己也不知道为什么，现在一直很紧张，总觉得有什么事情就要发生，总觉得周围的人都对他不怀好意，甚至连一直跟着他、替他挡过刀的疤脸看起来都像心里有鬼的样子。

疤脸有些担心地说道："逯哥，小五不懂事，你别生他气，我跟他说了，他已经听懂了，咱们兄弟有福同享有难同当……不过晚上咱们是要回去接猪皮仔他们的，那些缅人船员，到时候会不会……"

逯哥冷冷说道："一会跟他们再好好说说，如果说不听，就直接干掉，晚上再花钱另外找，这些个白眼狼，本来也没打算留他们的命。"

忽然，船上的广播开始启动，逯哥的声音从广播中断断续续地被放送出来："一会……直接干掉……这些白眼狼……本来也没打算留他们的命。"

本来逯哥等人在船上有四个人，缅人船员只有三个，而且逯哥他们个个牛高马大，都是从小好勇斗狠出来的，逯哥还有一把左轮，战斗力是完全的碾压。

但现在，逯哥、疤脸，还有那高瘦的小五都在驾驶室里，外面和三名缅人船员在一起的只有一个人。

冲突爆发得非常突然，嘶喊声、惨叫声、铁器碰撞声，甚至枪声，都夹杂在了一起。

此时船上的人都不知道的是，一个光头无声地从水中跃起，正从船尾刚刚逮哥、疤脸检查过的地方攀附着舷杆，轻轻落到了甲板上。

第四百四十八章　骚乱

（前略）

二十多分钟后，手中左轮子弹都被打完的逮哥，满头冷汗地捂着肚子往船尾爬行，身下是他爬行时流下的长长血迹。

他身上被刺了十几刀，就像个被刺破的水袋一样，血不断地从里面流出。

这十几刀全都是被那高瘦青年小五所刺，而现在小五正被疤脸缠着，不知情况如何。

其实本来按身手、狠劲、格斗技巧，疤脸都比小五强得多，哪怕小五拿着刀，被缠住后，疤脸也有可能反杀。

但问题是……

疤脸中了一枪——而这枪就是逮哥开的。

在船上的缅人开始"造反"后，留在甲板上的那个绑匪很快就被三个缅人船员给重伤，逮哥持枪赶到后，又发生混战，最后总算用了四枪把三个缅人都杀死，不过他肩膀也被消防斧擦了一下。

就在检查几个缅人情况的时候，逮哥忽然发现疤脸有异动，他猛地向自己扑来，逮哥下意识觉得这个跟了他多年的手下是想趁这个机会干掉他，脑子里闪过了过往这么多年和疤脸产生一些冲突时的情形，想到了疤脸阴狠、凶悍的表情，于是抬手对着疤脸开了一枪。

疤脸中枪后，逮哥却是腰部一麻，然后意识到自己被人捅了。

那刚刚在驾驶室内被他砸破了脑袋、骂得狗血淋头的另一个手下小五，正拿着一把直刀对着他的肚子猛捅，表情狰狞，状态疯癫。

他这才意识到，刚刚疤脸扑过来不是要对他不利，而是看到了小五的动作，要阻止他。

然而他左轮里总共就只有五发子弹，现在已经打完，一时间竟是被小五按着捅，只能惨叫挣扎。

最后依然是中了一枪的疤脸，冲过来和小五缠斗，让他有了逃跑的机会。

躺在地上的遒哥其实很清楚，自己被刺了那么多刀，伤得这么重，就算现在马上送医，马上进ICU，也基本是个"死"字，活不了了，更何况现在在海上，又处在这么一个情况中。

他在爬行，在挣扎，也只是本能地想要逃离，想要离那要杀他的小五更远一点罢了。

事实上，他也不知道自己要爬到哪里去。

遒哥越来越冷，身体越来越无力，疼痛感反而在慢慢地消失，但手中握着的、没有了子弹的左轮却依旧未松开。

在知道自己快要死了的时候，遒哥心里的恐惧、紧张、慌乱，却慢慢地消失了，脑海里开始回放着一幕幕过往的画面。

并不是什么关键的大事件时的画面，不是他犯了多少案子，赚了多少钱，得到多少人恭维和奉承，得到多少手下的追随和忠诚，让多少人害怕和恐惧，而是一些往日里他根本不会去主动想起、根本不会去分出一点注意力的画面。

是大清早他在家乡县城路边吃着拌面，听着旁边大叔大妈的唠嗑声音，看着马路上赶着上班上学的匆匆行人。

是坐在行驶于盘山公路的汽车后座上，打开车窗，吹着山中的凉风。

是打了十几分钟的沙包，累喘如牛，咕咚咕咚喝着凉白开。

是凌晨三点多，和几个兄弟吃完夜宵走出门，仰头看着天上的星星和明月。

原来他觉得自己的人生如果不轰轰烈烈，不提三尺剑立不世功，不开最豪的车睡最美的女人，就没意思，就没意义。一将功成万骨枯，世人只会看结果，不会管你怎么样不择手段地达到目的。

但现在却忽然发现，自己以前的想法，就是个笑话，从来没有找到自己真正想要的是什么。

慢慢地挪到了船尾，他心中一动，下意识抬头，之前和疤脸过来搜寻过的地方，那八臂八眼海怪幻象登船的位置，一个只穿着条短裤的光头男人正坐在舷杆上，表情淡漠地望着他。

这就是……来收我魂的人吗？……

脑子里闪过这最后的念头后，他的瞳孔渐渐放大，心跳停止，没了声息。

半分钟后，踉跄的脚步声响起，一个拿着带血军刀的高瘦青年，捂着小腹，扶着旁边的船体舱壁走了过来，正是那捅了逯哥十几刀的小五。

很显然，在和疤脸的缠斗中，他是最后的胜利者。

但即便他拿着刀，疤脸又中了一枪，依然还是被疤脸在临死前伤到了。从捂着小腹的手的指缝中汩汩冒出的鲜血来看，伤得还不轻。

他走过来，二话不说，直接对着躺在地上的逯哥的胸口捅了起来，但捅了几刀后，发现逯哥没动静，才意识到对方已死。

他无力地坐到地上，然后注意到，逯哥的脸上似乎露着笑容，而没有闭上的双眼，正看着船尾一侧。

他也抬头看去，但那方向并没有什么特殊的东西。

小五休息了一会，捂着腹部伤口，忍痛起身，先去驾驶室把船停下，然后往下走，进入船舱，走到了关着夏添火的地方。

他不知道的是，当他在船舱过道里行走的时候，身后不远处，一个身影正不紧不慢地跟着他，赤脚踩在地上，没有发出一点声响。

（后略）

第五百○九章　尘封的秘密（中）

那个调查报告的内容是一个名叫955所的研究机构，在1992年6月份发生的一系列事故，这系列事故造成了47位研究人员及相关工作人员死亡，而且除了一部分死于后来的火灾，绝大部分都是不明原因的猝死，体内器官在死前就已大面积坏死，但尸检后都查不出根本原因。

这个调查报告里提到的一些细节可以看出来，这个955所，就是官方针对"变异生物"的研究机构。

而且在这一系列严重事件发生之前，955所刚刚捕获了一个活体"食血生物"，进行了两个多月的研究，已经向上级部门汇报了有重大发现。

事故之后，不仅那活体研究样本消失不见，而且所有参与研究、知道内情的人，也全都死亡，绝大多数相关资料都被火灾毁去。

最开始的时候，事故调查的方向，都是在"敌特破坏"上。

但随着调查的进行，他们却发现了越来越多诡异的、无法解释的情况。

（中略）

很快，他就看到了后续的情况，针对955所一系列事故的调查，通过各种怪异现象，和更早期、60年代部分科研机构发生的事故联系到了一起。

而就在调查组的人准备进行进一步的深入调查时，上级领导带着调查组联系了一名苏联的专家，后者告诉他们，早在几年前，苏联包括生物信息实验室在内的数个部门，在进行"食血生物"的研究时，就已经遭遇类似事故了——所有相关的研究人员不明原因猝死，大部分相关的研究资料都因各种原因被毁去，因"食血生物"的特性，没有留下任何活体样本的同时，也没有任何样本组织留存。

不仅苏联，美国在同一时期由DARPA牵头的数个针对"食血生物"进行研究的计划，没有任何成果或只有很少发现也就罢了，只要获得了活体"食血生物"样本，并且有比较深入的研究，有一定的研究成果，那么很快就会发生不明原因的"团灭"。

对"食血生物"研究和观察的成果并没有被完全毁掉，但顺着那些零星的信息，对事故和"食血生物"研究做调查的人员，每次在查到一些内容的时候，也都会出事。

而后一段时间，任何被相关机构发现的"食血生物"，几乎在被发现的同时，都会立刻崩溃分解为灰色粉末，发现它的调查人员和目击者也会有一部分立刻猝死。

加上苏联也发生了类似的事情，美国的各种调查和研究开始暂停，相关档案被封存，并且没有解密期。

那个调查报告显然并没有完结，但不知道是后续的调查也被叫停，还是相关的信息丢失，向坤没有在后面的文档中发现后续内容。

不过随后他就发现了更多可以解答他疑惑的文档，里面详细说明了国外和国内在"食血生物"相关研究上的不同态度和发展历程。

在那个署名沈海崇的研究人员所做的文档中，阐明了各国在 80 年代末、90 年代初的一系列与"食血生物"相关的诡异事故，在损失了大量研究人员后，做出的决定，都是暂停研究，封存资料——也没法再继续了，不论是研究人员还是调查人员，任何相关人员，几乎都会不明原因猝死，或是做出一些匪夷所思的事情，一旦影响范围扩大，必然引起大范围的动荡和恐慌。

但对于"食血生物"所展现出的特性，各个国家都不愿意完全放弃，还是在进行"试探性地研究"。

当然，在此期间，民间也有各种基于阴谋论、神秘学、宗教传说的认知开始兴起。

沈海崇认为，似乎有一种力量，在监控着人类世界对"食血生物"产生变异的根本性原因的研究，一旦人类有可能窥探到什么，便会触发它的防备机制，将一切可能扼杀。

"食血生物"出现的时间可能很早，但它们存在的痕迹，或许在历史上同样被类似的方式抹杀了，又或者以一种已经偏离了事实真相的模样流传下来。

80年代末、90年代初那一波对"食血生物"的研究潮，也不是完全没有成果留下，至少"食血生物"死亡后的粉末，便被分析出了具体成分。

不同类型的"食血生物"死亡后的灰色粉末成分略有不同，以人类"食血生物"为例，死亡后的灰色粉末主要为特殊的氮化碳化合物。

通过对这种氮化碳化合物的成分、晶体结构的研究，人类在材料学方面有很大的进展，比如 β-C3N4、g-C3N4 等材料的合成和应用。

因着可以预见的巨大诱惑，即便知道可能触发恐怖的灾祸，人类对于"食血生物"潜藏的力量，依然在进行着小心翼翼的试探。

沈海崇综合很多其他国家机构、相关人员的分析，做出了自己的判断总结：

人类在进行"食血生物"研究的时候，参与的人越多，知情的人越多，对"食血生物"的研究越深入，越容易触发那神秘力量的防备机制；有国家力量参与的时候，更容易触发防备机制；80年代末、90年代初那一波大范围的"灭杀"，就是防备机制的高度触发状态，如果只是一个国家、一个机构、一小部分人在进行"食血生物"的研究，或许那股力量不会这么敏感；如果研究者本身是"食血生物"，防备机制会更加宽容。

这个判断不仅是沈海崇做出的，也基本是世界上大多数知道"食血生物"存在，并仍然有志进行研究的人的共识，这是用生命进行实验得出的经验。

所以在二十一世纪之后，各国对"食血生物"的研究，都不约而同地秉持着几个原则：

1. 官方尽量不直接参与，以私人研究机构为主体。
2. 尽量让人类"食血生物"作为研究团队。
3. 封锁"食血生物"的消息，不让大众知晓。

这个名叫沈海崇的研究者的文档，用系统化的、深入浅出的文字，介绍"食血生物"在我国以及国际上的研究历程和各种决策的原因，很显然是一种写给"后来者"的说明性文档。

在那个文档的最后，他留了一句话：

> 食血生物的研究，是一个潘多拉魔盒，虽然明知打开后充满危险，但它的诱惑，是人类无法拒绝的。

（中略）

沈院士在开头就介绍了他写这个文档的背景，是他花费不菲代价打探到的一个消息：

美国某个私人研究机构采用了一个方式，一个人类"食血生物"研究员，对一个植物"食血生物"活体样本进行相关实验数据的观测和记录，然后离开实验室，前往几十公里外的一栋建筑，通过网络，与欧美各地不同领域的专家对提炼后的数据和观测结果进行研究，专家们并不知道这个"食血生物"的实际情况，甚至不知道"食血生物"的概念。

但最终的结果是，参与的专家全部遭遇了意外，不明原因猝死，其中一名专家的两个助手也死了。那株被实验的植物"食血生物"和记录实验的人类"食血生物"则一起崩解消散，随后实验室甚至发生了火灾。

而那个研究机构的拥有者，却没有出事。

他做出了这个提议，给人类"食血生物"研究员做出了指示，并且出钱出力牵线专家连线，却没有实际参与整个过程，对实验过程和数据都完全不知晓。

从这个案例，沈院士判断，神秘力量的监控方式，不是简单的物理机制的反馈，比如某个"食血生物"被多少人类的视线关注，或者某个"食血生物"周围有多少人类存在，等等。

那神秘力量应该有认知人类语言、知识体系、表达内容的能力，并且它的监控点并不只局限于"食血生物"。

沈院士又列举了大量生物感官方面的研究，来验证他的几种猜测，包括那背后的神秘力量究竟是一种"无意识的、纯能量的反应机制"，还是一种"有意识的、有目的的行为体"，总的来说，沈院士是倾向于后者的。

因为从它的防备机制，对进行"食血生物"深度研究的人类的处决，对被人类发现的"食血生物"的抹杀规律来看，它并没有一个非常统一的标准和触发机制。

在90年代初各国都秘密投入大量资源和人手对"食血生物"进行研究的时候，它明显更加敏感，在某一时期，只要一被人类群体发现，即便还未被捕捉，"食血生物"也立刻会崩解消散。

它也很可能对绝大多数"食血生物"有生杀予夺的能力。

至于它不允许人类对"食血生物"进行研究、接触其背后原理，沈院士认为，这或许是它认为这会对它产生致命威胁。

如果这个假设成立，人类有极大可能成为它的克星。它虽有强大的力量，却没有对人类进行屠杀或灭绝，说明要么它的力量使用有极大限制，无法随心所欲，要么它也要依存于人类群体，甚至本身就是其中一员？

（后略）

第五百一十章　尘封的秘密（中下）

（前略）

还有一些文档中，沈院士就西方一部分私人研究机构认为，那限制人类研究"食血生物"的神秘力量就是一切变异力量根源的论点，进行了分析。

很显然他并不赞同这种论点，他认为那神秘力量虽然和"食血生物"有紧密联系，很多的操作强大到他们很难理解，仿佛无处不在，掌控一切，但事实上相对于"食血生物"这种存在本身所带来的颠覆性认知，它并没有强大到那种程度。

而后沈院士举了一系列他观察到的现象来证明他的观点，认为那神秘力量应该是一种"食血生物"的更高级存在形式，不让人类或任何生命探寻"食血生物"的秘密，是为了阻止人类发现它，消除威胁到它的可能。

（中略）

"这是一场猎食者的游戏，想要冲破终极猎食者的捕网，必须冲出'食血生物'的变异极限，从它未涉及的领域突袭，成为更强的猎食者。"

"碳基生命的极限在它的掌控中，我们就要冲破这个极限。"

第五百一十一章　尘封的秘密（下）

视频最后的这段话里透露出的信息有点多。

"猎食者""终极猎食者""'食血生物'的变异极限""未涉及的领域""碳基生命"，这几个关键词就已经能引申解读出很多信息。

这个"猎食者"的概念，在之前沈院士的各种文档中都没有出现过——至少在目前爱丽丝传输过来、他看过的文档中没有过，极有可能是良先生根据他自己的认知创造出来的。

很显然，仅从"猎食者"这个名词判断就可知道，良先生所认为的"食血生物"之间的关系，就是猎杀和被猎杀，食物和捕食者之间的关系，有点强者为尊、适者生存的味道。

当然，根据向坤目前为止所遇到的"变异生物"来看，因为有沈院士文档中定义的"阶段性极限"的存在，变异到达一定程度、某一阶段，普通生物血液无法满足需求，需要其他"变异生物"血液进行补充，所以"变异生物"相互之间，确实会形成这种猎杀和被猎杀的关系。

而"终极猎食者"这个名词，结合对应的描述，以及前面沈院士的各种文档，向坤认为很可能就是沈院士所说的神秘力量的具体指代。

沈院士有说过所谓的神秘力量很可能是"食血生物"的更高级存在形式，良先生则直接用"终极猎食者"进行了定义。

虽然加了"终极"两个字，看起来好像十分强大不可战胜，但实际上却是将之拉到了和其他"食血生物"同一维度之中，从未知的、神秘的、不可捉摸的存在，变成了相同的一个物种，只不过更强大而已。

（后略）

第五百一十二章　向坤的策略

（前略）

看过之前那些文档后，向坤更新了对"变异生物"或者说"食血生物"的认知和理解，接下来他需要思考和解决的问题有几个：

1.明确那个"终极猎食者"，或者说神秘力量究竟是什么，以什么形式存在，又是如何对其他生物的行为进行监控，施加影响的。

到目前为止，在看到这些文档之前，向坤并没有意识到有什么能够掌控他生命的存在。但不论是沈院士的描述还是那存储设备中的各类文档记录，都可以说明确实有那么一个能对普通生物、"变异生物"生杀予夺的存在。

而且以良先生的描述来看，那个存在很可能是通过含碳元素的化合物来施加影响的，他如果要进行确认，可以尝试从这方面入手。

在"超感状态"下，通过直接对相关认知信息的分析，或许能够找到一些蛛丝马迹。

以前这种微观层面的认知信息，他想要解码分析，会非常麻烦和痛苦，而且不知要花多少时间。

但现在有已经融入"超感物品体系"，能够存在于超感信息中的爱丽丝协助，很多事情会简单得多，可实现性要大大提升。

向坤觉得，如果真有那么个"终极猎食者"的存在，它对含碳化合物、对其他生命体的影响，很可能和他与"超联物""情注物"的联系相似，同样是建立在超感信息层面之上。

说不定某些含碳化合物，就是那"终极猎食者"的"超联物"？

当然，那"终极猎食者"构建的网络和向坤的肯定有很大不同，甚至那"终极猎食者"都未必能意识到超感信息的存在，只是凭借本能来进行操控和联系，就像当初他刚刚和物体建立"超感联系"、进行"情绪注入"的时候一样。

所以虽然沈院士和良先生的文档里，都把那神秘力量和"终极猎食者"描述成几乎所有生物的克星、大 BOSS，而向坤在变异领域可以说只是个新人，但他却并不是很害怕，甚至有那么一丢丢不太正常的兴奋和……期待？

如果把变异本身比作一个游戏，而向坤和"终极猎食者"都是玩家的话，那么"终极猎食者"顶多是"高玩"，向坤却是已经开始研究游戏的源代码了。

不仅如此，向坤甚至在游戏中还植入了爱丽丝这个"外挂"和"木马"，只要那个"终极猎食者"在超感信息的维度下让他逮到尾巴，找到痕迹，他相信自己很快就能找到针对的方法。

2. "终极猎食者"的目的是什么。

"终极猎食者"不让人类深入研究"变异生物"，不让人类整体了解"变异生物"的秘密，却允许"变异生物"自己研究"变异生物"。

向坤推测，这个"终极猎食者"，有可能是对"变异生物"的掌控力更强，所以能够放得更开，并且它很可能是需要"变异生物"成长，然后成为它的血源的。

因为如果"终极猎食者"也是"食血生物"的话，那正常来说，就同样也存在阶段性极限。

它的存在时间越长，变异程度越高，对血源的要求就越高。

只是不知道它这一次的饮血阶段到了什么程度，什么时候要开始下一次的饮血，它的饮血标准又是什么？

（后略）

 ［节选自起点中文网］

【读者评论摘编】

@起名困难症发作下的产物：

这本书最开始吸引我的一点是主角意外变成吸血鬼后自己研究摸索，探索开发能力的过程（虽然有人觉得无聊，哈哈），"一本正经地用科学方法研究一看就很不科学的问题"的感觉戳中了本理科生的心。

还有向坤三观极正，超级自律，有毅力肯钻研，庆幸汉堡没有写着写着就把他的性格给写歪了。

意外之喜是众多配角都超级超级接地气，生活气息足，很亲切，日常写个几万字我也看得很开心，确实贯彻了"都市种田文"的基调（虽然中期的巧合套巧合推动剧情的方式略生硬，还有爱丽丝诞生之后就开始偏意识流了，不过这也是没办法的事）。

（发表于起点中文网书友圈，2021年3月7日）

@zuomian：《变成血族是什么体验》，看后联想到《怪奇物语》。现在变成血族的阶段就像《怪奇物语》第一季，即暧昧期，在整体世界观还没有展现出来的时候研究自己的能力，给人一种爽快感、舒服感、神秘感、期待感。

一旦世界观完全暴露，就会失去暧昧期的那种舒服感觉。所以，作者很巧妙地引入可能是独创的种田流异能文，我研究我自己，不急于暴露世界观，甚至一直不透露世界观，不得不说种田流异能文很棒。

总之，暧昧期挠人痒。

变成血族，赞。

（发表于龙的天空论坛，2019年10月23日）

@发条钟：

这书写的可不是吸血鬼，事实上主角变成了啥他自己也不知道——这就是本书写得好的地方了：现实中，人总是一头雾水，连感冒都不知病灶在何处。奇幻就是需要真实感嘛。

（发表于优书网，2020年6月2日）

@Cocakoala：

羡慕主角团这样日常中有点儿小冒险的生活。

生活稳定，如果愿意，也能与世无争。想要冒险刺激，也能每天探索吸血鬼能力。而且主角的生活是充满正反馈的，每七天过去，这一周的锻炼就会非常具体地反馈到身体和能力上。这种短期的正反馈是会上瘾的。

（发表于起点中文网书友圈，2021年6月1日）

@178220709：

优点：人情练达即文章。

缺点：文似看山不喜平。

总结：养难捡。

（发表于龙的天空论坛，2019年10月16日）

［导引、简介、节选、读者评论摘编：雷宁］

"技术宅"的都市异能生活
——评神行汉堡《变成血族是什么体验》

雷 宁

"变成吸血鬼是什么体验？"

谢邀，人在异界，刚刚穿越。

不能从切身体验聊这个问题，但推荐题主去看一部戏仿知乎答题，并把这个问题玩出新花样的网文：《变成血族是什么体验》（下称《血族》）。

作为鼎鼎有名的超自然生物，吸血鬼经过世界流行文艺近一百年的改造，已然蔓生出多种样貌。忠于恐怖主题的嗜血怪物、彬彬有礼的古老贵族、洋溢着浪漫主义悲剧光芒的血族爱人，这些设定……通通与向坤无关。

《血族》给人的新鲜感，首先在对血族形象的突破。

向坤一登场就是个"三无"主角，无工作、无头发、无睡眠。为之奋斗的公司倒闭，借酒浇愁醒来后却头发掉光，从此除了血液吃什么都吐，正常的睡眠也失去了。"秃头"是对吸血鬼俊美标签的调侃式背离，失业和变异后的生活细节是主流血族故事的现实向改写，经过一破一立，光头血族的形象牢牢站起，非但不违和，还显得清纯毫不做作。

"我变秃了，也变强了。"主角除了是个非典型吸血鬼，还是教科书式的"程序猿""理工男"与"技术宅"。这意味着什么？社恐、木讷、高度近视、深居简出，还没有头发？不全是，也不是重点。

技术宅的本质，是强大的技术力量、偏执的科学精神与萌萌的死理性派。

血族进化当然也要讲方法论。所以，科技也是吸血鬼的题中应有之义。

向坤身上，自我管理与食血本能齐飞，探索精神共科学进化一色。变成吸血鬼是什么体验？本可一路开挂，偏要科学变强。

躺在进化链顶端大声说"走开，你们这些该死的钞票"，这，就是二十一世纪血族的快乐。

谢谢大家，第一次回答没想到有这个待遇，我再说点儿带技术含量的。

看到有人说"瞎编的小说也搬出来答"。戏说不是胡说，改编不是乱编，一部好小说难道不够答题主问吗？

《血族》不仅仅是一部有新意的血族小说。在大刀阔斧改造血族形象的同时，作者也掺进了更多类型基因，如另一支小说脉络——都市异能。

都市异能小说，"都市"与"异能"是两大基本要素。好的都市小说与异能小说都不少，好的都市异能小说却一直不多。

类型融合并非易事。都市异能有天生的类型缺陷，都市要求贴合现实与日常，异能却是幻想性的，两大类型的潜在发展方向存在冲突。从异能本身出发，能力不断升级，容易撑破都市类型的武力极限；为角色增加能力种类，容易线索紊乱，分配给更多异能者则势必产生组织与阵营，难免要处理复杂的现实社会关系。重异能而轻都市，一旦都市沦为背景板，其绵密的生活感与代入感便无从发挥；重都市而轻异能，随着主角成长，调动现实资源解决问题、满足欲望越加便捷，异能只好降为悬于幕后的屠龙刀。

为平衡两个类型，《血族》祭出三条锦囊妙计。

第一，控制资源获取与地图扩张，强化日常与生活属性。向坤汲汲于向内研究异能，在外出战斗与发展势力上并不主动。用以填充事业与异能版图空白的方式，是厨艺、木雕等技能的不断解锁，与其他角色生活情景的种种深化。一言以蔽之，精致正反馈，处处小确幸。

第二，写智斗，以质取胜。战术层，网络谜踪、丛林追击、幻术海战，最大限度发挥向坤性格职业与血族异能之优长；战略层，结合生物学知识，大胆设计出存在于细胞分子层面的"终极猎食者"。普天之下，每具凡人躯壳内，人类进化的种子与进化最大的敌人同在。每当人类动用组织力量探知它的秘密，便在其体内触发自毁机制，是以异能进化的真相长期处于难以研究、不可传播甚至不可名状的状态。通过研究，先辈发现"衪"的真身，向坤将衪降格为"它"，是如履薄冰后的制胜千里，赢得高级。

第三，决胜策，还是"技术宅"。类型调和的诀窍是分寸，"宅"就是本书分寸的代名词。而"技术"是灵魂。

再展开说说科学技术到底起什么作用吧。

无论与血族、都市还是异能放在一起，"技术宅"都是一个很有意思的设定。

技术背后是科学。《血族》的科学元素主要体现在两处，一是主角性格、战斗、情节等方面对技术宅三字的准确命中，向坤因技术而宅，也为技术而宅。二是科学思路往小说深层的合理渗透，向坤的异能就是一个突出例子。作者设法将信息技术从"原理层"改写进能力体系，向坤打造了整套"操作系统""应用商店"与配套的"基础设施"，主角团纷纷化身"程序员"，在向坤搭建的平台上开发新能力。通过异能，达成互联的不仅是网络世界，还有现实中的万事万物。虽然仍能从吸收、成长、幻术与梦境等处窥见血族的影子，但向坤能力体系的底层逻辑是相对科学的，这使其脱离粗暴的线性升级与游戏技能式的拼贴应用，又不触犯"脱都市而入玄幻"的类型禁忌。

最后，如果都市与异能在现实与幻想的处理上天然存在裂缝，科学也是贯通两者的绝好接口。它是幻想的"输入端"，也是现实的"输出端"。

《血族》的一个重要剧情节点是超强人工智能的诞生。向坤单枪匹马开发出"爱丽丝"，我愿称之为程序员的魔法。尽管人与液晶屏幕间存在一堵不透明的精致理论与技术之墙，也不妨碍操作程序，在使用效果和使用能力面前，原理乃至"真实性"都不那么重要。从这个意义看，科技就是现代社会的异能。另一方面，几个世纪的科学发展在人们心中种下相应的幸福想象，这份想象与生产力、报酬及无止境的进步挂钩，也关乎个人理想与自我的实现，更加得到广泛承认，成为不言自明的幸福允诺。因此，一觉醒来变成血族，诉诸科学的同时摸着石头过河，是合乎现实逻辑的人之常情；往后的实验、分析和猜想，尽管是一本正经地胡说八道，有科学的力与权威作保，明知幻想也无妨。

网文类型要素的编织与重构，本质是为求真实、幻想与幸福逻辑间的最优解。融合了都市、异能、技术宅的《血族》既是"变成血族是什么体验"的优质解答，也是类型网文进化路上的一份漂亮答卷。

什么体验？是好小说给人的美好体验。

超神机械师

齐佩甲

齐佩甲，阅文集团大神作家，"95后"。2014年开始业余创作网文，著有《玄黄途》《恶魔王族》等，前者只有区区百余章，后者完本时收藏刚刚过万。2017年起连载《超神机械师》，一举封神，入选2017年起点十二天王。或因主业繁重，时隔十个月方开始连载最新作品《星界使徒》。

《超神机械师》自2017年5月19日连载至2020年12月3日，共计517万字，中后期多次进入月票榜前十，盟主过百。小说开篇时成绩平平，首订未破千，但其幽默的行文与独到的世界架构逐渐吸引了读者的关注，完结时均订已逾五万。小说在游戏异界的小类型中带起了一阵穿成NPC的潮流，类型创新的同时，亦给出了近年少见的宏大视野，一步步扎实上升，最终写出了"星海"级的宇宙文明故事。

【标签】游戏　科幻　NPC

【简介】

沉浸式全息网游《星海》的代练韩萧突然穿越到了十几年前的游戏世界，侥幸脱离险境的他发现自己成了游戏中的NPC，同时有着玩家的面板功能和成长能力。选定了机械师作为职业的他从一个小小的研究基地一步步走向宇宙，带领着"第四天灾"（游戏圈内对玩家群体的绰号）成立"黑星军团"，在惊险的个体武斗和波澜壮阔的星际战争中，改变了原本的游戏版本主线，也改变了这个宇宙的命运，这个世界一步步由"假"成"真"，韩萧也从一个顶尖杀手"黑幽灵"逐渐成长为胸怀宇宙的英雄"黑星"。

选文分为两部分，来自小说前期第 276—278 章与中后期的转折点第 1253 章、第 1254 章。第一部分选文是本文作为"游戏异界"文部分的一个典型，从主角和玩家双方的视角描述了一个如今常见的游戏"割韭菜"行为，一方面调侃了现在的游戏市场，带来趣味性与代入感，另一方面也为主角重生为 NPC 带来的优势做了具象的展开。第二部分选文则揭开了本书长期悬念"圣所"的一角，主角成为顶端战力后，将视野打开到宇宙与文明的层面，这正是本书格外引人之处。

第 276 章　黑幽灵的机械箱子（上）

竞技场作为"主城"的吸引力，让玩家口口相传，使更多新人慕名而来，带来庞大的人流、新客户，这才是韩萧真正想要的好处。

其实韩大技师还有不少想法，比如官方开盘设置赔率，还有像《天空岛与少女》定制 PK 段位或天梯一样的竞技场积分，两者都可以吸引玩家，但是他思考后放弃了，因为这两个东西不好操作，属于游戏官方设定才权威的东西，他一个 NPC 来搞的话，总觉得有些小隐患和负面影响。

最重要的是，他这个"官方"要是给奖励，那些无处不在的工作室和演员，能把他刷到破产！韩大技师才不会中招，毕竟他前世的业务就包括这一项……

他虽然在玩家身上薅羊毛，但严格来讲是互惠互利、各取所需。而站在中立的角度单纯提供场地和官方公正，任由玩家自己发挥，对韩萧来说是最舒服安全的立场，还可以解释为"引导异人正确发泄过剩的精力"。

等到主城的地位稳固了，每天吞吐大量玩家流之后，在韩萧的蓝图中，下一步就是万恶的房地产！

他作为负责人，除了庇护难民的场所，避难所其他待建设的空地，就都是他的聚宝盆了！

冤大头……呸，大客户自然就是那些愿意置办产业的大公会了。

"唉，商业啊……"

望着广场攒动的人头，韩萧摩挲着下巴，心下感慨。

……

黄誉服了。

他原本以为竞技场是浪费资源，可经过十几天的观察，他渐渐发现了潜在的好处，黄誉看不懂韩萧远大的长期布局，也不清楚玩家的性质，可他在做营业额报表的时候，发现竞技场租给异人的费用远远超过维护的费用，长远看来，成本迟早能收回来，之后就是净利润，而这只是好处之一。

异人是避难所建造的主要力量，可异人行踪诡异，很难管理，黄誉不太愿意异人与难民多接触，划分了异人活动区域，可异人还是三天两头找难民，虽然出发点是帮忙（做任务），但也让黄誉管理失效。竞技场建成后，异人主动将竞技场当成了活动中心，广场和竞技场自动成了"异人社区"，省了他管理的功夫，整个避难所秩序井然了许多。

此时，黄誉正在办公室里，屁颠颠拍着韩萧的马屁，赞颂韩大技师英明神武、目光长远，各种肉麻的词挨个从他张合的嘴唇间蹦跶出来，跳进韩萧耳朵里，恶心得他浑身鸡皮疙瘩都起来了。

好不容易把黄誉赶走，韩萧接着思考玩家主城接下来的计划，竞技场的作用更多体现在未来，而他不满足于此。

"培养主城吸引力，竞技场是一个因素，还有个办法，就是进行一些定期活动……除了游戏官方过节的特殊活动，我想要吸引玩家做活动，就得让他们看到切实的好处……"

韩萧手指敲着桌子，沉吟了半晌，忽然灵光一闪，想法浮上心头。

月落日升，清晨的苟斯特荒原，尘沙混合着雾，给人的感觉潮湿又粗粝，十分不舒服，然而在避难所四周却十分干净清爽，这种朦胧尘雾被排斥在外，避难所大致成型，建有超大型空气过滤机，避难所注重防辐射污染，保证空气质量。

玩家为避难所添砖加瓦，防护墙的钢筋上，一群玩家正在焊接，火星四溅，这项工作危险枯燥，玩家踩在钢筋上，摇摇晃晃。

"小心点别摔下去了。"一人刚说完，旁边的人脚下一滑，众人的视线默默追随着他坠落的身影，悠长的"啊"声线越拉越长。

防护墙高耸，在所有建造任务中是最危险的，时不时有玩家摔落，意外死亡。

"都叫你小心点。"

另一条钢筋上，一个ID叫寂寞半支烟的玩家不忿道："妈的，安全简单、奖励丰厚的建造任务全部被那些大公会瓜分包圆了，我们这些普通玩家只能做性价比低的任务。"

有人的地方就有江湖，避难所建造任务种类多，简单、丰厚的被公会包圆了，大多数独行玩家只能分到剩下的任务，多数玩家只是休闲，对此不在乎，但也有一些玩家较真。

寂寞半支烟犹自不忿，喋喋不休："那些大公会霸占了资源，他们财大气粗，我们起步就输了，以后还怎么打？"

旁边有人笑道："玩游戏而已，别那么较真。"

"玩游戏就是要最强最好，不然玩来做什么？"寂寞半支烟反驳，并鄙夷道，"所以你们都是咸鱼，一点梦想都没有。"

"你那么羡慕人家，加入公会不就好了吗？"

"哼，只有弱者才抱团，独行才是强者风范。"

寂寞半支烟一脸不屑，他才不会说自己申请加入某个公会被拒绝的惨痛经历。

众人居高临下，忽然发现避难所广场上，蚂蚁大小的玩家纷纷聚集成一圈圈人群，这是韩萧现身时的标志性现象，地区频道忽然出现其他玩家的广播消息，貌似黑幽灵出了新功能，呼朋唤友。修建防护墙的众人急忙放下手上工作，匆匆下墙跑过去，有急性子图快直接跳下去，啪叽摔死，直接在广场重生，免得在路上花费时间。

寂寞半支烟跑到广场上，此时已经围了个水泄不通，韩萧站在广场一角，身后是一辆大型卡车，寂寞半支烟也和其他玩家一样，伸长了脖子好奇地看过去。

望着熙熙攘攘的人群，韩萧咳嗽几声，朗声道："最近我的仓库积压了许多货物需要处理，已经全部装箱……如果有人想要购买，可以低价出售。"

广场众玩家面面相觑。

装箱，什么意思？不太懂啊。

既然是积压的货物，那还要买吗？

"我要十个。"碧空悠悠马上说道。

本着黑幽灵出品必属精品的心思，他愿意做第一个尝试者，不管什么新功能，搞一下就知道了。

"一个箱子三千海蓝币。"

"这么贵？！"碧空悠悠大惊，硬着头皮买了，身上的钱花了个干净，虽然他是会长，公会资金也不是随便揣在身上的，这都是他的个人资产。

拿了钱，韩萧从车上搬出十口箱子，碧空悠悠连开九个，脸色顿时就黑了，只见箱子里装的全都是一些破碎的零件和廉价的机械原材料，旁边的玩家见状，纷纷摇头。

"这叫什么货物，叫作积压的垃圾还差不多，这些鸡零狗碎送给我我都嫌占地方。"

"傻子才会买这种东西吧。"

碧空悠悠闻言，回头狠狠瞪了一眼，郁闷地打开最后一个箱子，不抱任何希望，然而箱盖一打开，碧空悠悠散漫的眼神顿时凝住了，呆呆地看着箱子里的东西。

一把折叠战刀静静躺在箱子里。

在他的视野里，战刀的名字赫然是紫色的！

这是一件紫装！

众人见他神色，纷纷产生好奇，踮起脚尖，看清楚后纷纷倒吸一口凉气。

惊呼声如同涟漪般，依次往外扩散响起。

到现在为止，玩家还没见过紫装，这是展露在玩家面前的第一件！

碧空悠悠张大了嘴，看着眼前的十个箱子，忽然有种熟悉感，顿时反应过来。

"等等！这玩法……不就是开箱子吗？！"

第277章　黑幽灵的机械箱子（中）

"这不就是开箱子玩法吗？"

这个想法如传染病般扩散，玩家兴趣顿生，某些赌性大的玩家双手已经兴奋地颤抖起来，恨不得马上来一发信仰十连。

开箱子玩法，又被亲切地称为万恶的氪金之路或者剁手大法，是游戏厂商创收的经典套路，韩萧对此自然很熟悉，不仅能点燃玩家的赌性，掉进坑里无法自拔，自己还能赚一笔。

而他正好有这么做的条件与需求，刚好拿来当吸引玩家的定期活动之一。

每个星球都有自己的货币，而三大宇宙级文明构建了秩序后，为了各文明方便交流，制订了通用文化、通用货币、通用语言，各星际文明的独特货币可以转换为通用货币，然而海蓝星这样的地表文明自然无缘这种待遇，海蓝币几乎没有购买力，在宇宙间根本用不了，拿来擦屁股都嫌硌眼子。

所以如果要去星际，就要先把这些钱给换成资源、造成机械，不同文明界定资源的价位各自不同，在宇宙间勉强算硬通货，再不济也比海蓝币的价值更高。在2.0版本【异化之灾】，新手星球都会以不同方式与星际文明接轨，本土货币获得兑换渠道，玩家不需要操心这个问题，而韩萧想在1.0离开新手星球，就得关注一下货币、语言、文化差异等。

他的财产都是海蓝币，出了海蓝星就是一堆废纸，于是全部拿出来买材料、造机械，并且制造机械也能顺便获得一份经验，增加自己的底蕴。

也因为如此，他积压了很多无用机械，用来当开箱子的奖品正好把压仓货废物利用，箱子的爆率完全在他控制之下，大部分箱子都装着废零件和垃圾，只有少量好东西，成本绝不可能超过利润，意味着稳赚。

对外号称是处理压仓货，不保证出品，而玩家明知可能会黑，也同样会花钱赌一个未来——在看到一堆垃圾前，谁都觉得自己很欧。

就算是没多少钱的玩家，也会咬牙买一个赌赌运气，就算黑了，过段时间又会说服自己下次一定红，乐此不疲。

"大部分玩家都喜欢类似的抽奖活动，有机会以极小的成本博得巨大的收益，和彩票一个原理，而现在除我之外，别的地方都没有抽奖。抽奖有两种，一是游戏官方商城，现在商城的抽奖还没上线，主要是特别的虚拟道具，比如副本水晶、基因修复液、红蓝药、经验药和时装之类的，不会直接给装备，属于辅助性质的抽奖。

"二是剧情势力与人物的行为，这才是正儿八经获得直接好处的途径，比如一些势力与集团有贡献制度，抽取厉害的装备与道具，或者一些神秘商人的赌博游戏，还有一些集团处理旧货让玩家来淘金……在各个势力、文明更了解玩家，将其当作雇佣兵之后，属于剧情人物的抽奖才会逐渐出现，说起来应该算是各大势力尝试对'异人雇佣兵'的新驱使方式，以利益为动力。

"我在玩家眼中的形象，大概是'星球主角''机械系导师与商人''英俊帅气''具有传奇性的重要NPC'这一类，我来做抽奖活动，玩家的接受性也比较高，而且是第一个抽奖活动，应该能吸引更多的关注。"

韩萧沉吟。

一个箱子三千，不便宜，但如今的等级让玩家手头都有些闲钱，买一两个不会伤筋动骨，如果赌到了一件紫装那就发达了，现在市面上一件紫装都没有，意味着卖方市场，物以稀为贵，必定是天价。

火热的目光顿时集中在装满了箱子的大型卡车上，玩家的眼神闪烁着各种意味，随后看见站在一边的韩萧，于是所有小心思瞬间灭了。

还是老老实实花钱吧，别作大死了。

十个箱子里，九箱垃圾，一箱紫装，不知道是碧空悠悠运气好，还是比例本来就这么高。

玩家开始踊跃购买，一箱箱打开，有人欢喜有人忧，除了垃圾，还有别的东西，比如一些有用的材料，一些绿装、蓝装，总体来说爆率还很可观，只是还没出现第二件紫装。

　　"莫非是十连抽才出紫装？！"一玩家脸色潮红，跃跃欲试，控制不住自己。

　　"不好说，我感觉爆率有点诡异，不能以常理论之……首先我们要搞明白一件事，黑幽灵推出开箱子玩法究竟是不是游戏剧情的一部分，大家都知道，《星海》极其真实，每个人物都似乎具备独立的思维逻辑，几乎和真实世界一样，一个人物的行动肯定有自己的理由和动机，那么这个抽奖是来自游戏官方的功能，还是他真的在清理仓库……"旁边一哥们推了推眼镜，镜片闪过一道睿智的光芒，"可如果是清理仓库，为什么他不直接把压仓货扔掉，而是卖给我们？"

　　"嚯，兄弟有研究啊。"众人被这哥们的话吸引，围了过来，抬头一瞧，这哥们 ID 赫然叫作"单抽之王"。

　　周遭玩家嘴角一抽。

　　怪不得说得头头是道，这 ID 一看就是老江湖啊。

　　有人问道："说得有点意思，那怎么分辨出来？"

　　重型卡车的库存越来越少，单抽之王眼神一闪，越过人群，大声问道："请问里面还有多少箱子？"

　　韩萧摆摆手，道："一共七百八十六个箱，现在还剩五百三十个。"

　　玩家纷纷一愣，顿时哗然，他们还以为箱子是无限抽，没想到却是限购的，这下有些观望的玩家有点坐不住了，挥舞着钞票加入抢购大军。

　　单抽之王换了个造型，一手环胸，一手抵着下巴，宛如沉思中的侦探，笃定道："这就对了，既然是限购，那就不可能是游戏官方的功能，黑幽灵是真的在清理仓库，可他选择用封箱形式贩卖而不是直接遗弃，嗯……而且压仓货里竟然会有完好珍贵的紫装，这根本说不上是废物处理，所以唯一的理由就是，这不是真正意义上的处理垃圾！黑幽灵这么做，实际上是隐晦地发好处，是了，我们'异人'帮助他建造避难所，这是在隐性回报我们！"

单抽之王声音不小，广场上玩家一听，顿时深以为然。

说得有理有据，令人信服啊。

"如果是游戏官方的开箱功能，那官方一定会公布爆率，可如果是游戏剧情的一部分，那么就要靠玩家亲身体验，总结出隐藏的爆率……"

单抽之王目光爆闪："游戏官方为了平衡性，你绝对抽不到太牛的东西，但如果是黑幽灵的回馈抽奖就不同了，说不定真能淘到什么好货，代表这些机械箱子可能会爆出惊天动地的神装！"

他这一席话，听得众人热血沸腾，气喘如牛，兴奋无比，群情高涨。

旁边的韩萧听得一愣一愣，给他整蒙圈了，满头雾水。

"我好像没请演员啊，这人从哪蹦出来的……"

第278章　黑幽灵的机械箱子（下）

有人单抽，也有人信仰十连抽，然而都没什么区别，韩萧只是控制一批箱子的总体成本，具体卖出去的时候就不管了，全凭玩家自己的运气，暗箱操作不存在的，要让玩家感受到回家般的温暖。

如果十连抽有保底，可以吸引更多人连抽，但他采取的是限购模式，每一批箱子的数量就那么多，必定能卖完，连抽不能赚得更多，反而会提高成本。

限购的前提下还要连抽保底的话，可能会有财大气粗的公会大批量购买，用资源碾压普通玩家，这就不好了。

第一批箱子里只有碧空悠悠这一件紫装，只有这件是韩萧亲自操作给出去的，确保引起玩家的兴趣，其他的箱子则没管，除废弃零件之外，还有几件蓝装与十几件绿装与一些有用的零件材料。

玩家还可以接受这个爆率，有人欢喜有人忧。

第一批七百多个箱子，广场上成千上万玩家只有少部分人买到，其他人都在旁边观望。

"这一批积压货物处理完了，以后会定期清理仓库。"韩萧开口道。

"啊，这就没了？"

玩家们意犹未尽，心痒难耐。

再想要也没用，玩家只能眼巴巴看着韩萧开车离开。

有收获的玩家纷纷一脸喜色，寂寞半支烟很是羡慕，摸了摸钱包，犹豫不已。

"一箱三千，好贵，我的运气肯定抽不到好东西，要不要买……"

……

"每箱三千，这一趟卖了七百多个箱子，大概是……好多好多钱。"韩萧一边开车，心里暗暗盘算。

收益减去成本，大概有几十万的纯利润，使资金链循环不息，一进一出，完全支撑自己买材料造机械的开销，比卖商品还要稳定，也更加暴利。他在箱子里放的是符合玩家等级的高品质装备，不会给出不合理的东西。

第一次开箱活动引起避难所玩家的广泛讨论，兴奋的情绪被撩了起来，韩萧趁热打铁，过了几天，开始下一次开箱子活动。

连续四次之后，终于让避难所玩家开始习惯这个定期活动，每到固定的时候，玩家就提前在广场上等待韩萧开车到来，搓着手一脸迫不及待。

每批箱子的数量都是几百个，一开始要二十分钟才能卖完，到了第四次，仅仅六分钟就销售一空，反映出玩家对这个活动的接受程度与热爱水涨船高。

韩萧举办这个活动的目标初步成功了。

论坛的海蓝星板块传播了这一消息，玩家几乎没有见过紫装，也不知道从哪里才能得到，而在这个关头韩萧的开箱子活动横空出世，是目前唯一一个获得紫装的途径，顺理成章得到巨大的关注，影响逐步发酵。

韩萧看到论坛上热闹非凡，几个抽到紫装的玩家发帖炫耀，得意扬扬，底下一大堆羡慕嫉妒恨的回复。

"拜见紫装大佬。"

"吸——"

"氪不改非，玄不改命，欧洲人食我非洲巨 × ！"

"再来一波十连！别拉我，我没疯！这次必出紫！我的直觉不会出错！"

"本以为这游戏和外面那些妖艳贱货不一样，没想到你这个浓眉大眼的也背叛革命了！"

"这一天，非洲人终于回想起了一度被血统支配的恐惧……"

"内容引起'墙裂'（强烈）不适，已举报！"

"BGM：我们不一样，不一样——"

"十连无保底，单抽出奇迹，长见识了，社会、社会……"

"神族公会收购紫装，价格可商量，私聊求密。"

"天空领域收购紫装，价格比神族高，可私聊。"

"九抽全黑，默默看楼主装 × 。"

"十三抽全黑路过，笑摸楼上狗头。"

"十八抽黑人已疯，明天就去抢黑幽灵的仓库！"

"向楼上兄弟献上最崇高的敬意，你是解放的斗士，你是革命的烟火，汝妻女吾养之，放心去吧，一路走好，此致，敬礼！"

"敬礼 +1！楼下保持队形。"

"敬礼 +2！"

"敬礼 +2333！"

各路玩家吐槽不休，热闹非凡，自发给韩萧的开箱子抽奖起了名字：

【黑幽灵的机械箱子】！

始终引领潮流，从未被超越。

……

大笔资金入账，韩萧毫不在乎价钱大批量购入材料和零件，一大半的时间都留在车间里不停造机械，将海蓝币转换成有价值的材料与机械，同时也能拿不菲的制造经验。顺便制造低级紫装充当奖品，他遥遥领先玩家太多，用不着的机械对玩家来说却是珍稀装备，不枉自己发育这么久，现在是收获的季节。

避难所走上正轨，闲杂事务有黄誉操心，韩萧只需要批示文件签名就行。

海拉正陪着欧若拉做康复训练，狂刀、枫月、肉包、昊天四人每天都从韩萧这里接到奖励不菲的陪欧若拉玩耍任务，韩大技师暂时对他们基本是半放养模式。

同时，韩萧也没忘记偶尔看一眼战争走向，六国形势一片大好，萌芽基本处于崩盘状态，他估计过段时间，萌芽就要愉快地打出"GG"，彻底结束战争，整个海蓝星便从战火的阴影中解放出来。

上次浏览暗网的情报，游荡者比战前少了百分之二三十，投入了各个势力寻求庇护，这让韩萧感觉怪怪的，仿佛战争推动了秩序的建立，野外的"自由人"因为恐惧而回归了统治阶级的怀抱。

局面朝着更好的方向发展，不过韩萧相信墨菲定律，在尘埃落定前，他不想过多关注战局，免得出意外，反正他该做的都做了，情报全是他给的，萌芽的执行官战力也被他收割了一波，六国军力、情报全面占优，这还打不赢那六国就说不过去了。

韩大技师暂时把重心放在玩家主城计划上，玩家是重要的一环，他很重视。

（后略）

第1253章　第三圣所见闻（上）

这一刻的感觉，仿佛过了一瞬间，又似是过了无数年。

韩萧视线慢慢变得清晰，渐渐看清楚了周遭的景象。

这里是一片无边无际的白茫茫世界，没有重力，他的身体悬浮在半空中，而四面八方飘浮着不计其数的白色光球，有大有小，远远望去，好似每个光球之中都在播放着模糊的影像。

"第三圣所的景象，倒是和起誓人的描述没有什么差别……"

韩萧一脸好奇，忽然回头望去，只见来时的光门通道大幅度抖动，像是马上就要溃散。

他忽然直觉一动，鬼使神差伸出手，朝着通道虚握。

嗡——

就在这时，体内突然涌起一股特殊的能量，六道热流仿佛凭空诞生，汇聚到了手掌，化作一道独特的纹路，熠熠发光。

下一刻，通道似乎受到了某种加持，一下子稳定了，变成一个慢慢旋转的光门，像是一面发光的镜子一样，无法看到外面的情况。

"这是什么？"

韩萧诧异，他刚刚只是生出了不希望通道消失的想法，却忽然有了一种自己能做到的直觉，而结果也恰好如此。

他低头望向手掌，观察着这个凭空出现的印记，像是六道花纹拼凑起来的，图案似乎并不完整。

"奇怪，我的体内什么时候有了这种东西？"

韩萧正想打开面板检查自身状态，却猛地一愣，发现面板竟然打不开了。

这还是无往不利的面板第一次没有响应！

韩萧眉头一皱，猛地捏拳，尝试调动体内能量，只见一道道灿金色的械力激射而出。

"唔，面板虽然打不开，但我本身的状态没有任何变化，依然在全盛时期。"

韩萧感受了一下身体情况，暗暗松了一口气，虽然面板暂时打不开，但不影响自身的能力。

从一开始，他就是完全真实的感受，所有能力最后都成为自身掌握的技巧，信手拈来。如果换作普通的玩家，没了面板连技能都放不出来。好比制造机械，他需要亲自完成所有工序，而普通玩家只需要读条，两者间存在巨大差异。

韩萧也是第一次进入圣所，只能慢慢摸索情况。

他测试了一下各种技能，发现基本都能使用，唯独无法与外界产生任何联系，量子通讯、维度工厂都用不出来，连皇者传送都头一回失效了。

虽然莫名其妙维持住了圣所通道，但对外的通信手段全部失灵，与圣约组织的通话也断开了。

"有意思，圣所的存在性质特殊，不仅皇者没用，甚至无法呼出面板……"

韩萧眯起了眼睛，大脑飞速转动，盯着手掌的印记，忽然间灵光一闪。

"六道花纹……六……如果没记错的话，这和我拥有的第三圣所碎片数量差不多吧？"

韩萧眼神一亮。

他此时虽然看不到面板，但依然记得这种信息。

本来，自己手里只有两个【第三圣所】技能碎片，一个来自【原始异能收藏家】里程碑，另一个则是吊打圣约老年人之后的奖励。

而【跨越迭代的接力】第三环任务要求是进入任意一个圣所，奖励三个相应圣所碎片，虽然现在看不到面板，但韩萧觉得面板也许依然在运行，在他看不到提示的情况下，发出了任务奖励。

这样一来，自己手里就有五块【第三圣所】技能碎片了。

至于多出来的一块，韩萧对此有几种猜测，根据起誓人的经历，最大的可能性就是进入任意圣所，就能自动得到一块相应碎片。

如果这个思路无误，数目就对上了，足以解释目前的情况，证明这枚印记不是凭空出现，而是早已在体内沉睡，激活条件则是进入相对应的圣所。

"我一直不知道圣所碎片有什么用，而刚才却稳固了圣所通道……是不是可以理解为，圣所碎片与我在圣所之中的权限有关，碎片越多，能办到的事情也越多？每个个体独立，所以圣所碎片的体现形式不是物品，而是技能？

"话说起誓人说他在圣所里有种做梦的感觉，意识不清醒，但我只是有点注意力分散，没有他说的那么夸张，这会不会也是圣所碎片的效果？"

韩萧不禁陷入思索。

忽然间，他猛地回过神来，用力摇了摇头。

"这种东西目前只能猜测，不能在这上面浪费太多时间，出去以后看一看面板，应该就能知道发生了什么……当务之急是观察圣所！"

韩萧定了定神，操控身体飞到最近的一个光球旁边，睁大眼睛想要看清楚里面的幻象，但始终模糊无比。

他犹豫了一下，伸出带有圣所印记的手掌，小心触碰这团光球。

哗啦啦——

就在接触的瞬间，一股庞大的信息流宛若汹涌的波涛，一下子灌入脑海。

恍惚间，韩萧眼前出现了幻象，仿佛看到了一个种族从萌芽到灭绝的全过程，创建了辉煌的文明，诞生了一代代伟人，技术不断进步，而最终在一场灾难中毁灭。

韩萧愣了好一会，这才收回手，发现只能记住一部分幻象的内容，脑海里凭空多出了一部分知识，似乎是这个文明在发展过程中创建的一些技术。

"这些知识以生物、基因领域的技术为主，不是这个文明全部的技术，只占一部分……"

韩萧品味着这份突如其来的收获，转头又接触更多光球。

多次测试之后，他对圣所机制渐渐心里有数了，猜测并总结出了几个规律：

第一，每个光球都是信息态集合体，记录着不同事物的资料，其中以文明为主，一般一个光球代表一个文明，都不存在于现有的历史之中，应该都是曾经迭代的存在。

第二，接触光球可以读取里面的信息，但只能记住一部分，内容多寡很可能与圣所碎片数量代表的权限有关。

而同时，记忆的内容总量也有极限，到了一定程度后，再去读取新的光球，就会遗忘一部分之前光球的资料。

根据信息态的原理，很可能每次进入圣所都会限制记忆容量，下次进入才重置刷新，意味着每次从圣所带出去的知识是有限的，每次进入的记忆容量上限依然可能取决于圣所碎片数量。

第三，接触了多个光球，得到的技术大多数都是生物、基因领域，以及与异能有关的知识。这可能是圣所之间的区别，代表这些迭代文明的知识被分门别类存放，不同的圣所代表着不同的可获取知识类型，第三圣所很可能是生物基因、异能研究方面的技术。

第四，有些光球蕴含的内容是不同迭代的超 A 级强者，读取这种信息态光球，可以沉浸式体验他们的人生经历，甚至获取一部分他们掌握的信息。

不过第三圣所里面只有异能者，按照韩萧的推断，假如是读取了机械师、魔法师的信息集合，很有可能获得对方掌握的知识、技术、法术、图纸等信息。

"杰斯没有骗我……"

韩萧面带惊容，心潮起伏。

虽然这些规律里面有猜想和推测的部分，但他觉得真实情况应该八九不离十！

起誓人上次进入圣所，除了完成复苏目标，几乎没有别的收获，可能就是权限不足的原因。

而自己在第三圣所初始就有六个碎片，足足比起誓人的权限级别高上五层，能做的事情应该远超起誓人。

想到杰斯，他当时的请求又一次浮上脑海。

"试试圣所复苏是什么样的吧。"

韩萧定了定神，拿出起誓人交给他的媒介。

刚生出了圣所复苏的想法，手掌的印记似乎便有所感应，亮了一下。

咻——

下一刻，一部分光球陡然射出一条细细的光线，在韩萧眼前汇合，紧接着强光一闪，一道发光的印记飘浮在半空中。

韩萧打量了一眼，脸色一喜。

"这个样式……没错了，就是起誓人画下来的圣所复苏烙印。"

韩萧立即伸出另一只手掌，触碰这枚印记，印记顿时化作一道流光，烙印在了他的手背。

同一时间，一股信息流随之涌入脑海，里面记载了圣所复苏烙印的用法，以及这枚烙印的所有复苏对象。

只是，杰斯并不在其中。

"看来是失败了……"

察觉到这一点，韩萧叹了一口气。

要么是自己这个媒介不被圣所承认，要么就是和杰斯当初说的一样，跨越迭代的复苏存在某种限制。

虽然相处时间不长，但杰斯给他留下了深刻印象，复苏的尝试失败了，没机会再和杰斯相见，韩萧心情五味杂陈。

"算了，这也是命数使然。"

韩萧摇头，收拾了一下心情，思维不禁从杰斯身上跳到了诸星联，嘀咕道："诸星联迭代的信息态集合，应该也存放在圣所里面吧？"

这个想法刚一出现，圣所印记便产生了反应，亮起白光，指向一个方位。

看到这一幕，韩萧没有准备，顿时愣了一下。

接着，他跟随印记的指引飞过去，最后停在了一批光球旁边。

"莫非这些是诸星联迭代的信息态光球？"

韩萧念头一动，读取了其中一个光球的内容，立马确认了自己的猜想，里面确实就是诸星联迭代某个文明的资料。

回过神来，韩萧惊奇地看了一眼手上的印记。

"看来我猜得没错，圣所碎片就是权限，没想到还自带索引功能……不过也对，圣所里面储存着这么多信息态资料，想要找特定的信息，就像大海捞针一样。"

念头刚刚升起，韩萧身子一顿，忽然有了个大胆的想法，喃喃自语：

"既然有索引功能，那么搜索星海的迭代资料，找到了目标的话，是不是代表我们已经……"

嗡——

话还没说完，圣所印记再一次指引了方向。

"还真有?!"

韩萧呼吸为之一窒，心情猛地一沉。

他抿了抿嘴唇，沉默着跟随指引，来到一个光球旁边。

他原地待了一会，才做好心理准备，深吸一口气，缓缓触碰这颗光球。

然而下一刻，韩萧猛然愣住了。

这个光球里面一点内容都没有，赫然是空的!

"怎么什么都没有?!"

韩萧摸了那么多光球，还是第一次碰到这种情况。

他又尝试搜索星海三大文明和其他高等文明。

每一次搜索都成功了，但所有目标光球里面都没有任何资料，只是空壳。

韩萧脸色惊疑不定，却又不禁松了一口气。

他担心在圣所看到已探索宇宙的信息，这就代表星海迭代和诸星联一样，只是过去的幻影。而现在情况出乎预料，虽可以搜索到目标文明，但都是空壳，韩萧不知道是怎么回事，可至少不是最坏的结果。

有点意思，这究竟是什么情况……

韩萧眉头紧皱，捏着下巴沉吟思索，暗暗有了猜测。

"空壳的原因……难不成这代表星海是正在进行的迭代，也就是所谓的现在进行时，而只有等到我们经历了大重启，相关信息才会被圣所收录进来? 如果真是这样，那应该算是一个好消息……"

这时，韩萧忽然想到什么，脸色微微一变。

所以说，这些空壳……就是圣所为这个迭代预留的墓碑?

"圣所这是在表示，万事万物都逃不过灭亡的结果吗……"

韩萧沉默了下来。

静静地看着眼前的空白光球，骤然间，莫大的悲凉感撞入了心田。

第1254章　第三圣所见闻（下）

无论是三大文明还是世界树文明，全都是空壳。

韩萧呼出一口气，收拾了一下情绪，把感情压在心底，不再去看眼前的空白光球。

"这也不算坏事，至少星海不像诸星联一样是过去的幻影，而且以诸星联的时间尺度来看，星海距离大重启还早，我能不能苟活到那一天都不知道……

"对了，如果我搜索地球的话，不知道有没有结果。"

韩萧兴之所至，忽然生出这个想法。

他低头看了一眼印记，却发现索引功能这次没有反应，不禁眉头一挑。

"唔，没反应吗？那可能想岔了，老家依然是另一个世界，和咱们的迭代没关系……"

韩萧摇头。

他定了定神，继续干起正事，把自己读取的信息输入储存器。

虽然设备断网了，但基本功能还在运行，他想要用硬件储存的方式，试试看能否突破圣所的记忆容量限制。

很快，韩萧把读取出来的技术转录到了储存器之中，接着再次开始接触光球，读取里面的信息，新到手的技术再次取代了脑海里记下来的一部分资料。

这时，韩萧再打开储存器看了一眼，发现储存器也同步消失了一些资料，貌似与自己遗忘的部分不谋而合。

"看来这条路子也行不通，有点像命运之子的机制，只不过圣所体现得更为高级……不管是人脑、机械硬件还是别的什么，只要是记载或传输信息的媒介，那便无视媒介的存在形式，直接从根本上消除那部分信息，高维信息态原理之一……"

韩萧暗暗嘀咕，不死心又换了不同方式多试了几次，确认无法取巧，只好暂时放下了这个想法。

他收起储存器，不再进行无谓的尝试，环视圣所空间，默默点了点头。

圣所复苏成功，杰斯的说法得到确认，摸清了圣所的部分运行机制，记忆容量到了极限，在韩萧看来，自己进入圣所的目标基本达成了，差不多可以沿着通道离开了。

韩萧正要动身，突然间灵光一闪，猛地意识到了一个问题。

"等一下，我好像受到先入为主的影响了，我从杰斯嘴里得知了圣所的来历，得知了救世主文明、圣所文明的贡献，知道了一代代传承，所以对来龙去脉很清楚……但起誓人是怎么清晰知道的？

"如果他的情报仅仅来源于读取光球，那么这里光球这么多，再加上记忆容量限制，他掌握的情报应该大概率是残缺的才对……"

韩萧眉头一皱，猜疑起来。

圣所记录的对象，并不只有一个迭代的最终文明，而是每一个迭代的所有文明，只要有过存在痕迹，无论强弱都会被收录进来，这一点和个体不同。

而这，就意味着只有极少数光球才记录着圣所来历和大重启的信息。

根据韩萧刚才多次读取信息态光球的经验来看，要不是他早就从杰斯口中得知了来龙去脉，光是自行读取光球，八成拼凑不出这么清晰的情报，其中记忆容量限制是主要因素。

而起誓人的第三圣所权限远低于自己，如果不是撞大运摸到了一个"终极文明"，基本不可能清楚得知来龙去脉，所以韩萧对起誓人的消息来源有所疑虑——他不相信这人运气这么好，不然哪里需要这么多年才凑齐圣所钥匙。

韩萧暗暗沉思，就在他怀疑圣所为何存在的一刻，变故骤然发生！

嗡——

手上的圣所权限印记陡然闪烁起来，绽放出一道道流光，像是丝线一般，编织成了一块半透明的光幕，悬浮在他的面前。

"嗯？又有花活，这是什么？"

韩萧精神一振，凝目看去。

只见光幕上浮现一串串看不懂的字符，像是每隔几段就换了一种文字，韩萧全都不认识。

但在下一秒，这些字符全都转译为了星海通用语。

"能够自动转为阅读者可理解语言的信息态原理吗……"

韩萧定了定神，从头开始看下去，发现关于圣所、迭代的内容就在最顶端，清楚解释了来龙去脉，和杰斯的说法基本一致，只是多了更多细节。

而往下看去，每一段的内容开始出现空缺，越往下空缺越多。

看了一会，韩萧大致明白了是怎么回事。

"原来如此，这个光幕上面记录的，都是每个迭代终极文明的留言，这个东西估计是个特殊的留言板，将终极文明的重要经验一代代传下去。

"这些留言应该是以时间排序，最上面的内容时间最早，都是圣所、迭代来历这种最重要的基本情报，八成就是起誓人消息的来源……而越往下面，距离现在的迭代越近，随机空缺内容就越多，估计还是和权限有关，权限高了，才能减少空缺。"

韩萧暗暗恍然，顿时明白了留言板的存在意义，那就是记录迭代顺序，顺便让后人快速了解圣所、大重启的来历，不需要随机读取光球碰运气拼凑真相，并且让后人得以吸取前人总结出来的经验，少走岔路。

这个留言板，应该才是各个迭代的终极文明进行接力的主要平台！

韩萧暗暗惊奇，捏着下巴喃喃道："感觉这个留言板功能，应该不是圣所自带的，而是后续迭代带来的变异……"

杰斯曾经说过，因为圣所不灭的特性，导致不少终极文明将圣所当作突破口，开展各种计划，这导致圣所一次又一次变异出了新功能，圣所复苏可能就是变异出来的，因为复苏对象的职业不受圣所分类限制。

而这块留言板大概率也是变异功能之一，通过刚才的阅读，他发现确实有许多文明的计划围绕圣所开展。而最初的留言者话里话外都表示了，它是第一个发现留言板功能，在它之前还有更早迭代文明的光球。

最初的留言者还简单介绍了一下圣所的基本机制与各种功能，比如其他几个圣所的钥匙需求，而且不出韩萧所料，圣所碎片就是权限。

甚至超 A 级强者偶尔获得关于圣所的启示，也是变异的新功能，为的就是让该迭代的人更早接触到圣所，有更多发展时间。

同时，后续迭代的终极文明依旧继承着说明的工作，在留言板补充变异出来的圣所新功能，只是大部分都是空缺内容，无法看到。

"每个迭代的霸主，都在为后人铺路吗……"

韩萧眼神变幻，怀着不一样的心情再度扫视光幕，一条条留言映入眼帘：

"明天就是实行□□□计划的日子了，希望一切顺利。"

"□□□方案真的可以成功吗？其实我们并没有信心……"

"涅槃计划的原理是□□□，根据推算，我们的成功概率在 1.44% 左右，或许我们的研究不够深入，无法度过大重启，但涅槃计划的技术会被圣所记录，希望后人能在我们的基础上继续研究，我们文明的名字是□□□，请自行搜索。"

"我们是□□□文明，大重启已经开始了，这一切并不是骗局，我们趁着最后的时间留下信息，我们的计划即将失败，证明使用□□□技术是行不通的，希望后人不要走我们的老路，这是条死路，切记切记！"

光幕上面，有充满希望的留言，有不自信的留言，有严肃分析自身思路的留言……

看着这些信息，韩萧仿佛能感受到这些文明留言时的情绪——按捺着焦虑、绝望和恐慌，强迫自己冷静下来，为后人留下言简意赅的传承……

"这就是'跨越迭代接力'的真正含义吧……真是伟大的事业。"

此时此刻，韩萧才对这个任务的名字，有了更深的体会，心情复杂，暗生敬意。

"或许在未来某一天，三大文明也会在这里留言……唔，也有可能是世界树？"

韩萧轻轻叹了一口气，平复了一下情绪，想了想，开始寻找诸星联的相关留言。

因为留言板以时间顺序排列，可以从中看出迭代的顺序，他想弄清楚诸星联的顺位，看看对方与星海隔了多少个迭代。

他一条条看下去，忽然在倒数第五条的时候，看到了相关信息。

因为距离时间很近，下面的留言基本都是空缺内容，但他看到了"文明重启计划"这个熟悉的名词，正是诸星联度过大重启的方案。

"倒数第五条吗，这么说诸星联最多与我们相隔四个迭代，最少则是我们上个迭代……"

韩萧暗暗点头。

因为同一个迭代可以多次留言，所以他不知道中间相隔的几段留言分别是谁的，也许是其他迭代，也可能是诸星联本身。本来可以将语言作为判断标准，相同文字就是同个迭代所留，以此清晰分辨，只是留言板全部转译为星海通用语，韩萧试了一下，发现无法转回原版，不知道是没有这个功能，还是自身权限不够，对此他也没辙。

而最后几段是大片大片的空白，唯一有价值的信息，是最后一段中间穿插的一截没头没尾的话：

"……信息态转化真实，这是正确的路径……"

韩萧挠了挠头，不知道该说什么好。

"信息态转化……智能瘟疫、圣所复苏大概都是这样的原理，只是这条留言竟然直说这条路是正确的……如果真的成功，你们怎么会凉了？"

韩萧无奈地叹了口气。

感叹了一会，他试图在光幕上留言，发现没有任何反应。

"唔，说起来，这块光幕都是文明的留言，没有个体，也不知道是我权限不足以留言，还是个体的留言不被留言板收录？"

想不明白这个问题，韩萧只好暂时扔在一边，关闭了留言板。

此行的目标基本完成，在他看来，最大的收获是通过自己远超起誓人的权限，完整记录了其他几个圣所的开启方式。

因为信息态记忆容量的限制，想要再多的收获，估计只能等下次进入了，像愚公移山一样，一步步把这里面的信息"搬空"。

"希望下次能去其他圣所看一看，最好是第一圣所，我在那边的初始权限也不低。"

韩萧暗暗嘀咕了一声，回到了稳定的圣所通道旁。

不舍地看了一眼圣所，韩萧毅然回头，飞入通道。

当光芒再一次充斥视线，意识短暂模糊的瞬间，韩萧心里只剩下一个念头：

"我在圣所里最多待了五个小时，也不知道宇宙里过去了多久时间……"

[节选自起点中文网]

【读者评论摘编】

@御井烹香：推书《超神机械师》，这本书作为科幻准网游类小说我可以打90分，无感情戏，男主三观非常接近我的标准，语言诙谐幽默而且很肥，我进入看文模式了，看了好几个小时饭都不想吃，你们呢！

（发表于新浪微博，2019年8月8日）

@蓬山此去无：抛去这些，作者才学在一众浅薄网文中还是非常值得肯定的，战争场面用词亦精彩，令我重回当年看方想作品的欢喜，看文笔甚至比当年方想更高。后期存在的问题也可算是瑕不掩瑜，毕竟写了这么久，和失控烂尾相比已属难得。只不过对一本好书来说，期望值自然更高一些。结尾玩了个NPC空降，对应全文主题玩家入侵，也是不可多得的创意。

（中略）

我最喜欢的几个情节：自毁病毒、"宇宙再大，也有尽头，而野心永无止境"以及和玩家的互动，包括几次演讲、原谅闯祸玩家等。这些情节给了主角一种仍清楚知道我亦是玩家之一的血肉感，比起看一个无敌NPC的故事，读者更想看的当然是同阵营玩家开挂的故事啊。

（发表于新浪微博，2021年3月24日）

@北城未晴：后期纵身星海没想到能更上一层楼，对于玩家的侧重有所减弱，更多是着笔在众多势力间纵横捭阖，提升实力，挖掘世界真相上。上升路线清晰，节奏一直把握得很好，如秘密战争的活跃，初入超a的热血，闪耀世界的布局，进化方块的纠葛，面临围剿的危机，世界树的谋划，与老麦头的恩怨。直至后期，揭开圣所真相，引领超a阶层，称得上波澜壮阔。诸多配角也都是有血有肉，感情上虽然着墨不多，但已经收了龙座海拉，算有个交代。已经追了3年，预计百万字内完本，整篇爽点密集，有始有终，改评仙草。

（发表于优书网，2020年5月10日）

@bessshp：看得非常欢乐的网游文。4星。成为NPC的文看了一些，多是要么有点黑暗向，要么要探讨一下不同立场意义，总之拖泥带水也不爽。此文看的时候一气呵成，畅快淋漓，作者的笔法幽默，搞笑段子多。即便把玩家当成韭菜割，也只觉得搞笑，没有一点不恰当感。所以说文风就是重要啊，这种轻松文风，会让人对逻辑什么的容错率更高。打个比方，哪怕同样是说丧尸，也会自动带入《植物大战僵尸》而不是《寂静岭》。作者把控剧情到目前为止都很赞，不疾不徐的，知道读者期待的爽点在哪里（老司机啊），现在回海蓝星了，希望后面能继续把握节奏，不要逆天了。再多安排几个有名有性格的人物，无比期待！

（发表于优书网，2018年4月26日）

@赤戟：近几年游戏异界文的擎天巨擘（爽白向），仿作多不胜数，割玩家韭菜的玩法衍生无算，不谦虚地说，这两年的第四天灾文几乎都受到过本书的影响。虽然剧情漏洞不少，部分配角也略显小白，但故事流畅，节奏紧凑，骚话连篇，轻松幽默，整体节奏掌控颇为娴熟，剧情亮点不少，比如主角利用自己NPC的身份和玩家互动的情节，调教养成萌新玩家，脑洞大开，意外带感。在持续更新两年后，迎来完结，有头有尾，非常完整，质量稳定如一，剧情中后期居然并没有明显的拉胯，骚话不断，还挺耐看的。

（发表于微信公众号"赤戟的书荒救济所"，2020年12月4日）

@老书虫·老玄：第一大优点，独具想象力的创新性。说一句很公道的评价，虽然机械师分类为游戏类网文，但幻想科技含量比绝大多数科幻类的网文更高，创造的名词也非常恰当高端，创造力惊人。甚至读者首次读到这些词时，难免虎躯一震，鸡皮疙瘩渐起。另外皮甲不拘泥于修仙练气才能变强的老路，创造性地构想出新的成长路径，科技成神！比方说像修仙文中为什么读出大能真名会被感应到，这本书中给了一个唯物主义的解释——信息态干涉，不得不说当时看到冷汗都冒出来了。仅从科技想象力这方面，网文作者中皮甲可谓首屈一指。

第二大优点，宏大完善的世界架构。网文几载岁月，从未见过第一章就把全书大纲罗列出的作者，并且之后的剧情基本符合逻辑地按照大纲发展。这本书从开篇寥寥几章就把整个星海的宏大概括了出来。地形和势力上，萌芽、六国、海蓝星、破碎星环、三大霸主级文明；时间线上则遵照版本发展，初生海蓝星、闪耀世界、银色革命军、超能灾祸、世界树入侵；职业上，五大超能者职业体系，超能者的阶位划分由 e 到 a 级天灾级，能在行星地表掀起毁灭性灾难的天灾级之上甚至还有阶位。我说这是前两章就描绘出来的，你们敢信吗？而且随着剧情的发展，世界的架构也在不断完善扩大丰富，歌朵拉、黯星、星团级文明、异化之灾、赤潮、次级维度、迭代、圣所、超 a 级……我们都生活在压力之下（大气压），但我们中的有些人想要遨游星海（打游戏）。

（后略）

（发表于知乎，2021 年 2 月 18 日）

[导引、简介、节选、读者评论摘编：蔡翔宇]

在"苟""屃"的时代，做一把"莽"英雄
——评齐佩甲《超神机械师》

蔡翔宇

在网文中，游戏与科幻一直都处在一个重要但又略显尴尬的位置，以作品的代表性、经典性来看，它们产出过一些大作，但从整体发展和作品数量上而言，它们都并非令人瞩目的大类。《超神机械师》横跨两者，却交出了一份不俗的商业成绩答卷，长期稳定在起点畅销榜前十，这或许是因为，在"苟""屃"成为近年网文新风潮的同时，仍然有一批"莽"的爱好者，支持着"不完美英雄"的故事。

小说大体分为在海蓝星的地表阶段，与带领军团成长的星际阶段两部分。剧情发生地在海蓝星时，小说以典型的游戏异界文形态呈现：不时出现的面板、游戏世界的"真实感"、职业联赛、稍稍偏离"前世"记忆的游戏剧情……身兼NPC模板与玩家面板的韩萧，则作为不属于这个世界，也不属于玩家群体的异类快速地成长着，最终走出星球，飞向宇宙，开启下一个版本的主线。

正是在这个时期，韩萧在读者中获得了两个别称——借助自己中间位置带来的优势，韩萧从玩家那里获得了海量的经验，成为"割韭菜"的"韩老农"，飞速提升着自己的等级和属性；同时又在NPC处获得玩家无法获取的"模板专长"，将本来造物强大而本体脆弱的机械师堆成了防高血厚可以和"武道家"肉搏的"肌械师"。作为游戏文，《超神机械师》的设计是优秀的，NPC的身份和玩家的操作面板结合，给了主角独一无二的成长优势，比起前辈如《重生之贼行天下》，NPC独特的视角把个人成长与组建势力的两条老套路合在一起走出了新花样。观看"韩老农"如何对玩家"割韭菜"，也成为读者另类的自嘲，毕竟现实中没有"韩老农"，却有套路相似的各式游戏厂商。除此之外，动辄小半

章的角色面板、任务详情、物品信息，将"游戏"描在实处，也满足了部分读者数据控的癖好，可以说学到了数据流的神髓。

若仅止于此，《超神机械师》就仅是一部有新意的游戏文。但韩萧真正响彻海蓝星的称呼是"黑幽灵"：一个从邪恶组织逃脱的超级实验体"零号"、阻止世界大战恶化的和平卫士、突然崛起的星球英雄。主角其实远没有旁人看来那般伟大，无论玩家还是NPC，都不知道他能接到游戏任务获得奖励，许多"不求回报"只是因为游戏系统已经给得够多了，小到寻人、伏击敌方小队，大到建立避难所、消除外星威胁，韩萧的光辉履历背后藏着海量的报酬。可是有所求、有回报的英雄，便不算英雄了吗？韩萧"剽窃"的前世游戏英雄演讲中，或许给出了答案："我不伟大，只是太多人渺小。"

这一胸怀与格局，使主角成长变强的道路不再如大多数网文一般只是换个高级地图打怪，而是真真正正地走向家国天下、星系文明、宇宙存亡。他一方面当然是个体伟力的巅峰、宇宙无敌的战力，但另一方面，他也是运筹帷幄的主帅、坐镇千军的领袖。剧情到此，显然已经涨破了普通游戏文的容量，同时，随着主角个体实力的成长与玩家的逐渐隐形（后来的游戏版本迭代之间玩家缺席的空白期越来越长），新宇宙的异质感取代了"旧相识"带来的熟悉感，其高科技、高异能的一面也压过了初期常见的游戏面板、人物数值与系统任务的存在感——当个体伟力已经超过了游戏系统原始设定的上限，奖励机制当然就逐渐失效了。游戏向科幻类型的转变也就这样自然而然地发生了，而文本内部的断代也很清晰：走向星海，带领玩家在宇宙佣兵联盟注册时，主角的代号改为"黑星"，成立"黑星佣兵团"。

走出海蓝星后，作者进一步展现出自己对未来科技非凡的想象力。他将注意力投向"信息"，从量子力学的基本概念之一"观测"出发，构建了"高维信息态"的设想，设定它"像是剥夺了个体的实物存在，只剩下这些信息的'概念'构成存在基础，就像物质生命、能量生命的分类一样，变成一种新的存在形式……是否真实存在，只和观测者有关。"并以此延伸出圣所与宇宙迭代这两个后期故事的核心设定，描绘出文明接力的恢宏画卷。同时，通过嵌套式的"暗面宇宙"相对于"真实主宇宙"独立重复迭代，解释了可重复的"游戏异界"的形成。这个亦真亦假的宇宙，与它最终回归地球的结局，让"或许真有这样的世界"的幻想，长存读者心中。走向这一最终科技的途中，经由主角机械师的职业选择，小说得以大篇幅地描绘从地表到太空，各级星际文明中的种种未来科技，幽能、智能生命、时空剪切……种种幻想，带出了生化危机、机甲战争、太空歌剧、星际殖民、智械危机等常见母题，几乎是科幻网文类型的博物馆。

而作者在一众"起名废"写手中独树一帜的笔力，也贡献出光辉联邦、闪耀世界、破碎星环、械国、选神者等简洁却也浪漫大气的名字，为其科幻的设定更增几分光彩。但他没有停留在炫目概念的堆叠，而是随着主角实力与势力的增长，逐步扩大视野，在新奇的另一个宇宙探讨个体与集体的关系、科技与人类的关系、文明发展的方向，并在行文中多次抒发对文明的情怀、深入对生命意义的思考，这在同期的男频小说中尤为难能可贵。

必须承认的是，类型的转移也伴随着原有类型魅力的消散，玩家的退场、数据的渐隐仍不时在"本章说"中引起读者的叹息；大结构的转变也让它的整体稍显割裂，"超能灾祸""银色革命军"等游戏大版本主线故事在前期有着反复的渲染，提早接触到的核心人物似乎是重要的伏笔，这些在后期却由于主角带来的蝴蝶效应改变了事件走向，而被一笔带过，显得有些虎头蛇尾。不过英雄故事永远有它的受众，"虽不能至，心向往之"，《超神机械师》已经用成绩证明了自己的分量。

大道朝天

猫　腻

　　猫腻，本名晓峰。1977 年生于湖北宜昌，1994 年保送进入四川大学电力系统及自动化系，后退学，无业宅家。2003 年，以北洋鼠为笔名在爬爬书库连载《映秀十年事》，未完成。2005 年，开始在起点中文网写《朱雀记》，成绩不差，并于 2007 年获"新浪原创文学玄幻类金奖"，从此以码字为生。2007 年至 2009 年，创作《庆余年》，大火，一书封神。2009 年至 2011 年，写出《间客》，被评为"中国网络文学 20 年 20 部优秀作品"之首。2011 年至 2014 年，连载《将夜》，得"大满贯"，包揽起点年度作家（2011）、年度作品（2012）与年度月票总冠军（2012）。2014 年 5 月，同"起点创始团队"一同前往创世中文网，以《择天记》尝试网文的泛娱乐开发。

　　2017 年 10 月 15 日，猫腻开始更新最后一部大长篇《大道朝天》，于 2020 年 8 月 21 日完结，总字数 300 万。《大道朝天》的语言有网文中罕见的克制和简约，如诗如画；故事则依旧饱满而丰厚，极耐咀嚼。作为罕见的同时获得网文圈、学术界和大资本青睐的作者，猫腻虽不是最具原创性的网络小说家，却常是总其大成者。

【标签】修仙　科幻

【简介】

　　《大道朝天》是一个"欺师灭祖"的故事，更是一个"大道朝天，各走一边"的故事。小说的主线并不复杂：一场青山宗的内斗，三位同出一门的最了不起的修行者之间的大道之争。景阳真人飞升失败转世成为青山宗弟子井九，乘愿再来，与亲爱的师兄太平真人、敬仰的祖师沈青山，因为对自我和世界的理解不同而产生分歧，又因为作为人类最杰出者不得不承担的责任而分出高下。

　　选文共五章，是五场吃火锅的戏。第一场是被镇压数百年的太平真人，以神魂转生的方式脱困，夺舍冥部弟子阴三后，在山下云集镇吃火锅。第二场是景阳真人转生的井九，在发现师兄太平真人的踪迹后，在同一家酒楼吃火锅。第三场交代缘由，井九并不喜欢吃火锅，只是延续当年和师兄尚且亲密无间时的习惯，做大事之前吃一场火锅。第四场是井九与众弟子在神末峰吃火锅，回忆起当年的往事，也布局着青山的未来。第五场是飞升后的井九战胜祖师沈青山，但也伤重难治之时，在离开这个世界前，最后吃了一顿火锅。

第一卷第一章　三千里禁

四大从来都遍满，此间风水何疑。故应为我发新诗。幽花香涧谷，寒藻舞沧漪。借与玉川生两腋，天仙未必相思。还凭流水送人归。层巅余落日，草露已沾衣。

（苏轼《临江仙·风水洞作》以为题记。）

…………

朝天大陆南方，一片青山绵延数千里，数百秀峰终年隐在云雾中。

天下第一修行大派青山宗便在此间，普通人极难一睹真容。

青山外散落着一些普通村镇，其中一座小镇位于西南丘陵地带，因山里涌来的仙雾而名为云集。

云集镇景致颇佳，适逢初春时节，和风拂面，杨花轻舞，雾气似有若无，仿佛仙境。

镇上居民行走其间，早已习以为常，酒楼上的游客们则是赞叹不已。

坐在窗边的阴三，却只想吃火锅。

"世间没有一顿火锅解决不了的问题，如果有，那就用两顿火锅……现在这句话在冥都很流行，听说是从朝歌传过去的，我却觉得应该是益州。你们也知道，我们那儿终年不见阳光，潮湿阴冷，谁不喜欢火锅？愿蘑菇丰收？你们地上的人喜欢吃，我们吃了几万年早就吃腻了。我现在就想吃顿正宗的火锅，然后回去吹嘘一番，这有什么错呢？"

他看着在红辣汤汁里翻滚的鸭肠与不时浮沉的花椒，咽了口唾沫，抬头望向桌对面的一名少女。

那名少女有着一头乌黑亮丽的短发，眉眼如画，稚气犹存。如果她笑起来的话，应该会很俏皮。但她没有，眼帘微垂，细长的睫毛一眨不眨，就像是一幅画像，并非真人。

房间还是那样安静，窗外行人的脚步声变得越来越清晰。

阴三说道："好吧，我承认自己留下来是想看热闹，但这场大热闹，整个修行界谁不想看？就因为这样，你们就要收拾我？不至于。这位师妹，能不能麻烦你松开这东西，就算不放我走，但让我先吃两筷子，锅里的毛肚和黄喉再不捞可就没法吃了。"

鸭肠已经沉到了汤底，花椒还在沉浮，毛肚与黄喉若隐若现。

阴三吃不到这些，因为一条淡银色的金属细链紧紧地捆住了他的身体，他无法动弹，更没办法拿筷子。

少女静静坐在桌边，没有说话。

阴三忽然说道："你的剑呢？如果你先前用飞剑偷袭杀我，我自然防无可防，但现在你就这样坐在我的面前，难道不怕我暴起反击？你真以为这根剑索就能制住我？"

少女还是没有理他。

阴三终于认真起来，说道："青山宗乃是剑道大宗、正道领袖，难道想不问而杀？"

少女终于抬起头来，眼睛明亮而清澈，没有任何杂质。

看着这样的眼睛，阴三觉得很放松，紧接着却觉得眉心有些微凉，就像一滴雨珠落在了那里。

一柄小剑静静地悬停在他眼前的空中。

他不知道自己的眉间出现一道血洞，洞口很小很圆，甚至可以用秀气这种词来形容。

一道鲜血像极细的瀑布从他的眉心涌出，落在火锅里。

冥部弟子的血也是热的，与火锅里的汤比起来却是冷的，沸腾的锅面渐渐平息。

他眼里的生机也渐渐冷却，只留下了些不解的情绪。

数百粒幽冷的火焰顺着森然的剑意飘向酒楼四周，遇物则散，那是冥部弟子魂火的残余。

少女神情微凛，双眉挑起，眼角也随之而起，仿佛细细的柳叶，自有一种锋利的意味。

很快，她的眉便落了下来，若有所思。

那把小剑飞向了窗外，消失在街上。

她手指微动，捆住阴三的那根细链化作一道流光落在腕间，成了一只银镯。

"我是外门弟子，没有剑。"

她起身对已经死去的阴三说道。

阴三的尸体倒在地上。

她推开房门，走了出去。

酒楼里响起一阵惊呼，食客与游客们惊慌失措地跑向楼外。

薄雾未散的街上出现一位中年男子，只见他神情淡漠，容颜清瘦，眼神幽冷，自有一派仙风。

"冥部妖人来我青山宗招摇，死有余辜。"

听着这话，民众哪有猜不到此人身份的道理。

来自外郡的游客吓了一跳，赶紧跪倒在地不敢抬头。

镇上居民也纷纷口颂仙师拜倒于地，但毕竟久居云集镇，对青山宗的仙人事迹听得多，甚至偶尔还能一睹仙师踪迹，清醒得也快些，觉得今日这事太不寻常。

冥部与人族敌对已有数万年时间，深仇难解，但自两千年前青山宗纯阳真人与当时的神皇联手在大泽击败冥师率领的大军之后，双方之间已经有多年未曾大战，甚至私下还会来往。就算是朝歌都城或是风刀郡这样的地方，现在捉着冥部妖人，除了奸细，往往也只会送入镇魔狱，寻找机会与冥部交换人员或是索要财物，更何况青山宗乃是世外仙派，行事风格向来淡然，今日怎会下手如此之狠？

微风轻拂，街上薄雾尽散，十余名年轻人聚在了酒楼前，容貌气质俱佳，乃是青山宗的外门弟子。

"见过孟师。"

那些年轻弟子向那位中年人恭敬行礼。

被称作孟师的中年人神情肃然说道："大事在即，都小心些。"

众弟子齐声应是。

孟师又道："收拾完便离开，莫扰世间太久。"

那名少女从酒楼里走了出来。

孟师看着她，神情温和了些许，说道："腊月不错。"

说完这句话，一道剑光破空而起，他的身影已然消失。

…………

"师姐。"

"赵师姐。"

青山宗弟子们向少女围了过来，脸上满是仰慕、敬爱之情。

叫赵腊月的少女不过十二三岁，明显比同门年幼，不知为何却被称作师姐。当她吩咐众人清理客栈，消除痕迹，确保那名冥部妖人的魂火碎片不会异变时，也没有遇到任何质疑，威信颇高。

"仙师说得不错，七日前天光峰便颁下三千里禁，这妖人居然还敢滞留不去，真是找死。"

一名弟子看着被抬出来的那具尸体，忍不住摇头说道："也不知道他在想什么。"

"我们这里还好，听说就连两忘峰的师兄们都去了浊河镇压妖魔，剑光照亮了南河州。"

"那算什么？前天夜里，四大镇守忽然同时醒来，满天的星光都被它们吃了一半！"

弟子们兴奋地议论着，赵腊月没有说话，静静看着灰暗的天空，不知道在想什么。

青山有九峰，隐在云雾中。

天光峰乃是祖峰，掌门居所。

两忘峰是第二峰，青山宗最强的年轻弟子都在其间修剑。

当青山宗遇着真正的大事时，便会启动大阵，并且颁出禁令诏告整个大陆。

——大青山外多少里内禁止随意出入，非请者格杀勿论。

禁令的距离越长，表明事情越严重。

当年太平真人闭死关之前，青山宗曾经颁下八百里禁令，震惊世间。

从大青山向外延展八百里，禁令等于覆盖了五分之一的朝天大陆。

为了配合青山宗的禁令，神皇陛下甚至派出数万大军连夜北上，以震慑北地雪国与冥部。

如今青山宗居然颁下三千里禁令？

究竟要发生何等大事？

赵腊月的眼睛忽然眯了眯。

因为她一直注视着的那片灰暗的天空忽然变得明亮起来。

日上中天，云雾渐散，远处的群峰若隐若现，仿佛无数对准天穹的巨剑。

众弟子的视线随她而去，落在群峰之间。

阳光照在这些稚嫩的脸上，全是景仰。

如临大敌，三千里禁，那是因为今天青山宗即将迎来千年里最重要的一件大事。

景阳师叔祖要飞升了。

第一卷第五十七章　阴三是一个好名字

井九没有对赵腊月提及自己的发现，说道："只凭一声叹息，不足以让你做这么多事。"

赵腊月说道："开始时我也以为是错觉，但事后想来总觉得不对，剑心不宁，半年后，我还是忍不住通过家里的关系查了查这名冥部弟子，心想如果没有什么事，以后也就不想了。"

人族与冥部暂时停战以来，双方暗中多有交流，赵家在朝歌城里地位颇高，在军方也颇有影响力，确实有渠道可以查。

"结果查出了问题？"井九问道。

"不是查出了问题，而是没有查到这个人。"

赵腊月看着坑里的那具尸体说道："冥部似乎根本就没有这个人存在。"

井九说道："他叫什么名字？"

赵腊月说道："在酒楼上，他报过自己的名字，叫作阴三。"

冥部很讲究魂火归故里，任何流落在外的亡者都会被仔细地记录在冥书上。

如果在冥书上找不到阴三这个名字，只能说明这是个假名字，或者隐藏着更多的秘密。

"孟师。"井九忽然说道。

赵腊月沉默片刻，说道："是的，后来我开始暗中查孟师。"

孟师是她在外门时的授课仙师，对她照拂疼爱有加，就像是吕师对柳十岁与井九那样。

现在孟师正在上德峰闭关静修，得到师长赐药，正在冲击游野境。

"只凭照顾你的功劳，他得到的报酬似乎太多了些。"

"是的，我只能怀疑上德峰。"

井九看了她一眼，说道："除了他出身上德峰，还有别的理由吗？"

赵腊月说道："青山九峰都知道，剑律师伯不喜欢景阳师叔祖，两个人的关系一直不好。"

井九没有对此发表什么意见。

赵腊月继续说道："从孟师与阴三的线索，卷帘人查到三千里禁前碧湖峰少了两根雷魂木。有镇守在，这两根雷魂木肯定没办法送到九峰之外，那如今在哪里？我正准备继续查的时候就惊动了碧湖峰，后面的事情你就都知道了。"

雷魂木是碧湖峰的至宝，无论是用来修行至上剑道，还是感悟天地之威，都有无上功效。

据说如果修道者能够超越通天境，甚至可以通过雷魂木移魂转魄，等同于再多出一次生命。

如此奇宝，自然会被青山宗重点看管，居然会莫名其妙少了两根，怎么想都知道这里面有问题。

前任碧湖峰主雷破云，忽然走火入魔，然后被元骑鲸一剑震死在山野，说不得便与此事有关。

井九却不关心这些事情，只是看着赵腊月。

赵腊月没有说，从孟师与阴三那里找到了什么线索，但他知道，如果想要请动卷帘人，来查青山宗这样的天下第一剑宗的内部事务，需要付出多么大的代价，再想着这些年，这个小姑娘在剑峰里艰难修行，就是为了登上神末峰看看……

他忽然伸手，揉了揉她的脑袋。

赵腊月睁大眼睛，盯着他。

井九看着她平静而认真地说道："不要再查这件事情了。"

赵腊月说道："为什么？"

井九在心里说道，因为我担心会护不住你。

他默运剑元，铁剑以肉眼无法看见的速度震动起来，发出类似蜂群的嗡鸣。

赵腊月神情微变，准备阻止他，却已经来不及了。

数朵剑火随铁剑而落，飘在那名冥部弟子的尸体上。

尸体猛烈地燃烧起来，只是瞬间，便化作了一团灰烬。

赵腊月盯着他，想要得到一个解释。

井九没有解释。

赵腊月驭剑而起，化作一道丽光，消失在了天空里。

井九望向空荡荡的天空，心想小姑娘看来是真生气了啊，居然让自己走回去……

按道理来说，他现在已经守一境界圆满，应该能自如驭剑飞行，但不知为何，他从来没有驭剑飞过。

他看了眼铁剑，摇了摇头。

然后，他的视线顺着铁剑，落在坑底的那片灰烬里。

"阴三……这个名字不错。"

…………

云集镇，酒楼上，临栏处，一盆火锅正在沸腾。

井九坐在桌边，看着火锅里浮沉的食材，没有举箸的意思。

身为一个修道者，他没有太多俗世的欲望，对这种源自益州、风行冥界的美食也没有兴趣。

很多年前，有人曾经对他说过，修道者追求长生，则更应该了解生命的美好，如此获得充分的内在的源动力。

他不是很明白这句话，就像不明白那句不能踏进同一条河里。

现在，他终于明白了那人的意思，也大概明白了整件事情。

鸭肠已经沉到锅底，淹死了。

花椒还在沉浮，不停呼救。

毛肚与黄喉若隐若现，不知生死。

"用这个名字真的很自信，假死真的太粗糙，不过你应该也是没想到我能回来。"

井九看着桌对面空着的座位说道："希望能够尽快再见到你。"

说完这句话，他起身离开了酒楼。

火锅继续沸腾着，散发着诱人的香味，不知道何时才会煮干。

…………

傍晚时分，井九回到了神末峰。

顺着狭窄的山道，他向峰顶走去。

一路树影摇晃，猿猴们殷切跟随，不时献出各种山果，看他要不要吃，讨好的意味非常浓郁。

"不吃。"井九说道。

神末峰在青山深处，是九峰里最偏远的一座。

哪怕云集镇就在青山边缘，从那边走回来也要数百里路。

井九用半天时间走回来，有些累，而且走路是他最不喜欢的重复动作，所以情绪有些不好。

当然，谁也不知道他的情绪不好与云集镇外的那具尸体有没有什么关系。

猿猴们感觉到他的情绪，不敢再多聒噪，只是静静地跟着他，偶尔会听到几声低叫。

井九停下脚步，发现有两只猿猴伤了，想来是前些天与适越峰群猴大战的结果。

他将一颗丹药弹进林里，说道："分着吃。"

这颗丹药是适越峰的秘药，叫作一心丹，对修行没有太大帮助，但在治伤补血方面却有奇效，非常珍贵。

如果让适越峰的师长们，知道他把一心丹用来喂猴子，只怕会气死。

井九继续前行，来到山腰处，迎面一处断崖前，堆着十几根倒下的粗大树干。

顾清在其间忙碌不停，竟是真的在修房子。

井九没有停下，也没有与他说话，掠过断崖，很快便来到峰顶。

赵腊月站在崖畔，衣袂轻飘，仿佛仙子，如果忽略那头凌乱的短发的话。

她转身望向井九，说道："我一定会继续查下去。"

井九说道："你不是已经确认他事先便有准备，不会出事？"

赵腊月看着他的眼睛说道："但是，他一直没有出现。"

第三卷第六十一章　那些年我们吃的火锅、杀的人

故事说到这里，当然还没有完，只是刚刚开始。

井九想着当年的那些事情，沉默了很长时间。

师祖为了准备飞升，把青山掌门传给师父后便去了隐峰。

谁也没有想到，因为南趋偷袭，师祖飞升失败，接着，师父飞升也失败，这一脉便只剩下了他与师兄两个人。

那些年他与师兄过得很是艰难，不要说掌门的位置，便是上德峰都险些被抢走。

后来，师兄甚至被逐出了山门。

当然，被逐出山门是假的。

就像柳十岁的故事一样，只不过师兄去的是冥界。

最后他与现在的柳十岁一样，成功地完成了任务，回到了青山。

但在这种情形下，其余诸峰依然没有放松警惕，甚至借着某些事情对师兄横加指责。

希望柳十岁回来后不会遇到相同的问题。

那时候上德峰真的很低调。

师兄与他还有元骑鲸、柳词吃了好些年火锅，偶尔打打麻将。

直到该通天的通天，该破海的破海。

师兄终于成功地拿回了青山掌门。

其实他并不是很清楚那些年究竟发生了些什么事情。

他专心修道，从来没有离开过上德峰，连那个寒气森森的洞府都很少出。

只有那次师兄说要去杀人的时候，他才离开洞府带着元骑鲸与柳词去杀人。

现在回想起来，为了稳定住青山九峰的局面，那次他们确实杀了好些人。

至于为什么杀，他没有问过。

师兄总不会乱杀人。

真是讽刺。

…………

"后来呢？"

元曲的问话，让井九从难得的回忆里醒过来。

他开始继续讲述那个故事。

"后来的事情都是我猜的。"

…………

南趋道树被毁，又被海雾禁绝天地，就算能修复伤势，也再没有希望飞升，所以他迫切地希望能够离开。因为青山宗的缘故，他不敢离开那片雾，但他可以派人离开，然后想办法把青山宗毁掉，他自然便可以离开。

这需要很长时间，几百年甚至更多，但修行者最多的便是时间。

最初离开海岛的人是他的童子。

那个童子来到大陆后，称自己为天近人，替南趋寻找合适的传人。

有个少年叫剑西来，他的剑道天赋很高，但因为别的原因被无恩门拒绝，心存怨意。

天近人忽然发现这与南趋的经历很相似，找到剑西来，给他信物，指点他去海外，进入雾岛拜了南趋为师。

当然，也有可能是他把南趋的功法直接给了剑西来。

那个少年剑法大成，开创西海剑派，秉承师长意志，试图灭掉青山。

但他发现西海剑派起势再如何快，也永远追不上青山，便只好另选方法。

某年，他不知通过什么方式掌握了不老林的控制权。

不老林的刺客习惯用剑是一百年前开始的，想来便是那时候。

正道宗派尤其是青山一直怀疑他的来历，但没有证据，所以当两忘峰谋这个局的时候，那几位知情的师长并没有抱太大希望，但也没有阻止，只是顺势而为，因为这件事情反正对他们没有什么损失。

…………

井九说道："没想到的是，十岁这个家伙居然真的挖到了一些东西，于是便有了今天。"

元曲赞叹道："大师兄真是了不起。"

井九不知道他与顾清私下聊的那些事情，没听明白，说道："算是了不起，但意义不大。因为剑西来不会留下机会。"

赵腊月想不到这些，顾清的反应很快，有些吃惊说道："师父是说他会断臂求生？"

井九说道："青山难得找到一个机会能名正言顺地杀死他，他不如此做还能如何？"

元曲睁大眼睛问道："那可是西海剑神，说杀就能杀？"

井九说道："确实难，所以青山摆出这么大的阵势，主要是逼他退，经此一役，西海剑派便是废了。"

赵腊月越听越意外，说道："我以为你不懂这些事情。"

井九没有再说什么。

虽然重回青山后，他的话越来越多，但还是不多。

今天是除了朝歌城与赵腊月那番长谈，他说话最多的一次。

赵腊月明白了。

以前他是懒得想，不是想不明白。

顾清问道："那西王孙到底是什么人？都说他是剑西来的师弟，难道也是南趋的徒弟？"

赵腊月看了井九一眼，想起当年去海州城的往事。

那次井九便是专门去看西王孙，只不过看到后有些失望，因为确认不是他找的那个人。

井九沉默不语，这也是他没想明白的事情，为何十几年前会忽然出现西王孙这样一个人？

那时候师兄已经离开青山，两者之间有没有什么关系？

西王孙对柳十岁的信任究竟从何而来？

难道这件事情真与师兄有关系？

元曲说道："不管如何，今次西王孙必死无疑，不老林被灭，邪派更加势衰，想来修道界应该会太平很多年。"

听到太平两字，赵腊月又看了井九一眼。

井九很清楚就算正道修行界大获全胜，除掉的也只是不老林的中低层。

那些真正危险的人物柳十岁根本接触不到。

比如今天可能会出现的那个人。

时间流转，暮色转为夜色，星辰安静地看着群峰。

此时海州城外的墨海上空，局面正在最紧张的时刻，青山掌门与元骑鲸先后亮相。

井九站在崖畔，心想那人如果会出现，应该也就是现在了。

正这般想着，一道强大的气息便到了神末峰。

神末峰的禁制阵法生出感应，数百道剑意冲天而起，却无法把隐藏在夜色里的那人逼出来。

顾清与元曲感应到了阵法的变动，以最快的速度来到崖畔，向着夜空里望去。

洞府里，赵腊月站在寒玉榻前，看着正在睡觉的白猫，轻声道："老祖，该起床了。"

第六卷第十一章　火锅与剑，消散的云烟

井九一边用剑火洗脸，一边向着崖边走去。

随着他的脚步，灰尘从衣间振落，很快便干净如新，清逸出尘，就像雨后的荷花。

顾清跟在他的身边，用极快的语速、平静的声音，把这一年里修行界以及青山的重要事情说了一遍。

看着这幕画面，卓如岁想到这不就是说书里常见的太监或者奸臣形象？忍不住笑出声来。

井九看了他一眼。

卓如岁赶紧侧身让开道路，说道："竹椅我刚擦过。"

井九躺到竹椅上。

顾清站在旁边继续说道："过南山来过很多次，先前也来过，说的还是益州那件事情。"

井九闭着眼睛，没有说话，看来今天的春日真的很好。

卓如岁看了眼天空，在心里发出一声羡慕的叹息。

顾清最后说道："悬铃宗与大泽、水月庵传信来问过几次，想要知道大典的确定日期。"

如果只是这些，他不会有太大压力，关键是上德峰那边也在催问。

井九说道："你看着办。"

顾清有些无奈地想着，又不是我当掌门，那只好继续拖着了。

修行界的时间概念与人间不同，比如像中州派的问道大会，谁也无法确定是不是真的三万年整，提前几年或者推迟几年都很常见。

只是这件事情终究不可能无止境地拖下去。

井九忽然睁开眼睛，说道："今天吃火锅。"

不知道是因为今天的太阳很好，还是想着做了掌门一直没有进行什么仪式化的事情，又或者是想回顾一下六百年前以及三百年前的故事。

太平真人与柳词成为掌门的时候，都吃过一顿火锅。

顾清有些吃惊，心想师父你这是怎么了？

卓如岁连声说道："好！好！好！"

顾清看了他一眼，更加佩服，心想能蹭神末峰两顿饭的人，真就只有你了。

…………

吃火锅最重要的便是热闹，人当然不能太少，于是正在闭关的赵腊月、元曲与平咏佳都被喊了出来。

在天光峰一闭关便是数十载的卓如岁，是真的无法理解自己看到的一切。

他不知道神末峰的闭关本来就是这么随便。

火锅如果让顾家来送，自然能弄到最好的锅底与食材，不管是鸿茂斋的涮肉还是益州最出名的九香居，都不在话下，只是那样太麻烦，要太长时间。

适越峰倒也能做，毕竟是掌门的要求，问题是他们只会做药膳锅，而且井九不喜欢那座峰里的猴子，所以最后决定只让他们提供食材，别的都自己来。

主厨的是平咏佳，因为他最年轻，而且自人间来的时间最短，还没有忘记怎么切菜、放调料。

他切菜的时候，元曲很好心地在旁边帮忙，卓如岁则是在看热闹，因为他没有看过人切菜。

井九看了一眼，便没有再理会。想当年在那个小山村里，他只用三天时间便学会了切菜，杀鱼剁鸡也是不在话下，切出来的襄衣黄瓜可以拉到两尺长……就平咏佳这水平，连十岁的十岁都远远不如，也不知道怎么会想着学剑的。

清水锅里扔了些姜片与葱段，便算是做好了汤。

修道者很少吃东西，但偶尔会犯馋，所以适越峰备着牛羊肉，自然是世间最好的那种。

卓如岁用最快的速度扔进去很多羊肉片，刚刚变色便捞了起来，在调好的麻酱里如柳枝拂水而过，便全部送进了唇间。

众人都看呆了。

"味道稍微淡了点。"

卓如岁面不改色地说道，手里的筷子已经又伸向了鲜切的牛肋条。

顾清赶紧盛了碗汤，趁着还没有太多油之前，然后端到了井九身前。

赵腊月则是往汤里扔了几片青菜。

井九喝了几口汤，吃了一片青菜，重新躺回竹椅上。

锅里瞬间再次出现各式各样的肉，填得满满的，像是山一般。

肉山上还插着几双筷子。

众人看着锅里，等着肉熟，都没有说话。

吃得安静不代表气氛尴尬，而是说明大家都吃得很认真。

说起来，这应该是神末峰第一次吃饭，放在人间应该称之为燎锅底，或者说是温居？

卓如岁吃着吃着，忽然发现自己居然不是吃得最多的那个人。

赵腊月看着吃得很淡定，实则筷子从来没有停过，而且几个弟子又不敢和她这个师长抢肉……

"真是小瞧你了。"

卓如岁想的当然不是吃肉，而是简如云与马华的那件事。

他不喜欢简如云与马华，对两忘峰也没有任何归属感，只是没想到赵腊月这个看似一心修道的剑痴，居然还有如此狠厉的一面，想要问赵腊月几句，开口却转了话题："小师姑，后天无形剑体怎么练啊？"

火锅边的人都向他望了过去，就连井九的一只半招风耳都动了动。

赵腊月面无表情地说道："我是在剑峰练的。"

"我从去年春天便在剑峰里坐着，但没有什么用，感觉那里的剑意都不怎么喜欢我。"卓如岁自我反省道，"是不是因为我的剑意太强的原因？"

元曲与平咏佳对视一眼，心想难道不是因为你太贱吗？

修行是正事。

赵腊月放下筷子，开始与他交流。

卓如岁认真听着，手里的筷子却没放下来的意思。

平咏佳听不懂他们在说什么，只知道与剑峰有关。这让他想到一件事情，跑到竹椅旁边，蹲下对井九说道："师父，清容峰的剑谱我已经背熟了，我什么时候去剑峰取剑啊？"

如果井九不再收徒，他就将会是这一代青山掌门的关门弟子，就像卓如岁当初的地位一样。

问题是，卓如岁刚入天光峰便得了把好剑，然后开始闭关，像他这么大的时候已经声名远扬。

可他现在……还没有剑。

刚才切牛羊肉与白菜葱蒜的时候，他用的是顾剑那把普通，而还没有被换掉的剑。

元曲听着这话，端着碗便跑了过来，蹲在竹椅另一边，看着井九说道："师叔，我这剑也不行啊……"

顾清也想起了一件事，说道："师父，梅会就要开始了，要开试剑大会，还是您指定弟子去？"

井九站起身来，赵腊月知道他有些烦了，却还来不及说些什么，峰顶便被清寂的剑光照亮。

看着远去的宇宙锋，顾清沉默了会儿，回头望向元曲与平咏佳。

元曲与平咏佳知道自己做错了事，哪敢辩解，低下头去。

顾清指着天上说道："我也没剑，我说过什么？师尊自有安排，你们急什么？"

卓如岁在旁听着，啧啧出声，说道："看起来你还真准备接掌门啊？"

顾清看了他一眼，说道："你有意见？"

别的时候，他可以平静而谦和，但这既然是师父的安排，他半步都不会退。

卓如岁耷拉着眼皮说道："到时候你再来问我。"

说完这句话，他没有再说什么，继续涮肉吃。

…………

宇宙锋破云而出，来到极高的天空，然后向着云雾最浓的那处飞去。

云雾里那座隐约可见的峰便是云行峰，也就是青山弟子常说的剑峰。

几只铁鹰被突然到来的飞剑惊得飞起，剑峰变得更加安静。

井九收起宇宙锋，在陡峭而荒凉的崖间走过。

随着他的行走，山崖微微震动，有沙石倾泻，各式各样的飞剑与剑胚从岩石里冒了出来。

井九并起右手二指，捏了个七梅剑诀。

感受到那道明确的剑意，有些飞剑缓缓回到山体里，有些剑则飞了出来，静静悬停在他四周。

他朝四周看了一眼，指向天空里的一道飞剑。

那道飞剑微微振动起来，似是非常高兴，用最快的速度飞到他的身前，其余的飞剑则是安静地回到了各自的地方。

井九接过那道飞剑，观察了片刻。

这道飞剑并不是特别直，中间有三个不明显的转折，剑身有些微暗，应该是夹杂着陨铁，表面上自然生出一些冰片状的结晶，看着有些像花瓣。

井九很满意，带着这道飞剑来到更高处的地方，把它插进了一片云纹岩里。

这道飞剑很适合七梅剑法，只是还没有完全成形，需要在剑锋再蕴养一段时间。

他没想过给元曲换剑，觉得这应该是上德峰的责任，只是看元曲先前那副模样实在可怜，才变了想法。

元曲现在有了新剑，平咏佳的剑怎么办？无数年的承剑后，剑锋里的好剑越来越少，尤其是青山越来越强大，归剑也越来越慢，想要在这里找到一把高品阶飞剑很难，要找到适合无端剑法的高品阶飞剑则是更加困难。

清容峰应该留了些不错的飞剑，但那需要与南忘打照面，井九想都不会这么想。

看来平咏佳只好再空手几年了。

井九走到那道断崖前，坐进洞里，看着峰里的荒凉景物，平静无语。

他刚刚出关，不需要闭目修行。

这道山崖接近峰顶，无数道剑意凌厉而可怕，别的修行者在这里坐着会觉得非常难受，时间稍长些，甚至会受内伤。

他却觉得很舒服，因为这里很清静，猴子不叫，没有人找。

在元骑鲸与某些人看来，他和前世相比发生了很多变化，神末峰也变得热闹了很多。

事实上，他还是更习惯一个人。

一个人可以不用以剑火洗面，可以不用来这座山峰里捡破烂，可以什么都不用想。

那些飞剑与剑胚向着山体深处而去，那些或圆或扁的小洞里溢出道道烟尘，与笼罩剑峰的云雾渐渐融为一体。

烟消云未散。

看着这幕画面，井九想起那座名为烟消云散的阵法。

烟消云散阵可以帮助修行者斩断一切尘缘因果，如此才能轻身上路，破雷劫，开天路。

他破了雷劫，开了天路，却没能斩断尘缘因果，所以现在才会坐在这里，看着眼前的烟云沉默不语。

他确认自己布的阵没有问题，那么便只有一种解释，师兄教他阵法的时候，教的就是个错的。

当然，还有一个相对美好些的解释，那就是师兄学的这个阵法本来就是错的。

他曾经怀疑过，师兄在传自己阵法的时候，便怀着不好的意图，但那是七百年前的事了……

那时候冥皇还没有被关进镇魔狱，师兄还不是后来的太平真人。

师兄这时候在做什么呢？在哪座山里看着不同的风景，有着一样的感慨，然后等待着死亡的到来?

没有初子剑,他便没有办法转剑身,一切都将风消云散。

但像他那样的人,怎么可能悄无声息死去?

只要一天没有消息,那就说明他还活着,还隐藏在某处,看着他热爱的世间与青山。

…………

飞升的时候没能断尽尘缘,他才会被白刃偷袭,问题是白刃为什么要这么做?

接着他想到问道大会上拿到的那张仙箓,白刃附在里面的那道仙识,表明她有回来的想法。

好不容易出去了,为何要回来?就是因为对未知与无限的恐惧?

这也是他始终没有想明白的问题,就连赵腊月都觉得不可理解。

白刃飞升的时候留下了六道仙箓,现在还剩一主两副,中州派会用这三张仙箓来做什么?

现在青山宗只有元骑鲸一个通天,中州派肯定会做些什么,但他们敢做什么呢?

井九当然不会放过中州派,但换作以前他绝对不会考虑这些事情,现在则不然。

他是青山掌门,就必须考虑这些问题,不然为何会让童颜摆那副棋局?

当然现在最重要的问题,还是弄清楚烟消云散阵到底是出了什么问题。

以前他的境界很低,想这些事情没有意义,现在已经破海,那便要思考再次飞升的事了。

…………

暗灯穿不透屋墙,星光也照不亮被云雾遮掩的剑峰,只有阳光才可以。

一夜时间过去,晨光落下,唤醒了铁鹰与洞里的井九。

他睁开眼睛,与朝阳一道去了适越峰。

第十二卷第十二章　离开前应该有一场盛大的火锅

星河联盟已经被赵腊月与青儿控制，青山祖师已去，此刻再无威胁。

雪姬与井九的协议已经结束，那接下来怎么办？

暗物之海会带来的灭顶之灾还在数百年后，她却就在这里。

那她会不会成为人类最大的威胁？

赵腊月看着童颜说道："若不是为了雪姬能活着，我们不会在这里。"

如果井九想要雪姬死，先前只需要留在火星，等着太阳系剑阵崩塌、星河联盟的舰队开进来就行，何必冒险来到祖星，现在落得如此下场。

童颜面无表情地说道："情势已移，现在是杀死雪姬最好的机会。"

彭郎说道："我不这样认为。"

童颜沉默了会儿，说道："只是开个玩笑，何必如此认真？"

他很难得会说这样的俏皮话。所有人都知道那是因为他看清楚了彭郎的态度，算明白了想要此刻杀死雪姬需要付出更多的代价，但也听得出来他是真的很放松。

祖师已死，天下无事。

只有井九面临着死亡的危险。

所有人的视线再次落在他的身上。

他慢慢掀开身上的毛毯。

动作很缓慢，或者说笨拙，就像不知道应该怎样举起手臂，张开手指。

就像很多年前他从那道瀑布里走出山腹，走到岸边开始砍柴时那样。

他看了柳十岁一眼。

柳十岁明白了他的意思，用最快的速度取出万魂幡，轻轻盖在了他的身上。

万魂幡被沈青山的剑意斩得破烂不堪，盖在同样破烂不堪的身体上。

画面凄惨而难看。

无数道极其幽暗的魂火离开幡布，向下沉降到那个身体里。

井九的神情舒服了些。

赵腊月扯下一截袖子，从空中抓了些水打湿，开始细心替他擦拭血污。

井九说道："让青儿走一遭。"

赵腊月"嗯"了一声。

青儿飞了出来，看着井九的模样，不由吓了一跳。

她还来不及问些什么，便听到了赵腊月的话。

"去太阳那边告诉阿大这边没事了，回来吧。"

青儿忍不住又看了井九一眼，挥动透明的翅膀向着天空飞去。

数息之后，她变成青鸟消失在众人的视线之外。

太阳系剑阵快要完全毁灭，太空里没有剑意纵横，她可以很快飞到太阳的那边。

"剑阵崩塌已经结束。"赵腊月算了算时间，对井九说道，"舰队应该要到了。"

井九没有说话。

看着这幕画面，大家都有些束手无策。

现在他的身体就像一个满是破洞的屋子，只能任由寒风穿行。

那个小孩般的神魂就像屋子里的一盏灯火，在寒风里坚持着。

现在屋子随时可能崩塌，灯油也快没了，如何才能让那道火苗不会熄灭？

"做顿火锅吧。"井九忽然说道，"既然还要等段时间。"

卓如岁吃惊地说道："以前没看出来你喜欢吃火锅啊？难道飞升后性情大变了？不是……你就算想吃现在怎么吃？吃啥都要从肚子里漏出来……"

赵腊月瞪了他一眼。

井九说道："我想看你们吃。"

…………

不管是临死前的最后一顿饭，还是真的只想看看，他既然提了要求，弟子们自然只能照办，而且要办得漂漂亮亮的。

卓如岁从洞府里搬出了桌椅，又不知从哪里弄来了调料以及几样食材。

柳十岁去了岛深处的森林摘了些新鲜蘑菇，还有些青菜。

恩生站在海边，不知道在想什么。

沈云埋站在水池边，在想自己的父亲。

花溪坐回小板凳上，面无表情地开始钓鱼。

赵腊月在轮椅边与井九轻声说着话，神识却一直盯着她。

没用多长时间，该准备的东西都弄好了。

柳十岁弹了弹手指，一道魔焰聚于锅底，散发出源源不断的热量。

卓如岁把椰子切成块与清水同煮，再加入椰汁，渐有清甜香气生出。

赵腊月看着花溪钓上来了几条鱼，说道："我去向她要些。"

众人想着先前沈青山与沈云埋父子的头颅在水池里飘浮的画面，连连摇头。

赵腊月说道："难道要清水煮蘑菇？这可不好看。"

这顿火锅不是用来吃的，是用来看的，那么好看便很重要。

彭郎带着几道剑光从海里飞了出来，手里提着一大堆龙虾与螃蟹之类的东西。

卓如岁如蒙大赦，赶紧说道："椰子海鲜锅，看着极其清爽，他肯定喜欢。"

…………

锅里的清汤刚刚沸腾，天空里的云层也随之沸腾起来。

烈阳号战舰破云而落，给刚刚平静不久的星球表面再次带来了大风与不安。

战舰没有直接降落到海面上，只见十余道清光闪过，沙滩上便多了一些人。

那些都是被烈阳号战舰从火星接过来的仙人。

仙剑恩生迎了上去，与神打先师等人会合，开始讲述此间发生的一切。

雀娘等人自然向着那桌火锅而去，看到井九现在的模样，顿时惊呼出声。

神打先师等前代仙人确认了祖师的死讯，震惊异常，难过无比。

海边安静得像是坟墓一般，火锅桌边的惊呼声与言语声难免有些刺耳。

黑衣妖仙顾右望向那边，面无表情地说道："这是在庆祝吗？"

"对他们来说，又有什么可庆祝的呢？"恩生看着那边感慨说道。

雀娘等人都围在那辆轮椅的旁边。

一道极深的伤口从井九的左眼角开始，经过脸与颈继续往下。

曾经完美无缺的容颜，现在看着有些恐怖。

他盖着那件破烂的万魂幡，就像个死人。

是啊，能庆祝什么呢？

…………

"我还没死，就不要哭丧。"井九有些不耐烦地说道，"吃你们的去。"

赵腊月没有吃，只是看着他。

童颜什么都没有做，也不打算吃，坐在一棵椰树下休息。

雀娘等人哪敢不听话，纷纷拿起了碗筷，桌边顿时显得拥挤起来。

这几百年里，苏子叶一直以神末峰嫡系自居，见着赵腊月便喊大小姐，很是在神末峰混了几顿火锅，非常熟悉地加入了进来，只是不时会看井九一眼——他心想万魂幡就算没有废，只怕也带不走了，大小姐肯定会让它给井九陪葬。

锅里的汤汁不停沸腾，生出雾气，还来不及进入云里便告消散。

弟子们拿着筷子不停地吃着柳十岁下的菜，除了不怎么说话、气氛不怎么热闹，与以往神末峰吃火锅时的场景还真有些相似。

那些前代仙人不清楚，神末峰吃火锅一般不是为了庆祝做成了什么大事，而是做大事之前的习惯动作——比如青山内乱，比如井九飞升，再比如此刻他可能要死了。

吃着吃着，众人忽然发现多了一个人。

花溪不知道什么时候挤了进来，坐在椅子上沉默地夹着菜。

"沈青山刚死，你也吃得下去？"

苏子叶有些吃惊地说道："而且大家都站着，凭什么你坐着？"

花溪不理他，不停地往嘴里送着菜。

她现在就是个普通人，吃得急了，竟险些噎着。

一双筷子从旁边伸过来，阻止了她夹菜的动作，同时响起了一道温和的声音。

"慢点，慢点。"

谈真人端着碗筷走到桌边。

众人震惊异常，心想您又是什么时候来的？

童颜在椰树站起身，对着这边认真行礼。

谈真人摆了摆筷子，示意他不用过来，坐到柳十岁端来的椅子上。

不管是辈分还是今日的大功臣身份，他都有资格坐在首位。

简单吃了几口龙虾肉，谈真人望向轮椅上的井九，叹了一口气。

接着他吃了些蔬菜，又忍不住叹了口气。

很明显，他对井九现在的情形也没有任何办法。

火锅继续沸腾，气氛继续压抑，卓如岁有些受不了，转身对着不远处的机器人喊道："你也算是青山弟子，要不要来吃两口？"

沈云埋说道："不吃。"

卓如岁说道："节哀啊，人总是要吃饭的。"

"我爹刚死，你们就吃火锅，我不在意，因为上坟吃东西也算礼数。"沈云埋骂道，"问题是我能吃东西吗？"

…………

"不看了。"井九说道。

所有人的筷子都停了下来，望向了他。

井九望向花溪说道："他说有些东西我应该看看。"

这是沈青山临死前说的话。

花溪沉默了会儿，说道："其实没什么值得看的，不过你想看便看吧。"

井九说道："我想应该就在祖星。如果要回主星，我可能做不到。"

哪怕是最快的战舰，也无法在九天的时间里从祖星飞到主星。

他的神魂也许可以，但更人的可能是消散在宇宙中。

"我在每个星球上都放了一个，所以你在哪里都能看到他。"

花溪放下筷子，起身向洞府走去。

赵腊月推着轮椅跟在后面。

很多人都猜到花溪带井九去看的东西应该与神明有关，很是好奇却不敢跟着。

卓如岁踢了柳十岁一脚，说道："还不快跟着去看看！回来告诉我们！"

柳十岁应了一声，赶紧跑了过去。

…………

两双手推着轮椅进了洞府，跟着花溪来到一处静室。

静室的门无声关闭，地面开始沉降，速度越来越快。

当沉降停止的时候，赵腊月与柳十岁同时算出来，应该已经到了地底一千米的地方。

静室门开启，众人走入空旷的洞穴。

穹顶与四壁都是石头，看不到什么人工痕迹。

满地石头里，搁着一个黑色的盒子。

花溪走过去，有些无礼地踢了一脚那个盒子。

盒子里射出无数道光线。光线不停移动、交汇、融合，最后出现了一个立体的三维成像，非常逼真，看上去就像是个活人。

那是个年轻男人，穿着不知是何年代的军装。

他的容貌很普通，眼睛有些小，单眼皮，双眉很直，末梢微翘，就像飞刀。

赵腊月和柳十岁有些吃惊，心想这就是神明吗？

[节选自起点中文网]

【读者评论摘编】

@老吉冷冷一笑：再说序（如果人生能够重来，我大概还是这样）。这句序言和书名更是绝配。哪怕重生了，老子的日子还是要这样过。这辈子，就已经最值得、最牛，等不了下辈子了。求仁，则仁至；求道，则道至。不用重生，想拿的都已拿到；没拿的，就是不想拿的。都想清楚了，也没什么可变的了，虽九死，其心不悔，其行不改。

（发表于起点中文网"本章说"，2017 年 10 月 15 日）

@钟林 1234：从阴三出逃到云集镇为了吃一顿火锅而被赵腊月活捉，追溯到当年太平、井九吃完火锅就做出的大事来看，火锅对于青山来说如景阳冈前的"三碗不过岗"。火锅之下，众生平等。不论你是冥都来的冥部妖人，还是青山正派领袖掌门，甚至，神末峰全体上下，为了吃火锅，竟然用掌门的口谕向适越峰采购火锅料。吃火锅最重要的便是热闹，赵腊月直接从闭关状态出来，看得卓如岁一愣一愣的。

可以说吃火锅就是小师叔的一个习惯。当年太平真人带着柳词、元骑鲸吃了顿火锅，向着莫成峰走去，终将泰炉囚住，太平上位。曾经一起吃过火锅、杀过人、不惮向师兄出剑的修道天才们，也对这个世界充满了热情与爱，喜欢火锅，有着火热的情怀，他们是有血有肉的猫腻笔下的人物。

（发表于起点中文网评论区，2019 年 11 月 14 日）

@晓雪晨晴：回想这个追了快三年的故事，还是觉得好喜欢。

《大道朝天》其实是一个很浪漫的故事。永生、神明、倒悬的海洋、列阵的飞船、点燃的恒星、碎裂的月亮、文明的陨落……这些都是宏大到诗意的想象。喜欢最后几章的宇宙漂流，总觉得耳边有恢宏的交响乐响起。

井九也是个很浪漫的人物。无敌天下加上容颜绝世，不是极致的浪漫吗？

而且，井九喜欢春雨、初雪、茶香、落英缤纷的海棠树和树下巧笑倩兮的少女……再看看他的浪漫手笔：于枕边留一支不朽的桃花，在救世天网上系一个花结，去看她想看的太阳，在她住过的地方开一树繁花……浑然天成的浪漫。

　　井九还是永远的少年。天若有情天亦老，井九是个无情人，所以他不老。《大道》开篇不久我给井九写了个小评，题目是《虽九死犹未老》，现在想来依然是贴切的。井九活了数千年，几经生死，容颜依旧翩翩少年，内心深处也依然保有少年的纯净、好奇与热忱。老猫说人生的意义是追求意义本身。井九就是追寻中的少年，作为少年而永生。

　　说井九无情，他却又有情若斯。他对逝者的执拗是如同孩童般的。他不原谅柳词，因为他选择离去；他看不得晨光，因为那是三月。他从来不说，但那些人他都不舍得。他把他们深深地存放在意识深处，不死不忘，他们就在那里永远都不会走。这也是老猫美好的执念和自我安慰吧。说大道独行不必相送，何等的豪情，但他心底深处存着他爱的人们的那方桃源又是这样温情。

　　喜欢井九这个人物，他是猫腻小说主角里唯一具有神性的人物。之前以为故事的走向会让井九的神性沾染尘露，像桑桑一样由神而为人，但井九并没有，他由始至终保有了不染红尘的神性与随性。他有情，但不沉溺，也不为了情而改变自我。他对小辈的感情是神爱世人般的对美的欣赏。因果纠缠，他可以舍身救世，但也可以拒绝救世而舍身。他的许多选择我们都不必理解，只需仰望。我们都是腊月和十岁，能和他相伴一程已是有幸。大道独行是绝顶高手的寂寞，我们凡人还是要相拥取暖的，但不妨碍我们对极致人物的向往和欣赏。

　　（发表于起点中文网评论区，2020 年 8 月 27 日）

　　　　　　　　　　　　　　　　［导引、简介、节选、读者评论摘编：吉云飞］

"如果人生能够重来，我大概还是这样"
——评猫腻《大道朝天》

吉云飞

猫腻并非一个特别有原创性的作家，但他总是集类型大成者。

老猫从未开创过"××流"，也没有提出过什么广为流传的世界设定。对同时代的作者来说，他很难学，甚至是不可学的。不过，对于人文世界，如今很容易产生一个误解，那就是某种原创性话语是最重要的。人文与科学的歧途之一就在于此。只要人类的根本处境没有改变，文学之中就不会有真正的新鲜事，更关键和艰难的不是发现或发明，而是完成和完善，即以一种当代人可以接受的不同的方式去抵达那个最好的事物。

猫腻擅长的就是完成，发挥类型近乎全部的潜能，至少是补足应有但未实现的那部分，使之充实而有光辉。如《大道朝天》之于修仙小说。井九的重生就是一个具体又有贯穿性的例子。

> 如果人生能够重来，我大概还是这样。
>
> ——井九

猫腻以这样一句序言开启井九的人生。它是如此脉络清晰，的确就是一个在网文中被使用了无数遍的"套路"。在各种意义上，《大道朝天》都属于"无敌流"的修仙小说：一位大能飞升失败后，转世重生，一路神挡杀神，抵达最高峰。故事的主线毫无区别，可它又是如此不同，以至于和同类相比，简直不是同一种生物。老猫没有做什么特别的事，这一奇怪现象发生的原因简单到让人惊讶——他只是真正贴着设定去写。

或许，对想象一个更好更高的世界的修仙小说，这就是最难得的。猫腻笔下的井九，就是一个谪仙人，而非凡俗人。"我大概还是这样"的九死不悔，不是为了弥补某些具体遗憾而死了再来。这位乘愿再来的大物，是知晓自己所为何来的。一如老猫在小说后记中的夫子自道："我很难接受一个修仙小说天天打架，搞阴谋，搞权术。"他借用流浪的蛤蟆《仙葫》中的"千般法术，无穷大道，我只问一句，可得长生吗"来阐述心中的修仙原则。对老猫来说，这一切无须什么宏大的哲学思考，凭借的是诚朴的美学直觉和雄伟的生命本能。

　　一般作者不能贴着设定写，不仅是少此诚朴雄伟，也是因为他们必须贴着读者写。转世的井九有绝世神颜、无双资质，也有与前世同样的对人间的疏离乃至厌倦。这个长久处在整个世界巅峰的男人，有着食物链顶端生物所特有的懒洋洋，欠缺的则是一份普通的世俗幸福和凡人的苦痛梦想。自然，从头再来难免有些打脸升级，这些人间常事虽不值得，却永是生活的基调之一，也是普通读者的日用所需。可井九终究是那个高高在上的景阳真人，就像他虽爱吃些火锅，但吃法完全与常人不同——说是吃火锅，其实是看火锅里万物浮沉，看弟子们享有人间烟火，回忆当年与师兄的往事如昨。

　　尽管如此，《大道朝天》仍讲了一个绝好的故事，因为老猫的职业道德实在太强了。他没有让井九像上辈子那样躲在洞府里不出门，就如"起点神书"《新中国首位飞升者》，以三千字讲完一个不问世事的修行故事；也没有让井九如小说中另一位天才彭郎，用入门典籍独自修行到人间的最高境界。毕竟，那就不是小说了。即使，那可能是更典型的修仙者。

　　井九虽被读者戏称为"无味道人"，但所有普通读者想要的东西，《大道朝天》都给到了。只是给得云淡风轻、韵味深藏，是以一种在更高处的、有距离的方式给出的。老猫顾及了读者的感受，但没有讨好他们，而是维持着微妙的平衡。在小说应该是什么样子和读者想要看到什么东西之间，从来都有一种真正的紧张感。以前，猫腻更偏向读者感受；至此，可能因为是最后一部三百万字的大长篇的缘故，他更偏向小说本身。

何况，读者真的知道自己想要什么吗？他们想要的无非是之前满足过自己的东西，渴望再被花式投喂一遍而已。那些他们一旦理解就会更加热爱的事物，却被排斥在外了。井九身上有着对世界、对生命真正的爱欲，如此的辉煌和壮美，是有待于普通读者带着他们所不习惯的虔敬之心去领会的。因为那种最深沉的爱，井九才会显得如此平淡。所谓隽永、沉郁，一切有深味的东西，都要从此种平淡里生发。

猫腻说他想把《大道朝天》写成一首诗，小说就成了诗。老猫把超长篇小说写出了诗的气质。所谓诗的气质，当然不是来自每一部开篇时引用的定场诗，尽管它们确与故事的氛围相得；也不仅是让小说的情节和语言摆脱了琐碎和黏腻，将"情节之外的情绪抒发、话剧似的咏叹调"降到了最低限度。《大道朝天》成为的诗，只能是史诗，而非抒情诗。在克服了对于表象和修辞的热爱之后，史诗必须要找到一种超出人类经验和人类事物的东西来支撑自己。对修仙小说，那就是"大道"。长生所意味着的永恒超脱便是井九的道。

井九是爱人的。不过，他对世人没有博爱，更不以"救世主"自命。所谓"大道朝天，各走一边"正是这个意思。井九的路不同于师兄太平真人，更不同于祖师沈青山。他不愿为万世开太平，也不愿以千万人为祭品，更不愿牺牲自己来拯救宇宙。井九只对有缘人如赵腊月、柳十岁有深情，却也总坦然接受缘分终有一日会断绝。他对人的爱，无非是自爱的延续，是爱满后的自溢。大多数时候，只是因为得到过馈赠，所以想要传递一份下去；也因为遭受过痛苦，所以不愿让旁人经受；更是因为得到过自由，所以不忍损伤别人的自由。己所不欲，勿施于人，仅此而已。如果行有余力，也不妨成人之美。

井九是做事的。尽管，由于他所爱的与众生不同，要做的事也与众生有所不共。从头到尾，与师兄斗，与祖师斗，求的无非是能决定自己的命运。可因为他们都太耀眼，如太阳只是自升自降，就影响了世间所有生灵的命运。他坚守自己的道，也不憎恨与他相反的师兄和祖师的道。大道朝天，各走一边。只要足够真诚就好，剩下的就由历史来见证各自的成色。长生的道，不是苟活，而是把宇宙当作一种秩序来爱，是身与道合。

就像猫腻衷心致意的史铁生：

宇宙以其不息的欲望将一个歌舞炼为永恒。

这欲望有怎样一个人间的姓名，大可忽略不计。

2020—2021 中国网络文学大事记

2020 年

1月

18 日，阅文集团与东方卫视共同举办"2019 阅文原创文学风云盛典"，发布 2019 年度中国原创文学风云榜，爱潜水的乌贼《诡秘之主》、叶非夜《好想住你隔壁》分别位列男频、女频榜首，猫腻《庆余年》获 2019 阅文原创文学风云盛典超级影视改编作品推荐。

30 日，中国音像与数字出版协会发出《数字阅读行业战"疫"倡议书》，倡议精选优质内容供全国用户免费阅读。

31 日，中国作协网络文学中心发布《致全国网络作家和网络文学工作者的公开信》，号召网络文学界"开展主题创作，传播正能量""提振鼓舞战胜新冠肺炎的信心"，各地网络作协和文学网站纷纷举行"抗疫"主题的创作活动。

2月

3 日，江月年年在晋江文学城连载《影帝他妹三岁半》。此后，晋江涌现了大量标题中带有"三岁半""五岁半"的小说，这类小说以幼童为主角，将亲情作为叙事核心，是 2020 年度的热门题材。

18 日，中国社科院发布《2019 年度网络文学发展报告》。报告以"阅文集团数据为蓝本"，"在内容创新、作家迭代、粉丝社群、IP 联动及网文出海几方面进行梳理，试图勾勒网络文学的年度画像"。

20 日，《诡秘之主》在连载期间均订（付费章节平均订阅数）超过 10 万，打破了网络文学界连载作品订阅纪录。完结作品的订阅纪录一直由天蚕土豆的《斗破苍穹》保持，全渠道均订超过 20 万。

26 日，偶像明星肖战粉丝因不满"博君一肖"（电视剧《陈情令》主演王一博 × 肖战的真人同人 CP）同人小说《下坠》（作者 MaiLeDiDiDi）中对肖战的女性化描写，组织起对该小说的连载平台 LOFTER、AO3 以及其他同人作品连载平台的批量举报，造成 27 日百度 AO3 贴吧被封，LOFTER 众多同人作品被屏蔽、封禁。这一举报行动立即遭到同人圈的激烈反扑，在微博组织起"227 大团结"行动，对肖战 LOFTER 标签广场进行"屠版"。此后，事件因 29 日 AO3 网站被中国大陆网络限制访问而进一步发酵，大批愤怒的同人用户发起对肖战粉丝群体与肖战及其影视剧、商务代言等相关作品的抵制行动。3 月 11 日，最高人民检察院主办的《检察日报》以两个版面连发五篇文章，总结、评论这一事件，引发了围绕网络真人同人创作的法律问题展开的大量讨论。此外，偶像明星粉丝群体（即"饭圈"）的反黑、举报、氪金打榜等如今已成为追星常态的活动，偶像是否能对这些粉丝行为进行有效的引导、约束，"耽改剧"及其演员的主流化困境等话题，也引发热议。"227 事件"以对中国大陆网络同人创作的沉重打击为代价，令这些在中国偶像粉丝网络社群文化中潜藏多年的问题暴露无遗。

27 日，豆瓣阅读举行第二届长篇拉力赛，内容要求更加趋于类型化，分为女性、悬疑、幻想三组。赛事至同年 9 月落幕，最终总冠军是女性组的《装腔启示录》（作者柳翠虎）。其他分组冠军分别是：悬疑组《雪盲》（作者李大发），幻想组《双宿时代：占据陌生肉体的我们》（作者鹤耳）。

北京大学网络文学研究论坛发布《中国网络文学双年选（2018—2019）》

作品榜。女频有《破云》（淮上）等 10 部入选，男频有《诡秘之主》（爱潜水的乌贼）等 10 部入选。

3 月

17 日，阅文集团公布 2019 年业绩报告。阅文集团 2019 年实现总收入 83.5 亿元人民币，同比增长 65.7%。其中，版权运营收入 44.2 亿元，同比增长 341%，在线业务收入 37.1 亿元。在 2018 年报告中，阅文在线业务营收为 38.3 亿元，核心的在线业务收入呈现下降趋势。

20 日，电视剧《鬓边不是海棠红》在爱奇艺播出，同年 8 月在北京卫视播出。该剧改编自晋江文学城作者水如天儿的同名小说，是女频民国京剧名伶题材的代表作。

4 月

21 日，今日头条小说频道更名为"番茄小说"（与此前推出的小说 APP 同名），并宣布全场免费。字节跳动进一步整合旗下小说平台，全力投入免费阅读的新模式。

27 日，起点中文网创始人吴文辉、商学松、林庭锋、侯庆辰与罗立从阅文集团集体离职，时任腾讯集团副总裁、腾讯影业首席执行官程武接管阅文。吴文辉在离职信中表示：创始团队"成功从无到有，开创了网络文学的商业模式、运行体系和版权拓展机制，尤其是奠定了付费阅读这样影响深远的基础商业规则，铺就了整个行业发展的基石"，但如今"需要一个崭新的管理团队和协作模式，以便更好地强化网络文学与网络动漫、影视、游戏、电竞等腾讯数字内容业务的联动，更广泛地跟行业开放合作，进一步激发网络文学生态和优质 IP 的潜在能量"。

29 日，阅文作者小僧无花在龙的天空论坛发帖《今天下午，刚到手的新合同》，引述的部分合同条款被指为"霸王条款"并激起极大愤慨。随后几天，争议扩展到免费阅读、作品版权等方面，作者权益受大平台侵占的问题在微博、知乎引发大讨论。部分作家随即号召在 5 月 5 日举行"网络文学 5.5 断更节"，通过中断小说更新来表示抗议，争取权益。这是网文作者与文学网站之间规模最大、影响最广的冲突，背后既有网络作者缺乏权益保障的积怨，也有阅文管理层变动、付费模式调整给作者群体带来的焦虑。

5月

2 日，受阅文合同事件影响，作家月影梧桐在个人微信公众号发表《愿以卑微之力挽天倾》，表示愿以自筹 7 成、众筹 3 成的方式创办"联合阅读"，设立一个"专注于文化读书，不注重 IP 和版权开发的小众平台"。6 月 21 日，更名为"息壤中文网"正式开放。

3 日，阅文集团在官方微信公众号发布《关于近期不实传言的说明》与《关于阅文作家系列恳谈会和调研的安排》，宣称该合同是"2019 年 9 月推出的合同"，并决定于 5 月 6 日召开恳谈会，与作家代表商议合同细节。

6月

3 日，阅文集团推出"单本可选新合同"，作者可自主选择是否免费，同时授权可只到完本后 20 年，回应了作者关于免费阅读和作品版权的核心诉求。

5日，阅文集团发出《关于进一步扩大网络文学正版联盟的公告》，宣传将联手行业伙伴坚决打击一切侵权盗版行为。

5日，国家新闻出版署印发《关于进一步加强网络文学出版管理的通知》，要求规范网络文学行业秩序，加强网络文学出版管理，引导网络文学出版单位始终坚持正确出版导向，坚持把社会效益放在首位，坚持高质量发展，努力以精品奉献人民，推动网络文学繁荣健康发展；要求网络文学控制总量，实行网络文学创作者实名注册制度。相关内容引发作者群体对网文是否也会配发书号的讨论和担忧。

19日，中国作协网络文学中心和《文艺报》发布《2019中国网络文学蓝皮书》。提及收费阅读模式触及发展天花板，收入增长停滞；以流量换收益的免费阅读模式发展迅速，迫使各网站纷纷跟进，支撑中国网络文学发展的付费阅读商业模式受到挑战。

24日，晋江文学城作品文案页开始展示作品的"立意"信息，引导作者赋予作品正能量的创作动机。许多作者戏谑应对，如把种田文的立意写成"建设社会主义新农村"，引发网友热烈讨论。

7月

20日，鲁迅文学院第十七期网络文学作家培训班开学典礼在京举行。考虑到疫情防控需要，借助网络平台进行授课和交流。

8月

11日，阅文集团公布2020年中期业绩，上半年净亏33.1亿元，为上市以来首次录得亏损，主要亏损源自新丽传媒的"商誉减值"。

31日，由国家图书馆与阅文集团主办的"珍藏时代经典，悦享网络文学"发布会在京召开。阅文集团成为国家图书馆互联网信息战略保存基地，同时，来自阅文平台的百部作品被典藏入馆。收录标准并不完全依据商业成绩与传播广度，对现实题材也给予了一定倾斜。

9月

3日，趣头条旗下的米读小说宣布，已与快手就短剧IP开发达成战略合作。时长几分钟的短剧成为网络小说改编的新赛道。

4日至6日，第四届中国"网络文学+"大会在京举办，发布《2019中国网络文学发展报告》。报告显示，2019年网络文学行业市场规模达到201.7亿元，作品数量达2590.1万部，作者数量达到1936万人。在网络文学出海方面，输出作品数量达3452部。5日，番茄小说作为免费阅读模式代表主办其中一场分论坛。

10日，四月天小说网新站重新上线。原四月天小说网成立于2006年，是老牌言情站点，2010年被中文在线收购后并入17K女生网，原网站被关闭、注销。本次上线的新站，是中文在线借"四月天"老品牌建立的全新平台，主打古言。

28日，《人力资源社会保障部　文化和旅游部关于深化艺术专业人员职称制度改革的指导意见》发布，明确表示要畅通网络作家等新的文艺群体从业人员职称评审渠道，确保其与国有文化艺术企事业单位艺术专业人员在职称评审上享有同等待遇。

28日，中国作协、中共深圳市委宣传部共同主办的中国网络文学排行榜（2019年度）发布仪式在深圳举办。《浩荡》等10部作品入选中国网络小说排行榜，《庆余年》等6部作品入选IP影响排行榜，《天道图书馆》等2部作品及"起点国际"入选海外传播排行榜。

10月

15日，中国社科院文学研究所网络文学研究室成立。中国社科院文学研究所所长刘跃进表示，此次网络文学研究室成立，是当下文学学科发展的现实需要，也是网络文学学科建设史上的一个大事件。研究室将聚焦对网络文学及相关文学现象作文学、文化及理论方面的勘察，坚持追踪、关注中国当下网络文学发展进程，综合研究并构建符合网络文学发展特点的前沿理论和评价体系。

29日，中国互联网协会与工信部网络安全产业发展中心联合发布《中国互联网企业综合实力研究报告（2020）》，连尚文学入选"中国互联网成长型前20家企业名单"，为唯一上榜的网络文学公司。

11月

4日，掌阅科技公告，字节跳动旗下量子跃动拟受让公司4505万股，占公司总股本的11.23%。字节跳动为旗下番茄小说领军免费阅读再添重要筹码。

8日，豆瓣用户夏天慢点走发布帖子《刚刚看到的这个凡尔赛博主象①们看到了吗》，吐槽微博用户蒙淇淇77炫富行为的虚假，"凡尔赛"一词迅速流行。蒙淇淇77被发现曾是言情小说作者。此后，各类社交平台出现了大量被称为"凡尔赛文学"的戏仿文字。

16日，2020首届上海国际网络文学周启动，发布《2020网络文学出海发展白皮书》。

---

① 加入豆瓣小组小象八卦的成员被称为小象。

12 月

10 日，由中国版权协会主办的 2020 年中国版权年会在珠海举行，公布了 2020 年度最具版权价值网络文学排行榜，30 部作品中 18 部出自阅文集团旗下平台。

20 日至 22 日，第十届中国数字出版博览会在北京举办，番茄小说获 2019—2020 年度"优秀品牌奖""优秀展示奖"。

26 日，电视剧《阳光之下》播出。该剧改编自贝昕（常用 ID：鲜橙）《掌中之物》（若初文学网），这一作品以"反斯德哥尔摩"为标签，是言情"虐恋"模式的反类型代表作。

29 日，艺恩咨询发布 2020 年阅文女频年度好书阅读推荐榜，共有 20 部来自阅文女频的作品入选。榜单显示，女频题材正突破言情类型格式，呈现题材多元化、主流化的发展趋势，内容则更加多元化，其中高糖、轻松、逆袭三大内容类型最为热门。

CNNIC 发布第 47 次《中国互联网络发展状况统计报告》。截至 2020 年 12 月，我国网民规模达 9.89 亿，较 2020 年 3 月增长 8540 万，互联网普及率达 70.4%。网络文学用户规模达 4.6 亿，较 2020 年 3 月增长 475 万，占网民整体的 46.5%；手机网络文学用户规模达 4.59 亿，较 2020 年 3 月增长 622 万，占手机网民的 46.5%。

2021 年

1 月

25 日，腾讯集团、阅文集团和七猫小说入股中文在线，成为中文在线的重要投资方。

31日，老鹰吃小鸡的《万族之劫》完本。小说自2020年2月6日开始连载，在不到一年的时间里，更新了830多万字，平均日更两万多字。不但获得2020年的年度月票总冠军，还收获了单月九连冠，是"小白文"套路和市场彻底成熟的表征。

2月

14日，改编自愤怒的香蕉同名小说的古装剧《赘婿》在爱奇艺播出，成为2021年的首部爆款剧。

22日，网络剧《山河令》在优酷首播，改编自priest小说《天涯客》（晋江文学城，2010年）。同年9月，广电总局提出"抵制'耽改'之风"，《山河令》或将是最后一部爆款"耽改剧"。

25日，豆瓣阅读举行第三届长篇拉力赛，分为言情、女性、悬疑、幻想四组。赛事至同年9月落幕，最终总冠军是女性组的《粉色野心家》（作者兰思思）。其他分组冠军分别是：言情组《梁陈美景》（作者大姑娘浪），悬疑组《回声》（作者S飒），幻想组《复读人生》（作者十三弦声）。

3月

4日，全国政协十三届四次会议开幕。全国政协委员、中国作协网络文学委员会主任陈崎嵘提案"建议筹建全国性网络作家组织""建议增设全国性网络文学奖项""建议加大打击网络盗版力度"。

8日，网络剧《司藤》首播，该剧改编自尾鱼小说《半妖司藤》（晋江文学城，2014年），播出后收视与口碑双丰收。同年11月18日，尾鱼发微博称，除《司藤》之外，目前根据她的原作改编的其他的影视剧本她均不认可。该言论发出后引发热议，网文改编剧本是否应当参考原作者意见、作者是否应有编审权、小说与影视是否存在不同审美规律等议题是网友争论的重点。

18日，中国社会科学院发布《2020年度中国网络文学发展报告》，用"迭代"为关键词概括2020年的网络文学发展状况。

小说《伏波》在晋江文学城连载期间，遭到读者强烈攻击，指责这篇"女强文"中出现男性角色嫖娼、女主是处女男主却非处男的情节，是"厌女"的表现，不配为"女强文"。作者捂脸大笑在评论中回应，该男性角色并非男主，女主在文中并无感情线描写，自己也曾在"作者有话要说"中标明，主角角色都有过性经验，不存在女主是处女这种可能被解读为"媚男"的设定，嫖娼的情节则是为表现这一男性角色的前后转变设置的。然而做出解释后，《伏波》和捂脸大笑仍被打上"厌女"的标签，遭到持续的网络暴力。同年9月，捂脸大笑宣布停止网络写作。捂脸大笑2013年开始在晋江文学城发布作品，是有一定人气的老牌作者。这一事件把近年来女性读者关于"女强""双处双洁"等问题愈演愈烈的争论推向了高潮。

4月

9日，2021年全国网络文学工作会议在武汉举行。

13日，市场监管总局会同中央网信办、税务总局召开互联网平台企业行政指导会，要求平台企业做到"五个严防"和"五个确保"，包括"严防垄断失序"和"严防规则算法滥用"。阅文集团在被约谈之列。

5月

7日，网络历史小说作家水叶子去世，年仅42岁。水叶子原名徐兵，时为汉江师范学院中文系教师，代表作有《天宝风流》《唐朝公务员》《尘根》等，在"唐穿小说"领域颇有造诣。

11日，阅文集团2021年度白金、大神作家晋升名单发布。陈词懒调和老鹰吃小鸡等6位作者新晋白金作家。

26日，2021中国网络文学论坛在重庆开幕，中国作协网络文学中心发布《2020中国网络文学蓝皮书》。

6月

1日，会说话的肘子新书《夜的命名术》正式上架，21小时内订阅量突破53000，打破了起点中文网的首订纪录。

7月

2日，北京磨铁文化集团在深交所披露上市招股说明书。招股书显示，旗下拥有磨铁中文网、锦文小说网、墨墨言情网和逸云书院四家原创文学平台和磨铁阅读、来看阅读两个移动阅读平台的磨铁文化，总营收虽呈递增趋势，但网络文学阅读业务的收入却逐年递减。2020年，图书策划和发行占总营收的77.53%，数字阅读业务仅占8.21%。

8月

16日，阅文集团发布2021年中期业绩报告。上半年，阅文集团总收入同比增长33.2%至43.4亿元，整体免费阅读业务的日活跃用户数量突破1300万，上半年净利润6.65亿元。报告也显示，阅文集团自有平台的平均月活跃用户由1.3亿人减少至1.14亿人，平均月付费用户由1020万降至930万，付费用户平均月消费同比增加6.7%至36.4元。次日，阅文集团股价大跌，跌幅10.58%。

9月

7日，中国作协召开全国重点网络文学网站联系会议暨加强职业道德建设座谈会。

16日，中国作协主办的"中国网络文学影响力榜（2020年度）"发布。

26日，"2021中国国家网络文学周"开幕，主题为"网络文学的世界意义"，会上中国作协发布了《中国网络文学国际传播发展报告》。

10月

9日，第五届中国"网络文学+"大会开幕，中国音像与数字出版协会发布《2020中国网络文学发展报告》。报告显示，2020年中国网络文学市场规模达249.8亿元，用户规模达4.6亿人，日均活跃用户约757.75万人，全年新增作品 315.9 万部，累积作品数量达 2905.9 万部。

21 日，晋江文学城宣布将尝试实施作品"分年龄阅读推荐体系"，晋江要搞作品分级的消息引发网络热议。在向全体用户发送的站内通知《关于开始逐步实施分年龄阅读推荐体系的说明》中，晋江称：出于保护未成年人的目的，将逐步"把作品按照不同的标签、类型及其他特点，做不同年龄的阅读推荐体系，让那些有争议的、尖锐的、思想性更复杂的文章，暂时远离那些心智还不够成熟的读者，同时也是留给成年人一个更加安心的阅读空间"，并会优先把"最受社会关注的小众题材按照轻重缓急逐步做分级"。

26 日，上海七猫文化传媒有限公司正式收购北京幻想纵横网络技术有限公司，老牌付费网站纵横文学和新兴免费平台七猫小说合并，网络文学的付费模式和免费模式走向深度融合。

11 月

8 日，字节跳动推出付费阅读平台常读小说和久读小说。其中，常读小说以女频为主，久读小说则主打男频。以免费阅读平台番茄小说打入网络文学行业的字节跳动开始投身付费阅读市场。

12 月

1 日，九库文学网董事长潘勇去世。网名为黄花猪猪的潘勇是起点中文网早期的核心员工，也是 17K 中文网的主要创始人。

14 日，中国文学艺术界联合会第十一次全国代表大会、中国作家协会第十次全国代表大会在北京人民大会堂开幕，习近平出席大会并发表重要讲话。

15 日，改编自烽火戏诸侯同名小说的古装剧《雪中悍刀行》在中央电视台八套和腾讯视频同步播出。

16 日，韩国互联网巨头 Kakao 收购网络小说翻译平台 Wuxiaworld。据报道，收购价为 3750 万美元。

20 日，第四届茅盾新人奖获奖名单发布，王冬（蝴蝶蓝）等 10 人获网络文学新人奖。

2021 年选系列封面绘图画家介绍

黄菁 广西艺术学院美术学院教授，中国美术家协会会员，广西美术家协会理事，漓江画派促进会理事，中国南方油画山水画派研究院研究员，北京当代中国写意油画研究院理事。

《树荫下》 黄菁　65 cm×65 cm　油画

黄菁画作短评

（黄菁）不会把自己设计在一个既得的视觉符号里，以此换得所谓风格的建立，即便建立了符号或图式，他也会在有新鲜视觉到来时搁置它而另开新局。因为黄菁忠实于自己的感受，相信作品的独立价值。他认为每个画家都有一定的概念惯性和思维，这其实是风格、特点确立的基础。然而好画家却往往是在建立概念后，打破概念，再建立概念的循环渐进中确立自己并找到快乐的。因而黄菁选择一个题材一种画法的时候，也会很在意它是否可持续发展，是否有开拓专题的前景。

——刘新（广西艺术学院教授）

图书在版编目（CIP）数据

中国网络文学双年选 . 2020—2021. 男频卷 / 吉云
飞，邵燕君主编；北京大学网络文学研究论坛编选 .--
桂林：漓江出版社，2022.3

ISBN 978-7-5407-9218-3

Ⅰ.①中… Ⅱ.①吉… ②邵… ③北… Ⅲ.①中国文
学—当代文学—作品综合集 Ⅳ.① I217.1

中国版本图书馆 CIP 数据核字（2022）第 024068 号

ZHONGGUO WANGLUO WENXUE SHUANGNIANXUAN（2020—2021）· NANPIN JUAN

中国网络文学双年选（2020—2021）·男频卷

吉云飞　邵燕君　主编

北京大学网络文学研究论坛　编选

出版人：刘迪才

责任编辑：黄彦

书籍设计：石绍康

责任监印：张璐

出版发行：漓江出版社有限公司

社址：广西桂林市南环路 22 号　邮编：541002

发行电话：010-65699511　0773-2583322

传真：010-85891290　0773-2582200

邮购热线：0773-2582200

电子信箱：ljcbs@163.com

微信公众号：lijiangpress

印制：三河市中晟雅豪印务有限公司

　　　［河北省三河市沟阳镇错桥村　邮编：065299］

开本：690mm×1000mm　1/16

印张：23.75　字数：328 千字

版次：2022 年 3 月第 1 版

印次：2022 年 3 月第 1 次印刷

书号：ISBN 978-7-5407-9218-3

定价：52.00 元